AMOR VERDADEIRO a~ LIVRARIA dos CORAÇÕES SOLITÁRIOS

ANNIE DARLING

AMOR VERDADEIRO na LIVRARIA dos CORAÇÕES SOLITÁRIOS

Tradução
Cecília Camargo Bartalotti

6ª edição
Rio de Janeiro-RJ / São Paulo-SP, 2024

VERUS
EDITORA

Editora
Raïssa Castro

Coordenadora editorial
Ana Paula Gomes

Copidesque
Maria Lúcia A. Maier

Revisão
Cleide Salme

Capa
Adaptação da original (Heike Schüssler ©
HarperCollinsPublishers Ltd 2017)

Ilustração da capa
© Carrie May

Projeto gráfico
André S. Tavares da Silva

Diagramação
Daiane Avelino

Título original
True Love at the Lonely Hearts Bookshop

ISBN: 978-85-7686-676-3

Copyright © Annie Darling, 2017
Todos os direitos reservados.

Tradução © Verus Editora, 2018
Direitos reservados em língua portuguesa, no Brasil, por Verus Editora. Nenhuma parte desta
obra pode ser reproduzida ou transmitida por qualquer forma e/ou quaisquer meios (eletrônico ou
mecânico, incluindo fotocópia e gravação) ou arquivada em qualquer sistema ou banco de dados
sem permissão escrita da editora.

Verus Editora Ltda.
Rua Argentina, 171, São Cristóvão, Rio de Janeiro/RJ, 20921-380
www.veruseditora.com.br

**CIP-BRASIL. CATALOGAÇÃO NA FONTE
SINDICATO NACIONAL DOS EDITORES DE LIVROS, RJ**

D235a

Darling, Annie
    Amor verdadeiro na livraria dos corações solitários /
Annie Darling ; tradução Cecília Camargo Bartalotti. - 6. ed.
- Rio de Janeiro, RJ: Verus, 2024.
    23 cm.   (A Livraria dos Corações Solitários ; 2)

    Tradução de: True Love at the Lonely Hearts Bookshop
    ISBN: 978-85-7686-676-3

    1. Romance inglês. I. Bartalotti, Cecília Camargo. II. Título.
III. Série.

17-47286   CDD: 823
                                                        CDU: 821.111-3

Revisado conforme o novo acordo ortográfico

Ao meu amado Mr. Mackenzie
Ele quer que você saiba que se sente indignado com
qualquer pretensa similaridade entre ele e Strumpet e
que pretende me processar.

É uma verdade universalmente conhecida que um homem solteiro, em posse de uma boa fortuna, deve estar em busca de uma esposa.

Peter Hardy, oceanógrafo, era o deus dos namorados. Bonito, loiro e bronzeado por causa de todo aquele tempo que passava mergulhando nos oceanos de lugares exóticos, os olhos tão azuis quanto os mares profundos que mapeava, mas não bonito de um jeito excessivo ou intimidador.

Também era inteligente. Afinal, não dava para ser oceanógrafo sem um punhado de notas A e pelo menos uns dois diplomas. E tinha um ótimo senso de humor: um pouquinho sarcástico, um pouquinho palhaço e particularmente habilidoso para encontrar vídeos hilários de gatos no YouTube.

Mas não pense que os atributos de namorado perfeito de Peter Hardy terminavam aí. Ele sempre se lembrava de ligar para a mãe nas noites de quarta-feira e nos domingos de manhã, era extremamente pontual e, se fosse se atrasar mais que cinco minutos, não que isso acontecesse, mandava uma mensagem de texto pedindo desculpa. Também era generoso e entusiasmado na cama, mas não fazia nada esquisito demais. Peter Hardy jamais pediria que uma garota usasse um macacão de látex cor-de-rosa ou que lhe batesse na cara com uma meia molhada.

Como quer que se olhasse, Peter Hardy era material de primeira, um ideal de virtude dos namorados, e Verity Love, embora fosse filha de um vigário e devesse dar o exemplo, ia ter de exterminá-lo na primeira oportunidade.

E nenhum momento era melhor do que o presente, Verity pensou, enquanto segurava com força uma taça de pinot noir avinagrado e dava um sorriso sem graça para suas amigas, que ainda estavam babando por Peter Hardy, o namorado extraordinário.

— Ele parece tão maravilhoso. Doce e másculo ao mesmo tempo — disse Posy, cheia de entusiasmo. — Quando a gente vai conhecê-lo pessoalmente?

— Ah, sabe como é. Ele está tão ocupado com o trabalho. É difícil ele aparecer. Isso está começando a virar um problema porque...

— Nós já entendemos. Você não quer dividir o cara com ninguém. — Nina assentiu com a cabeça. — A gente sabe como é, Very, mas já faz meses e meses. Você não pode manter seu oceanógrafo sexy escondido para sempre.

— Faz mesmo tanto tempo assim? — Claro que fazia. Estavam agora no fim de junho, e Peter havia surgido convenientemente no fim de novembro para salvar Verity de aparecer sozinha nas festas de fim de ano. Ela não havia comparecido a quase nenhuma, mas quem poderia culpá-la por dar o cano se estava se regalando nas delícias do oceanógrafo perfeito depois de um jejum de três anos? — Nossa, já faz mais de seis meses! Uau!

— Não seja tão puritana. Com essa história de ele ficar longe por tanto tempo, aposto que vocês ainda estão descobrindo as primeiras delícias do sexo selvagem — disse Nina, prendendo os cabelos atualmente loiro-platinados atrás das orelhas e soltando um curto suspiro. — Ah, eu tenho saudade dessa fase de descobrir as primeiras delícias do sexo selvagem, antes de começar a brigar sobre quem vai tirar o lixo ou por que ele parece incapaz de baixar a tampa da privada.

Verity tomou outro gole de vinho. Elas estavam sentadas no pub logo virando a esquina da livraria em que todas trabalhavam, em Bloomsbury, que antes se chamava Bookends e agora tinha o nome de Felizes para Sempre, desde que Posy a herdara alguns meses antes e a transformara em "uma livraria para atender a todas as suas necessidades de ficção romântica".

Muitas noites, depois de um dia corrido vendendo livros, a equipe se refugiava no Midnight Bell. Era um pub pequeno, que ainda mantinha intacto o revestimento de madeira Arts & Crafts da década de 30 e azulejos art déco nos banheiros. Também dava para pedir uma garrafa de vinho e dois saquinhos de batatas chips por menos de dez libras antes das oito horas, então quem se importava se o lugar cheirava a cloro da piscina da academia duas portas para baixo e se nunca se podia pôr a bolsa no chão porque ela ficaria toda babada pelo Tess, o cachorro do pub? Tess sentia o cheiro de meio saco de salgadinhos ou de uma maçã esquecida no fundo da bolsa a cinquenta passos de distância.

— Na verdade, por falar no Peter, acho que a gente não vai durar muito tempo mais — Verity disse rapidamente, depois virou o último gole azedo que restava em sua taça e se forçou a olhar para Posy e Nina, que tinham expressões equivalentes de consternação.

— Ah, não!

— Você disse que ele era perfeito!

— Eu não disse que ele era perfeito — Verity protestou. — *Vocês* disseram que ele era perfeito. Eu só disse que ele era bem legal.

— Ele é perfeito. — Posy não seria dissuadida tão fácil. Apesar de ela estar recém-casada, em alguns momentos Verity achava que Posy era mais entusiasmada com Peter Hardy do que ela própria. Se bem que, considerando que Posy havia trocado alianças com o homem mais grosso de Londres, talvez sua preferência por Peter Hardy não fosse tão surpreendente. — Por que você não se agarraria a um homem como esse até suas últimas forças?

— Porque ele nunca vai me amar como ama, hum, os oceanos, e o mar pode ser uma amante muito cruel. — Verity estava certa de que essa última frase tinha vindo de *Moby Dick*. Ou talvez de *Titanic*. Enfim, de algo com muito mar. — Ele está longe o tempo todo e, se as coisas ficarem sérias, se nós tivermos filhos, que tipo de segurança iríamos ter, sabendo que ele poderia ser comido por um tubarão ou que sua roupa de mergulho poderia rasgar a qualquer minuto?

— Eu não sabia que oceanógrafos trabalhavam em águas infestadas de tubarões — disse Nina, franzindo a testa. — Não existem regras de segurança para esse tipo de coisa?

— Eles são obrigados a assinar um termo de responsabilidade. — Verity decidiu que já era o bastante. Aquilo estava indo longe demais. Ela se levantou com pernas bambas que não eram tão fortes quanto sua resolução. — Eu preciso ir.

— Mas nós nem acabamos a primeira garrafa! — Nina levantou a garrafa em questão para mostrar a Verity o restinho de vinho que ainda havia nela. — E ainda não são nem sete e meia. Está sentindo alguma coisa?

— Por Peter Hardy, oceanógrafo, por exemplo? — Posy perguntou, com um sorriso malicioso.

Verity sacudiu a cabeça enquanto pegava a bolsa.

— Não sei por que você fala o nome dele desse jeito. Como se "oceanógrafo" fosse um sobrenome. Bom, desculpem por sair assim, mas eu avisei que só podia ficar um pouco. Vocês sabem que eu não gosto de passar direto do trabalho para uma situação social.

— Ah, meu Deus, você vai se encontrar com o Peter Hardy agora, não vai? Você vai terminar com ele? — Nina tinha a aparência de uma irmã mais nova de Marilyn Monroe com tatuagens e piercings, mas contou uma vez para Verity que tinha sido uma adolescente desajeitada ("dentuça, com aparelho nos dentes e sem peitos") e compensava sendo animada. Já fazia muito tempo que isso tinha dado lugar à sua beleza espetacular de pin-up dos anos 50, mas ela continuava com uma expressão exagerada para cada situação. Agora, arregalou os grandes olhos azuis, torceu o nariz e deixou a boca pendendo aberta.

— Ainda não decidi. Talvez. — Verity deslizou do canto onde estava presa e quase caiu em cima de Tess, um robusto staffordshire bull terrier, que chegou correndo para ver se havia alguma batata chips sobrando.

— Mas você não pode terminar com ele antes de apresentá-lo para a gente — lamentou Posy. — Podemos ir também? Só para dizer um "oi"…

— Você não precisa dizer "oi" para ele, você é casada — Verity a lembrou.

Posy fez uma expressão de susto.

— Nossa, é mesmo! Eu vivo esquecendo. — Ela se recompôs. — De qualquer jeito, não estamos nos tempos vitorianos. Mulheres casadas podem dizer "oi" para homens que não são seu marido. — Sacudiu a cabeça e soltou o ar. — Ainda não acredito que tenho um marido. Ai! Sebastian Thorndyke é meu marido. Como isso foi acontecer?

Isso aconteceu em meio ao turbilhão que foram as semanas em que Posy estava relançando a livraria e, por uma série estranha e bizarra de acontecimentos que Verity ainda não conseguira processar, ela se apaixonara por Sebastian, seu arqui-inimigo, e se casara com ele duas semanas atrás no cartório de Camden Town. Mal houve tempo para jogarem confete no supostamente alegre casal enquanto eles saíam apressados até a estação de St. Pancras para pegar o Eurostar e comemorar em Paris, antes que a tinta secasse na certidão de casamento. Não era surpresa que, quando Posy não estava andando com um sorriso de felicidade extasiada no rosto, ela parecesse um tanto atordoada.

Então Verity usou o atordoamento de Posy para se afastar da mesa de canto no bar.

— Acho que você devia ir para casa agora encontrar o Sebastian. Tecnicamente, vocês ainda estão em lua de mel, não estão?

— Não vá. Não seja uma dessas mulheres que se casam e esquecem os amigos — Nina falou com um beicinho, e, quando Posy virou para ela, Verity aproveitou para correr até a porta, enquanto Nina gritava atrás dela: — Mas por que o Peter Hardy não está no Facebook? Isso é tão estranho!

Era estranho, mas Verity tinha explicado para elas, e sua irmã, Merry, confirmara, que ser um oceanógrafo significava que Peter trabalhava para vários governos e sabia muitas informações confidenciais sobre mudanças climáticas, por isso não tinha permissão para usar redes sociais.

Ou alguma coisa assim.

Tinha chovido enquanto ela estava no pub. Verity sentia o cheiro celestial de chuva no pavimento úmido e quente de verão enquanto caminhava pelo calçamento de pedras escorregadio da Rochester Street, passando pelas lojas que conhecia tão bem: a delicatéssen sueca, a doceria em estilo antigo, as butiques. Verity pensou por um instante em ir para casa, mas o apartamento sobre a Felizes para Sempre que Posy oferecera a ela e Nina sem pagamento de aluguel ainda não tinha a sensação de lar. Além disso, era sexta à noite, o fim de semana estava apenas começando, e Verity tinha rituais e rotinas para as noites de sexta que eram imutáveis.

Contornou a esquina para a Theobald's Road, passando apressada por lojas e escritórios e a imobiliária com as cadeiras Eames em cores vibrantes, depois virou à esquerda na Southampton Row, que estava fervilhando de gente e vivamente iluminada, com pessoas circulando para encontrar amigos ou paradas do lado de fora de barzinhos, em grupos alegres e tagarelas. Verity se enfiou por uma ruazinha estreita à direita, passou por um pub ainda mais charmoso e antiquado que o Midnight Bell e parou quando chegou a um pequeno restaurante italiano. Era pintado de vermelho, as janelas embaçadas de condensação e, quando abriu a porta, ela foi recebida pelo som de pessoas rindo e falando, o retinir de copos e um aroma de alho e ervas que atiçava o olfato.

Verity havia descoberto o Il Fornello em uma sexta-feira à noite alguns anos antes, quando ficava pelas ruas (não desse jeito — ela era filha de um vigário) para adiar a ida para casa, que era um quarto duplo que ela dividia com a irmã Merry em uma casa em Islington que pertencia à filha de um dos paroquianos de seu pai. A família tinha cinco filhos, uma babá espanhola, dois cachorrinhos bichon frisé, um coelho, um casal de porquinhos-da-índia e um peixinho dourado. O barulho e o cheiro eram com frequência insuportáveis. E, para completar, Verity estava solteira havia pouco tempo, depois de três anos com Adam, seu ex-namorado. Não havia sido um rompimento amigável, longe disso, e era muito complicado sofrer em uma casa barulhenta e fedida onde ela nem sequer tinha um quarto só para si.

Então, naquela noite anos atrás, com os pés e o coração doloridos, e ainda que a ideia de jantar sozinha em um restaurante fizesse Verity suar frio, ela fora atraída para o Il Fornello por Luigi, o proprietário, que na ocasião, como agora, veio à porta recebê-la.

— Ah! Srta. Very! Está atrasada esta noite. Quase achamos que não vinha mais. A mesa de sempre?

— Tive que dar uma paradinha no caminho. — Enquanto seguia para sua mesa de sempre (enfiada em um canto para não ser incomodada por algum homem sozinho querendo puxar conversa), Verity olhou para trás para conferir se tinha fechado a porta e deu de cara com Posy e Nina espiando pela janela.

Ah, não era possível que tivessem feito isso!

Mas fizeram!

A curiosidade sobre Peter Hardy, oceanógrafo, tinha sido mais forte que o bom senso e elas a haviam seguido. Agora, com certeza, iam entrar, depois de terem visto Verity paralisada no meio das mesas e balcões rústicos. Seu coração acelerou enquanto o tempo parecia ficar mais lento até parar de repente. Soltou o ar, trêmula. Ficaria tudo bem. Ela podia lidar com aquilo, enfrentar a situação com a cara e a coragem. Só que coragem nunca foi uma palavra que pudesse se aplicar a Verity Love.

Desse modo, tinha apenas duas opções: lutar ou fugir. E Verity sempre escolhia fugir. Podia correr escada acima para o banheiro feminino, trancar a porta e se recusar a sair.

Só que isso não era um plano. Era ridículo. Ela era uma adulta totalmente competente e tinha apenas que encarar a situação e inventar uma desculpa. Dizer que Peter Hardy, oceanógrafo, tinha dado o cano nela, exatamente como ela havia tentado lhes dizer, que ele andava muito distante ultimamente, com oceanos a separá-los e por aí afora. Essa poderia ser a oportunidade perfeita para se livrar dele, mas Verity tinha plena consciência de suas próprias limitações, e improvisar era uma delas.

Pense! Pense! Pelo amor de Deus, pense!

Verity olhou desesperadamente em volta, sem notar que Luigi ainda estava a seu lado.

— Ficou muito vermelha, srta. Very. Está se sentindo bem? Está muito quente esta noite, não é? Espero que não esteja ficando doente.

Só se eu estiver doente de desespero, Verity pensou, sem saber o que fazer, e foi então que o viu.

Ele estava sentado em uma mesa para dois no fundo do salão, com uma cadeira vazia apenas esperando que ela deslizasse no assento, o que ela fez, torcendo contra todas as probabilidades de que a acompanhante dele não estivesse no banheiro.

O homem franziu a testa e levantou os olhos do celular. Ele era jovem, trinta e poucos anos. Nenhuma tatuagem perceptível no pescoço, não estava vestindo nada horrível, só uma camisa branca simples sob um blusão de um tom semelhante ao azul-esverdeado de seus olhos espantados. *Ele vai servir*, Verity decidiu. *Assim, na emergência, ele vai servir.*

— Olá? — ele disse friamente, em tom de pergunta. Tipo: Quem é você e por que sentou à minha mesa?

Verity arriscou uma olhada para o salão e confirmou que seus piores medos tinham se concretizado. Nina e Posy haviam entrado e estavam olhando em volta, à sua procura. Então Posy a avistou e cutucou Nina, que acenou para ela. Verity se virou para o cliente solitário. Ah, meu Deus, ele não parecia muito feliz.

— Desculpe por isso. Você está sozinho?

Ele olhou para o celular e franziu a testa outra vez. Não que ele tivesse parado em algum momento de franzir a testa, mas franziu com mais força agora.

— Parece que sim. — A expressão se suavizou um pouco e ele lhe deu um sorriso forçado e superficial. — Eu sei que o restaurante está cheio, mas prefiro comer sozinho, se não se imp…

— Very! Não finja que não está vendo a gente!

Verity fechou os olhos e desejou que o fato de não poder ver Nina e Posy significasse que elas também não poderiam vê-la. Infelizmente, a vida nunca era tão generosa.

— Por favor — ela choramingou. — Eu te peço. Só deixe rolar. Por favor.

— Deixar rolar o quê? — ele perguntou, mas era tarde demais. Verity sentiu mãos pousarem pesadas em seus ombros e o forte perfume de rosas de que Nina gostava.

— Very! Não vai nos apresentar?

*É certo que eu não tenho o talento que muita gente
possui de conversar com desenvoltura
com pessoas que não conheço.*

Verity manteve os olhos fechados e continuou ali, paralisada, em uma agonia de humilhação. Sua vergonha durou por éons, ou talvez apenas alguns segundos, até que sentiu um ligeiro deslocamento de ar e então algo que dava a sensação de cashmere roçou seu rosto e uma voz disse:

— Eu sou o Johnny.

Relutante, ela abriu os olhos. Ele, o homem, Johnny, tinha se levantado para apertar a mão de Posy e Nina, que vestiu sua expressão confusa.

— Johnny? Então você não é Peter Hardy, oceanógrafo? — Nina ofegou, com um horror alvoroçado na voz. Em algum momento mais tarde, Verity ia matá-la. Depois de lhe dizer umas verdades e algumas palavras impublicáveis. Havia regras sobre esse tipo de coisa. Não se pegava uma amiga hipoteticamente traindo o suposto namorado e a entregava assim para o homem com quem ela o estava traindo. Isso simplesmente não se fazia. Era contra as regras básicas do feminismo.

Johnny olhou para Verity, que fechou os olhos de novo, porque a expressão dele era o completo oposto de encorajadora.

— Não, ele não é o Peter — ela conseguiu dizer, mesmo sendo difícil espremer as palavras pelo nó que se formara em sua garganta e pelo peso que sua língua assumira. — Eu não falei que ia me encontrar com o Peter. Vocês que imaginaram isso. — Pelo menos agora o pior já tinha passado e Verity podia apenas mentir. Mentir entredentes. Dizer que Johnny era filho de um dos paroquianos de seu pai (os paroquianos de seu pai tinham, convenientemente, muitos filhos) e que eles haviam combinado de se encontrar ali porque ele precisava de orientação espiritual. Embora orientação espiritual fosse mais o departamento de seu pai. — O Johnny é...

— Eu sei que isso ainda é muito recente, mas eu não sabia que você estava saindo com outras pessoas também. Quem é Peter Hardy, oceanógrafo? É alguém com quem eu deva me preocupar?

Verity sentia o calor subindo pelo peito, pescoço e faces. Até o lóbulo de suas orelhas parecia ter sido mergulhado em água fervente. O feitiço tinha virado contra o feiticeiro, "bateu, levou", como sua família gostava de dizer, e aquilo tudo passara de mau a pior e já beirava o absolutamente catastrófico.

— Verity Love, sua danadinha! — Posy arfava de prazer. — Você nunca disse que estava saindo com dois caras ao mesmo tempo. Isso porque você é filha de um vigário!

Essa era a frase padrão delas sempre que Verity fazia alguma coisa que se desviasse um pouquinho da reta. De falar um palavrão e dizer coisas pouco caridosas sobre participantes de um reality show na tevê a aparentemente jogar dois homens um contra o outro.

— Ah, não, é que... Bom, eu... Não sei o que... — Frases inteiras seriam ótimas. Seriam fantásticas, na verdade. Verity sentiu mãos em seus ombros outra vez, apertando gentilmente, e então Nina apoiou o queixo no alto de sua cabeça.

— Por favor, não faça uma ideia errada sobre a Very — ela disse, e Verity enrijeceu o corpo, preparando-se para a possibilidade de Nina falar demais. Conhecendo a amiga, ela provavelmente contaria a esse estranho que pouco parecia se importar que Peter Hardy deixava Verity sozinha tempo demais quando estava trabalhando em alto-mar e que Verity tinha suas necessidades e por isso não era culpa dela que suas atenções se dispersassem. Era algo que Nina muitas vezes comentara em voz alta, geralmente quando a loja estava cheia de clientes, porque ela não tinha nenhum respeito pelos limites dos outros. — Vou te falar uma coisa sobre essa mulher. Essa mulher uma vez pediu o carro emprestado para o dono da casa onde ela mora e dirigiu à noite no meio de uma tempestade, na véspera de um dia de trabalho, para me buscar em um camping em Derbyshire, onde eu tinha sido abandonada pelo imbecil do meu ex-namorado. Ela é a pessoa com o coração mais bondoso que eu já conheci na vida.

O homem, Johnny, ainda estava de pé. Ele era esguio e alto, alto o bastante para Verity ter de inclinar a cabeça para trás para ver o olhar de consideração que ele lhe dirigiu, como se talvez pudesse haver mais nela do que uma mentirosa atrevida e invasiva.

— Meninas, nós ainda não tivemos a conversa sobre ser exclusivos ou não. Na verdade, ainda nem tivemos um encontro. — Verity havia conseguido despejar duas frases completas sem precisar mentir. Bom, não exatamente mentir. E tudo ficaria bem, porque Johnny se sentou de novo e sorriu, não de má vontade dessa vez, mas de forma relaxada, como se tudo aquilo fosse uma distração divertida do que quer que o estivesse fazendo ficar de cara amarrada antes.

— E acho que agora é um bom momento para essa conversa. Senhoritas, foi um prazer. Tenho certeza de que voltaremos a nos ver logo.

Elas só foram embora quando Verity se virou e lhes dirigiu um olhar que dizia muito claramente: "Estou pensando em pelo menos dez maneiras de matar vocês e fazer parecer um acidente". Tudo poderia muito bem ter ficado nisso para sempre, mas Posy e Nina estavam na porta, levantando os polegares para ela e movendo os lábios em incentivos como "Vá em frente!" e "É isso aí, garota!", até que Johnny pigarreou ruidosamente e Verity teve de olhar para ele.

— Olha, eu sinto muito, muito mesmo. Entrei em pânico e não consegui pensar em mais nada — Verity confessou, com os olhos fixos nos dedos, que apertavam com força a borda da mesa. Ela tinha uma mancha de tinta preta no polegar.

— Provavelmente Peter Hardy, o oceanógrafo, sente ainda mais.

— Não existe nenhum Peter Hardy. Escuta, eu peço desculpas, mesmo, e já tomei muito do seu tempo...

— Como assim, não existe nenhum Peter Hardy?

A voz de Johnny era sóbria e precisa, o que era apenas uma maneira elegante de dizer pedante, mas também agradável, como se ele estivesse sorrindo, embora Verity não tivesse condições de confirmar ou negar isso, porque continuava olhando para a mancha de tinta no polegar.

Ela levantou a cabeça. Não tivera tempo antes para fazer mais do que verificar se ele estava inteiro, mas agora podia perceber por que Posy e Nina ficaram praticamente se empurrando para vê-lo melhor.

Quem poderia culpar suas amigas se esse Johnny era de fato muito bonito, de um jeito *Memórias de Brideshead*, ah-sim-eu-faço-fotos-para-a-Burberry-nas-horas-vagas? Tinha maçãs do rosto proeminentes e, se não estivesse sorrindo, os lábios carnudos, sensuais e macios pareceriam definitivamente estar fazendo biquinho. Os cabelos castanhos espessos e brilhantes eram curtos atrás e nas laterais e deixados livres para passear no alto, de modo que ele pudesse jogá-los para trás com frequência, o que chamava atenção para aquelas faces incríveis e os olhos verde-azulados, ou talvez azul-esverdeados, e provavelmente seria uma boa ideia parar de olhar tão fixamente para eles, como se ela fosse um animalzinho da floresta preso na mira. Ele era uma versão adulta dos meninos pálidos e metidos que faziam o curso preparatório de artes na faculdade local e ocupavam os sonhos de Verity quando ela era adolescente. Infelizmente, esses meninos sempre torceram o nariz para seus sonhos, porque ela era uma das cinco filhas esquisitas do vigário e não era bonita o bastante para que a esquisitice não fosse um problema.

Ela também não era horrível, nem por um esforço da imaginação, mas, ainda assim, nunca havia conseguido obter a atenção deles. Diferentemente desse estranho, que esperava sua resposta com um pouco de impaciência, a julgar pelo modo como tamborilava os dedos na mesa.

Peter Hardy, oceanógrafo. Por onde começar?

Bem, ela sempre poderia começar pela verdade.

— Então... há... Peter Hardy nasceu de uma conversa boba com a minha irmã Merry sobre como seria meu namorado perfeito. No fim, tínhamos toda uma história para ele, mas sempre foi só um namorado imaginário, até que as minhas amigas... elas tinham boa intenção, mas, sabe, viviam tentando me juntar com qualquer homem que estivesse disponível ou me inscrever em sites de encontros e, ah, meu Deus, você conhece aquele aplicativo de encontros, HookUpp?

Ele estremeceu.

— Todo mundo com menos de trinta anos no meu escritório está obcecado com isso.

— Fui obrigada a instalar no meu celular, porque era mais fácil do que explicar pela centésima vez que eu não estava interessada em um relacionamento. Então, uma noite, eu deixei o telefone na mesa no bar enquanto ia ao banheiro e, quando voltei, elas estavam dando curtidas em uns caras que eram uns horrores absolutos e de repente eu me ouvi dizendo que já tinha namorado e o nome dele era Peter Hardy.

— O oceanógrafo. — Johnny assentiu com a cabeça. — Quer beber alguma coisa, Very Love?

Ouvir seu nome dito naquela voz de veludo cinza-escuro fez com que ele soasse menos como um cartão meloso de Dia dos Namorados traduzido do inglês para o japonês e de volta para o inglês. Ela suprimiu um arrepio.

— É Verity, na verdade. Meu nome. Mas todo mundo me chama de Very.

Verity devia ter pedido licença e se enfiado em seu cantinho de sempre, mas concordou que gostaria de uma bebida, e Luigi se aproximou tão rápido que eles pediram uma taça de malbec para cada um.

Foi fácil retomar o fio que costurava toda a saga dos encontros de Verity. Ela estava solteira havia três anos, depois de seu primeiro, único e duradouro relacionamento, que implodira de forma espetacular, horrível e dolorosa. Depois de todo o drama com Adam, Verity estava feliz por ficar solteira, mas o mundo não estava feliz de ela estar feliz.

— Não é maldade delas, das minhas amigas. Não mesmo. É só que a maioria delas tem namorado, ou está louca para ter um, e imaginam que eu também quero ser parte de um casal. E, para piorar, elas têm um padrão muito baixo quando se trata de escolher possíveis namorados para mim. — Ela estremeceu ao se lembrar de um estranho encontro às cegas com um homem que Nina havia conhecido em uma festa e que acabou se revelando o que ele chamava de "dominante em tempo integral" e queria saber se Verity "precisava de um homem em sua vida que pudesse proporcionar um controle afetuoso, mas firme". Verity ficara sem saber o que dizer, mas, felizmente, seu olhar glacial disse tudo por ela.

— Meus amigos também tentam me arrumar encontros. Não tem sido um grande sucesso — disse Johnny quando as bebidas chegaram. Ele levantou a taça para brindar com Verity. — Saúde. E, a julgar pelas mulheres com quem meus amigos tentam me juntar, parece que eles não pensam muito bem de mim. Geralmente elas são tão novas que tenho vontade de pedir que me mostrem a identidade, ou então são divorciadas amargas. A última queria contratar alguém para matar o ex-marido. Claro que, quando eu reclamo, meus amigos me acusam de ser muito exigente. Eles dizem que eu preciso me casar.

— Foi por isso que eu inventei esse namorado falso. Também é muito conveniente que o trabalho dele exija que ele fique fora a maior parte do tempo. — Verity não podia acreditar que estava conversando sobre seu namorado imaginário com um completo desconhecido. — Eu estou totalmente, cem por cento feliz de estar solteira, mas é difícil fazer minhas amigas entenderem isso.

Johnny apertou os lábios, pensativo, o que causava um efeito encantador em sua boca.

— Talvez você só não tenha encontrado a pessoa certa.

— Eu não quero encontrar a pessoa certa. Tenho um emprego que me ocupa muito, ótimos amigos e um gato extremamente carente. Não preciso de mais ninguém na minha vida. — Verity apertou a mão em volta da taça. — E qual é a sua história? Não imagino que tenha dificuldade para conhecer mulheres.

Johnny baixou a cabeça. Verity tinha certeza de que era para esconder o sorriso satisfeito, mas modesto. Ele devia ter espelhos em casa e saber que era esteticamente muito agradável.

— Não, nenhuma dificuldade para conhecer mulheres.

Claro! Isso era evidente. Agora que não estava mais crucificada no altar de seu próprio constrangimento, Verity podia processar os dados que tinha à sua frente. Nenhum homem poderia ter aquela aparência e...

— Ah, você é gay. Entendo. E não contou para os seus amigos? Sério? Bom, acho que isso não é da minha conta.

— Fico lisonjeado por você pensar assim — disse Johnny, sua voz como arame farpado agora, em lugar das vogais aveludadas. — E você nem perguntou, foi direta em afirmar, mas, não, eu não sou gay.

Verity levantou as mãos para as faces coradas.

— Desculpe. Eu não costumo sair por aí expondo as pessoas... Um dos meus melhores amigos da faculdade é gay. E dois primos. Eu sou super a favor dos direitos LGBT. Eu adoro os gays!

— Fico feliz por saber disso, mas continuo não sendo gay.

Os olhos de Johnny eram de um azul muito definido agora. Como o mar no inverno, tingido de geada e frio. Verity desconfiou de que ele fosse um Darcy. Era muito raro conhecer um Darcy.

Isso provavelmente vinha de ter lido *Orgulho e preconceito* tantas vezes que sabia o livro de cor. Sempre que conhecia pessoas novas, Verity se pegava atribuindo personagens do livro a elas. Tinha conhecido muitas Janes Bennet e Charles Bingley, um número muito grande de srs. Collins, um ocasional Wickham, mas um Darcy era mais raro que um homem solteiro em posse de uma grande fortuna que estivesse de fato em busca de uma esposa. E conhecer um Darcy cara a cara não era tão divertido assim.

Na verdade, foi incrivelmente embaraçoso por dez segundos, até o telefone de Johnny tocar. Enquanto ele o pegava, Verity se deu conta de que não havia nenhuma boa razão para ela ficar e sofrer.

Ela se despediu e levantou depressa, embora Johnny estivesse concentrado em seu celular e não tivesse nem dado sinal de perceber sua saída.

— Pode pôr o vinho na minha conta — ela gritou para Luigi, que ainda não conseguia esconder seu espanto por Verity ter rompido a rotina habitual das noites de sexta-feira pela primeira vez em três anos. E não só isso. Ela também tinha sido vista na companhia de um homem.

Esta é mesmo uma noite de surpresas!

Com seus planos de jantar frustrados, Verity voltou para a Rochester Street e o restaurante próximo à livraria para um peixe com fritas pequeno e um potinho de purê de ervilhas para viagem.

— Você poderia levar seu gato também? — pediu Liz de trás do balcão. — Ele está lá no fundo há horas, fazendo um barulho horrível.

— Ai, desculpe — Verity murmurou. Fazia só uma semana que ela havia se mudado para o apartamento em cima da Felizes para Sempre e tinha decidido manter Strumpet dentro de casa pelo menos por um mês para ele se acostumar com seu novo lar e não correr de volta para Islington. Mas, assim que Strumpet percebeu que sua nova casa ficava a menos de cem metros de um restaurante e de uma delicatéssen sueca que defumava salmão no pátio dos fundos, ficou mais determinado em seus esforços de escapar. Geralmente ele era o mais preguiçoso e lânguido dos felinos, mas, nos últimos tempos, havia dado para sair correndo por frestas de portas abertas para provar o gosto da liberdade... e de peixe.

O único recurso de Verity fora pregar cartazes ao longo da Rochester Street com uma foto de Strumpet em toda a sua roliça glória, implorando a seus vizinhos: "Por favor, não alimente este gato. Ele está em uma dieta rígida de controle de calorias".

Strumpet não recebeu a mensagem sobre a dieta. Ele estava na porta dos fundos do restaurante, de pé sobre as patas traseiras (Verity se surpreendia por elas conseguirem suportar o restante do corpo), pedindo para entrar.

— O que você está fazendo? — Verity perguntou, mas Strumpet fingiu que não estava ouvindo. Ele fazia muito isso. Conseguia se manter surdo aos pedidos de Verity para que a deixasse em paz e parasse de usar seu rosto como travesseiro, mas ouvia uma fatia de queijo sendo mastigada a vários aposentos de distância, em meio a uma tempestade de raios.

No fim, Strumpet só se deixou convencer a sair dali quando Verity partiu um pedacinho da cauda de seu próprio peixe. Então ela o pegou no colo e o carregou enquanto ele se contorcia furiosamente, seguindo pela rua e pelo piso de pedras da praça onde a Felizes para Sempre, ex--Bookends, ficava havia mais de um século.

A praça, Rochester Mews, tinha realmente dado uma levantada nas últimas semanas. Sim, ainda havia uma fileira de lojas vazias e deterioradas em um dos lados, mas a Felizes para Sempre estava resplandecente com sua nova cara cinza-fosco e rosa-lavanda. Verity ainda não se acostumara direito às pontadas de orgulho no peito (embora algumas dessas pontadas fossem, no momento, as garras de Strumpet) quando olhava para seu local de trabalho e seu novo lar.

Ela não era a única moradora local satisfeita com a mudança de sorte da Felizes para Sempre. Desde que Posy mandara arrumar os bancos de madeira e aparar as árvores da praça, aquele se tornara o ponto de encontro favorito de um grupo de adolescentes do conjunto habitacional próximo, que agora se reuniam nos bancos quase todas as noites para fumar maconha.

Nina perguntara se eles não se importavam de ir fumar maconha em outro lugar, mas, aparentemente, em todos os seus pontos habituais eles corriam o risco de ser vistos pelos pais ou por um professor. Porém concordaram em só se reunir ali depois que a livraria fechasse, e Nina e Verity decidiram que seria melhor ser amistosas e estabelecer uma relação positiva com eles.

— Fala aí, Very. Tá bonita, gata — o menor dos garotos falou, e Verity sorriu de maneira educada, mas nem um pouquinho encorajadora, apressando-se para a Felizes para Sempre, com as chaves apertadas na mão para poder usá-las como arma, caso fosse necessário.

Incomodado, Strumpet ainda se contorcia sob seu braço quando Verity abriu a porta e entrou na loja. Parou um momento para mais uma pontada de orgulho enquanto olhava as prateleiras, algumas das quais ela mesma pintara diligentemente, e inalou o cheiro de livros novos e o perfume constante das velas personalizadas que elas haviam encomendado.

A ampla sala principal da livraria abrigava três sofás em estágios variados de decadência, dispostos em torno de uma mesa de centro que também fazia as vezes de santuário amoroso para Lavinia, sua falecida patroa anterior, exibindo seus livros favoritos (de *A procura do amor*, de Nancy Mitford, a *Riders*, de Jilly Cooper) e um vaso de rosas cor-de-rosa que eram sua marca registrada.

Uma das paredes estava completamente tomada por livros, outra ocupada por estantes vintage cheias de objetos relacionados à literatura romântica, como canecas, as tais velas perfumadas, artigos de papelaria, bijuterias, camisetas, cartões e embalagens. E sacolas. Posy era obcecada por sacolas.

Então, à esquerda e à direita da sala principal, havia arcos que levavam a várias antessalas, cada seção — clássicos, históricos, romances do período da Regência, literatura juvenil, poesia e teatro, até eróticos — indicada em rosa-lavanda sobre a madeira pintada de cinza. E, por fim, nas antessalas à esquerda, portas duplas de vidro davam para o salão de chá.

Ou dariam para um salão de chá dentro de aproximadamente duas semanas, mas por enquanto ainda se tratava de uma obra em andamento e do tormento da existência de Verity — apesar de não ser um tormento tão grande quanto Strumpet, que agora estava em estado de contorção máxima. Ela trancou depressa a porta da livraria e soltou com alívio os nove quilos de um esperneante gato de pelo curto inglês cinza.

— Você é um porre — Verity disse a Strumpet, que passou direto pelo balcão e parou junto à porta que separava a loja das escadas para o apartamento, balançando a cauda e miando impaciente. — Pode miar quanto quiser. Eu não vou dividir o meu jantar com você — Verity declarou, enquanto o seguia escada acima. — Vou para a sala e fecharei a porta para não ouvir nem mais um pio de você. Foi um dia cansativo e eu preciso de sossego.

Os miados cresceram em fúria e decibéis. Outras pessoas tinham gatos que eram silenciosos e críticos; Verity desejava ter um gato assim. Resignou-se ao fato de que, quando pusesse o peixe, as fritas e o purê de ervilhas em um prato e se servisse de uma taça de vinho tinto, teria Strumpet no colo, de olho em seu jantar.

Mas, se o gato estivesse comendo, pelo menos ficaria quieto.

Sossego.

Verity parou no alto da escada e respirou fundo. Soltou os ombros, relaxou os braços enquanto deixava o ar sair. Fechou os olhos e respirou profundamente outra vez, inspirando pelo nariz, expirando pela boca, e já podia sentir as tensões da semana e, em particular, os eventos traumáticos das últimas duas horas afastando-se para serem substituídos por uma agradável sensação de calma e tranquili...

— OII!!! Eu já fui entrando, espero que não se importe. — A porta da sala de estar rangeu nas dobradiças. — Ah! Está fazendo aqueles seus lances de meditação? Por que está fazendo isso aí no alto da escada? Quer que eu pare de falar? Tudo bem. Você nem vai notar que eu estou aqui.

Verity abriu os olhos e deu de cara com sua irmã. Como sempre, era como se estivesse olhando para si mesma por um filtro extremamente favorável do Instagram. Nosso Vigário e a Esposa do Nosso Vigário, como os pais de Verity eram conhecidos, tiveram a boa fortuna de ser abençoados com cinco filhas. Con, a mais velha, depois Merry, então Verity e, encerrando a fila, as gêmeas Immy e Chatty. Ao contrário das irmãs que haviam herdado o perfil atlético do lado paterno da família, Merry e Verity tinham puxado à mãe. Eram definitivamente mais baixas, mas também mais "esguias", como dizia Merry, embora Verity considerasse "magricelas" o termo mais adequado. Ainda que sua tia-avó Helen nunca deixasse de lembrar a elas que todas as mulheres do lado de sua mãe ficavam gordas com a idade.

Ambas tinham um cabelo indefinido, nem liso nem encaracolado, que ficava em algum ponto intermediário dependendo do clima, e tendia a um castanho cor de rato no inverno e a um tom um pouco menos opaco no verão. Tinham grandes olhos castanhos sob sobrancelhas curvas e delicadas, mas Merry parecia mais doce e suave, enquanto Verity já exibia linhas de expressão na testa. Merry certamente sugara até a última gota de segurança e autoconfiança que existia no conjunto de genes, sem deixar nada para Verity, embora o conjunto de genes tenha se refeito a tempo para a chegada de Immy e Chatty. Mas isso não significava que Verity desistiria sem lutar.

— Eu te dei uma chave contra a minha vontade, para ser usada só em casos de emergência.

Merry a olhou com determinação.

— O Dougie está no turno da noite este fim de semana e eu fiquei entediada.

Para as irmãs de Verity, estar entediada *era* uma situação de emergência. Verity sacudiu a cabeça e suspirou.

— Não suspire para mim, Very! — Merry seguiu nos calcanhares da irmã, ao mesmo tempo em que Strumpet quase lhe dava uma rasteira, em direção à cozinha. — Você tem os suspiros mais passivo-agressivos que eu já ouvi — ela acrescentou, enquanto Verity colocava o peixe, as fritas e o purê de ervilhas em um prato, pegava garfo, faca e copo e prendia uma garrafa de vinho tinto sob o braço. — É uma porção bem grande. Posso comer um pouco?

— Não! Eu vou para a sala de estar. Vou fechar a porta e você não vai me amolar por trinta minutos completos. Vamos acertar nossos relógios.

Merry olhou para o relógio e murmurou a hora, mas com má vontade e um beicinho que Verity ignorou. Ela era imune a beicinhos.

— O que eu vou ficar fazendo enquanto você janta e não quer me dar nem um pouquinho, mesmo sabendo que eu ainda não comi nada?

— Você pode usar suas reservas de energia interior — disse Verity, sem nenhuma pena. — Ainda deve ter *alguma*.

Ela fechou a porta na cara ofendida de Merry e na cara ultrajada de Strumpet, pôs o prato sobre a mesinha de centro e desabou no sofá. Era um sofá muito confortável, com uma estampa floral um tanto extravagante.

Verity se estendeu e, mesmo sabendo que sua comida esfriaria logo, fechou os olhos e se desligou de tudo, até do som de Strumpet uivando do outro lado da porta.

A porta de repente se abriu e, um segundo depois, Strumpet aterrissou no peito de Verity, tirando-lhe o fôlego. Merry enfiou a cabeça dentro da sala.

— Posso pegar um pedaço de queijo na geladeira? — ela perguntou, lamuriosa.

— Pode! — Verity respondeu, apertando os dentes. — E leve este gato com você.

Ela não conseguiu inspirar mais que vinte vezes antes de ser interrompida novamente.

— Desculpe, mas é que você pegou a garrafa inteira e eu queria saber se posso tomar um gole de vinho.

A porta se fechou atrás de Merry e da garrafa de vinho de Verity, mas abriu de novo logo em seguida.

— Desculpe! É que eu tenho queijo e vinho, mas agora preciso de torradas. Você tem torradas?

Verity esperneou de puro desespero.

— "Não tem pena dos meus nervos? Está acabando com eles." — Ela se sentou no sofá. — Entre de uma vez. Era esse mesmo o seu plano.

— "Tenho o maior respeito por seus nervos. São meus velhos conhecidos" — disse Merry, completando a citação de *Orgulho e preconceito* que Verity iniciara. — Posso pegar uma batata?

Verity cedeu ao inevitável.

— Sirva-se. E eu tenho uma notícia triste.

Merry virou para a irmã com a boca cheia de fritas mornas.

— O quê?

— Tive que matar o Peter Hardy. Ou melhor, a Posy e a Nina me pegaram traindo Peter Hardy.

Verity teria preferido remoer seus problemas em silêncio, mas essa não era uma opção, então contou rapidamente as partes mais importantes para a irmã.

— Está vendo? Foi tudo culpa delas — Verity resmungou, infeliz, depois de ter terminado de culpar Posy e Nina por forçá-la a se enfiar no caminho de outro homem.

— Mas, Very, seu namorado falso era só para o período das festas de fim de ano — Merry a lembrou.

Foi a vez de Verity fazer beicinho.

— Um namorado falso não deveria servir para a vida toda, e não só para as festas de fim de ano?

— Mas como isso poderia funcionar? Você teria filhos falsos também em algum momento? Talvez até um cachorro falso?

— Cachorro falso, não. O Strumpet prefere ser filho único — disse Verity, e então ouviram a porta da loja fechar de repente, depois o som de passos ficando mais altos na escada, até que Nina apareceu na porta da sala de estar.

— Ah. Meu. Deus! — ela anunciou, como cumprimento. — Você já conheceu o cara, Merry? Conheceu o cara maravilhoso, chique e sexy com quem a sua irmã está saindo, quando deveria estar apaixonada por Peter Hardy, oceanógrafo?

— Não! — Merry respondeu, animada, fazendo um gesto de desprezo com a mão. — O Peter Hardy já está fora da jogada faz tempo. Mas esse outro cara... A Very está guardando só para ela. Ele é bonito?

— Não só bonito. É gostoso também. E tem uma daquelas vozes graves bem dramáticas. Sabe como é? Voz de cama — Nina disse, enquanto pegava o celular. — Eu consegui tirar uma foto dele. Está um pouco borrada.

— Deixa eu ver! — Merry praticamente subiu por cima da irmã para pegar o celular de Nina. — Ah, que pena que a sua cabeça está no caminho, Very. Você devia ter saído um pouquinho para o lado.

— Vou prestar atenção da próxima vez — Verity respondeu enquanto mastigava, pensativa, uma batata frita murcha.

— Então, pode ir contando tudo — Nina pediu, sentando no sofá e deixando Verity espremida entre ela e a irmã. — Como vocês se conheceram? Ele deve ter chegado em você. Porque você não é bem o tipo de chegar nos caras. Você lançou aquele olhar indiferente quando ele se aproximou pela primeira vez?

— Acho que vou começar a usar esse olhar indiferente também — Merry interveio, cutucando Verity com o cotovelo e sorrindo como se fosse mesmo muito divertido. — Esse olhar agarrou Peter Hardy, oceanógrafo, e agora esse outro cara. Como é o nome dele?

— Johnny — Nina respondeu. — Eu não costumo gostar de caras com esse jeito refinado, mas abriria uma exceção para ele.

— Eu adoro um cara refinado — disse Merry. — O Dougie na verdade é muito refinado, mesmo que tente fingir que não é. Apesar dos errinhos de pronúncia, ele estudou na St. Paul's e participou do corpo de cadetes.

— Eu saí com um soldado uma vez — contou Nina, enquanto Verity se levantava do sofá: sua presença não era mais necessária. Especialmente porque agora Nina estava contando intimidades sobre seu ex-namorado soldado e um truque que ele fazia com o pênis ereto e um copo de cerveja e Merry estava dando gritinhos de prazer horrorizado.

Ela se espremeu entre as caixas e sacolas no corredor que ainda esperavam para ser desempacotadas e entrou em seu quarto. Aquele era o antigo quarto de Posy e, na época em que era o quarto dela, cada cantinho disponível era coberto de pilhas de livros e roupas. Verity amava muito Posy, mas, como Sebastian havia comentado certa vez, e com razão, ela era totalmente desleixada. Agora, com a maior parte das coisas de Posy fora dali (embora Verity tivesse encontrado uma dúzia de meias desemparceiradas, vários livros românticos cheios de orelhas e uma barra de chocolate comida pela metade que de tão velha tinha virado pedra embaixo da cama) e a maior parte dos pertences de Verity ainda para ser desencaixotada, o quarto estava vazio, mas mesmo assim era aconchegante.

Havia uma grande janela saliente que dava para a praça e estantes montadas nas reentrâncias de ambos os lados da bela lareira eduardiana de azulejos, só esperando que Verity arrumasse nelas seus próprios livros e pequenos enfeites. Verity tinha uma poltrona enorme que ela e Merry haviam encontrado em uma caçamba de lixo na Essex Road, e gastara um dinheiro que não tinha para recuperá-la com um novo estofamento de veludo azul-escuro. Era sua poltrona de leitura. Sua poltrona-santuário. Sua poltrona de se-aconchegar-debaixo-de-um-cobertor-e-deixar-que-o--mundo-a-esquecesse.

Verity pegou o cobertor de patchwork que fora tricotado por sua bisavó e se encolheu na poltrona. Apesar de tudo que acontecera naquela noite, inacreditavelmente ainda eram nove e meia. Era fim de junho, com seus dias enevoados e mais longos, o céu lá fora ainda claro. Se aguçasse os ouvidos, podia escutar os risos e gritinhos vindos da sala de estar e o som de vozes se elevando em uma discussão na praça lá embaixo.

Então Verity escolheu não aguçar os ouvidos. Desligou o barulho, a estática. Abraçou os joelhos junto ao peito e tudo ficou em silêncio. Por fim, conseguiu ouvir seus pensamentos, mas escolheu não pensar também, porque, quando o fazia, tudo o que lhe vinha à mente era um homem bonito de olhos azul-esverdeados sentado diante dela, a encarando, talvez até rindo dela.

Nada de bom poderia vir de um homem como aquele.

E o que eu devo fazer nesta situação? — Parece que não há o que fazer.

Mesmo não tendo mais um namorado falso para cuidar, Verity quase não teve paz nos dias que se seguiram.

Nas três curtas semanas desde que a Bookends se tornara Felizes para Sempre, a livraria passara de uma loja deserta para um lugar apinhado de clientes loucos para comprar livros. Parte disso era a tendência normal de aumento de movimento no verão e parte era porque sua reinauguração como livraria de ficção romântica fora noticiada no *The Guardian*, na *Bookseller*, em inúmeros blogs de leitura, e Posy tinha até aparecido no programa *BBC News South East*.

O som constante da caixa registradora abrindo com o *tlim* triunfante era música para os ouvidos de Verity. Fechar o caixa todas as noites não era mais uma tarefa entediante, mas fonte de alegria e surpresa. Só o que não a agradava nessa história de a loja se tornar uma livraria procurada era o falatório infindável do público comprador de livros românticos e seus gritos frequentes de "Você trabalha aqui?", cada vez que Verity se arriscava a aparecer na parte principal da loja. Mas era uma pergunta justa, já que ela usava o agora obrigatório uniforme cinza com o logotipo Felizes para Sempre em rosa.

— Sou da administração — Verity murmurava em resposta, enrijecendo o corpo para o caso de algum cliente ousar tocá-la. Houve a vez em que uma senhora idosa com um punho de ferro arrastara Verity até o balcão e insistira que ela telefonasse para E.L. James e lhe dissesse para agilizar o próximo livro.

E Verity *era* da administração, embora Lavinia a tivesse nomeado gerente da loja um ano atrás, porque era a única funcionária da equipe responsável o bastante para ficar encarregada do dinheiro miúdo do caixa. Atrás de uma porta com uma tabuleta em que se lia "SOMENTE FUNCIONÁRIOS", ela registrava o estoque e o mantinha sob controle, cuidava dos inúmeros pedidos que chegavam pelo novo e atualizado site da loja, os quais haviam aumentado nas últimas semanas e precisavam ser processados até o meio-dia no período da manhã e até as cinco no da tarde para seguir pelos malotes do correio.

Mas, mesmo no isolamento de seu escritório e com várias antessalas cheias de livros supostamente abafando o barulho, Verity ainda ouvia o ruído constante de martelo e furadeira vindo do salão de chá, que estava sendo restaurado à sua glória original. Também tinha de lidar com Greg, e às vezes com Dave, os dois homens que estavam trabalhando lá e apareciam continuamente para pedir dinheiro para comprar alguma coisa na loja de material de construção, para lhe entregar recibos ou para reclamar de Mattie, que assumiria as atividades do salão de chá.

Verity demorava um tempo para simpatizar com estranhos, mas, embora se conhecessem há pouco tempo, ela já gostava muito de Mattie. Especialmente porque Mattie estava ocupada testando receitas e usando a equipe da Felizes para Sempre como cobaias humanas de um suprimento inesgotável e saboroso de bolos, tortas, biscoitos, cookies, pães, biscoitos amanteigados, pães doces, pãezinhos recheados e algo que ela chamava de muffnut, um híbrido de muffin e donut. Apesar do nome pouco atraente, era envolto em uma cobertura de caramelo e tão delicioso que Verity quase chorou quando Nina pegou o último na bandeja.

Mas não era seu talento com uma tigela e um punhado de ingredientes que havia conquistado o respeito de Verity, e sim o fato de que Mattie era uma mulher de poucas palavras. Ao contrário de certas pessoas que Verity conhecia, que tomavam o silêncio como uma afronta pessoal, Mattie só falava quando tinha algo a dizer, e foi por isso que ela ofereceu a Mattie uma mesa no escritório dos fundos para usar quando estivesse trabalhando com a administração do salão de chá: um privilégio que poucos da equipe haviam obtido. Apenas Posy, e isso porque, tecnicamente, ela era a chefe e, não tão tecnicamente, era ela quem pagava seu salário.

Mas nem mesmo Posy conseguia fazer Verity gostar de se relacionar com o público, nem pessoalmente nem por telefone. "E-mail. Eu sou ótima por e-mail", Verity lembrava a Posy inúmeras vezes por dia. "Não tem nada na descrição do meu cargo que diga que eu preciso atender o telefone ou fazer ligações."

Lavinia nunca dera descrições do cargo a nenhum de seus funcionários; ela acreditava que eles gravitariam naturalmente para as tarefas que lhes fossem mais adequadas. Mas, pela expressão de revolta no rosto de Posy sempre que Verity se afastava do telefone tocando ou de um cliente desesperado por ajuda, ela devia estar pensando em especificar funções para todos os funcionários.

Não houve como se esconder, no entanto, quando Emma — irmã de Dougie, o namorado de Merry — foi atrás dela para pedir que Verity respondesse ao convite para sua festa de trinta anos/open house que ela enviara em maio. Emma garantiu que só estava lá para prestigiar a Felizes para Sempre, mas Verity teve a impressão de estar sendo caçada.

— Sim ou não, Very? — Emma gritou do balcão enquanto pagava pelo romance mais recente de Mhairi McFarlane e uma camiseta "Leitor, eu me casei com ele", que ela disse que estava pensando em usar como indireta para Sean, seu namorado. — E você vai levar o Peter Hardy, oceanógrafo, não vai? Se bem que a Merry falou que você já largou dele por ser um chato da vida marinha.

— Eu não fiz nada disso! — Verity exclamou, indignada. Então lembrou que não precisava mais inventar desculpas por Peter Hardy estar ausente outra vez. — Mas nós concordamos em nos separar. Foi tudo muito amigável.

— Então vou marcar que você vai sozinha. — Emma lhe deu um largo sorriso. — Não precisa ficar com essa cara desanimada. Vai ter um monte de homens solteiros. Vou garantir um bom estoque para você.

— Ah, meu Deus — disse Verity, horrorizada. — Até parece que você não me conhece. Prometa que não vai fazer nada disso.

Emma fechou a bolsa com um clique triunfante.

— Ótimo! Isso quer dizer que você vai. E, se a situação mudar e você voltar com o misterioso Peter, fique à vontade para trazê-lo também. É uma pena vocês dois.

— Essas coisas acontecem — Verity respondeu com um suspiro profundo, fazendo um gesto indicando o escritório atrás de si. — Trabalho. Preciso ir trabalhar agora. — De repente, lembrou-se dos bons modos. — Mas estou superanimada com a sua festa.

— Não precisa exagerar, Very — disse Emma. — Conheço você há cinco anos e nunca te vi superanimada com nada.

— Moderadamente animada — Verity se corrigiu.

— É bom que esteja mesmo — Emma lhe disse, com um brilho nos olhos. — Vamos alugar um aparelho de karaokê. A participação é obrigatória.

E então ela saiu, deixando as palavras flutuando para encher de medo o coração de Verity, que ficou paralisada, com uma expressão de angústia no rosto.

— Que pena que você dispensou o Peter Hardy, oceanógrafo — comentou Nina, guardando em uma sacola os livros da cliente seguinte. — Agora vai ter que ir sozinha.

— Mesmo porque Peter Hardy, oceanógrafo, navegava pelos mares do mundo com tanta frequência que talvez nem estivesse aqui para te fazer companhia — disse Tom, funcionário em meio período da Felizes para Sempre e aluno de pós-graduação o outro meio período, com um ar muito discreto de ironia. Verity sempre desconfiou de que Tom não acreditava em seu namorado falso.

— Não sei por que eu tenho que ir a todas essas coisas. Festas de noivado, aniversários, open houses — Verity resmungou, cruzando os braços e baixando o queixo até o peito.

— É verdade, que horríveis seus amigos por quererem compartilhar os momentos importantes da vida deles com você — disse Posy, enquanto vinha da pequena cozinha ao lado do escritório, com uma bandeja de chá nas mãos. — Desculpe por ter insistido que você fosse ao meu casamento e à festa íntima para os familiares e amigos mais próximos na noite anterior.

— Eu não quis dizer isso. Eu amo os meus amigos. Tento ser legal com eles. — Verity franziu a testa enquanto pensava em como se comportava em questões de amizade. Ela não era muito boa com abraços, conselhos efusivos ou qualquer coisa que envolvesse suas amigas em uma grande pilha de gente bêbada caindo umas sobre as outras aos risos e gritos, mas em interações um-para-um ela era ótima. Excelente, aliás. Boa ouvinte, sempre presente para dar uma ajuda prática para qualquer colega recentemente falida, demitida ou despejada e, embora não chegasse nem perto do talento culinário de Mattie (que acabara de entrar na loja com uma bandeja de palitinhos de queijo com chilli), Verity tinha uma máquina de fazer pão e muitas amigas em crise haviam sido confortadas por seu pão de banana e gotas de chocolate. — Eu só acho difícil socializar em grandes grupos. Isso não faz de mim uma pessoa ruim, não é?

— Claro que não — Nina lhe garantiu. — Mas você não poderia levar aquele seu novo cara, o Johnny?

— Não! É muito cedo — Verity respondeu depressa. E então percebeu que estava fazendo tudo de novo, mentindo sobre ter um namorado, quando havia jurado para si mesma que não faria mais aquilo. — E ele não é o meu novo cara. Ele não é o meu nada.

Tom sorriu, embora seu sorriso fosse parente próximo de um riso irônico.

— Johnny? Quem é Johnny? Não estou conseguindo acompanhar todos os namorados da Very. Ele é oceanógrafo também?

Aquele era um dos raros momentos em que não havia ninguém esperando para pagar e nenhum dos clientes que olhavam as prateleiras tinha alguma dúvida ou consulta para fazer no sistema. Droga! Nina, Posy e Mattie, que continuava ali com seus deliciosos palitinhos de queijo, viram-se todas para Verity com expressões que poderiam ser descritas como extremamente curiosas.

— É, Very, o que ele faz?

Verity não aguentou mais.

— Ele trabalha muito — disse, séria. — Como vocês todos deveriam estar fazendo em vez de ficar aqui, fofocando. E como eu deveria estar fazendo, porque tenho milhões de pedidos para processar antes do correio passar.

E, como já tinha feito inúmeras vezes, geralmente quando Posy tentava convencê-la a ficar no caixa por mais dez minutos, ela fugiu para a segurança de seu escritório-santuário.

♾️

Verity ainda estava em modo de fuga às seis da tarde, quando Posy virou a placa da loja para "FECHADO". Nina tinha terminado de fechar o caixa, Tom reclamava baixinho enquanto guardava de volta nas prateleiras uma pilha de livros que tinha sido deixada nos sofás e Verity varria o chão.

— Pub — disse Nina, como sempre fazia no fim do expediente. — Quem está dentro?

A maioria concordou, mas Verity sacudiu a cabeça e houve só um esforço simbólico para fazê-la mudar de ideia, porque todos sabiam que ela raramente ia para o pub nas noites de sexta-feira. Não sem meia hora para desestressar em um quarto escuro primeiro.

Mas, assim que os outros saíram, Verity percebeu que sentar em sua poltrona com as cortinas fechadas não ia adiantar muito. Morar sobre a livraria era maravilhoso em muitos aspectos. Aluguel: zero. Deslocamento: dez segundos, bastando descer um lance de escadas. Localização: centro de Londres. Possibilidade de ir ao hipermercado Sainsbury's, em Holborn, vinte minutos antes da hora de fechar e fazer uma grande economia comprando perecíveis por uma bagatela. Mas morar em cima da livraria também significava que havia muito pouco equilíbrio entre trabalho e vida quando se passava a maior parte do tempo em um único prédio.

Por sorte, Verity achava que andar era quase tão bom quanto ficar sentada em um quarto escuro. Ela caminhou pelas ruazinhas laterais, pelos pequenos largos de calçamento de pedras de Bloomsbury, ocasionalmente se aventurando por uma das grandes praças ajardinadas. Ainda estava claro o bastante para ela se sentir perfeitamente segura, mas atravessou a rua várias vezes para evitar as multidões de pessoas paradas do lado de fora dos muitos pubs da região. Todos felizes no fim do expediente, com paletós pendurados em grades ou sobre os ombros, segurando copos e saquinhos de batatas chips.

Verity via um lado diferente da cidade quando caminhava. Uma cidade cheia de vasos pendurados e floreiras em janelas repletas de flores coloridas: gerânios, lobélias, petúnias e begônias em cachos. Havia placas azuis identificando os ilustres. A casa em que Charles Dickens tinha morado, hoje o Museu Foundling, a apenas algumas portas de onde E.M. Delafield ocupara um apartamento quando esteve na cidade e escreveu *The Provincial Lady Goes Further*.

Quando o estômago deu sinal de vida, lembrando-a de que já fazia um bom tempo que comera aqueles palitinhos de queijo com chilli, Verity empurrou a porta do Il Fornello e encontrou Luigi à sua espera.

— Srta. Very! A mesa de sempre? — ele perguntou. — Não vai se sentar com estranhos esta noite?

Verity sacudiu a cabeça.

— Não — e o seguiu pelo restaurante lotado, cumprimentando com a cabeça e sorrindo para cada garçom com quem cruzava, até chegarem ao cantinho com espaço apenas para uma pequena mesa individual, onde Verity deslizou para a cadeira que Luigi lhe puxava.

Bastaram apenas algumas semanas desde que Verity começara a frequentar o Il Fornello para Luigi entender que ela sempre jantaria sozinha. Que nunca estava esperando ninguém. E certamente não queria ser incomodada ou ter seu copo de vinho ou água constantemente completado ou que lhe ficassem perguntando o tempo todo se estava tudo certo.

Tudo que ela queria era se sentar e ler um livro com uma taça, ou no máximo duas, de vinho tinto, uma salada de acompanhamento e uma travessa de ferro cheia de lasanha, o queijo crocante por cima, e tão quente que ela não conseguisse comer por uns cinco minutos. Não era pedir muito. Não que ela fosse uma eremita — isso era o que tantas pessoas não entendiam; ela gostava de estar em um restaurante movimentado, ouvindo o ruído de conversas à sua volta; só não queria participar.

Então Verity abriu o livro que estava lendo, um romance épico grandioso ambientado nos meses insanos que antecederam a Segunda Guerra Mundial, tomou um gole de vinho e espetou uma azeitona verde do pratinho de cortesia que Luigi sempre lhe trazia. Se havia maneira melhor de passar uma noite de sexta-feira depois de uma semana corrida e cansativa, Verity não imaginava o que poderia ser.

E *estava* tudo perfeito — até que um homem alto de repente atravessou o salão, pegou uma cadeira vazia e a colocou do outro lado da mesa. Verity levantou a cabeça para fazer uma reclamação indignada que morreu em seus lábios enquanto ela arregalava os olhos, em surpresa e horror.

Ah, meu Deus, era Johnny.

Era necessário rir, quando ela teria preferido chorar.

— Oi de novo — disse Johnny, muito à vontade, de pé junto à mesa dela. Sete dias foram tempo suficiente para a beleza dele perder o foco, de modo que, quando Verity pensava naquele encontro esquisito, embora realmente tentasse muito não pensar, os olhos dele haviam se tornado de um azul totalmente comum. As faces murcharam. O cabelo perdeu o brilho. Seu corpo não era esguio e flexível, mas desengonçado e sem graça. Agora, porém, ele estava de volta em plena e gloriosa definição HD, o que na verdade não queria dizer nada, porque sua presença era tão indesejada quanto alguém que aparecesse antes das oito da manhã na sua porta para ler o medidor de luz.

— Oi — respondeu Verity, educada, mas formal. A experiência lhe ensinara que, às vezes, ainda que não com tanta frequência quanto ela gostaria, os homens saíam de fininho diante de um encorajamento igual a zero. Voltou os olhos para o livro e fez uma grande representação de procurar de novo o lugar onde estava na leitura. Foi digno de um Oscar. Até acompanhou a frase com a ponta do dedo, apesar de que o texto preto nc papel branco poderia estar escrito em marciano que daria na mesma.

Será que o Il Fornello era o novo ponto de Johnny nas noites de sexta-feira? Será que ele acabara de se mudar para a região e não conhecia ninguém, então decidira que Verity serviria até conhecer novos amigos? Será que começaria a falar sem parar, quando ela só queria ficar em paz?

— Por favor, eu te peço, só deixe rolar — disse Johnny, sentando-se, e ela pôde ouvir o sorriso que acompanhava aquelas mesmas palavras que ela própria havia lhe dito. Ele tinha agora toda a atenção fria como pedra de Verity. — Eu não sabia como te encontrar. Tentei procurar Verity Love no Google, mas só apareceram uns sites de deusas muito malfeitos… Enfim, estou me desviando do assunto. Imaginei que talvez pudesse te encontrar aqui para falar pessoalmente. É o tipo de coisa que acho que seria melhor conversarmos a respeito.

Verity fechou o livro e enrijeceu o rosto para ficar ainda mais parecido com uma pedra.

— Conversar a respeito de quê? É porque eu pensei que você fosse gay? Eu já entendi que você não é. — Embora ele estivesse protestando demais para alguém que supostamente era hétero.

— Ah, não, não tem nada a ver com isso! É só andar um pouco mais arrumado que as pessoas sempre acham que a gente é gay. — Johnny fez um gesto vago dispensando a ideia. — É sobre Peter Hardy, oceanógrafo.

Verity recuou um pouco a cadeira.

— O que tem ele? — perguntou, rígida.

— Uma ideia genial, um namorado imaginário, mas por que tem que ser imaginário? Por que não ter um namorado falso real? Isso mataria muitos coelhos com uma cajadada só.

Verity olhou rapidamente para Johnny, a tempo de vê-lo sorrir. Ele era uma delícia de olhar, mais ainda quando sorria, e Verity ainda tinha em si todas as velhas sensações que entravam em funcionamento quando um homem bonito sorria para ela. Mas isso não significava que precisasse dar atenção a essas sensações.

Por sorte, Luigi chegou com seu jantar: a lasanha ainda borbulhando na travessa, salada de acompanhamento e um copo cheio de grissinis de alho.

— Grite se precisar de alguma coisa — Luigi lhe disse muito delibera-damente, olhando de soslaio para Johnny. Depois fez uma grande representação ao sacudir o guardanapo de Verity e colocá-lo com reverência no colo dela, antes de agitar o grande moedor de pimenta não sobre a lasanha, mas na direção de Johnny, no que poderia ser considerado um gesto ameaçador. — Qualquer coisa.

Verity se demorou selecionando um grissini de alho, e então o segurou.

— Eu estou bem — disse, porque, por mais que estivesse alarmada por Johnny a ter procurado e por estar falando de namorados falsos, tanto imaginários como reais, ia morrer de vergonha se Luigi e alguns de seus funcionários mais corpulentos da cozinha escoltassem Johnny para fora do restaurante. — Estamos bem. Você vai pedir alguma coisa? — ela perguntou para Johnny, que virou seu belo sorriso para Luigi, e logo ambos estavam falando alegremente sobre o forno a lenha da cantina (o orgulho e a alegria de Luigi) e a origem de sua muçarela.

Assim que Luigi saiu para preparar com as próprias mãos a pizza de panceta e cogumelos de Johnny, o olhar dele se voltou para Verity. Ela sentia vontade de se encolher, mas, apesar do pânico que lhe invadia, havia algo calmo e comedido nele. Algo estável. Como um ponto fixo em um mundo caótico.

— Eu não sou gay — ele disse mais uma vez. — Não é por isso que estou solteiro. Se você quer mesmo saber, é porque estou apaixonado por uma mulher com quem não posso ficar. Não neste momento, por mais que nós dois quiséssemos desesperadamente estar juntos.

— Que romântico. Até parece *O morro dos ventos uivantes* — Verity comentou secamente. Ela havia passado muitos de seus impressionáveis anos de adolescência vestida de preto, fingindo que o Weelsby Woods, em Grimsby, era uma charneca árida, e não um esplêndido parque municipal. Ela era bem menos impressionável agora. — Mas, se vocês desejam tanto estar juntos, é o que deviam fazer. Ai, desculpe, eu não queria te chatear — ela acrescentou, quando a expressão de Johnny se entristeceu. — Aqui, pegue um grissini de alho. São muito bons.

Johnny pegou um palitinho, mas não foi o santo remédio que Verity esperava que fosse. A luz dele brilhava um pouco menos agora.

— Nós não podemos ficar juntos — ele repetiu. — É muito complicado.

Parecia a coisa mais simples do mundo para Verity. Se duas pessoas se amavam de verdade, moviam céus e terra, desprezavam laços de sangue, riam de cada obstáculo que aparecesse em seu caminho. Ela mesma podia não querer amar, mas era enfaticamente a favor do amor para as outras pessoas. Contudo, essa não parecia ser a melhor hora para seguir essa linha de raciocínio.

— Lamento muito por isso — foi o que ela murmurou, e estava prestes a perguntar o que a situação romântica complicada de Johnny tinha a ver com ela quando a pizza chegou e houve uma movimentação de talheres e pimenta moída, "mais queijo ralado?", até serem deixados à vontade para comer.

Comer juntos, ou melhor, comer na frente de um estranho, não foi a tragédia que Verity esperava. Na verdade, parecia quase amistoso, até que Johnny, na metade de sua pizza, começou a falar outra vez:

— Então, o que eu estava pensando é que nós dois estamos sozinhos, cada um por seus próprios motivos, mas poderíamos juntar forças — disse ele, enquanto tirava a borda de uma fatia de pizza. — Só como um recurso temporário. Uma solução de curto prazo para tirar os amigos do nosso pé.

— Como assim "juntar forças", "recurso temporário" e "solução de curto prazo"? — Verity perguntou, embora conhecesse muito bem todas essas expressões. O problema era que seu cérebro não processava o que elas significavam em associação com ela e Johnny.

— Bom, a questão é que eles já não estão só tentando me juntar com mulheres inadequadas. Meus amigos agora deram para enviar e-mails insistentes com links para sites de encontros, além de convites para casamentos e... — Ele parou quando seu telefone emitiu uma notificação de mensagem. — Ah, falando no diabo. — Johnny olhou para a tela e sorriu. E, de repente, os sorrisos que Verity já tinha visto até aquele momento eram murmúrios, fotocópias granulosas, nada como aquele sorriso para a pessoa desconhecida e invisível que acabara de lhe mandar uma mensagem. Era um sorriso de pura alegria, felicidade instantânea. Como seria se Johnny, ou qualquer pessoa, sorrisse para ela daquele jeito? Ela não conseguia nem imaginar.

Johnny escreveu uma resposta, os polegares se movendo rápidos como asas de beija-flor pela tela, depois levantou os olhos.

— Desculpe. Que falta de educação a minha. Onde eu estava?

Verity retomou o fio da meada.

— Você estava propondo que juntássemos forças em um esquema de curto prazo. Algo a ver com convites de casamento e e-mails insistentes.

— Ah, sim, sim. — Johnny concordou com a cabeça. — Bem, o caso é que suas histórias sobre Peter Hardy, oceanógrafo, me deram uma inspiração — disse ele, como se Verity tivesse passado *horas* o entretendo com todo tipo de aventuras imaginárias em que seu namorado imaginário estivesse envolvido. — Eu fiquei pensando. Se eu, *nós* aparecêssemos juntos em alguns lugares, na companhia de alguém do sexo oposto real, isso faria nossos amigos pararem com as infindáveis tentativas de arrumar namoros para nós.

— Mas meus amigos *pararam* com as infindáveis tentativas de me arrumar namorados depois de Peter Hardy — Verity lembrou rapidamente, porque era melhor acabar logo com aquilo.

Johnny estreitou os olhos.

— Humm, mas aposto que começaram a te atormentar com uma tonelada de perguntas sobre Peter Hardy...

— É natural que eles ficassem curiosos! — Verity exclamou.

— ... porque nunca o viram, e como poderiam? Ele não era real. Era apenas fruto da sua imaginação. — Johnny era implacável. E impiedoso. Tão impiedoso.

— Não só da minha imaginação. Foi minha irmã quem disse que ele deveria ser oceanógrafo — Verity murmurou, baixando o garfo que estivera usando para perfurar a lasanha em vez de comê-la. — Tudo bem, eu admito que meu plano tinha falhas, mas pelo menos fez meus amigos me deixarem em paz por um tempo. Foi ótimo enquanto durou — ela concluiu com um suspiro melancólico. — Meus amigos só querem que eu seja feliz, mas acham que estar solteira só pode me deixar infeliz, por isso ficam jogando um monte de colegas de trabalho, primos de segundo grau e colegas de apartamento duvidosos para cima de mim. "Essa é a Verity. Tenho certeza de que vocês dois têm *muito* em comum." — Ela pôs a mão na frente da boca. Havia falado demais e Johnny estava com um sorriso complacente.

Verity notou com satisfação que o sorriso complacente não ficava bem nele. Nem um pouco. Em suas associações com *Orgulho e preconceito*, aquilo o movia para o território de Wickham.

43

— Pois então, aí está — disse Johnny, como se realmente pudesse ser assim tão fácil. — O que estou propondo é simples. Você vem conhecer os meus amigos e eu vou conhecer os seus, e isso livra você por algum tempo de apresentações a primos de segundo grau e colegas de apartamento duvidosos e me salva de novos avanços de divorciadas com seios falsos...

— Você não tem como saber se os meus seios não são falsos — Verity falou e se arrependeu na mesma hora. Não tivera a intenção de dar nenhuma insinuação de flerte e com certeza não era sua ideia chamar atenção para seus seios. Johnny provavelmente não era mesmo gay, porque, assim que ela os mencionou, os olhos dele foram imediatamente atraídos para seus peitos.

— Acho que não são — ele disse, com um tom brincalhão e provocante, como se estivessem mesmo flertando. — Eu sou arquiteto. Conheço estruturas falsas.

Ele ainda estava olhando pensativo para os seios de Verity e, quando ela cruzou os braços, seu olhar deslizou de volta para o rosto dela, que ela esperava que parecesse sério e desaprovador.

Verity estava usando uma blusinha listrada preta e branca, jeans escuro e sandálias roxas Salt Water que ela conseguira comprar pela metade do preço na liquidação do ano anterior porque nem tantas pessoas queriam sandálias roxas. Seu cabelo, clareado pelo sol, não parecia tão cor de rato quanto de costume e estava preso em um rabo de cavalo — mas não em um daqueles rabos de cavalo espevitados que balançavam de um lado para o outro quando se andava. Ela se vestia exatamente como se esperaria de uma mulher de vinte e sete anos que havia estudado literatura inglesa na universidade e era agora gerente de uma livraria que vendia apenas ficção romântica, adotara uma vida de solteira e tinha um gato que via pernas como nada mais do que coisas em que se podia subir para pular nos braços da dona e se agarrar a ela. E Johnny estava sentado na frente dela com seu sorriso perfeito e seu rosto perfeito e seu cabelo perfeito e seu terno de corte perfeito e uma camisa branca perfeita em um corpo perfeito.

Eles eram como fogo e gelo. Óleo e água. Bolinhas e listras. Ninguém que tivesse olhos para ver acreditaria por um instante sequer que eles eram um casal.

Ainda que aquilo tivesse sido divertido — a lamentação sobre os problemas de ser solteiro —, era hora de cair na real. Verity empurrou a segunda porção de grissinis que Luigi colocara discretamente na frente dela, porque a cintura de seu jeans estava começando a apertar.

— A questão é que você acha que fingir que está em um relacionamento é apenas uma mentirinha inofensiva para tirar os amigos do seu pé. Mas essa única mentirinha inofensiva se transforma tão depressa em tantas mentiras que logo a gente precisa de uma planilha para manter o controle de todas elas. — Verity levantou um grissini, mas só para poder repreender Johnny com ele.

Ele continuou sentado ali muito calmamente, esperando que ela terminasse, o que ainda não havia acontecido.

— Além disso, é muito errado mentir para as pessoas, mas pelo menos Peter Hardy, oceanógrafo, era uma mentira falsa. O que você está propondo é uma mentira real, com encenação e uma história inventada.

— Tudo bem, tudo bem. — Johnny levantou as mãos para ela parar. Pareciam mesmo as mãos de um arquiteto. Verity podia imaginar aquelas mãos desenrolando plantas de construções e fazendo anotações com um lápis Staedtler com o nome dele gravado. Ou segurando com ternura o rosto da mulher que ele amava desesperadamente e com quem não podia estar naquele momento. — Mas nós não precisamos agir como se estivéssemos loucamente apaixonados. Se a gente se encontrasse com os amigos um do outro só uma vez, tudo que teríamos que dizer é que estamos saindo juntos. É mais ou menos isso que estamos fazendo agora, não é?

Johnny começava a parecer um pouco desesperado, e tudo aquilo era muito maluco. O mais maluco de tudo era que Verity estava pensando no assunto. Não a sério, e apenas por um segundo, mas ela imaginou como seria entrar em uma festa com Johnny e toda a sua perfeição, e como seus amigos diriam: "Quem é aquele com a Verity? É o tal Peter Hardy?"

Mas isso foi o mais longe que Verity chegou, porque tudo nela refugou no mesmo instante, como uma potrinha novata que chegasse diante da cerca Becher's Brook na corrida Grand National e decidisse que não queria pular, porque preferia manter todas as suas articulações intactas, muito obrigada. Entrar em qualquer lugar com Johnny, bonito como ele era, e sem que os amigos de Verity a vissem com um homem há anos, seria se colocar no centro das atenções. E, sinceramente, ela preferia morrer a passar por isso.

— Não posso — ela disse com firmeza e com o que esperava que fosse um ar de decisão que encerraria aquele assunto de uma vez por todas. — Eu não poderia fazer isso. De jeito nenhum. Desculpe. — E lhe ofereceu os grissinis rejeitados como prêmio de consolação. — Pode ficar com eles, se quiser. O Luigi sempre me dá uma porção extra.

— É muita gentileza, mas eu odiaria ter que mandar o alfaiate alargar meu terno — Johnny disse com seriedade, embora seu terno cinza-escuro fosse tão ajustado ao corpo que Verity duvidava de que houvesse tecido sobrando para alargar. — Acho que foi uma ideia muito esquisita mesmo. Espero não ter te ofendido.

— Não! De jeito nenhum — Verity lhe garantiu, porque Johnny estava sentado ali, com o queixo apoiado em uma das mãos e uma aparência um tanto desconsolada, como se tivesse uma reunião social urgente logo cedo na manhã seguinte e não esperasse que Verity fosse perder a chance de ser sua companhia. — Mas tenho certeza de que você tem uma fila de mulheres para ser sua falsa namorada real.

— Talvez eu devesse pôr um anúncio na internet — Johnny suspirou. — Ou talvez possa telefonar para a última divorciada azeda que me arrumaram para sair, apesar de que agora ela deve estar mais azeda ainda, porque eu prometi ligar e nunca liguei. É provável que eu esteja na lista de pessoas a serem eliminadas, com o ex-marido dela e todos os outros homens que a trataram mal. Mas pode ser que ela me perdoe. E talvez tenha mudado o perfume também. Aquele era muito enjoativo. Irritou a minha garganta e fez meus olhos lacrimejarem tanto que…

— Pare! Por favor, pare! — Verity cobriu o rosto. Era melhor não olhar para Johnny. Ele era tão bonito em seu sofrimento e ela era famosa por seu coração mole. Havia comprado Strumpet por cinquenta libras de um cara em um pub quando ele lhe disse que Strumpet era a gatinha mais mirrada da ninhada e que a mãe a rejeitara. O veterinário depois assegurou a Verity que Strumpet era definitivamente um macho e o filhote mirrado mais gordo que ele já vira em todos os seus trinta anos de profissão.

— Claro que, se eu tiver um segundo encontro com ela, com certeza ela vai achar que temos que ter um terceiro — disse Johnny, com uma fungada. — E seria muita falta de educação recusar. Isso a magoaria, depois do tanto que ela já foi magoada pelo ex-marido.

— Eu vou pensar! — Verity gritou. — Ah, Deus. Eu vou pensar. Não estou prometendo nada mais do que isso, mas chega dessa chantagem emocional! — Era como se Johnny tivesse tido aulas com suas irmãs.

Johnny endireitou o corpo e presenteou Verity com um sorriso mais devastador do que qualquer outro de seus sorrisos anteriores. Ela ficou até um pouco tonta.

— Eu estava esperando que você dissesse isso — ele falou, e Verity desconfiou de que havia sido totalmente manipulada. Era uma jogada muito Wickham, e ela ficaria mais atenta a partir de agora.

෴

Assim que Verity saiu do restaurante com o número de telefone de Johnny gravado no celular, o cartão dele em sua bolsa, o rosto ainda formigando do roçar dos lábios dele quando se despediram e metade de sua enorme lasanha em uma embalagem para viagem, ela enviou uma mensagem para Merry.

> Encontrei aquele Johnny outra vez. Onde você está?

A resposta veio tão depressa que Verity ainda nem havia guardado o celular de volta na bolsa.

> Jura?? ☺ Estou no seu apartamento, comendo os seus salgadinhos. Vem logo!

Merry tinha deixado o apartamento e os salgadinhos de Verity e esperava pela irmã em um dos bancos da praça, que estava surpreendentemente livre dos adolescentes fumadores de maconha.

— Eu mostrei para eles uma fotografia que eu tinha no meu celular com uma imagem do que a maconha faz com o cérebro humano, aí eles se despediram e foram embora — ela informou, quando Verity lhe perguntou o que havia acontecido com eles.

Merry era pesquisadora médica no hospital da Universidade de Londres e tinha em seu celular todo tipo de fotos nojentas, mas estranhamente fascinantes, de dissecações e partes do corpo doentes, que ela gostava de mostrar em momentos impróprios.

— E o Johnny? — Merry começou, enquanto entravam na loja. — Conta tudo. Não poupe detalhes.

Verity lhe contou tudo. A única parte que deixou de fora foi o fato de ela ter percebido, depois que Johnny insistiu em pagar a conta inteira em vez de dividir, que tinham estado ali sentados juntos, conversando, por bem mais de uma hora e ela não ficara incomodada com isso (pelo menos não depois de superar o choque inicial), nem se sentira ansiosa. Não havia motivo para dar a Merry a falsa esperança de que ela só estava esperando o homem certo aparecer.

Além disso, Johnny havia deixado perfeitamente claro qual seria a posição de Verity naquilo, para o caso de ela começar a ter ideias.

— Então estamos entendidos, certo? — ele dissera, enquanto segurava a porta para ela ao saírem do restaurante. — Se você concordar em aparecer em público comigo como uma namorada falsa só uma vez, e eu realmente espero que você concorde, não comece a pensar, por favor, que isso poderia levar a algo mais sério.

Por um segundo, Verity achara que ele estava brincando, porque era uma coisa muito arrogante para dizer. Sim, não dava para negar que Johnny era um colírio para os olhos, mas ela não gostou da pressuposição de que não precisaria de muito incentivo para cair aos pés dele.

— Não acho que exista algum perigo disso — ela respondera, com um tom magoado e ofendido, embora tanto a mágoa como a ofensa tenham parecido passar despercebidas para Johnny.

— Eu não duvido de que você seja uma mulher maravilhosa, mas não vou me apaixonar por você — ele havia acrescentado, como se Verity estivesse abrigando fantasias de que isso pudesse acontecer. — Eu já estou apaixonado. Não preciso de mais uma complicação.

— Apaixonado por essa mulher desconhecida com quem ele não pode estar, mesmo desejando muito — ela disse para Merry. — O que, pensando bem, parece estranho. Suspeito, até. Nos dias atuais, o que pode estar obrigando os dois a ficarem separados? Ela obteve uma ordem judicial que proíbe que ele se aproxime? Será que ele é algum stalker perigoso?

— Não deve ser isso. A mulher desconhecida dele está morrendo — Merry afirmou, como se fosse um fato. — Ela tem uma trágica doença terminal e está decidida a tomar a sábia atitude de manter o Johnny afastado, para ele continuar a ter uma vida normal depois que ela for embora. É óbvio.

— É óbvio — Verity repetiu, muito ironicamente. Embora Merry fingisse que só lia alta literatura, Verity sabia muito bem que a irmã tinha uma fraqueza secreta pelo tipo de romances dramáticos e exagerados que até Posy consideraria melosos demais para o seu gosto. — Mas, qualquer que seja a história da mulher desconhecida dele, isso não importa. Eu não sou o tipo dele. Acredite em mim, isso ficou perfeitamente claro.

Elas estavam sentadas no sofá, revezando-se para mergulhar a colher em um pote de sorvete de creme de amendoim, ainda que nem o estômago nem o coração de Verity estivessem muito a fim. Na verdade, ela se sentia como se estivesse prestes a dar à luz o bebê de comida que havia arredondado sua barriga e a fazia se sentir estufada. Merry se virou para olhar de frente para a irmã.

— Por que você não é o tipo dele? Ele falou isso mesmo? É meio grosseiro.

— Não, mas nem precisou. — Verity largou a colher. — Ele é lindo, Merry. Mesmo que eu quisesse um namorado, o que não é o caso, não mesmo, ele não é para o meu bico e...

Ela não pôde continuar, porque Merry tapou sua boca.

— Errado! — ela gritou. — Todo mundo pensa que nós somos gêmeas e geralmente me acham um arraso, portanto você também é um arraso. Nós poderíamos ter qualquer cara que quiséssemos. Qualquer um!

— Você esqueceu de deixar seu ego do lado de fora? — Verity revidou, empurrando a mão de Merry. Embora fosse verdade que a semelhança entre elas era mais do que apenas entre duas irmãs parecidas. Contribuíra para isso o fato de terem estado no mesmo ano na escola e de haver apenas onze meses de diferença entre elas. Ao que parecia, a sra. Love tinha ficado um tanto bêbada em uma festa na igreja e, como confessou alegremente para as filhas horrorizadas dezesseis anos depois: "Eu não sabia que podia ficar grávida enquanto estava amamentando".

Ainda assim, não importava de fato onde Verity se encaixava em alguma escala arbitrária de atratividade.

— Como eu já disse, não estou no mercado. Oficialmente, estou muito ocupada chorando o fim do meu relacionamento curto, mas intenso, com Peter Hardy. E só concordei em pensar nessa história com o Johnny porque ele me pôs contra a parede. Eu não vou entrar nessa. Para mim chega de falsos namorados. Eles dão quase tanto trabalho quanto ter um namorado de verdade. Existe uma razão para mentir estar incluído nos dez mandamentos — ela acrescentou, devotamente. — É porque é errado.

— Não mentir não é um dos dez mandamentos — Merry corrigiu, com ar superior. — Qualquer idiota sabe disso.

— Não tem "Não mentir", mas tem "Não levantar falso testemunho", que é mais ou menos a mesma coisa, o que você deveria saber se não fosse uma péssima filha de vigário. — Verity levantou o queixo e deu um sorriso afetado que ela sabia que irritava Merry profundamente. Coisas de irmãs.

E talvez tenha sido por isso, para se vingar, que, quando Verity saiu para ir ao banheiro, ao voltar encontrou Merry com um sorriso igualmente afetado, segurando seu celular.

— Decidi que não seria legal desperdiçar um namorado falso tão bom, então mandei uma mensagem para o Johnny e o convidei para a inauguração do salão de chá no próximo sábado. Ele já respondeu que sim. Pareceu bem entusiasmado. Está tudo bem, Very, não precisa me agradecer.

*Ela não sentia vontade de conversar com mais
ninguém sem ser ele; e, com ele,
mal tinha coragem de falar.*

Verity ia esperar setenta e duas horas, depois mandar uma mensagem para Johnny dizendo que havia mudado de ideia.

Todo mundo sabia que havia um período de reflexão padrão de três dias antes de se concordar com um encontro. Até Nina dizia isso.

Só que, bem quando o intervalo de setenta e duas horas estava chegando ao fim e Verity vinha passando muito de seu tempo compondo mentalmente o texto de desculpas que enviaria a Johnny ("Fui diagnosticada com uma doença tropical rara e estou de quarentena até segunda ordem"), ele telefonou.

Que pessoa normal telefonava para alguém com quem tinha marcado um encontro? Para que existiam as mensagens de texto?

Além disso, todo mundo sabia que Verity só atendia ligações dos familiares próximos. Era verdade que Johnny não a conhecia o suficiente para saber disso e, na esperança de que talvez ele tivesse desistido da ideia, achou que realmente não tinha escolha além de atender.

— Alô?

— Oi, Verity. Como vai?

— Hum, bem. O que você... Quer dizer, e você?

— Estou ótimo. Só liguei para confirmar se está tudo certo para sábado. Alguma coisa de que eu precise saber?

Por um breve instante, Verity se perguntou se seu pai saberia de algum convento que tivesse vagas.

— Como assim?

— Sua mensagem não tinha muitos detalhes. Esse salão de chá... ele vai ser inaugurado por amigos seus?

Verity fechou os olhos quando se deu conta da enormidade que estava envolvida naquela mensagem de Merry. Que Johnny viria a seu local de trabalho. Sua casa. Conheceria seus colegas, sua chefe, seus amigos. Se Merry aparecesse, o que evidentemente ia acontecer, por causa do bolo grátis, então ele conheceria até mesmo sua família — ou pelo menos um membro muito irritante dela.

Ela se viu embarcando em uma explicação confusa que incluiu a história resumida da Felizes para Sempre, antiga Bookends. Em certo ponto, chegou a mencionar Lady Agatha Drysdale, ex-sufragista, que havia fundado a livraria.

E, o tempo todo, Verity só tinha vontade de dizer: "Olha, vamos cancelar tudo isso?", mas as palavras nunca vinham, porque, cada vez que ela tentava buscá-las, Johnny lhe perguntava se estaria tudo bem se ele fosse de jeans, e se precisava levar algum presente, e "Vamos manter as coisas informais. Dizer que somos amigos. Que mal há nisso?".

Ah, por onde começar? Verity fechou os olhos novamente. Parecia que eles tinham ficado fechados durante quase toda a conversa.

— Que tal você chegar umas sete horas, a tempo para os discursos? Não precisa ficar muito tempo.

Era uma frase que Verity costumava falar com frequência. Sua irmã Chatty até bordara "EU NÃO VOU FICAR MUITO TEMPO" em uma almofada para ela em seu último aniversário. Sua gêmea, Immy, bordara mais uma das frases favoritas de Verity — "NÃO ESCUTO NEM MEU PENSAMENTO" — em outra almofada de cor contrastante.

Mas, agora, Johnny concordava que não precisava ficar muito tempo.

— Então nos vemos no sábado. Estou ansioso.

Eu não estou, Verity pensou quando desligou o celular, e ainda não estava ansiosa por isso no sábado, um belo dia de verão inglês que dava vontade de tomar chá no gramado e assistir a um jogo de críquete. Era o clima perfeito para inaugurar o salão de chá com algum alvoroço, embora, secretamente, Verity tivesse torcido para chover, assim não haveria convidados aglomerados na praça e tudo acabaria bem depressa. Mas não teve essa sorte e, na verdade, desejar nuvens de tempestade e uma chuva torrencial era muito mesquinho e egoísta quando toda a equipe, e Mattie em especial, havia trabalhado tanto para esse dia acontecer.

Aos sábados, Verity geralmente se dedicava às tarefas burocráticas chatas que não havia conseguido concluir durante a semana, mas, naquele sábado, depois de processar os pedidos feitos pelo site, ela se apresentou no salão de chá para ficar à disposição de Mattie.

Mattie costumava ser um pouco triste (ela havia passado um tempo em Paris e chegado de volta a Londres sob uma nuvem de melancolia; "Aposto que essa nuvem tem forma de homem", Nina dissera) e imperturbável, mas naquela manhã parecia extremamente perturbável.

— Eu fiz uma lista — ela disse a Verity, com a franja preta muito lisa espetada em todos os ângulos. Em seguida levantou um pedaço de papel manchado de gordura. — Tem itens demais. Nunca vamos conseguir dar conta de tudo.

— Vamos sim — Verity prometeu. — Garanto que em poucas horas o salão vai estar pronto para reabrir as portas.

A mãe de Posy foi a administradora anterior do salão de chá, mas, quando Verity entrou para a equipe da loja, cinco anos atrás, tanto ela como o pai de Posy, que gerenciava a livraria, tinham falecido, e o salão de chá havia se transformado em um depósito, uma sombra do que era antes.

Agora, o sol entrava pelas janelas, banindo todas as sombras, e o salão estava restaurado a toda a sua incomparável glória anterior. A madeira do piso e do revestimento até a metade das paredes brilhava, o balcão de fórmica amarela, que datava da década de 50, gemia sob o peso de uma nova e reluzente máquina de café, domínio exclusivo de Paloma, contratada por Mattie por ser uma barista experiente que não se assustava cada vez que o equipamento começava a assobiar.

Havia também um samovar antigo para chá, e logo Verity arrumaria todas as tentadoras delícias em que Mattie vinha trabalhando havia semanas. Bolos úmidos de camadas repousavam orgulhosos nos suportes antigos que elas tinham encontrado enfiados em um armário. Pãezinhos doces, muffins, biscoitos e brownies eram exibidos em bandejas também encontradas no armário, nenhuma delas combinando entre si, mas todas lindas, adornadas com aves, flores ou bolinhas.

Verity começou a lavar e secar as xícaras e pires igualmente desemparceirados que Posy comprara no eBay. Tanta coisa que fez uma anotação mental para lembrar de dizer a Posy que parasse de adquirir coisas nesse site.

Depois dobrou os guardanapos. Pôs prosecco para esfriar na pequena geladeira da cozinha do escritório, disse a Mattie inúmeras vezes para se acalmar porque tudo daria certo e avisou muito mais vezes aos clientes da loja, atraídos pelos aromas deliciosos, que o salão de chá ainda não estava aberto.

Até que, por fim, eram seis horas da tarde. Hora de fechar a livraria. Verity, Nina e Mattie subiram ao apartamento para trocar de roupa. Mattie terminou em cinco minutos. Foi só sair do jeans e blusa, entrar em um pequeno vestido preto, aplicar um traço rápido de delineador, uma camada de batom vermelho e pronto.

— Preciso ir ver os pãezinhos — disse ela, e tornou a descer para o salão.

Enquanto isso, Nina já havia se apossado do banheiro — ela precisava de pelo menos uma hora para mudar a maquiagem diurna para uma noturna —, então Verity sentou de pernas cruzadas em sua grande poltrona de veludo para esperar. Será que alguém notaria se ela se entocasse ali em cima até todos irem embora?

Claro que sim. E ficariam bravos, com toda razão. E Johnny ia aparecer, perguntar por ela, e isso não seria bom, especialmente se Merry chegasse nele primeiro. Esse pensamento foi suficiente para fazer Verity pular da poltrona e pedir que Nina lhe cedesse o banheiro por míseros cinco minutos, para ela tomar uma chuveirada rápida. Depois colocou um vestido azul-marinho de sarja até os joelhos e de mangas curtas, que era praticamente idêntico à maioria dos vestidos pendurados em seu guarda-roupa, embora no inverno ela preferisse mangas compridas e uma lãzinha confortável.

Como era uma ocasião especial, e como Johnny, tão absolutamente perfeito, estava prestes a aparecer e agir como se ele e Verity fossem bons amigos, ela sabia que precisava fazer um esforço extra além de prender o cabelo no habitual rabo de cavalo não espevitado. Na verdade, *muito* esforço extra. Trançou a parte da frente do cabelo e o prendeu para trás, encontrou a bolsa de maquiagem e estava aplicando desajeitadamente uma camada de hidratante com cor no rosto quando viu Nina parada à porta do quarto, boquiaberta.

— Maquiagem? — Nina indagou. — Verity Love está passando maquiagem? Deve estar levando aquele Johnny a sério. Você nunca usou maquiagem para o Peter Hardy, oceanógrafo.

— Claro que usei — Verity respondeu, decidindo que já havia passado hidratante suficiente e procurando na bolsa um rímel que tinha desde 2007 e que provavelmente precisava de uma boa sacudida, porque devia estar empelotado.

— Ah, meu Deus, isso é demais! — Nina se afastou, como se a aplicação de maquiagem atrapalhada de Verity lhe causasse uma insuportável agonia. Voltou um minuto depois, com o carrinho de três andares da IKEA que ela usava para guardar sua enorme coleção de cosméticos. — Olha, eu tenho todas estas amostras grátis — disse Nina, levantando duas sacolas cheias de maquiagem. — Não consigo resistir a nenhuma daquelas promoções "Gaste cinquenta libras e leve uma linda bolsinha de maquiagem cheia de coisas que você nunca vai usar". Tem alguns batons aqui que vão ficar muito melhores em você, e um rímel que não vai te dar conjuntivite.

Para a vergonha de Verity, Nina conseguiu mais em cinco minutos com seis produtos do que ela fora capaz de fazer em quinze anos. Ainda estava com cara de Verity, sem nenhum retoque Kardashian mais pesado, mas uma versão mais ajeitada e menos carrancuda de si mesma.

— Eu nunca teria pensado em usar rímel marrom — Verity comentou, enquanto piscava devagar diante de sua imagem no espelho, depois apertava os lábios, agora ligeiramente brilhantes de gloss, porque batom era algo muito cremoso e colorido para ela. Achou que estava bem. Muito bem mesmo. E que não ia parecer totalmente deslocada se as pessoas a vissem com Johnny. Agora entendia por que Nina chamava sua maquiagem de "pintura de guerra". Ela se sentia de fato um pouco mais corajosa. — E eu que nunca tinha entendido para que servia o blush. Obrigada, Nina.

— Mais seis meses morando juntas e eu te convenço a fazer piercing e tatuagem — Nina prometeu, enquanto se borrifava de perfume, embora aquilo soasse mais como uma ameaça.

— Ou então vai ser você quem vai se juntar a mim para rezar e estudar a Bíblia. Podemos cantar "Kumbaya" no fim — Verity propôs. — Vai ser divertido.

Nina escancarou a boca.

— Nunca! Não que eu tenha algo contra religião ou o seu Deus, mas é que… — Ela estreitou os olhos enquanto Verity sorria serenamente. — Ei! Eu nunca te vi nem perto de uma Bíblia, quanto mais rezando. Você só pode estar me zoando! Eu odeio quando você faz isso, Very. Precisa me dar um toque antes.

— Eu? Zoando? Eu nunca faço isso — Verity falou, nitidamente brincando, e Nina se virou e saiu do quarto com uma exclamação de falso ultraje.

— Vamos! Temos uma festa para ir — ela chamou. — E taças de prosecco gelado nos esperando.

Verity deu uma puxadinha na saia do vestido. Será que isso ia servir? Será que *ela* ia servir?

— Vá descendo — ela disse para Nina. — Eu vou logo em seguida.

～

Levou mais meia hora, e mensagens de Posy, Nina, Mattie e Tom, para Verity se sentir psicologicamente preparada para se arriscar a descer a escada e enfrentar seu namorado falso real. Bom, isso e a ameaça de Posy de demiti-la, embora Verity soubesse muito bem que era uma ameaça vazia — ela era a única pessoa que conhecia como o sistema de estoque funcionava, e ainda assim era um tipo muito vago de conhecimento.

Strumpet estava ao pé da escada, alternadamente se atirando contra a porta que separava o apartamento da loja e uivando furioso porque havia comida do outro lado e ele queria entrar.

Foi uma batalha épica, mulher *versus* felino, mas, por fim, Verity conseguiu passar pela porta, com o vestido cheio de pelos de gato e a cara furiosa e traída de Strumpet gravada na memória.

Eles haviam trancado as portas que ligavam a livraria ao salão de chá, então Verity teve de sair para a praça, que estava repleta de gente. Clientes de longa data, blogueiros literários e culinários, amigos, amigos de amigos, mas Verity avistou Johnny de imediato. Não só porque ele era mais alto que noventa e oito por cento dos outros convidados (só o marido de Posy, Sebastian, era mais alto), mas porque estava entretido em uma conversa com Nina.

Isso não podia ser bom.

Verity deixou de lado seu plano de se esconder e se apressou ao encontro deles, chegando a tempo de ouvir Nina perguntar:

— Como vocês se conheceram? A Very é muito discreta, ela nunca conta nada.

— Eu conto muitas coisas para vocês — Verity protestou, mas aquele não era nem o lugar nem o momento. — Preciso fazer as apresentações, ou você já entrou direto no interrogatório?

Nina levou a mão ao coração, como se estivesse mortalmente ofendida.

— Eu peguei uma bebida e um grissini de queijo para o Johnny e *depois* entrei no interrogatório. Eu não fui criada no mato, Very.

— Excelentes grissinis de queijo — disse Johnny, e Verity teve de reconhecer a presença dele e olhá-lo, em vez de continuar focada em Nina. — Oi — ele acrescentou e beijou Verity no rosto, de modo que ela sentiu o aroma suave e delicioso de sua loção pós-barba, o que a fez pensar em sabonetes caros e roupa lavada e quentinha. O cheiro dele era limpo, fresco e levemente cítrico. Combinava com ele, com o conjunto limpo e elegante de seu rosto quando ele sorriu para ela. Estava usando jeans e uma camiseta que poderia ter começado a vida como preta, mas havia desbotado para cinza, com o logotipo branco agora indecifrável. Ele tinha belos braços. Não eram bombados nem com os bíceps definidos que Tom aproveitou para mostrar quando tirou o blusão, porque já era fim de junho e a livraria não tinha ar-condicionado. Mas Johnny definitivamente tinha músculos, músculos firmes, como se fosse matriculado em uma academia e não perdesse a chance de usá-la.

Ela teve de desviar os olhos.

— Quer mais grissinis de queijo? — Verity falou depressa, meio se virando para esconder o que sentia como um rubor suspeito no rosto e pronta para fugir para a cozinha.

Nina a puxou de volta.

— Você não vai sair daqui até me contarem como se conheceram.

Houve um momento de silêncio. Verity tinha certeza de que suas faces estavam muito vermelhas agora. Johnny olhou para ela pelo que pareceu durar uma eternidade e ela retribuiu seu olhar com o rosto muito imóvel para não fazer uma careta.

— Hum, foi uma história engraçada, não foi? O jeito como a gente se conheceu.

— É, uma história para contar para os netos — Johnny disse com naturalidade. — Eu estava esperando outras pessoas em um restaurante, mas elas me deram o cano, e a Verity estava esperando o lendário Peter Hardy, que deu o cano nela também.

— Você não está falando de Peter Hardy, oceanógrafo, não é? — Nina abriu a boca, indignada. — Ele parecia bom demais para dar o cano em alguém!

— Houve um mal-entendido, o restaurante achou que estávamos esperando um pelo outro, e aqui estamos! — Johnny pôs o braço nos ombros de Verity, que tentou não enrijecer o corpo.

— É, aqui estamos — ela ecoou, com um olhar muito significativo para Nina. — Nina, a Posy não pediu para você ficar de olho no Sam e no Pants? Porque eles estão agora mesmo fazendo uma competição para ver quantos macarons conseguem enfiar na boca de uma vez.

— Ai, esses meninos! Eu esperava mais do Pants! — Nina exclamou e se afastou para repreender Sam, o irmão de quinze anos de Posy, e seu melhor amigo, Pants.

O que deixou Verity sozinha com Johnny. Na verdade, não estavam exatamente sozinhos, porque havia mais de uma centena de pessoas na praça, mas eles tinham se afastado um pouco e a sensação era incomodamente íntima.

— Você está muito bem — disse Johnny, depois de uma pequena pausa.

— Obrigada — Verity respondeu, muito rígida. — Você também. Gostei da sua, hum, camiseta. — Ela olhou para o chão e sufocou um suspiro sincero. — Quer mais grissinis de queijo? Vou pegar um prosecco para você. — Se eles estivessem comendo e bebendo, não precisariam conversar.

— Parece uma boa ideia — Johnny concordou e a seguiu pela multidão até o salão de chá, para se abastecerem.

O avanço foi lento, porque um fluxo contínuo de pessoas parava Verity a cada passo, com os olhos arregalados como se não pudessem acreditar que ela estivesse com um homem. Depois olhavam curiosos para Johnny, que sorria serenamente, embora Verity tivesse certeza de que ele já estava se arrependendo de toda aquela história de namorado imaginário. "Então esse é Peter Hardy, oceanógrafo?", os interceptadores de Verity perguntavam.

— Não, eu sou Jonnny e sou arquiteto — ele dizia todas as vezes, até que, por fim, estavam equipados com prosecco e um prato cheio de delícias, quando Posy bateu uma concha de metal no novo samovar de chá para chamar a atenção de todos, perfurando alguns tímpanos no processo. Em seguida puxou Mattie para a frente.

— Você precisa dizer algumas palavras — ela instruiu numa voz muito aguda. — Dar as boas-vindas, apresentar o salão de chá, suas convidadas especiais, blá-blá-blá.

— Não se preocupe se não for tão bom quanto o discurso da Morland umas semanas atrás — Sebastian acrescentou com gentileza, atrás de Posy. — Quer dizer, claro que não será, mas não é sua culpa.

Posy e Sebastian ainda estavam no primeiro ímpeto de amor conjugal, em que pareciam pensar que o outro era a razão de o sol brilhar, as flores crescerem e a vida ser sempre bela. De alguma maneira, Sebastian conseguiu transmitir tudo isso e, ao mesmo tempo, ser grosseiro com todos que não fossem Posy.

E foi por isso que Mattie fez cara de poucos amigos enquanto tirava o avental.

— Obrigada a todos por terem vindo à nossa inauguração. Eu sonho com este momento, de administrar o meu próprio café, desde que posso me lembrar e, embora esteja realmente acontecendo agora, ainda tenho a sensação de que é um sonho — declarou.

Ela teve de parar porque sua mãe francesa, a quem todos tinham sido apresentados mais cedo, uma versão mais velha, mas igualmente estilosa de Mattie, começou a chorar.

— Ah, é que eu tenho tanto orgulho de você — ela soluçou, enquanto o irmão de Mattie, Jacques, lhe dava um lenço de papel. Ele tinha trazido uma caixa inteira, prevendo que seriam necessários. Verity deu uma olhada de soslaio para Johnny, mas ele estava escrevendo uma mensagem, com os olhos fixos na tela do celular, e perdeu todo o drama.

Quando os soluços de sua mãe diminuíram, Mattie prosseguiu:

— Eu fui a Paris com a intenção de aprender a ser doceira e me apaixonar… Embora aprender a ser doceira tenha sido uma experiência muito mais feliz do que me apaixonar — disse ela com certa tristeza, enquanto as pessoas baixavam os olhos para os copos. — O fato é que aqui estou e aqui estão vocês, na grande inauguração do Salão de Chá da Felizes para Sempre, e agora eu gostaria de dar as boas-vindas às nossas convidadas especiais antes de declarar que estamos oficialmente abertos.

— Quem são as convidadas especiais? — Johnny sussurrou de repente no ouvido de Verity. A respiração dele fez cócegas, de maneira nada desagradável.

— São duas — Verity sussurrou de volta, mudando ligeiramente de posição para ele não precisar chegar tão perto. — Uma mulher que ganhou o concurso de culinária *Great British Bake Off* uns dois anos atrás, e a mãe dela, que por acaso escreve ficção romântica. O que, claro, é muito conveniente.

— Por que é conveniente a mãe dela escrever ficção romântica? — Johnny quis saber, mas a resposta de Very foi abafada por uma salva de palmas educadas enquanto as convidadas cortavam uma grande fita vermelha que fora estendida às pressas na frente das portas do salão de chá. Estas, então, se abriram para revelar a Pequena Sophie, a menina que trabalhava com eles aos sábados, e Sam, que carregava um enorme *croquembouche* entre eles. Houve um coro de "ahs" e "ohs" ao verem a imensa torre de profiteroles unidos com caramelo e adornados com velas de estrelinhas, e as palmas se tornaram distintamente mais entusiasmadas.

Infelizmente, o impacto da cena ficou um pouco perdido para a equipe da Felizes para Sempre. Eles tiveram que provar tantos sabores diferentes de recheios (no fim, Mattie se decidiu por praliné de avelã) que Verity e Tom juraram que nunca mais comeriam profiterole enquanto vivessem.

— Quer alguns? — ela perguntou para Johnny quando bandejas de profiteroles começaram a passar.

Ele sacudiu a cabeça.

— Na verdade, não sou muito chegado a doces. Se fosse uma torre de queijo, eu estaria empurrando todo mundo que entrasse na minha frente. O que você estava dizendo sobre ficção romântica?

— O quê? — Verity rebobinou seus pensamentos até a conversa a.C. (antes do *croquembouche*). — Ah, a livraria. Somos especializados em ficção romântica.

Johnny não fez uma cara horrorizada, como se estivesse com medo de pegar piolhos de ficção romântica, que era a cara que Dougie, o namorado de Merry, fazia toda vez que Verity falava sobre seu trabalho. Em vez disso, fez um sinal com a cabeça na direção das portas de vidro, através das quais se viam as estantes de livros.

— A loja inteira? Mesmo?

— Podemos fazer uma visita guiada, se você quiser. — Verity não estava oferecendo só para ser educada. Mais e mais pessoas se despejavam para dentro do salão de chá em uma caçada de profiteroles, e era inevitável que a bolha de espaço pessoal de Verity logo fosse ser invadida em todas as direções. Eles foram abrindo espaço até as portas que levavam à livraria, e ela as destrancou com cuidado para entrarem sem ser percebidos.

Verity conduziu Johnny pelas salas desertas e explicou como a Felizes para Sempre havia sido transformada nos últimos meses.

Terminaram sentados em sofás de frente um para o outro na sala principal, enquanto Johnny olhava em volta com interesse.

— Estou tendo uma forte sensação de déjà-vu — disse ele, pousando o olhar na escada de rodinhas. — Como a loja se chamava antes?

— Bookends — respondeu Verity, e o rosto de Johnny se iluminou em um sorriso. Verity sorriu de volta, porque havia algo naquela versão do sorriso de Johnny, no jeito como ele era acolhedor, como atraía para sua órbita, que a fazia automaticamente querer sorrir também. Mas então, como o sol descendo atrás dos telhados de Londres, o sorriso dele desapareceu.

— Eu já estive aqui antes — disse ele. — Muitas vezes.

— Quando era Bookends? — Verity se arriscou a perguntar, porque parecia que o assunto de repente ganhara uma placa de "NÃO PERTURBE", e ela gostava de respeitar os limites das outras pessoas, como esperava que os outros respeitassem os seus.

— A gente fazia um teste de soletrar toda sexta-feira na escola e, se eu acertasse todas as respostas, minha mãe me trazia aqui para escolher um livro, depois íamos ao salão de chá comer bolo. Eu gostava muito mais de doces naquele tempo — disse ele, com o olhar distante, como se não estivesse vendo a Felizes para Sempre, mas a livraria que existia antes, que, na época, tinha uma enorme sessão infantil.

— E eu ganhava uma estrela dourada se acertasse todos os meus exercícios de soletrar — Verity contou, porque Johnny havia compartilhado algo pessoal e ela sentiu que queria fazer o mesmo. — Quando eu juntava dez estrelas douradas, ganhava cinquenta centavos para gastar em balas na banca de jornais.

— Cinquenta centavos para gastar em balas parecia uma riqueza enorme quando éramos crianças, não é? — Johnny comentou com um sorriso, melhorando de humor outra vez, mas Verity sacudiu a cabeça.

— Na verdade, não. Não quando se tem irmãs — Verity lembrou com um lamento. Suas irmãs, que nunca, jamais conseguiam juntar dez estrelas douradas, sempre queriam participar dos cinquenta centavos de Verity e ficavam em volta das balas na banca de jornais, brigando.

Johnny riu quando Verity lhe contou que o jornaleiro ficou tão irritado que pregou uma placa na entrada: "Só podem entrar duas irmãs Love de cada vez".

Não era tão ruim quanto ela lembrava que fosse. Conversar com um homem. Sair com um homem. Não que eles estivessem saindo juntos. Ou que fossem mesmo amigos. Mas não era tão horrível quanto ela imaginava que seria.

— De que livros você gostava quando era criança? — Verity perguntou a Johnny, e ele admitiu que tinha uma obsessão pelas histórias do piloto Biggles.

— Tinha um cara que trabalhava aqui e procurava para mim os livros do Biggles que estavam fora de catálogo. A mulher dele cuidava do salão de chá. Ela fazia umas barras de cereal incríveis.

— Você deve estar falando da minha mãe e do meu pai. — O coração de Verity apertou no peito quando ouviu a voz de Posy vindo da porta, e ela achou que a amiga fosse chorar. — Os meus pais cuidavam da livraria e do salão de chá.

— Será? Estou falando de quase trinta anos atrás — disse Johnny com um tom de dúvida, enquanto se virava para sorrir para Posy.

— Eles assumiram a loja vinte e cinco anos atrás, e minha mãe fazia as melhores barras de cereal do mundo, então só podem ser eles — ela respondeu.

— Eles devem ter muito orgulho de tudo que você realizou aqui — disse Johnny, o que era exatamente a coisa certa e mais gentil a dizer naquela circunstância. Verity ficara preocupada por ele ir até ali, no meio de seu trabalho, sua casa, seus amigos, mas ele se encaixava como se fosse de fato um novo namorado apresentando seu melhor comportamento.

Só que ele havia falado dos pais de Posy no presente, e Sebastian, que apareceu atrás de Posy, porque eles não suportavam ficar um minuto sequer separados, afagou o rosto dela. Foi um gesto pequeno e terno que fez o coração de Verity se apertar outra vez. E ela também não poderia imaginar que Sebastian Thorndyke, entre todas as pessoas, fosse capaz dessa ternura.

— Você está bem, Morland? — ele perguntou.

Posy assentiu com a cabeça.

— Estou bem, sério. — Ela sorriu corajosamente para Johnny. — Eu espero que eles se orgulhem de mim, mas eles morreram há quase oito anos.

Johnny puxou o ar rapidamente.

— Eu sinto muito... — Então parou e respirou fundo outra vez. — Minha mãe morreu há dez anos, quando eu tinha vinte e cinco... Eu também espero que ela se orgulhe de mim. Ela adorava esta livraria. Era um dos seus lugares favoritos.

— Obrigada — disse Posy, e então ninguém soube mais o que dizer. Até Sebastian se sentiu comovido o bastante para ficar quieto. Johnny olhou para as estantes de lançamentos por tempo suficiente para Posy levantar o polegar para Verity e mover os lábios dizendo: "Amei!". Depois Johnny voltou a atenção novamente para eles e Posy lhes ofereceu um largo sorriso. — Nada de se esconderem aqui. Isto é uma festa. Vamos voltar para a agitação.

Claro que a primeira pessoa que Verity viu ao pisar na praça foi Merry, que acabara de chegar com Dougie. Como um míssil teleguiado, ela se dirigiu imediatamente para onde Verity tentava agora esconder Johnny — atrás de uma árvore —, arrastando Dougie consigo.

— Aí está você! — chamou, mas só tinha olhos para Johnny. Ou um olho, porque o outro ela ficou piscando violentamente para ele, de modo que um lado de seu rosto ficou todo contorcido.

— Esta é a minha irmã, Merry — Verity apresentou. — Por favor, ignore seu tique esquisito. E este é o Dougie, namorado dela. — Agitou os dedos em um cumprimento para Dougie, que respondeu da mesma maneira. Ele já conhecia Verity há tempo suficiente para entender que um aceno era muito mais aceitável que um abraço. — Este é o Johnny.

— Eu sei quem ele é! — Merry apontou para o próprio olho. — E não tenho um tique esquisito. Eu estava piscando! Para avisar o Johnny que eu estou sabendo do esquema, mas não se preocupe, seu segredo está seguro comigo. Very, eu preciso de bolo, estou com uma ressaca horrorosa. Dougie, álcool, vá encontrar algum. Johnny, você vem comigo.

Então Merry arrastou um Johnny perplexo para um banco que tinha acabado de vagar e tudo que Verity pôde fazer foi quebrar o recorde de velocidade em terra para pegar o bolo e trazê-lo para sua irmã, que entretinha Johnny alegremente com histórias da vida da família Love.

— Não tinha espaço para a gente se mexer quando todos estávamos em casa ao mesmo tempo, e Nosso Vigário e a Esposa do Nosso Vigário diziam que a tevê ia destruir nossas mentes, o que é irônico, porque agora os dois são completamente viciados em *Cash in the Attic*, e então nós tínhamos que criar nossa própria diversão. O que a gente mais fazia era fingir que éramos as irmãs Mitford e todas nós brigávamos para ser a Unity. Não porque a gente era nazista, mas quem ficava com a Unity tinha que dar um tiro na cabeça e depois sair cambaleando como uma lunática. A gente também brincava de *Orgulho e preconceito*. Você sabia que a Very decorou o livro inteiro? Ela tem uma citação para cada ocasião. Bom, e você? Tem algum irmão? Onde você mora? É tão estranho que você esteja solteiro. Quer dizer, você é incrivelmente bonito. Deve ter um monte de mulheres que não te chutariam da cama, não que você deva começar a ter ideias sobre a minha irmã, porque *hmmmppffff*...

A única maneira eficaz de silenciar Merry era enfiar um grande pedaço de bolo em sua boca. Verity nem sabia o que dizer. Não havia palavras. Ficou para Dougie chamar a atenção dela, porque às vezes, embora não com muita frequência, Merry lhe dava ouvidos.

— Merry, pare de se meter na vida dos outros.

Ela conseguiu engolir o pedaço de merengue com camadas de framboesa.

— A Very não é "outros"!

— Eu sou uma pessoa — Verity a lembrou. — E sou parente, então você devia ter mais respeito com a minha...

— Parentes são os dentes!

Dougie soltou um suspiro.

— Isso nem faz sentido, Merry.

Johnny não precisava ser testemunha daquele velho bate-boca familiar. Verity deu uma puxadinha desajeitada na camiseta dele, ambos enrijecendo quando os dedos dela fizeram contato com o que parecia uma musculatura firme sob o algodão macio, e o levou de lá.

— Isso não foi um pouco indelicado? — ele perguntou. — Eu mal disse duas palavras para a sua irmã.

— A Merry é geneticamente predisposta a não responder a insinuações ou tentativas de convencimento gentis. — Verity suspirou. — Às vezes a indelicadeza é o único caminho. — Eles estavam saindo da praça agora e virando na Rochester Street, onde Verity parou. — Sinto muito pela sua mãe — disse. — Ela devia ser bem legal.

Johnny ficou com aquele mesmo olhar vago de quando estavam sentados na livraria silenciosa e ele relembrava tudo.

— Voltar à livraria onde eu passei tantas tardes de sexta-feira felizes com ela foi estranho, triste, mas também maravilhoso. Obrigado por me proporcionar isso. — O sorriso dele se tornou mais direto. — Sabe que, para um primeiro encontro, este não foi tão ruim?

Não foi de fato um primeiro encontro. Para ser precisa, foi mais um terceiro encontro. Na verdade, nem foi um encontro. E Verity não poderia fazer isso outra vez. Seu coração não suportaria a tensão.

— Vamos terminar por aqui, então? — ela perguntou, um pouco desesperada. — Era para ser uma única vez, e eu só concordei sob coação!

Johnny teve um ligeiro sobressalto, como se aquilo o chocasse.

— Ah, você não vai se livrar assim tão fácil. — Sacudiu um dedo para ela. — Você me mostrou o seu lado, agora é a minha vez de mostrar o meu. É uma questão de justiça. Meus amigos fazem uma espécie de brunch aos domingos, e sei que eles adorariam te conhecer. A que horas posso passar para te pegar amanhã?

Verity resistiu à vontade de bater o pé.

— Ok, tudo bem. Uma vez cada, depois estamos quites e eu estou fora. Combinado?

Johnny sorriu pacientemente, como se estivesse sendo complacente com ela.

— Dez horas está bom para você?

Era-lhe difícil supor que pudesse ser objeto de admiração de um homem tão importante.

O domingo amanheceu jovial e luminoso. Jovial demais. Luminoso demais.

Verity ouvia Nina roncando enquanto tentava fazer ioga na sala para acalmar seu chi interior. Mais que tudo, ela pensava no brunch. Era um conceito muito vago e confuso esse de brunch. Nem café da manhã, nem almoço, mas um lugar intermediário, nem aqui, nem ali, e nunca era o brunch que Verity via quando assistia repetidas vezes a *Sex and the City*. Tudo perfeito, com omeletes clarinhos, creme de abacate com torradas integrais e suaves coquetéis de champanhe. Todas as vezes que encontrara Merry e seus amigos para um brunch, sempre tinha sido uma mistura de álcool e frituras gourmetizadas.

Estava com uma fome louca de bacon, mas não podia comer nada mais substancial que biscoitos de arroz, por medo de ofender seus anfitriões desconhecidos nesse tal brunch. Provavelmente seria no estilo bufê, o que ficaria bem incômodo. Ter de segurar uma bebida em uma das mãos e um prato na outra e não saber o que fazer quando fosse apresentada a um dos amigos de Johnny e precisasse da mão livre para cumprimentar. A menos que dessem falsos beijinhos só aproximando as faces. Ou pior, beijinhos de verdade.

Mas também poderia ser um brunch com todos sentados e, mesmo tendo Johnny a seu lado, Verity mal o conhecia, e a pessoa do outro lado seria um completo estranho.

Cada cenário possível era um pesadelo pior que o anterior. Enquanto vestia uma blusinha solta com estampa de passarinhos (uma peça de designer legítima encontrada no bazar da Oxfam, na Drury Lane, que sempre tinha alguns tesouros) e seu jeans skinny favorito, Verity se surpreendeu por não ter urticárias pipocando no corpo inteiro. Completou com os tênis de couro prata de cano alto e zíper que Merry tinha comprado em uma liquidação relâmpago na internet e depois percebeu que eram um número abaixo do seu.

Esperava que o efeito geral fosse um pouco fashionista, mas não demais. Depois tentou repetir a maquiagem da noite anterior, com resultados apenas razoáveis.

Ainda eram só nove horas. Faltava mais uma hora até o horário em que ela havia relutantemente concordado em encontrar Johnny na esquina da Rochester Street. Então, mastigando mais um biscoito de arroz, dessa vez lambuzado de creme de amendoim para dar energia, Verity o procurou no Google.

Procurar Johnny no Google era jogo limpo, porque ele já havia admitido que a procurara antes e a história da origem do relacionamento deles na véspera tinha sido uma droga e ela não queria chegar naquele brunch despreparada e, tudo bem, ela estava curiosa. Não era nenhum crime ser curiosa.

Depois de digitar seu nome inteiro, a primeira coisa que apareceu no alto da página de busca foi um link para a empresa de Johnny, a WCJ Arquitetos, porque, ao que parecia, ele era o dono. O segundo item foi um artigo no *The Guardian* sobre sua casa georgiana de quatro andares em Canonbury, que ele comprara caindo aos pedaços e restaurara à perfeição.

Enquanto estudava arquitetura em Cambridge, Johnny passava as férias trabalhando em construções, em vez de ficar na empresa da família, que ele assumiu quando seu pai se aposentou, cinco anos atrás. "Na verdade, sou um decorador em gesso, mas aprendi um pouco de tudo ao longo dos anos, de assentamento de tijolos e marcenaria a encanamentos e fiação."

Essas habilidades foram bem aproveitadas em 2007, quando, ao se formar arquiteto, Johnny se mudou para New Orleans para trabalhar com a Habitat para a Humanidade, construindo novas casas para as famílias afetadas pelo furacão Katrina.

Agora de volta a Londres, a WCJ Arquitetos, sob seu comando, tem ido de vento em popa e se especializa em cuidadosas restaurações de prédios do século XIX e início a meados do século XX, ao mesmo tempo em que os adapta para as necessidades da vida no século XXI.

Em nenhum lugar isso era mais evidente do que nas fotos da casa de Johnny, em Canonbury. Ela era cheia de luz natural e detalhes antigos, combinados com minimalismo moderno em tons de branco e azul.

Grande demais para um homem morar sozinho, Verity pensou, apesar de que devia ser idílico; todo aquele espaço, todos aqueles quartos vazios. Mesmo com alguns colegas dividindo a casa, ainda seria possível ter toda a paz e quietude de que se precisasse.

Olhou atentamente para uma foto de Johnny que havia sido tirada em sua cozinha clara e arejada, em que o brilho do sol deixava seu cabelo quase loiro. Ele usava jeans e uma camisa branca, e estava sentado na borda de uma mesa de aço polido, com os dedos em torno de uma caneca com grafismos pretos e brancos que Verity havia admirado na loja Liberty e depois devolvido depressa à prateleira, porque custava mais de quarenta libras. Claro que Johnny era extremamente fotogênico; seus olhos pareciam especialmente azuis...

Verity sacudiu a cabeça para sair do estupor e olhou para o relógio. Tinha apenas dez minutos para estar no local onde se encontraria com Johnny e precisava fazer alguma coisa com a grossa camada de biscoito de arroz e creme de amendoim que cobria cada centímetro de sua boca.

Verity chegou com dois minutos de folga, mas Johnny já estava esperando no ponto de encontro combinado. Usava jeans outra vez e mais uma camiseta desbotada, o que, graças aos céus, significava que Verity não tinha errado terrivelmente na escolha da roupa, e carregava um grande buquê de flores embrulhado em papel pardo, porque os buquês mais lindos e caros eram sempre apresentados em humilde papel pardo.

— Ah, não — disse Verity assim que o viu, dando um passo para trás quando Johnny se inclinou para beijá-la, de modo que ele teve que descartar a tentativa. — Eu também devia ter trazido alguma coisa? Devia, não devia? É tão grosseiro aparecer na casa de alguém de mãos vazias quando se vai comer lá.

— Tudo bem. As flores podem ser de nós dois — Johnny a tranquilizou. — Mas vamos indo, ou vamos chegar lá para o almoço em vez do brunch — acrescentou, como se soubesse instintivamente que Verity odiava se atrasar.

O brunch estava acontecendo em Primrose Hill. Quando entraram na Theobald's Road, Johnny fez sinal para pegar um táxi.

— Vamos descer na Great Portland Street e caminhar por dentro do Regent's Park? — ele sugeriu e Verity concordou, embora caminhar pelo parque significasse caminhar e conversar.

Verity não precisava ter se preocupado. Assim que se sentaram no carro, o celular de Johnny soou. Mensagem chegando. Então, como no dia anterior, ele ficou grudado ao aparelho. Assim que enviava uma mensagem, recebia outra de volta em segundos.

Talvez fosse uma emergência de arquiteto. Algo a ver com algum desbarrancamento ou coisa parecida, Verity pensou, enquanto olhava pela janela para as ruas conhecidas de Londres, repletas de gente fazendo compras, passeando, turistas com mochilas e sapatos confortáveis.

Mas, quando saíram do táxi em Park Square Gardens — Johnny batendo na mão de Verity quando ela tentou lhe dar uma nota de cinco libras para contribuir com o pagamento da corrida — e começaram a longa travessia do Regent's Park pelo Broad Walk em direção ao Zoológico de Londres, ele continuou com a atenção fixa no celular.

Na verdade, era muito mal-educado convidar uma pessoa para um brunch para conhecer seus amigos e ignorá-la durante todo o trajeto. Peter Hardy, oceanógrafo, nunca teria se comportado de maneira tão grosseira.

— Desculpe por isso — Johnny murmurou, como se pudesse ler os pensamentos de Verity, e guardou o celular no bolso. — Agora você tem minha total atenção.

Mas Verity não tinha certeza se queria sua total atenção.

— Ah, tudo bem — ela balbuciou, e cada passo que dava parecia levá-la para mais perto de sua execução. Não, isso era muito melodramático. Execução não, talvez uma leve tortura. — Humm... para a casa de quem estamos indo, afinal?

— É, pensando bem, nós devíamos estar mais bem preparados do que ontem. — Johnny fez uma leve careta. — Vamos manter a história de que nos conhecemos quando nós dois levamos um cano?

— Vamos — Verity concordou, já que não tinha nenhuma ideia melhor. Tinha sido Merry quem inventara o "meet cute" para Verity e Peter Hardy. Ele havia derrubado uma máscara de mergulho do alto da escada rolante na estação Angel do metrô e Verity conseguira pegá-la antes que caísse na cabeça de alguém.

— Então, esse brunch... ele está sendo oferecido pelos meus amigos Wallis e Graham. A Wallis é americana, advogada, cresceu em uma espécie de hotel-fazenda. E o Graham foi meu colega de escola. Na verdade, a maioria das pessoas no brunch foram meus colegas de escola. São todos boa gente. Nem um pouco assustadores. Prometo.

Em seguida Johnny explicou que ele e seus antigos colegas de escola se encontravam para um brunch no terceiro domingo de cada mês e se revezavam para ser o anfitrião.

— Mas, quando é a minha vez, eu contrato um serviço para se encarregar de tudo. Não sei preparar os ovos do jeito que cada pessoa quer. Acho que eu decepciono todo mundo.

— Claro que não — disse Verity. — Eu também jamais conseguiria preparar ovos do jeito que cada pessoa pede. É muita pressão.

— Eu estava querendo te perguntar... Quantas irmãs você tem? — Johnny indagou, antes que Verity pudesse pensar em uma maneira delicada de interrogá-lo sobre quanto tempo exatamente eles teriam que ficar no brunch.

— Quatro, embora dê a sensação de ser mais.

— Quatro? — Johnny assobiou. — Mais velhas ou mais novas?

— As duas coisas. Sou a do meio. — Verity era o que se poderia chamar de uma filha do meio clássica. A mais quieta, a pacificadora, a diferente. — É por isso que elas sempre tentavam me colocar como Mary Bennet quando a gente brincava de *Orgulho e preconceito*.

— A Merry falou alguma coisa sobre isso. — Johnny deu uma olhada de lado para Verity enquanto passavam pelo zoológico e o enorme aviário gradeado. — Qual é o problema com Mary Bennet?

— Você nunca leu *Orgulho e preconceito*? — Verity indagou em um tom escandalizado. Se Johnny fosse um namorado de verdade, não ter lido *Orgulho e preconceito* seria uma incompatibilidade básica.

— Não vou mentir, não li. Não é o meu tipo de leitura. Toucas demais para mim. — Johnny ergueu as mãos em protesto. — Por favor, pare de olhar para mim desse jeito, como se eu tivesse acabado de admitir que chuto gatinhos e bato em cachorrinhos.

— É quase tão ruim quanto isso — Verity respondeu e tentou resumir rapidamente o enredo de *Orgulho e preconceito* e o papel de Mary Bennet, o que não era fácil de fazer quando falava de seu livro favorito. — Então, para me vingar dos anos em que tive que ser a Mary, toda vez que minhas irmãs estão brigando, o que significa o tempo todo, eu cito falas em que ela é particularmente cheia de lições de moral. "Mas devemos deter a maré da maldade e despejar no seio ferido de cada uma de nós o bálsamo do consolo fraternal." Não tem nada que deixe as minhas irmãs mais irritadas do que isso — Verity admitiu ao fim de seu discurso. — E você, não tem irmãos?

— Fui um solitário filho único — disse Johnny. Eles deixaram o Regent's Park pelo Gloucester Gate, atravessaram a rua no semáforo e começaram a caminhar pela Gloucester Avenue. — Não era tão ruim. Eu tinha muitos amigos e meus pais eram do tipo divertido. Os dois eram arquitetos e, quando fiz seis anos, eles construíram uma casinha na árvore para mim no jardim dos fundos, imitando um navio pirata, então eu era muito popular na escola.

— Eu sinto muito mesmo pela sua mãe. Sei que já faz um tempo que ela morreu, mas ela parece ter sido uma pessoa muito legal e carinhosa — disse Verity, e Johnny baixou a cabeça, concordando. Embora ele estivesse de perfil, parecia tão triste que Verity também se entristeceu. — Desculpe, vou calar a boca se você não quer falar sobre ela.

— Na verdade, eu nunca me incomodo de falar sobre ela, porque não quero nunca esquecer como ela era bonita e gentil. E, na noite passada, quando eu estava pensando nela, de volta à Bookends, lembrei que, toda vez que íamos lá, ela comprava um livro romântico. — Johnny franziu a testa com a lembrança. — Dizia que era um presente especial por *ela* também acertar todas as ortografias. Meu pai brincava com ela, falava que ela já tinha romance suficiente na vida. Eu tinha me esquecido disso tudo, até ontem.

Nesse momento Verity soube que, se a mãe de Johnny ainda estivesse viva, teria gostado de conhecê-la. E que certamente ela teria aprovado a transformação de sua livraria favorita.

— Então tenho certeza que a sua mãe deve ter lido *Orgulho e preconceito*, apesar do número elevado de toucas — comentou, e Johnny sorriu para ela agradecido, como se precisasse de um pouco de alívio cômico, porque lembranças de pessoas amadas que se foram, mesmo boas lembranças, eram sempre dolorosas.

— É bem provável mesmo — ele concordou. — Preciso perguntar para o meu pai. — Suspirou. — Por mais que eu sinta falta dela, meu pai sente mais. Eles eram como almas gêmeas. — O passo deles desacelerou enquanto Johnny lhe contava como seu pai, William, e sua mãe, Lucinda, haviam se conhecido quando estudavam em Cambridge e nunca passaram um dia sequer separados até Lucinda morrer. William, pelo jeito ainda pesaroso, agora morava no apartamento no piso inferior da casa de Johnny. — Ele já não está mais tão abatido, mas minha mãe foi seu único amor, então eu acho que seu coração nunca vai se curar completamente.

Ele cuida até do pai idoso, poderia ser mais perfeito?, perguntou uma voz na cabeça de Verity que soou como uma mistura de todas as suas irmãs, sua mãe, a sra. Bennet e até Chandler Bing, e foi tão alta que ela mal ouviu quando Johnny lhe agradeceu.

— Hum? Está me agradecendo por quê?

— Por perguntar sobre a minha mãe. Por não ignorar, pensando que poderia ser um assunto incômodo. Foi muita gentileza sua — ele respondeu com delicadeza.

— Só porque é difícil falar de uma coisa, não significa que a gente tenha que varrer para baixo do tapete. Minha família não acredita em varrer nada para baixo do tapete. Bom, você conheceu a Merry...

— Ela é a irmã mandona?

Verity não pôde deixar de rir.

— Não a mais mandona. Ela é nota sete na escala de mandona. Cinco e meio se eu a encher de bolo primeiro. — Johnny pareceu incrédulo. — A Con, a mais velha, é a mais mandona. Sem dúvida nenhuma. Depois vêm a Chatty e a Immy, as mais novas. Elas são gêmeas e dividem o segundo lugar na liderança.

— Quatro irmãs mandonas. Eu não posso nem imaginar como deve ser isso.

— Muito, muito barulhento, para começar — Verity lhe disse.

Houve muitas vezes em que Verity desejara ser filha única. Especialmente por ter vivido enfiada em uma casa pré-fabricada de três quartos (a casa paroquial original tinha sido destruída por bombas durante a Segunda Guerra Mundial e a diocese ainda não a reconstruíra), na qual não havia para onde fugir de quatro irmãs e do barulho infernal que as acompanhava. Nosso Vigário não era muito melhor nesse aspecto. Ele tinha uma voz retumbante boa para fazer sermões, mas, mesmo quando não estava no púlpito, continuava retumbando pela casa, geralmente cantando canções de vários musicais clássicos, acompanhado pela esposa. Não era possível nem fazer xixi em paz sem alguém socando a porta e querendo saber quanto tempo você ia demorar.

— Você não é nem um pouco barulhenta — Johnny comentou.

— Eu falo demais às vezes — disse Verity —, mas é só de nervoso.

— Não há nada para você ficar nervosa. — Johnny havia parado, então Verity teve de parar também. Estavam diante de uma enorme casa de paredes de estuque adornadas por lindas glicínias, que combinavam perfeitamente com a porta da frente, que era pintada do mesmo tom de lilás. — Seja como for, chegamos. — Ele abriu o portão do jardim. — Entre, por favor.

*No que mais receava falhar, era mais certo que tivesse sucesso,
pois aqueles a quem ela se empenhava em agradar
já estavam predispostos a seu favor.*

Por mais que sua vontade fosse dar meia-volta e sair correndo, Verity endireitou os ombros e seguiu Johnny pelo caminho até a porta da frente lilás.

Johnny tocou a campainha e ela até conseguiu retribuir o sorriso encorajador que ele lhe deu, ainda que com a energia de uma alface há uma semana na geladeira.

Verity ouviu pessoas conversando, rindo, crianças gritando e passos que ficavam cada vez mais altos, até que a porta se abriu e uma loira, alta e elegante apareceu. O rosto dela se iluminou.

— Johnny! Você está atrasado! — A mulher tinha um suave e preguiçoso sotaque americano. Seu olhar pousou em Verity e ela levou um pequeno susto, piscou, recuperou a compostura e sorriu de novo. — E trouxe companhia?

Era definitivamente uma pergunta, não uma afirmação. Como se Johnny não tivesse se preocupado em avisar aos amigos, seus amigos que o empurravam para as divorciadas de seios falsos, que traria uma mulher para o brunch.

— Esta é a Verity — disse Johnny, alegremente. — Vocês sempre me dizem que devo ficar à vontade para trazer uma convidada.

— Com certeza, e, Verity, é um prazer *enorme* conhecer você. Sou a Wallis. Entrem, por favor!

Assim que Verity passou pela porta, Wallis a puxou para um abraço entusiasmado.

Ninguém havia dito nada sobre abraços. Verity tentou não enrijecer o corpo, mas não fez um trabalho muito bom, e Wallis estava mesmo afagando seu cabelo?

Estava, e depois pegou Verity pela mão e a conduziu pelo saguão, enquanto Verity lançava um olhar aflito para Johnny, que lhe deu um sorriso encorajador outra vez, até uma enorme cozinha em estilo rústico totalmente repleta de gente, todos se movimentando pelo espaço e servindo-se de uma variedade de frutas, sucos e doces dispostos no balcão central. Havia também itens apetitosos mantidos aquecidos sobre uma chapa, e a visão e o aroma de bacon crocante fizeram a boca seca de Verity se encher de água de repente, enquanto um homem alto com ar afobado manejava uma frigideira e erguia a voz perguntando se alguém queria cebolinha picada no omelete. Mais pessoas ainda estavam se servindo de café e saindo pelas portas abertas para um grande jardim.

A cena toda era como algo saído de uma peça publicitária. *Este não é um brunch qualquer. É um brunch profissional.*

Pelo menos ninguém parecia estar prestando atenção neles, Verity pensou, bem no momento em que Wallis a puxou para a frente.

— Pessoal! Pessoal! — ela chamou, sua voz agora fazendo uma boa imitação de uma sirene de neblina. — Pessoal! O Johnny está aqui e TROUXE UMA AMIGA! Ei, todo mundo, esta é a Verity!

Verity baixou os olhos nesse momento para se certificar de que não estava nua, porque tivera um sonho de ansiedade muito semelhante àquilo, só que também envolvia ser empurrada para um palco para cantar "Macarena", com toda a dancinha que acompanhava a música. Não, definitivamente não era um sonho, e não adiantaria se beliscar para se salvar daquele pesadelo.

Ela havia esperado que os amigos de Johnny não fossem muito intimidadores, que fossem educados, mas um pouco reservados quanto à intrusa em seu meio. Mas nunca, nem em seus sonhos mais loucos, Verity esperaria que eles despencassem em cima dela com cumprimentos efusivos e entusiásticos.

— Mas vejam só! — uma mulher exclamou, enquanto apertava Verity junto ao peito. — Que moça bonita.

— E o Johnny não é lindo também? Estamos tão felizes por você finalmente ter encontrado uma pessoa legal. É sério?

— Deve ser sério, se ele a trouxe para o brunch.

Verity estava cercada de todos os lados por mulheres na faixa dos trinta e poucos anos, todas vestindo roupas informais: jeans e blusinhas de listras, cabelos reluzentes presos para trás, rostos voltados fixamente para ela.

— Não é sério — ela ganiu. — Somos só amigos, não é? Não é?

Ela se virou em busca de Johnny, para implorar o apoio dele, mas ele estava no meio de um grupo de homens, vestidos em estilo casual como se todos tivessem ações da loja Boden, que batiam nos ombros dele e diziam coisas como "Aí, malandro!" e "Já não era sem tempo!", até que o celular de Johnny tocou e ele pediu licença para atender, deixando Verity sozinha.

Só que os amigos de Johnny não a deixaram sozinha. Ela foi abastecida com uma taça de prosecco e suco de laranja, um bagel com ovos mexidos preparados de acordo com o seu pedido ("não muito moles, por favor") e fatias de bacon, depois conduzida ao jardim para receber um lugar de honra no deque enquanto as mulheres dispunham suas cadeiras em círculo em volta dela.

— E aí, Verity, onde você e o Johnny se conheceram?

Ela se atropelou com as palavras da resposta pronta e mal havia experimentado a primeira garfada de ovos mexidos, antes que viesse a pergunta seguinte:

— Você mora aqui perto?

— Em Bloomsbury.

— Bloomsbury! Garota de sorte!

Houve exclamações de aprovação. Verity deu uma olhada em volta para o semicírculo de mulheres ricas que moravam no norte de Londres. Não era só o fato de serem mais velhas que Verity; elas também vinham de um lugar muito diferente. Era visível na postura autoconfiante, na naturalidade e na segurança que escolas particulares e universidades de primeira linha haviam lhes dado. Verity ficaria surpresa se alguma delas tivesse frequentado uma escola pública de ensino médio precária ou morado em uma casa pré-fabricada com goteiras, vizinha a um conjunto habitacional popular, porque o antigo bispo ficara zangado com o sr. Love depois que ele se recusara a denunciar mães solteiras e homossexuais no púlpito.

Mas ser filha de um vigário também ensinava algumas habilidades valiosas. Apesar de toda a sua dificuldade social, apesar de toda a timidez, Verity passara seus anos de formação convivendo com todo tipo de gente. Sempre que alguém batia à porta da casa paroquial, o sr. e a sra. Love faziam questão que todas as filhas fossem atenciosas para quem quer que viesse procurá-los, fosse uma viúva enlutada, um novo pai cheio de orgulho ou mesmo o Billy da mercearia, que estava convencido de que o diabo fizera residência em sua estufa de plantas e vinha semanalmente pedir que o sr. Love fizesse um exorcismo.

Então, nesse momento, Verity sabia que ficaria bem desde que conseguisse dominar seus nervos e fazer um esforço concentrado para se lembrar de respirar.

— Eu trabalho em uma livraria e moro em cima da loja. — Ela curvou os lábios em algo próximo de um sorriso. — Não poderia morar em Bloomsbury de outra maneira.

— Uma livraria! Eu adoro livrarias! — Wallis exclamou e, conforme Verity respondia às perguntas sobre onde fizera faculdade, onde sua família morava (o sr. e a sra. Love estavam agora estabelecidos em uma casa paroquial simples e clássica, em um pequeno povoado charmoso na zona rural de East Lincolnshire, desde que o bispo que havia implicado com seu pai se aposentara), quais eram seus planos para o verão (nada decidido), cada resposta era recebida com sorrisos e exclamações extasiadas de prazer, como se Verity fosse uma foca amestrada e os estivesse entretendo com um prato equilibrado no nariz ou uma interpretação perfeita de "My Heart Will Go On". Ela não havia feito nada disso. Era apenas uma jovem sentada na frente de um grupo de quase estranhos, insistindo que ela e Johnny eram só bons amigos.

E onde estava Johnny enquanto Verity era gentilmente interrogada? Estava andando de um lado para o outro nos fundos do extenso jardim viçoso, com o celular colado ao ouvido.

— O Johnny é um homem tão incrível — uma das mulheres, Lisa, disse quando viu para onde a atenção de Verity havia se desviado. — Todos nós sempre torcemos para ele conhecer uma mulher igualmente incrível. Ele está solteiro há *anos*.

— Já tínhamos quase perdido a esperança, não é? — interveio uma das mulheres mais loiras do grupo. — Tentamos tantas vezes juntar o Johnny com mulheres incríveis, mas nenhuma delas deu certo. E agora aqui está você!

— Estamos no começo. Muito no começo — Verity insistiu, com um sorriso congelado no rosto. — Estamos indo devagar. Bem devagar. Eu diria que somos mais amigos do que qualquer outra coisa.

— Claro que sim, mas ele é mesmo uma pessoa ótima — Lisa garantiu, e as outras mulheres concordaram que Johnny era talhado em um molde de grandeza, enquanto ele dava uma olhadinha para Verity. Ela lhe fez um cumprimento pouco entusiasmado com os dedos e desejou que ele estivesse perto o bastante para poder lhe transmitir com o olhar a mensagem de que não era legal abandonar sua falsa namorada meio minuto depois de tê-la apresentado a seus amigos. Nem um pouco legal. — Ele merece muito ser feliz.

— Ah, eu acho que ele é bem feliz — Verity murmurou, e finalmente Johnny encerrou a ligação, guardou o celular no bolso e caminhou pelo jardim em sua direção.

— Desculpe, desculpe — disse ele, com um sorriso contrito nos lábios. — Eu não tive a intenção de te abandonar. — Ele chegou ao grupo de mulheres, parou atrás da cadeira de Verity e pôs a mão em seu ombro. Ela teve vontade de se sacudir para afastá-lo, mas se forçou a ficar quieta. — Espero que vocês não estivessem contando para a Verity um monte de histórias constrangedoras sobre mim e pondo medo nela.

— Elas estavam me dizendo como você é maravilhoso. — Se Verity fosse Nina, esse seria o ponto em que ela bateria os cílios ou, se fosse Posy, enrubesceria charmosamente, mas ela era Verity, então só ficou ali, sentada, com seu sorriso agoniado, perguntando-se como havia se metido naquela confusão.

— Eu seria mais maravilhoso se não tivesse deixado você para enfrentar a Inquisição espanhola sozinha. — Johnny sorriu para o grupo reunido que olhava curioso para os dois e não fazia nenhuma tentativa de esconder seu ávido interesse. — Posso te tirar um pouquinho daqui?

Verity não se preocupou em esconder o alívio.

— Sim, por favor. — Ela se levantou da cadeira, depois se lembrou dos bons modos. — Foi um prazer conhecer vocês.

Ela achou que estavam indo embora. Para ela, parecia que já estavam ali fazia horas, mas, quando Johnny a levou pela cozinha, cada pessoa que encontravam queria ser apresentada, até que, por fim, foram cumprimentados pelo anfitrião, o amigo de Johnny, Graham, que havia preparado os ovos mexidos pouco moles de Verity com perfeição.

Ele era alto como Johnny, os cabelos castanho-claros mesclados com alguns fios grisalhos, o rosto amistoso e aberto semiobscurecido por óculos de armação preta.

— Johnny — ele disse, com ar muito sério. — Ouvi dizer que você acabou de arrumar uma namorada nova e sensacional. Isso não pode ser verdade, pode?

Johnny suspirou com bom humor e puxou gentilmente Verity para a frente.

— Esta é a Verity. Nós somos só amigos. Por favor, não a assuste.

— Oi, nós já nos conhecemos. Ou melhor, você fez ovos mexidos para mim. Estavam muito bons — disse Verity, com o máximo de sinceridade que conseguiu demonstrar, mas, se fosse obrigada a mais um abraço ou submetida a mais um interrogatório, talvez começasse a chorar. Para seu alívio, Graham não fez nenhuma dessas coisas. Apenas apertou sua mão com sobriedade e disse que era um prazer ser formalmente apresentado.

Talvez Johnny fosse mesmo tão incrível quanto seus amigos afirmavam, porque ele percebeu o ar de súplica no rosto de Verity e disse:

— Precisamos ir agora. Temos outro compromisso.

— É, outro compromisso — Verity ecoou vagamente, enquanto se dirigiam para o saguão de entrada.

— Não querem se despedir de todos? — Graham perguntou e lhes deu um sorriso maroto. — Aposto que a Wallis já pensou em pelo menos mais cinquenta perguntas para fazer para a Verity.

— Peça desculpas a ela por nós — Johnny respondeu com firmeza.

Mais três passos e estavam na porta, que Graham abriu para eles. Mais algumas despedidas — "Foi um prazer conhecer vocês também. Diga que eu mandei tchau a todos, está bem? Sim, tenho certeza de que vamos voltar a nos encontrar" — e então finalmente livre. Livre! Verity desceu os degraus quase pulando e correu pelo jardim até estar de volta à rua e respirar fundo várias vezes como se tivesse passado dias trancada em um túnel de mineração.

— Viu? Não foi tão ruim assim, não é? — Johnny quis saber quando a alcançou.

Verity estava pronta para lhe dizer que havia sido muito ruim, sim. Que tinha sido uma agonia para ela. Uma absoluta e indizível agonia. Mas, pensando bem, tinha sido assim *tão* ruim? Insistir que tinha sido ruim seria uma indelicadeza com os amigos dele, que foram de uma receptividade impecável, mesmo tendo feito muitas perguntas.

Mas havia uma coisa que a estava incomodando.

— Quando foi a última vez que você trouxe uma mulher para conhecer seus amigos?

Eles estavam andando na direção de Chalk Farm, mas a pergunta de Verity fez Johnny parar de repente. Seus lábios se moveram, como se ele estivesse fazendo contas. Em seguida franziu a testa.

— Uns cinco anos. Alguns meses a mais ou a menos. Nossa, como pode fazer tanto tempo?

Verity o observou discretamente de lado. Conferindo que, sim, ele continuava tão bonito quanto na última vez em que tinha olhado. E na vez anterior, e em todas as outras vezes, porque ele era tão bonito, tão agradável à vista, ela sentia vontade de olhar muito. Ele tinha boas maneiras, boa conversa, sabia construir casas com as próprias mãos e, no entanto, estava sozinho.

Não fazia sentido. Mas a verdade é que ele não estava sozinho por escolha própria.

Verity costumava evitar perguntas pessoais, tanto fazer quanto responder, mas precisava saber. Caso contrário, havia uma possibilidade de que ela se tornasse a primeira pessoa no mundo a morrer de curiosidade.

— Essa mulher... a mulher que você ama, mas com quem não pode ficar...

— Verity, por favor. Podemos não falar nisso? — Johnny interrompeu, com um sorriso desajeitado no rosto para suavizar o golpe.

Mas ela precisava.

— Ela conheceu seus amigos? — Outro pensamento passou por sua cabeça. — Era com ela que você estava falando no... O que você está fazendo?

Johnny havia se ajoelhado no chão para segurar melhor uma das mãos de Verity. Por um momento horrível e atordoante, ela pensou que ele estivesse prestes a pedi-la em casamento.

— Verity. Verity. Nós já chegamos até aqui, conhecemos os amigos um do outro...

Imediatamente ela soube aonde ele queria chegar com aquilo, mas esse era o ponto em que ela descia do trem da namorada falsa de volta para a estação de solteira.

— Sim, e foi tudo bem. Mas concordamos que seria um plano temporário para sossegar nossos amigos. Foi um trato para uma única vez...

— Mas funcionou tão bem, por que parar em um fim de semana? Eu gosto de você, espero que goste de mim também. — Sua voz pareceu falhar e ele levantou o rosto para Verity com olhos tão azul-esverdeados quanto qualquer oceano que Peter Hardy já tivesse mapeado.

O que Elizabeth Bennet faria?, Verity perguntou a si mesma, como já havia feito em tantas ocasiões. Elizabeth Bennet permaneceria forte. Resoluta. E possivelmente teria algo atrevido para dizer sobre o assunto.

— Eu gosto de você — Verity disse, apressada, porque esse não era realmente o ponto. — Mas nada de bom pode sair disso.

— Você está enganada. Só coisas boas podem sair disso. Um verão inteiro de coisas boas — Johnny insistiu. — Eu sempre adiei até o último minuto para responder a todos os convites para casamentos e festas de aniversário de quarenta anos, porque detestava a ideia de ter que aparecer sozinho. E agora tudo outra vez. Mas, se você concordar em ser minha companhia neste verão, eu não teria que passar por toda essa agonia. Seria a solução perfeita.

Era ridículo. Johnny estava sendo ridículo, no entanto...

— Sabe, embaixo da minha cama, enfiados em uma caixa, tem sete convites que eu ainda não respondi. Festas de despedida e open houses. Noivados e festas de trinta anos. Eu ainda nem confirmei presença no casamento da Con. — Verity suspirou.

— Então vamos fazer um trato para este verão. Vamos nos arrumar, ir a algumas festas, dançar músicas clichês dos anos 80 — disse Johnny, persuasivo, e sua tática provavelmente funcionava com algumas pessoas, mas Verity não era algumas pessoas.

— Com certeza essas são as três coisas que eu menos gosto de fazer — disse ela com grande sentimento, para que Johnny soubesse como ela era desmancha-prazeres. — Olha, isto foi... Eu nem sei o que foi... Como eu disse ontem, vamos parar enquanto estamos ganhando.

Para alguém que detestava mentir, Verity já estava planejando como contar a Nina e Posy que ela e Johnny tinham terminado; que era cedo demais depois de Peter Hardy para já entrar em outro relacionamento com outro homem. Ela estava acumulando relacionamentos falsos como se eles estivessem em liquidação de fim de estoque.

— Mas nós *estamos* ganhando. — Johnny levantou do chão e bateu no joelho do jeans para tirar o pó de Londres. Os músculos de seu braço ondularam agradavelmente e Verity agradeceu a distração. — Nós nos encontramos... o quê?... quatro vezes. Quer dizer que estamos no caminho para nos tornar amigos. Amigos que saem juntos. Amigos que ajudam um ao outro em momentos difíceis. Por favor, Verity! Nós fomos feitos um para o outro. Nós dois estamos felizes solteiros *e* você trabalha no que era a livraria favorita da minha mãe, que agora vende o tipo favorito de livro dela. Isso é um sinal.

Ele evidentemente achava que Verity devia ser fácil de persuadir, quando ela, na verdade, era feita de material muito resistente. Ela cruzou os braços e encarou Johnny com reprovação.

— Você acabou mesmo de usar sua falecida mãe para tentar me convencer? Sério?

Pelo menos ele teve a decência de baixar os olhos e parecer constrangido.

— Bom, acho que vou ter que me resignar a ficar na mesa dos solteiros com um punhado de gente com quem não tenho absolutamente nada em comum e sem nada para fazer a não ser afogar o meu desgosto na bebida. Se bem que um bufê provavelmente seria pior, porque aí eu teria que socializar. — Ele estremeceu, e Verity também.

— Eu odeio ter que socializar — disse ela.

— Mas eu acho que manter conversinhas sociais é pior do que socializar, não é? — Johnny refletiu. — Eu odeio conversinhas sociais mais do que chutney.

Na verdade, Verity gostava muito de chutney, mas seus sentimentos em relação a conversinhas sociais não eram tão positivos.

— Eu odeio conversinhas sociais mais do que ter que atravessar a rotatória da Hanger Lane, ou pessoas que falam "chego" em vez de "chegado".

— Ainda que essas pessoas sejam deploráveis — Johnny concordou. Ele estendeu a mão para Verity como se estivesse pensando em tocá-la em solidariedade anticonversinhas sociais, mas deu uma olhada no rosto dela, que estava no modo sério, e mudou de ideia. — É só que… nós podíamos nos salvar das conversinhas sociais. Das pessoas perguntando com voz preocupada: "Você está saindo com alguém?". Das divorciadas amarguradas e dos colegas de apartamento duvidosos. Dos olhares compadecidos e dos "Eu não entendo como você pode estar sozinho tendo tantas coisas a seu favor".

Verity sabia exatamente do que Johnny estava falando. Sabia e detestava em igual medida. Peter Hardy havia sido útil por um tempo, mas só fora de cena, embora Merry estivesse louca para que Verity contratasse um ator desempregado pelo menos uma vez para fazer o papel de um oceanógrafo apaixonado. Ela até prometera pagar metade do cachê.

Mas, se Verity tivesse um namorado imaginário real, feito de carne e osso e excelentes ternos, de olhos azul-esverdeados e um sorriso matador, ela não precisaria ir a todas as festas sozinha. Também não teria que passar um tempo considerável sendo apresentada a homens avulsos e mantendo conversas forçadas com eles enquanto desejava uma morte súbita.

— Eu vivo me esquecendo dos horrores da mesa de solteiros — Verity murmurou e, como se percebesse sua hesitação, Johnny segurou-lhe a mão outra vez, com expressão séria e tudo.

— Tenho uma festa de aniversário de quarenta anos para ir no próximo fim de semana — ele disse, pesaroso, com a testa franzida, como se tivesse acabado de dizer que tinha apenas mais seis meses de vida. — Por favor, Verity! Tenha compaixão!

Verity tinha compaixão, e também tinha uma irmã mais velha que havia ameaçado sentá-la ao lado do pároco assistente de seu pai no casamento dela. O sr. Collins de Jane Austen não ficava devendo nada a George, uma ameaça machista e abusada que já havia declarado suas intenções de fazer de uma das irmãs Love uma mulher honesta. Mas, se Verity aparecesse com Johnny...

Nunca haveria nada entre ela e Johnny, mas eles poderiam ser amigos. Verity não tinha problema algum com amigos e, uma vez que um homem entrava na categoria de amigo, não tinha mais como sair, de acordo com Nina.

— Bom, acho que uma festa de aniversário de quarenta anos é uma ocasião especial — Verity comentou, trêmula.

— É mesmo — concordou Johnny. — Muito especial. Um grande evento fora da capital. Com uma tenda no jardim. Passar a noite fora. Vou reservar quartos separados para nós, prometo. Por favor, diga que vai. E depois eu retribuo o favor. Ainda não conheci todos os seus amigos, não é?

Não. Ele tinha conhecido apenas os amigos da Felizes para Sempre e os amigos adjacentes à Felizes para Sempre, como o belo Stefan, que era dono da delicatéssen sueca na Rochester Street, e sua namorada, a bela Annika. Verity tinha muito mais amigos e todos eles estavam fazendo a transição de sem compromisso para comprometidos e não entendiam por que ela não fazia o mesmo.

— Não, você não conheceu todos — ela respondeu, devagar. — Mas... passar a noite fora? — Isso não estava no contrato.

— Posso me ajoelhar outra vez, se isso fizer alguma diferença — disse Johnny, já se abaixando. Verity segurou o braço dele, os dedos tocando a pele morna, e teve de sobreviver a um pequeno e inesperado tremor de prazer.

— Não, não faça isso. — E não foi o pequeno estremecimento do contato de pele com pele que fez isso, nem mesmo o horror da mesa dos solteiros, mas o pensamento súbito de que passar mais tempo com Johnny não seria horrível. Na verdade, seria bastante agradável. — Vamos ver como nos sentimos depois de mais um falso encontro de cada lado, tudo bem?

— Tudo bem — Johnny concordou. — Negócio fechado.

Ele estendeu a mão e Verity não teve escolha a não ser deixá-lo envolver seus dedos nos dele e sentir aquele pequeno estremecimento outra vez, como se estivesse louca por um toque masculino.

O que ela não estava. Decididamente, não estava.

Muitas vezes é apenas nossa própria vaidade que nos engana.

No dia seguinte, a equipe da Felizes para Sempre ficou muda ao ouvir a notícia de que Verity ia sair da cidade na companhia de um homem. Depois que se recuperaram do choque, porém, eles lhe deram todo o apoio. Talvez até um pouco de apoio demais, porque Posy insistiu que Verity podia tirar o sábado de folga, quando Verity esperava que Posy talvez se recusasse a liberá-la dos grilhões do trabalho assalariado. Não teve essa sorte.

— Tire tantos sábados de folga quanto precisar — Posy declarou, entusiasmada, mas, assim que disse isso, olhou em volta para garantir que Nina e Tom não estivessem por perto para ouvi-la ser tão generosa com as dispensas para Verity. — Não se preocupe com os pedidos no site. Eu e a Pequena Sophie vamos descobrir como se faz.

— Isso não inspira nenhuma confiança — Verity lhe disse. — Pelo menos me deixe fazer um fluxograma para orientar vocês no processo.

— Não precisa — Posy respondeu, toda alegre. — Não pode ser tão difícil.

Voltar ao caos na segunda-feira de manhã seria a recompensa justa por todas as suas mentiras. Verity queria tanto contar a terrível verdade para Posy e Nina, só que, nesse caso, teria que confessar ter inventado Peter Hardy. Por isso, não teve escolha a não ser continuar a mentir, embora se sentisse muito culpada, especialmente porque Posy e Nina estavam apoiando muito seu novo "romance". Ainda que não tanto quanto suas irmãs.

— A Very vai viajar com Um Cara. Vai passar um fim de semana com ele — Merry anunciou para Con, Immy e Chatty, as outras três irmãs Love, quando as cinco se reuniram na noite de terça, diante de suas diferentes telas de computador, para uma conversa ao vivo preparatória para o casamento.

Verity deu um empurrão em Merry, que estava compartilhando seu sofá e a tela de seu notebook.

— Eu não vou viajar com um cara e não vou passar um fim de semana com ele. E não é sobre isso que estamos aqui para conversar!

— Ela vai, sim — Merry confirmou, empurrando Verity de volta para ficar na frente da tela.

— Você vai! — Con gritou e chegou mais perto da tela de seu celular, de modo que todos puderam ter uma boa visão do véu e do arranjo de cabeça que ela havia feito com papel toalha.

— Nossa garotinha finalmente se tornou uma mulher — Immy acrescentou, de um jeito estranho para alguém que era dois anos mais nova que Verity. — Muito bem, Very!

— Quer dizer que esse é o terceiro encontro oficial? Você acha que vai transar com ele? Costuma ser no terceiro encontro, não é? — Chatty quis saber, enquanto Verity baixava a cabeça nas mãos e gemia.

— Meu Deus, será que não podemos falar de toalhinhas de mesa? — ela implorou.

Pelo menos, o apoio de Nina foi de natureza prática.

— Vou te emprestar minha malinha de fim de semana — ela ofereceu assim que soube dos planos de Verity. — Ela é vintage. Parece muito mais cara do que eu paguei. E me lembre de te ensinar como fazer um olho esfumado.

Mas não demorou muito para Verity se sentir menos carregada de culpa. Foi mais ou menos no mesmo instante em que Nina começou a se referir ao breve bate-volta para o campo como "seu fim de semana safadinho".

— Não é um fim de semana safadinho — Verity já estava cansada de repetir. — É só uma noite fora de Londres.

— É o terceiro encontro, não é? Você vai ter que transar com ele se é o terceiro encontro. É de praxe — Nina gritou, porque estava no caixa e Verity no escritório dos fundos, de modo que todos os clientes podiam ouvir sobre a vida pessoal de Verity.

— Você disse quinto encontro se tivesse circunstâncias especiais — Posy lembrou a Nina. — A Verity é filha de um vigário, e isso com certeza conta como uma circunstância especial.

— Em qual encontro você transou com Peter Hardy, oceanógrafo? — Tom perguntou do outro lado da loja, onde estocava as estantes de lançamentos. — Se bem que eu nunca senti que você e Peter Hardy, oceanógrafo, estavam assim tão comprometidos.

— Calem a boca e vão trabalhar, todos vocês — foi a única resposta de Verity, mas Nina ainda estava especulando sobre uma possível atividade sexual no terceiro encontro ("Você não tem que fazer a festa completa, mas pelo menos meia festa. Sexo oral parece pelo menos educado, não acha?"), e Tom ainda estava teorizando sobre a ausência e mesmo sobre a existência de Peter Hardy ("É muito conveniente que ele já esteja fora da jogada, mas imagino que essa seja a vantagem de namorar e depois dispensar um oceanógrafo") no dia em que Wallis entrou na loja.

Foi em uma ocasião extremamente rara em que Verity estava no caixa. Apenas sob coação, apenas para cobrir o intervalo de almoço de Nina e apenas porque ela continuava se sentindo culpada por estar se aproveitando do bom coração de Posy.

— Ah, achei você! — Wallis anunciou, triunfante, ao se aproximar de Verity, que fez um aceno pouco entusiasmado. Tom era o único outro funcionário na loja e Verity tinha certeza de que ele estava com os ouvidos atentos quando Wallis se inclinou sobre o balcão e segurou a mão dela. — Fiquei tão feliz de você e o Johnny estarem saindo juntos… Ele é ótimo, não é? Todos nós achamos que ele é ótimo.

— Ele parece muito legal — Verity respondeu, evasiva.

— E fiquei muito contente também porque você vai ao aniversário de quarenta anos do Lawrence este fim de semana. Assim vai poder conhecer todo mundo — Wallis continuou, enquanto olhava em volta. Ela devia estar em seu horário de almoço, porque vestia um conjunto cinza impecável de blazer e calça e tinha os cabelos loiros com mechas presos para trás. Johnny tinha dito que ela era advogada. — Meu escritório fica aqui pertinho, do outro lado da High Holborn, mas eu não fazia ideia de que este lugar existia. É tão charmoso.

Verity não tinha tempo para enaltecer os encantos da Felizes para Sempre.

— Quer dizer que não estava todo mundo lá no domingo? — ela esganiçou.

— Nem metade de todo mundo. É junho e muitas pessoas saem de Londres para o verão, não é mesmo? — Wallis sorriu. — Sorte deles. Não são escravos de salários como nós. Bom, já que estou aqui, vou dar uma olhada. Ainda preciso comprar um presente para o casamento do Rich e da Carlotta. Você vai também, né?

— Ah, não sei. É muito difícil ter tempo livre. Tão movimentado. Verão. Turistas. Sobrecarregada. — Verity não era nem capaz de formar frases inteiras em seu medo de ter que conhecer *todo mundo*. Pelo menos não teria que comparecer ao casamento dos desconhecidos Rich e Carlotta em algum momento no futuro. Mais um encontro de cada lado, esse era o trato, e ela jurava por Deus que não se deixaria mais convencer do contrário.

— Mas a Posy não falou que você podia tirar qualquer sábado de folga que quisesse? — Tom lembrou a Verity, todo solícito. Foi inevitável que ele e Nina descobrissem sobre isso e ficassem furiosos. — A Posy, a dona da loja, dá muita força para a vida amorosa da Verity. Todos nós também damos. Aliás, eu sou o Tom. Temos umas peças muito bonitas no nosso armário ali, perfeitas para presentes. Eu te mostro.

Tom se aproximou delas com um raro sorriso no rosto, geralmente muito sério. Quando pôs a mão no cotovelo de Wallis para guiá-la para o outro lado da sala, ela deu uma olhada para Verity e piscou. Verity não entendia como aquilo funcionava, mas Tom tinha uma espécie de poder de sedução com as clientes acima de trinta anos.

Isso tinha sido na quinta-feira, agora era sábado de manhã e Verity estava sendo conduzida para o norte de Londres no carro de Johnny. Sim, ele tinha carro, afinal era um adulto plenamente funcional, plenamente empregado e plenamente pago. Nenhum dos amigos de Verity tinha carro ou via necessidade de ter um. Exceto Sebastian, que era rico como Deus. Talvez até mais rico.

— Não precisa ficar com essa cara tão ansiosa. Estamos saindo de Londres. O sol está brilhando. Vai rolar champanhe. Tudo isso é bom — disse Johnny, com um olhar de lado para o banco do passageiro, onde Verity apertava com força o cinto de segurança.

Merry tinha feito um discurso de incentivo similar na noite anterior, quando aparecera para deixar o vestido de festa que elas tinham em conjunto. Também fez um desenho em um post-it e o pregou na porta da geladeira.

Havia algo mágico em como o céu era vasto e azul depois que as filas de lojas e ruas deram lugar a campos verdes abertos, com ovelhas e vacas pastando ou cravejados com o amarelo brilhante da colza. Mas de repente o odor de esterco encheu o carro e eles tiveram que fechar depressa as janelas. Johnny havia ligado o rádio em um programa de perguntas e respostas na Rádio Four, de modo que eles não precisavam conversar, mas ficaram tentando adivinhar as respostas, discutiram seus palpites e até deram risada.

Verity sempre sentiu que conseguia respirar melhor no campo. Quando Johnny saiu da estrada principal, dizendo que conhecia um lugar onde poderiam parar para almoçar, que acabou sendo um pub em uma cidadezinha que tinha todo o jeito de uma locação usada como hospedaria bucólica em filmes de época, Verity até sugeriu que dessem uma caminhada primeiro para esticar as pernas.

Talvez ela só estivesse tentando adiar a hora de ter que conhecer *todo mundo*, mas havia algo nas ruas de cidadezinhas rurais que fazia bem à alma de Verity; o som dos passarinhos e o perfume de flores silvestres no ar. Ela nem se importou de ter companhia em seu passeio, ainda mais porque Johnny estava colado ao celular, embora os bipes constantes de alerta de mensagens a estivessem irritando.

Mas, quando eles conversaram durante o almoço, uma refeição fria com cheddar e picles tão picantes que ambos fizeram careta antes de suspirar de satisfação, foi muito mais tenso do que suas conversas anteriores.

— Como estão suas quatro irmãs? — Johnny perguntou, e Verity, certa de que ele não queria ouvir sobre véus de papel toalha ou sobre as ideias de Chatty e Immy a respeito da regra do terceiro encontro, disse apenas que elas estavam bem.

Depois Verity indagou sobre o trabalho de arquitetura de Johnny e sobre seu pai, e ambos estavam bem também. Ela sentia a boca secar e o coração acelerar e bater mais forte enquanto tentava desesperadamente pensar em algo para dizer. Mas, ai, as palavras não vinham.

— Ah, eu ainda não te contei nada sobre o Lawrence, não é? — Johnny disse por fim, tão tranquilo como se os últimos quinze minutos não tivessem sido de modo algum constrangedores e horrorosos. — Ele é o rapaz que faz aniversário. Bom, um rapaz que vai fazer quarenta anos, mas, na minha cabeça, ele vai ter dezessete para sempre.

Johnny explicou que Lawrence estava alguns anos à frente dele em uma escola de elite em Londres; era capitão do time de críquete quando Johnny era um jovem meio-campista cheio de ousadia. No aniversário de dezoito anos de Lawrence, Johnny foi desafiado a subir no telhado, ficou entalado entre duas chaminés e teve de ser resgatado pelos bombeiros.

— Então, se alguém sugerir um jogo de verdade ou desafio, não me deixe escolher desafio — ele pediu a Verity.

— Apesar de que escolher desafio pode ser uma opção mais segura do que escolher verdade — ela comentou. — Considerando que estamos atolados até o pescoço em subterfúgios e tudo o mais.

— Como agentes em uma missão secreta. — Johnny franziu a testa. — Mas eu imagino que todas as missões de agentes devem ser secretas, senão qual seria a função delas?

Quando voltaram ao carro para a segunda etapa da viagem, Johnny manteve Verity entretida com histórias de sua juventude desregrada. De bebedeiras adolescentes a andar atrás das meninas da escola vizinha e se reunir em Camden Town para festas na casa de um ou de outro e para piqueniques em Primrose Hill. Tudo isso parecia muito exótico para Verity, cujos anos de adolescência não haviam sido de forma alguma desregrados. Uma vez, Con tinha conseguido convencer um menino chamado Tim a levá-la ao cinema, mas ele nem chegou a passar pelo Nosso Vigário.

— Meu pai abriu a porta, deu uma olhada no Tim, que não era exatamente bonito, e citou Coríntios, livro 1, capítulo 13, para ele: "Ainda que eu falasse em línguas, as dos homens e as dos anjos, se não tivesse amor seria como um bronze que soa ou um címbalo que tine". Então Tim deu meia-volta e saiu correndo, e essa foi a última vez que um garoto chegou perto de casa que não fosse para entregar coisas que seus pais tivessem mandado para o bazar da igreja — Verity contou a Johnny, que assobiou baixinho.

Eles seguiram por estradas secundárias sombreadas por ramos espessos, com sebes e campos passando num agradável borrão verde, e através de pequenas aldeias, cada uma mais pitoresca que a outra, até chegarem a seu destino. Oakham Mount tinha tudo que se poderia desejar em uma cidadezinha. Um parque, uma loja de artigos gerais e uma igreja, que Verity datou como medieval, embora tivesse sido lamentavelmente reformada em meados do período vitoriano, quando acrescentaram alguns ornamentos góticos que não contribuíam para a harmonia do conjunto. Ela e suas irmãs haviam passado parte considerável das férias escolares sendo arrastadas para igrejas daqui e dali pelo Nosso Vigário, e sua mente foi recheada de conhecimento sobre naves, pias batismais e portões que nunca a abandonariam.

A cidade também tinha um pub extremamente bem equipado, o The Kimpton Arms, com uma decoração alegre de cestos pendurados, bastante adequada para um estabelecimento que havia obtido o terceiro lugar como "o pub britânico mais bonito" por três anos seguidos, conforme anunciado na lousa do lado de fora da porta. Johnny parou o carro no estacionamento do local, que tinha quartos de hóspedes no andar de cima.

— Chegamos — ele disse com naturalidade. — Achei que você se sentiria mais confortável aqui do que na casa do Lawrence ou no jardim da casa dele, porque parece que eles alugaram umas iurtas, que são umas tendas...

— Aqui está bom — Verity concordou depressa, porque iurtas tinham muito cara de acampamento e ela já tivera que dormir em barracas muitas vezes durante os verões de sua infância, nos quais era arrastada para todas as igrejas do país. — Não sou muito fã de acordar com uma lesma no cabelo.

— Ótimo. — Johnny saiu do carro e, antes mesmo de Verity soltar o cinto de segurança, já estava abrindo a porta para ela. — Deixe que eu levo a sua bagagem.

Não havia como encontrar defeitos nos modos dele, Verity pensou consigo mesma, enquanto seguia Johnny e sua bagagem para dentro do pub. Ou em seus ombros. Ele tinha bons ombros.

Foram recebidos com cumprimentos pelo homem que servia atrás do balcão.

— Podem me chamar de Kenneth — disse ele, quando Johnny se apresentou. — Ou de seu estalajadeiro, como preferirem. Vou procurar a minha boa senhora.

Linda, a boa senhora de Kenneth, tinha permanente nos cabelos e um brilho firme nos olhos que deixou claro para Verity que aquela era uma mulher com participação ativa em todos os comitês de Oakham Mount. Ela os conduziu por uma porta lateral e os fez subir uma escada.

— Normalmente não gostamos de ter hóspedes entrando e saindo, mas, como vocês estão aqui para a festa do sr. Lawrence, podemos fazer uma exceção. Mas pedimos que estejam de volta no máximo às onze e meia da noite — ela acrescentou com uma voz resoluta. Verity não duvidava de que ela os trancaria do lado de fora se chegassem depois do horário-limite. — Afinal, eu preciso do meu sono de beleza.

— Ah, tenho certeza de que a senhora continuaria com a mesma beleza mesmo sem ele — disse Johnny, com um toque muito discreto de galanteria que fez Verity olhar nervosamente para ele enquanto Linda abria a porta com um sorriso tímido.

— Nosso melhor quarto. — Ela fez um gesto para dentro do aposento. — Tem um banheiro conjugado, embora o chuveiro seja um pouco temperamental. Tenham uma boa estadia!

E então ela se foi em uma nuvem de perfume Rive Gauche. Verity virou para Johnny, com as mãos nos quadris.

— O melhor quarto. *UM quarto*, ela quer dizer. Você falou... — Verity lembrou o que Johnny dissera ao implorar que ela o acompanhasse, quando ela estava se recusando a ir. — Você disse que ia reservar quartos separados.

— É verdade. E era o que eu pretendia fazer, mas eles só tinham mais este quarto, e ele tem camas separadas. — Johnny indicou as duas camas de solteiro, ambas atulhadas com todo tipo de estorvos florais, de travesseiros e babados a um número alarmante de almofadas. — Eu achei que, se te contasse, você não ia mais querer vir.

Nos romances, e Verity já havia lido muito mais romances do que poderia enumerar, era fato comum — praticamente um clichê — que o mocinho e a mocinha se vissem em uma situação em que teriam que dividir o mesmo quarto, sem nenhuma outra opção de acomodação disponível. Não importava se era uma hospedaria para carruagens em um romance da Regência ou um moderno hotel cinco estrelas, isso acontecia o tempo todo.

Depois, outras coisas aconteceriam também. Talvez um intruso homicida fosse descoberto, deixando as emoções à flor da pele. Ou poderia começar uma tempestade terrível do lado de fora e, em seu medo mortal de enfrentar relâmpagos e trovões, a mocinha precisaria se aconchegar junto ao peito do mocinho. Haveria drinques. Uma camisola ou toalha escorregaria alguns centímetros cruciais, revelando um pedaço sedutor dos seios ou de um traseiro atrevido.

Para resumir a história, quando um homem e uma mulher se viam tendo que dividir um único quarto de hotel, era certeza que o resultado seria uma apaixonada noite de amor.

Mas não aqui. Não hoje. Não, obrigada.

— É claro que eu não teria vindo — Verity disse, brava. — Não podemos dividir um quarto. Eu mal te conheço e, mesmo que conhecesse, não dividiria um quarto com você.

— Sinceramente, Verity, você não tem nada com que se preocupar — Johnny respondeu, com frieza suficiente para acabar com qualquer fantasia febril que Verity pudesse ou não estar tendo. — Eu não tenho nenhuma intenção de dar em cima de você, e espero realmente que você não pretenda dar em cima de mim.

Verity foi salva de ter que revidar com um "Nem em sonhos!" pelo toque do celular de Johnny. Ele não havia tocado nenhuma vez durante a última parte da viagem, o que era um recorde no curto tempo que Verity o conhecia. Johnny olhou para a tela e ficou sério.

— Preciso atender — disse ele, abrindo a porta do banheiro. — Querida, isso quer dizer que você não está mais brava...? — Verity o ouviu dizer antes de fechar a porta.

Era a sua outra mulher. A que ele amava desesperadamente e o fazia não querer mais nenhuma. Aquela com quem ele não podia estar por alguma razão misteriosa, sobre a qual *não* queria falar de jeito nenhum. A mulher cuja existência significava que ele poderia compartilhar um quarto que parecia uma explosão em uma queima de estoque de uma loja de itens nostálgicos com uma mulher que não era Ela, e nada de mais aconteceria. Nem que Verity desfilasse na frente dele em sua melhor lingerie — não que ela tivesse alguma melhor do que um conjunto de calcinha e sutiã comprado em uma loja de departamentos.

De qualquer modo, Verity não queria mesmo que nada de mais acontecesse, então era até bom que ela não fizesse o tipo de Johnny, como ele vivia lembrando, sempre que surgia uma oportunidade. Portanto, que mal haveria em dormirem no mesmo quarto? Nenhum mal. Nenhum mal mesmo.

Com a decisão tomada e lamentando que a vida não fosse nem um pouco como num romance — apesar de que ser o tipo de mulher que entontecia os homens de paixão seria muito aborrecido e trabalhoso —, Verity desfez a mala.

Quando Johnny saiu do banheiro, com uma expressão acanhada no rosto que Verity estava começando a conhecer muito bem, ela havia se trocado (às pressas, atrás da porta aberta do guarda-roupa) para o traje de festa chique que compartilhava com a irmã: um tubinho de bolinhas preto e branco no estilo anos 60.

— Desculpe — Johnny murmurou, de uma maneira que também já estava ficando muito conhecida. Ele cruzou o olhar com o de Verity no espelho, onde ela tentava fazer a maquiagem seguindo as instruções de Nina. — Eu precisava atender essa ligação. Agora, sobre o quarto...

— Tudo bem para mim dividir o quarto — disse Verity com a voz tensa, tentando falar e fazer um olho esfumado ao mesmo tempo. — Você deixou perfeitamente claro, em mais de uma ocasião, que não tem nenhuma segunda intenção comigo.

— Não estou dizendo que você é pouco atraente, porque você é — ele se apressou em assegurar. — Atraente, eu quero dizer, mas mesmo assim eu nunca...

— Nada disso faz diferença, porque você está apaixonado por outra mulher — Verity interrompeu com uma voz um pouco aguda demais, porque queria encerrar aquela conversa torturante o mais rápido que fosse humanamente possível. — E eu jurei que nunca mais na vida entraria em nenhum tipo de relacionamento íntimo.

Johnny levantou as sobrancelhas.

— Sério? Eu estava mesmo me perguntando por que você resolveu ser uma solteira tão convicta.

— Não tem nenhum mistério. Algumas pessoas são mais felizes sozinhas, e eu sou uma delas. — Verity evitou por pouco espetar o olho com o pincel do rímel. — Você está pronto? A que horas temos que estar lá?

*Quanto melhor eu conheço o mundo, menos ele me satisfaz;
e cada dia vejo confirmada a minha crença
na inconsistência do caráter humano.*

Foi uma curta caminhada do The Kimpton Arms pela cidade, depois à esquerda por uma alameda de cascalho.

Verity tivera receio de que Lawrence, o aniversariante, e a mulher dele, Catriona, morassem em uma mansão monumental, como Downton Abbey, mas a bela casa afastada da rua era suficientemente grande para talvez ter sido, no passado, o lar de alguma pessoa abastada, um médico ou advogado, porém com certeza não da aristocracia latifundiária.

Mesmo assim, eles seguiram o som da música e uma trilha de balões até a lateral da casa e abriram um portão para um jardim que não era bem um jardim, mas vários hectares de terra.

— Acho que a gente devia ir para a tenda maior — disse Johnny. Havia um enorme toldo branco no meio do gramado, com pessoas agrupadas do lado de fora da entrada e crianças em suas melhores roupas de festa brincando de pega-pega em volta do local. Também havia adolescentes mal-humorados fazendo serviço de garçom e percorrendo o espaço com bandejas de bebidas.

Verity olhou com desejo para o champanhe, mas precisava controlar seu ritmo. Eram só cinco da tarde e, com o horário-limite de entrada no quarto da hospedaria às onze e meia, era possível que ficassem ali durante mais de seis horas. Não queria estar caindo de bêbada antes de anoitecer, não que alguma vez já tivesse ficado caindo de bêbada, mas aquele realmente não era o momento para esse tipo de viagem de descoberta pessoal.

Quando se aproximaram da tenda, Verity notou que todos os olhares estavam sobre eles. Mesmo pessoas que não estavam olhando para eles eram rapidamente cutucadas, ouviam alguma coisa sussurrada ao ouvido e se viravam também. Era muito como a cena em todos os westerns que Verity tinha visto (que, verdade seja dita, não eram tantos assim), em que o novo xerife entrava no saloon em uma turbulenta cidadezinha de fronteira e todos ficavam em silêncio.

No entanto, sob a enorme tenda, uma banda estava assassinando "Music to Watch Girls By" e um homem baixo e com ar alegre se destacou da multidão e acenou.

— Johnny! Quem deixou você entrar?

— Aquele é o Lawrence — ele murmurou para Verity e tentou segurar sua mão, mas ela fechou os dedos.

— Não sou uma pessoa que gosta muito de ser tocada — ela explicou em um sussurro.

— Ah, eu gosto. De ser tocado. E de tocar. Desculpe — ele sussurrou de volta, depois abriu os braços quando chegaram até Lawrence, que também estendeu os braços, e então os dois se abraçaram e se deram tapinhas nas costas daquele jeito vigoroso que os homens fazem porque se sentem tão pouco à vontade ao se tocar quanto Verity se sentia ao tocar qualquer pessoa.

— Senti falta dessa sua cara feia! — Lawrence exclamou quando eles se separaram. — Para falar a verdade, acho que você está ainda mais feio que da última vez.

— E você tem ainda menos cabelo do que alguns meses atrás. — Johnny sorriu e despenteou os abundantes cabelos espessos e escuros de Lawrence. — Está praticamente careca.

— Não consigo entender como alguém com essa cara que você tem conseguiu convencer uma moça tão bonita a passar algum tempo na sua companhia. Está tendo que pagar para ela? — Lawrence perguntou, rindo. Ele tinha faces rosadas, um rosto amistoso, o sorriso fácil, então Verity não achou que houvesse alguma intenção maldosa por trás daquelas palavras, mesmo quando Johnny puxou o ar, em alerta.

— Não sou uma companhia paga. Só gosto de passar algum tempo com o Johnny, ainda que ele não seja muito agradável de olhar, não é mesmo? — Foi a terceira vez na vida que Verity conseguiu dizer algo vagamente espirituoso na hora certa. — A propósito, eu sou a Verity.

— Eu sou o Lawrence e digo logo de cara que você é boa demais para um sujeito como ele — disse o homem, pegando a mão de Verity e a beijando. Definitivamente aquele não era o momento de dizer a mais ninguém que ela não gostava muito de ser tocada.

Ao longo da hora seguinte, Verity foi abraçada, teve as mãos seguradas e as faces beijadas por todas as pessoas ali. Seu rosto doía de tanto sorrir enquanto era reapresentada às pessoas que já havia conhecido no brunch do domingo anterior e apresentada a todos os demais.

Verity sabia que, se ela se sentia mal ali, isso se devia mais a suas habilidades sociais lamentáveis do que ao jeito caloroso como estava sendo recebida no círculo dos amigos de Johnny. Eles eram infalivelmente educados e prestativos, mas também implacáveis em sua curiosidade. Verity não saberia contar quantas vezes teve de repetir palavra por palavra que ela e Johnny haviam levado um cano no mesmo restaurante. Toda vez que ela o fazia, a reação era a mesma. "Já estava na hora", os amigos dele diziam, ou alguma outra coisa nesse sentido. "Se um cara merece o amor de uma boa mulher, esse cara é o nosso Johnny."

Verity e Johnny não estavam apaixonados e ela certamente não era uma boa mulher, já que estava ali enganando todos os seus amigos, por isso foi um grande alívio quando ele por fim a tirou do meio da multidão que se juntara em volta dos dois.

— Venha, vamos encontrar um lugar mais sossegado — disse Johnny, depois de se servirem da farta mesa do bufê. Verity tinha certeza de que estava parecendo um pouco exausta, com os olhos um pouco esbugalhados, por ser o centro das atenções por tanto tempo. — Foi bem intenso mesmo.

— Muitas pessoas novas — Verity concordou. — Eu não saberia dizer o nome de metade delas.

— Para sua sorte, eu conheço um caminho secreto pelo meio dos arbustos — disse Johnny e de repente desapareceu por um buraco na sebe. — Venha!

Ela seguiu Johnny por uma pequena trilha serpenteante entre arbustos bem cuidados que terminava em um lago onde peixes gordos e de cores exóticas nadavam despreocupados. Passando o lago, havia uma bela casinha pintada de verde-claro e decorada com bandeirinhas e, na varanda (porque era suficientemente grande para ter uma varanda), havia um banco de madeira.

Verity não pôde conter um suspiro de alívio quando se sentou. Agora não só podia descansar os pés, que estavam doloridos de ficar elevados em uma sandália de plataforma depois de meses de sapatos sem salto, como a boca também. Apenas ficar em silêncio. Não falar nada e não ouvir ninguém falar com ela.

— Então, isso foi… — Johnny começou, mas Verity ergueu a mão em protesto.

— Não fale nada! — ela pediu. — Por favor… só por alguns minutos.

Johnny lhe lançou um olhar ligeiramente ofendido, mas ficou em silêncio enquanto comiam, bebiam champanhe e escutavam o som distante da banda tocando do outro lado do jardim, acompanhada pelo canto dos passarinhos que aproveitavam o sol de fim de tarde.

Era tão agradável, e Verity sentiu que conseguia respirar outra vez. Mas não tardou para Johnny bater sua taça vazia na dela.

— Tenho permissão para falar? — ele perguntou, com um meio-sorriso.

— Permissão concedida — Verity decidiu, relutante.

— Acho que devíamos voltar para o combate — disse ele. — Causamos tanta comoção que eles vão notar que não estamos mais lá. Imagino que vamos ouvir muitos comentários maliciosos sobre o que andamos aprontando no meio do roseiral.

Enquanto voltavam pelo mesmo caminho para a casa, foi o celular de Verity que soou primeiro. Era Merry.

> Como está indo?

Não estava indo mal, de maneira nenhuma, mas, quando todos se viraram para eles outra vez assim que passaram pelas portas do pátio e entraram em um grande jardim de inverno, Verity teve certeza de que a segunda parte da Inquisição ia começar.

Ela não sabia o que escrever, então resolveu responder apenas com emojis.

— Acho que vão fazer discursos — disse Johnny, e Verity achou ótimo, porque, se as pessoas estivessem fazendo discursos, ninguém ia vir tentar discursar com ela.

Ficaram no fundo da sala enquanto o irmão mais novo de Lawrence fazia um brinde para o aniversariante recheado de piadinhas de rúgbi (a palavra "escroto" foi mencionada várias vezes) que levaram Verity a fazer careta uma ou duas vezes. Foi poupada de prestar total atenção ao discurso pela resposta de Merry ao celular.

> Fiquei preocupada com o seu uso incomum de emojis. Está tão ruim assim? Quanto você teve que beber? Talvez seja melhor beber um pouco mais. Se estiver muito horrível mesmo, posso pedir emprestado o carro da mãe do Dougie e ir te resgatar.

Era uma ideia tentadora, mas não estava sendo *tão* horrível assim, Verity decidiu. Ela não costumava seguir os conselhos de Merry com muita frequência, mas, quando um garçom se aproximou com uma bandeja de drinques, pegou outra taça de champanhe para si e uma para Johnny também.

— Para os brindes — disse ela, porque estava ali para ser a suposta namorada dele e podia muito bem fazer isso sem ficar de mau humor.

Os discursos duraram uma eternidade. Tempo suficiente para Verity beber mais duas taças de champanhe. Não o bastante para ficar bêbada, mas apenas para o mundo ficar um pouco desfocado e, quando Johnny saiu do seu lado porque precisava "atender este telefonema muito importante", ela ficou à vontade com o grupo de amigos de Johnny do norte de Londres. Wallis havia lhes contado sobre sua visita à Felizes para Sempre e, por algum tempo, Verity lidou com perguntas sobre como era trabalhar em uma livraria que só vendia ficção romântica, logo seguidas por uma conversa bastante empolgante sobre qual era a melhor adaptação de *Orgulho e preconceito*, que obviamente era a versão da BBC e não a terrível falsificação que mostrava Keira Knightley com sorrisos afetados e Matthew Macfadyen com uma peruca horrorosa.

— Colin Firth saindo de um lago com uma camisa branca colada no peito, e eu nem preciso falar mais nada — declarou Verity, como já havia dito muitas vezes, porque essa era uma conversa que tinha com frequência com suas irmãs e com Posy e Nina, e nunca deixava de se surpreender por existir mulheres que não se abalavam com a visão do jovem Colin Firth em uma camisa molhada.

Verity havia tido noites de sábado piores que aquela. Na verdade, percebeu que estava realmente se divertindo. Quem poderia imaginar? Mas, quando a conversa mudou para um novo seriado de TV a que todos estavam assistindo, foi com satisfação que ela murmurou "Com licença" e fugiu para o banheiro.

Gostaria de ter ficado ali por alguns minutos só para respirar e se recompor, mas, consciente de que havia uma fila de mulheres do lado de fora, Verity se deu trinta segundos para garantir a si própria que estava tudo certo, que ainda tinha alguma carga em sua bateria e que já passava das nove, então só teriam que ficar mais duas horas e poderiam voltar para o pub.

Como eram mais de nove horas e o champanhe continuara fluindo como água, a maioria das pessoas havia passado de agradavelmente tontas e seguia rapidamente para bêbadas. Na tenda, havia muita gente dançando, animada. Enquanto Verity atravessava o espaço tentando encontrar

Johnny, sentiu-se de repente perdida e sozinha, como se não lhe restasse tanta carga na bateria como ela havia imaginado.

Voltou para o jardim. O sol mergulhava atrás das árvores, que estavam enfeitadas com lanternas de papel, portanto Verity pôde ver com muita clareza que Johnny não estava em nenhum lugar à vista. Decidiu refazer o caminho que haviam seguido antes; encontrar a passagem na sebe e, dali, o lago e a casinha, mas, antes que tivesse a chance, ouviu passos instáveis atrás de si e, em seguida, uma voz mais instável ainda.

— Ei! Amiga do Johnny! Espere! Preciso falar com você!

Verity ergueu os olhos para o céu e se virou. Tinha sido apresentada à mulher mais cedo, mas, na ocasião, seus cabelos loiros não estavam tão despenteados, o vestido de renda verde-claro não tão amarfanhado, o bonito batom nude-rosado não tão borrado.

— Desculpe. — Verity estreitou os olhos. — Não lembro o seu nome. Foram tantos rostos novos e...

— Ah, não se preocupe! — Verity foi subitamente puxada para a frente e quase caiu de cara no peito da mulher, que a envolveu em um abraço quente e suado. Ela mal teve tempo de retesar todos os músculos antes de ser afastada com o mesmo ímpeto. A mulher a manteve segura pelos braços, para que ela não pudesse ir embora. — Eu só queria dizer que você foi uma bênção. O Johnny é um homem tão incrível, eu mesma tentei chegar nele quando a gente era mais jovem, mas ele já estava louco por *ela*. Dá para acreditar que ele perdeu todo esse tempo apaixonado por *ela*?

— *Ela?* — Verity arriscou, ainda que se aproveitar de uma convidada bêbada para obter alguma informação sobre a mulher misteriosa de Johnny fosse errado. Errado, mas também impossível de resistir.

— *Ela!* — a outra confirmou. — Acho que eu nem deveria estar falando sobre isso com você, justo com você, mas você já sabe, não é? Vocês dois já tiveram essa conversa, não foi? Deve ser bem sério para ele querer que você conheça *todo mundo*. Todo esse tempo e os dois achavam que ninguém sabia, mas eu sabia, e foi muito difícil fingir que não. Você não pode imaginar a tortura que foi para mim. Aquele triângulo amoroso já era velho quando a gente estava em Cambridge. Agora posso dizer que é geriátrico.

Era muita informação para absorver, e Verity podia sentir algo entrando em curto-circuito em seu cérebro.

— De que triângulo amoroso você está falando? — ela perguntou.

A mulher deu uma risada vazia.

— É tão clichê, não é, quando uma mulher se mete entre dois amigos tão próximos? Mas quando o Johnny foi para os Estados Unidos, depois que a mãe morreu, todos nós achamos que tinha acabado. Quer dizer, *acabou* mesmo, afinal ela se casou com o Harry, pelo amor de Deus. Então o Johnny voltou e começou tudo de novo. Eu só sei porque vi os dois com meus próprios olhos, estes aqui... — A mulher apontou para seus olhos vermelhos, para o caso de Verity estar em dúvida quanto aos olhos de que ela estava falando. — O Johnny estava saindo com uma mulher incrível na época, uma arquiteta como ele, mas não durou, e não foi surpresa depois que eu vi ele e a madame de mãos dadas no bar do Stafford Hotel, em Mayfair. E quer saber? Depois disso ele não saiu com mais ninguém. E agora ele aparece com você. Eu devia te abraçar de novo. Todo mundo está te achando maravilhosa.

Ainda havia muita coisa para desvendar.

— É? Estão?

— Claro que sim, porque você é — disse Johnny atrás de Verity, e ela ficou paralisada, como se dentro dela tudo tivesse se transformado em gelo.

Talvez me faça perguntas que eu prefira não responder.

Verity ousou virar e olhar para Johnny, que simplesmente levantou as sobrancelhas para ela e lhe deu um sorriso ameno, de modo que era impossível saber o que ele estava pensando — ou quanto tinha ouvido.

Ele deu alguns passos e se colocou ao lado dela.

— Julia, acho que o Matthew está te procurando — disse ele, com uma voz suave para combinar com o sorriso.

Julia concordou com a cabeça.

— Deve estar mesmo. Ainda bem que ele vai dirigir. — Ela oscilou, hesitante, por um momento. — É a primeira vez em sete anos que não estou grávida nem amamentando e acho que exagerei no champanhe.

Verity e Johnny seguraram Julia cada um por um braço para guiá-la de volta ao jardim, por dentro da casa e até o saguão de entrada, onde um homem loiro com expressão tensa mexia as chaves do carro nas mãos.

— Ah, Julia, eu sabia que isso ia acontecer — disse ele em um lamento, quando a viu se arrastando com pernas instáveis entre Verity e Johnny. — Você vai estar podre amanhã, e a minha mãe vem almoçar com a gente.

— Merda — Julia exclamou, enquanto cambaleava para junto de seu parceiro. — Será que é melhor eu telefonar para ela agora e dizer para ela não vir?

— Melhor não. Ela ainda não te perdoou pelo que você disse no Natal passado.

— Bom, ela me provocou, e o recheio que ela fez *estava* mesmo seco...

Julia e um Matthew que parecia conformado desapareceram dentro do carro e foram embora.

Johnny olhou para o relógio.

— Já passa das dez. Quer voltar para o pub? Até acabarmos de nos despedir de todo o pessoal, vamos chegar lá quase no nosso limite de horário.

Verity concordou, mas não se moveu.

— Em vez de nos despedir... será que a gente podia só dar um perdido?

Johnny franziu a testa.

— Dar um perdido?

— É, sair à francesa. De fininho. Desaparecer sem ter que passar uma hora avisando para todo mundo que vamos desaparecer. — Verity estava no fim agora. Energia esgotada. Caindo depressa. Nenhuma reserva sobrando. Ter que ficar mais uma hora com um sorriso pregado no rosto enquanto os amigos de Johnny, todos já meio bêbados, faziam piadas sobre os dois e sobre o que eles iam fazer quando estivessem sozinhos era mais do que ela poderia administrar.

E, se eles dessem um perdido, todos iam tirar suas conclusões de qualquer forma e imaginar que eles tinham saído escondido para transar, o que era hilário, dadas as circunstâncias.

— Isso não é um pouco mal-educado? — Johnny perguntou, e talvez fosse, mas não era tão mal-educado quanto fazer Verity concordar com um relacionamento falso sem lhe contar exatamente no que ela estava se metendo.

— Estou com dor de cabeça — disse Verity, e não era mentira. Ela sentia o latejamento característico nas têmporas que sempre acontecia quando as pessoas tentavam fazê-la se divertir contra a sua vontade. — Preciso de algum tempo de silêncio.

— Ah, bom, eu odiaria te privar do seu tempo de silêncio...

Por sorte, eles encontraram Lawrence quando começavam a descer a alameda, então Johnny pôde lhe dizer que estavam indo e Verity pôde lhe agradecer pela festa fantástica, e eles estavam de volta ao The Kimpton Arms antes de Ken fazer a última chamada. Verity deixou Johnny no bar trocando gentilezas enquanto escapava para o quarto.

Alguém havia estado no quarto deles para preparar as camas e deixar um Ferrero Rocher sobre cada travesseiro, o que era uma delicadeza inesperada.

Verity estava louca por um banho, mas Johnny ia subir dali a pouco e pareceria estranho ela estar nua do outro lado da porta. Embora, na verdade, tudo parecesse estranho, ela decidiu, enquanto tomava o mais rápido dos banhos que já havia tomado desde que saíra de casa e deixara de ter quatro irmãs pedindo para entrar no banheiro, ou abrindo a torneira na cozinha para fazer a água esfriar e obrigá-la a sair logo.

Quando Johnny bateu na porta do quarto, Verity já estava de pijama de listras, na cama, com as cobertas puxadas até o pescoço. Ela parecia estar vivendo todos os clichês de livros românticos naquela noite. Com certeza estava nervosa como uma debutante virginal presa com um estranho sarcástico em uma hospedaria isolada no campo quando disse para Johnny entrar com uma voz ofegante.

Johnny entrou, lhe deu um sorriso cauteloso e foi direto para o banheiro.

Verity o ouviu escovando os dentes, depois gargarejando e cuspindo o antisséptico bucal. A água correndo. Ele mexendo no nécessaire de artigos de banho. Sons cotidianos de repente se transformavam em uma intrusão, porque estavam vindo de um estranho.

Um homem que ela havia conhecido havia poucas semanas. Só o tinha visto um punhado de vezes desde então, sabia alguns poucos fatos sobre ele (Cambridge, arquiteto), mas a verdade era que não sabia nada sobre ele. E agora havia tantas coisas que ela queria, *precisava* saber.

— Então, de quem a Julia estava falando? — Verity perguntou assim que Johnny saiu do banheiro. Ele estava usando bermudas e camiseta e Verity desviou os olhos da visão de suas pernas longas e esguias. Como gostaria de poder ser indiferente e despreocupada e tratar aquela situação como uma série de casos divertidos para contar a suas irmãs.

Johnny dobrou as roupas que tinha usado, colocou-as em uma cadeira e foi para a cama. Ele não a ouvira ou estava simplesmente determinado a ignorá-la?

— Posso apagar a luz? — ele perguntou. Ela murmurou que sim e o quarto mergulhou em escuridão.

Verity nunca ia conseguir dormir. Não agora, que sua tensão havia se ampliado para músculos travados e uma dor de cabeça latejante. Ia ter que acender a luz de novo, sair da cama para pegar seus comprimidos e...

— A Julia estava falando do amor da minha vida. — Ou talvez Verity fosse ficar exatamente onde estava para ouvir a confissão sussurrada de Johnny. — É uma pena que ela se casou com o meu melhor amigo.

— Seu melhor amigo? — Verity repetiu em um sussurro rouco.

— Pois é. — Johnny esticou o *é*. — Nós brigamos, eu fui para os Estados Unidos e ela se casou com ele nesse momento de raiva. *Ele* foi o cara que entrou de bobeira. Mas, enfim, é por isso que não podemos ficar juntos.

— Ela não pode se separar? — Verity acreditava na santidade do casamento. Era filha de um vigário, afinal. Mas também acreditava que, se duas pessoas estavam infelizes casadas, tinha de haver um modo de sair da relação.

Johnny suspirou tão alto que Verity teve receio de que Linda batesse à porta de repente e pedisse mais discrição.

— Não — disse ele. — É muito complicado.

— Por quê? Eles são católicos?

— Não. — A palavra saiu arrastada.

— Eles têm filhos? É, isso tornaria as coisas complicadas.

— Não, eles não têm filhos.

Verity não conseguia ver qual era o problema, então. A menos que Merry tivesse acertado no alvo com sua teoria maluca...

— Ah, não vá me dizer que ela tem uma doença terminal...

— Não! — Ele parecia prestes a explodir.

Verity atualizou sua dor de cabeça de latejante para incapacitante.

— Nunca te ocorreu que talvez seja mais fácil desistir disso e encontrar outra pessoa? Que não seja casada?

— Por que eu iria querer sair com outra pessoa? Meu coração já é dela. — Ele não parecia muito feliz com esse fato, ou talvez estivesse aborrecido com Verity por se recusar a encerrar o assunto, mas ela estava achando muito difícil entender os detalhes.

— Então... vocês estão transando? — Verity decidiu que era melhor ir direto ao ponto. Porque Johnny usava um monte de palavras bonitas, mas isso ainda significava que ele estava tendo um caso com uma mulher casada, por mais que tentasse justificar.

Por um momento, Verity teve certeza de que podia sentir Johnny olhando para ela com irritação no escuro.

— Não. — A resposta saiu bem arrastada. E também um pouco exasperada. — O que nós temos... não tem a ver com sexo. Se eu quisesse sexo tanto assim, seria muito fácil sair e arrumar uma mulher que também estivesse disposta a transar sem promessas, sem compromisso. Acabar na cama juntos para uma noite de sexo sem sentido que satisfaz na hora, mata a vontade, mas depois tudo continua tão vazio quanto antes.

A voz dele. Era uma voz que faria Tom Hiddleston processá-lo por violação de direitos autorais, e ele estava falando sobre sexo, sexo sem compromisso, o que sempre fazia parecer que seria com mais abandono, mais como-se-não-houvesse-amanhã do que outros tipos de sexo, e aquilo estava provocando em Verity uma infinidade de sensações. Sensações que a faziam se contorcer, seu corpo se tornar mais pesado, lânguido, quando imaginava Johnny em algum bar obscuro, lançando olhares sensuais e um meio-sorriso sedutor para uma mulher, depois a levando para casa, os dois se beijando e se esfregando um no outro assim que passassem pela porta, puxando as roupas para ficarem nus, livres, o corpo esguio de Johnny sobre...

Chega! Verity acendeu a luz de repente, apertando os olhos por causa da claridade, mas também para não ter que olhar para Johnny.

— Dor de cabeça — ela murmurou. — Preciso de comprimidos.

Foi uma façanha e tanto chegar da cama ao banheiro com os olhos fechados, mas Verity conseguiu, embora tenha ficado íntima com a prensa de calças em um determinado ponto. Escondeu-se no banheiro por um tempo depois de ter tomado dois comprimidos de ibuprofeno, na esperança de que Johnny dormisse, mas, quando se sentiu com coragem suficiente para se esgueirar de volta para o quarto, ele estava acordado. Pior que acordado: estava sentado, de braços cruzados, os olhos fixos em Verity enquanto ela se enfiava rapidamente de volta na cama.

— Eu não imaginei que este arranjo de fim de semana significaria que teríamos que abrir a alma um para o outro. É justo que seja a sua vez agora — ele disse, sem meias-palavras. — Qual é a sua história? Por que você não quer saber de namorar?

Verity estava deitada de costas para ele, então pôde fazer caretas à vontade ao perceber que, de repente, suas escolhas de estilo de vida romântica, ou a falta dela, se tornaram o tema da conversa.

— Eu já falei. Sou ocupada demais para namorar.

— Eu não acredito em você — disse Johnny, e Verity não suportaria fazer aquilo se não fosse no escuro, então apagou sua lâmpada de cabeceira outra vez.

Era difícil pôr em palavras. Explicar para alguém que não era da família, que não trabalhava com ela há tempo suficiente para compreender suas peculiaridades, suas pequenas esquisitices.

— Hum — disse ela. — Bom, a questão é que... parece tão melodramático quando eu digo em voz alta, mas a melhor maneira de explicar é que... eu sou introvertida. Houve uma pausa.

— Quando você fala "introvertida", o que exatamente quer dizer? — Johnny perguntou, e Verity podia ouvir a dúvida e o ceticismo na voz dele, que já tinha ouvido tantas vezes antes, geralmente de pessoas que diziam em seguida: "Você fala bastante para uma pessoa introvertida".

— Não é que eu seja tímida, não exatamente, ou que odeie as pessoas, porque não é isso. É mais que eu acho o mundo muito barulhento e cansativo. Quando me vejo em uma situação nova ou encontro com muita gente, depois de um tempo começo a sentir que estou travando. Como um computador com janelas demais abertas ao mesmo tempo.

Ela suspirou ao pensar em janelas abertas no computador. Era a sina infeliz de Verity existir em uma era tecnológica.

— O mundo é um lugar muito barulhento. Há alarmes de carros, de lojas, buzinas berrando e até os caixas de autoatendimento no supermercado ficam insistindo que tem um item escondido na minha sacola quando não tem.

Do outro lado do quarto, Johnny riu.

— Essa é uma grande verdade.

— E tem as pessoas. Tantas pessoas, e todas elas falando sem parar, sem nem se preocupar se estão falando baixo. — Verity estava no embalo agora. — Tendo que expressar cada pensamento que lhes vem à cabeça. Não consigo nem sair para uma caminhada sossegada no parque sem ter alguém em volta gritando no celular, ou ouvindo música e imaginando que o resto do mundo também quer ouvir. Existe um limite para o que eu consigo aguentar! Eu preciso trabalhar porque não tenho uma poupança gorda para me sustentar — Verity prosseguiu, aproximando-se do fim de seu longo e divagante discurso sobre como a vida moderna era cheia de ruídos. — Tenho uma família muito grande e muito barulhenta que eu amo, tenho amigos também, mas namorar, ter um namorado, isso seria demais.

Johnny não disse nada por um tempo, como se estivesse com dificuldade para processar toda aquela informação.

— Por que ter um namorado seria demais?

— Porque, se eu estiver namorando, nunca vou ter tempo suficiente para mim — disse Verity, um pouco desesperada. — E o fato é que eu não sinto falta de namorar ou de namorados. Mãos dadas e abraços não são muito a minha praia, mas não é nem a questão do toque, é de ser íntima com alguém emocionalmente. Eu não consigo fazer isso. É *exaustivo*. Acho que eu me vejo como uma ilha, sério.

— E suas quatro irmãs veem você como uma ilha também?

— Não, elas acham que, quando a pessoa certa aparecer, tudo vai se encaixar como mágica.

— Nunca se sabe, talvez seja assim — disse Johnny, como se não tivesse entendido uma palavra do que ela havia dito. — Imagino que você já teve namorados, não?

— Claro que tive! — Verity exclamou, porque sua solteirice era por escolha, não porque ela fosse e sempre tivesse sido repulsiva para o sexo oposto. Se bem que não era como se ela vivesse recusando pretendentes potenciais. Durante a maior parte da adolescência, havia sido uma das cinco filhas esquisitas do vigário. Talvez até a mais esquisita. Depois, quando saiu de casa e deixou suas irmãs, era difícil fazer amigos, quanto mais se envolver em um relacionamento amoroso, até que... — Eu fiquei três anos com um cara, o Adam, que conheci na universidade, então posso dizer que não estou desistindo de relacionamentos sem conhecimento de causa.

— Você era apaixonada por ele? — Johnny sondou gentilmente.

— Sim, eu o amava — Verity respondeu com ardor, porque nunca conseguia pensar em Adam sem ficar emocional. — Eu não teria passado três anos com ele se não o amasse, né?

Três anos tentando fazer as coisas funcionarem, tentando deixar Adam entrar, tentando baixar a guarda. Tudo que Verity conseguira fora torná-lo infeliz, ver a luz se turvar em seus olhos cada vez que ela o afastava.

Ela não queria ser responsável pela felicidade de ninguém. Era pressão demais. Mas muito, muito pior que isso era ser responsável pela infelicidade de alguém.

— Então, se você já esteve apaixonada, imagino que não seja uma ermitã — Johnny comentou, e Verity achou que podia ouvir a mais leve sugestão de riso em sua voz, como se ele não estivesse levando tão a sério o fato de ela se considerar introvertida ou qualquer outra coisa que tivesse dito.

— Não. Ser introvertida não significa isso. Eu não quero viver em uma caverna como uma eremita e afastar qualquer contato humano. Eu gosto das pessoas. Existem pessoas que eu amo muito, mas... em pequenas doses — Verity encerrou, porque *ela* estava encerrada. Não aguentava mais aquela conversa. — Por exemplo, já cansei de falar agora.

— Eu também. — Verity ouviu Johnny se mexer na cama, o som do travesseiro sendo ajeitado. — É melhor a gente dormir.

Ambos murmuraram um boa-noite. Verity mal havia se acomodado quando ouviu o bipe do celular de Johnny e o suspiro dele quando o pegou na mesinha de cabeceira.

— É com ela que você está *sempre* ao telefone? — Verity perguntou.

— É. — Johnny estava irritado. Verity pôs a cabeça para fora das cobertas para ver o rosto dele iluminado pela tela enquanto respondia à mensagem. — Acho que você está brava porque eu nunca te contei que ela era casada, mas, me desculpe... isso realmente não é da sua conta.

Verity deveria ficar brava com ele, principalmente depois desse último comentário, mas estava exausta demais. No entanto, estava mesmo um pouco irritada.

— Você não acha que fez isso ser da minha conta?

— Não, não acho — ele respondeu secamente, enquanto olhava para o celular. — Se você não tivesse encontrado a Julia e ela não estivesse tão bêbada, você não estaria sabendo de nada. — Ele a olhou com uma expressão cansada. — Vou desligar o celular agora até de manhã. Podemos, por favor, tentar dormir?

Isso era precisamente o que Verity estava tentando fazer antes que o maldito telefone soasse pela zilionésima vez com uma mensagem do amor da vida dele, que, por acaso, era casada com outra pessoa — o melhor amigo, nada menos que isso. Então, mesmo que ele não estivesse transando com ela, estava fazendo alguma coisa não muito certa com *a mulher do seu melhor amigo*.

E, sim, isso era importante e, sim, Johnny sem dúvida deveria ter lhe contado desde o início por que precisava tanto de uma namorada falsa.

Não importavam os muitos porquês e portantos da situação; pessoas casadas estavam fora de questão. Essa era uma das regras mais fundamentais de ser adulto.

Não se pode saber como um homem realmente é no fim de duas semanas.

Na manhã seguinte, irritados e de olhos inchados de cansaço, eles voltaram para Londres quase em silêncio. Era o silêncio precioso que Verity costumava desejar, só que agora ele era tão alto que parecia gritar.

Por fim, como se tivesse demorado uma eternidade, Johnny parou na esquina da Rochester Street.

Verity se atrapalhou soltando o cinto de segurança.

— Você não precisa descer — ela disse depressa. — É só abrir o porta-malas e eu pego as minhas coisas.

Ela deu um sorriso amarelo para Johnny, ele sorriu amarelo para ela, ambos constrangidos pelas confissões da noite anterior. Verity pareceu se recordar que, em algum momento, havia se referido a si própria como uma ilha. Quem fazia isso? Ela fazia, aparentemente.

— Escute, Verity... — Ela já estava saindo do carro quando Johnny falou pela primeira vez desde que deixaram a rodovia em Brent Cross e ele perguntou se ela ainda queria o ar-condicionado ligado. — Eu devia ter sido sincero com você desde o início. Entendo se você quiser romper o nosso acordo, mas realmente espero que não faça isso. Eu ainda te devo um falso encontro.

— Tudo bem. Eu estou bem. Sério, está tudo bem — Verity lhe garantiu e completou sua saída desajeitada do carro. — Prometo que vou entrar em contato.

Ela estava com os dedos cruzados nas costas, então não era mentira. Já havia mentido demais nos últimos tempos, começando por Peter Hardy, que já lhe trouxera muitas complicações, mas isso não era nada perto de Johnny e seu triângulo amoroso de décadas.

— Eu decidi não sair mais com o Johnny — Verity disse para Posy no dia seguinte, durante o intervalo do pão doce no meio da manhã. — Nenhum de nós está no momento certo para um relacionamento.

Desde que Mattie abrira o salão de chá, elas haviam instituído o intervalo do pão doce no meio da manhã e a parada para o bolo no meio da tarde. Todos os jeans de Verity estavam começando a ficar um pouco justos.

— Que pena — Posy suspirou. Elas estavam no escritório, examinando o balanço das vendas pós-lançamento, mas tudo parou para os pãezinhos doces. — Vai mesmo terminar com ele? É definitivo?

— Acho que sim — respondeu Verity, como se ainda estivesse ponderando sobre a questão, quando o fato é que já havia decidido, antes mesmo de fechar o porta-malas do carro de Johnny, que nunca mais se encontraria com ele. Se levasse adiante essa farsa de relacionamento falso, estaria sendo conivente com o caso amoroso sem sexo e cheio de mensagens de Johnny com a mulher do seu melhor amigo. Além disso, ainda se sentia constrangida quando se lembrava do que havia confessado no escuro de seu quarto duplo. Era dolorosamente evidente que ela e Johnny tinham que parar com aquilo. Encerrar. Nunca mais se verem ou se falarem. Mesmo que Verity não conseguisse parar de pensar em como os braços dele eram bonitos em uma camiseta. — Nós não combinamos — ela disse com firmeza.

Posy estava ficando com aquela expressão romântica e sonhadora no rosto que exibia com tanta frequência nas últimas semanas.

— Talvez você não devesse ser tão apressada para terminar com o Johnny. Ninguém poderia acreditar que eu e o Sebastian combinávamos, mas olhe só para a gente agora. — Para garantir que Verity entendesse a alusão, Posy agitou a mão diante do rosto dela, mostrando a aliança de platina e o belo anel de noivado de safira que Sebastian colocara em seu dedo do meio.

— Para ser sincera, e por favor não me entenda mal, eu ainda estou tentando processar essa história entre você e o Sebastian — disse Verity.

— Eu também, sabia? — Posy fez uma careta para seu pãozinho de laranja e cardamomo. — Mas não é de mim que estamos falando. Eu acho que você devia dar mais uma chance para o Johnny. Homens como ele não aparecem toda hora.

— Eu sei que ele é bonito, charmoso e...

— ... tem um ótimo senso de humor. Ele fez uma piada muito engraçada sobre P.G. Wodehouse na inauguração do salão de chá — Posy lembrou a Verity. — Em comparação com o último namorado show de horrores da Nina, o Johnny está em uma classe especial.

— Estou escutando tudo que vocês estão dizendo! — Nina gritou de trás do balcão. Elas realmente precisavam começar a fechar a porta do escritório. — O Gervaise não é um show de horrores. Ele só está passando por momentos difíceis.

Gervaise era um artista performático que se descrevia como sexualmente fluido, embora, até onde Verity podia ver, ser sexualmente fluido simplesmente lhe dava liberdade para trair Nina com outras mulheres *e* homens. Nina finalmente o mandara passear enquanto Verity estava fora no fim de semana, mas Gervaise apareceu na praça muito tarde no domingo à noite e gritou na janela delas que ia se matar se Nina não o aceitasse de volta.

— Você acha que ele poderia se matar sem fazer barulho? — Verity tinha perguntado.

— Ah, Very, você não entende — Nina respondera, triste. — Uma vida sem paixão é uma vida pela metade. — E então ela abrira a janela e dissera a Gervaise para cair fora.

Posy estava certa. Em comparação com Gervaise, Johnny era um príncipe. Mas, ainda assim, ele vinha com muita bagagem.

— Eu fico me perguntando: *O que Elizabeth Bennet faria?* — Verity disse para Posy. — E ela com certeza seria esperta demais para...

— Diga isso outra vez! — Posy exclamou.

— Eu ainda nem terminei de dizer a primeira vez, antes de você me interromper!

— Não, Very. O que você disse sobre Elizabeth Bennet?

— Você sabe o que eu digo sobre Elizabeth Bennet — Verity lembrou a Posy com alguma impaciência, porque às vezes era como se ninguém ouvisse uma palavra sequer do que ela dizia. — Sempre que eu estou com um problema difícil, penso: *O que Elizabeth Bennet faria?* É surpreendentemente útil.

— É muito bom. — Posy tinha um brilho nos olhos que Verity passara a reconhecer muito bem nas últimas semanas. — "O que Elizabeth Bennet faria?". Isso é genial, Verity. Ficaria *incrível* numa sacola.

— Não vou deixar você encomendar mais nenhuma sacola até vendermos pelo menos metade das que você já encomendou — Verity declarou. — Mas, sim, quando fizermos um novo pedido, pode usar minha filosofia de vida.

Mais tarde naquele dia, Verity recebeu um e-mail de Emma, a irmã de Dougie, a respeito da festa de open house no sábado à noite.

```
Eu te conheço, Very, e aposto que está pensando em uma
desculpa para escapar da festa. Se servir de consolo, eu
estava brincando quando disse que ia alugar um aparelho
de karaokê. Não vai ter nada de karaokê, então você TEM
que vir e não vai entrar já dizendo que não pode ficar
muito tempo. E traga esse Johnny de que a Merry me falou.
Estou louca para conhecer!
```

Imediatamente, como por reflexo, Verity começou a pensar em alguma maneira infalível de se desvencilhar daquela socialização de sábado à noite. Então parou e se forçou a olhar para dentro de si, ou mesmo procurar o conselho de Elizabeth Bennet. Ela era uma mulher adulta e não devia precisar de um namorado falso para enfrentar a vida — ela podia ir sozinha.

Além disso, não era bem uma inauguração de casa, mas uma inauguração de barco, porque o namorado de Emma, Sean, tinha herdado uma casa flutuante meio velha, com ancoradouro e tudo, e Verity estava curiosa para ver a nova residência deles.

Portanto, quando chegou o sábado, Verity estava mais ou menos animada para ir à festa com Merry e Dougie, que teve uma rara noite de sábado livre em seu emprego de assistente de chef de cozinha.

Eles pegaram o ônibus até a Great Portland Street e, como era uma noite quente e abafada de julho, decidiram caminhar pelo meio do Regent's Park para chegar ao Regent's Canal — quase o mesmo trajeto que Verity fizera com Johnny para ir ao brunch em Primrose Hill.

Não tivera notícias dele desde que saíra de seu carro no domingo à tarde, há quase uma semana. Era verdade que Verity tinha dito que entraria em contato, mas, se Johnny estivesse mesmo tão interessado em se encontrar com ela, em levar adiante o acordo, poderia muito bem tê-la procurado. Mas não a procurou.

E estava tudo bem para Verity. Bem mesmo, não um "Eu estou *bem*" defensivo.

No entanto, nesse meio-tempo, Merry não estava bem com Con, que agora andava pensando em mudar de ideia sobre o leitão assado para sua recepção de casamento. "Se o vento estiver soprando para o lado errado, vai ficar tudo com cheiro de porco", ela resmungou via Skype na noite anterior, mesmo que esse tenha sido o único item, em uma lista de uns duzentos, sobre o qual havia chegado a uma decisão.

A solução que Dougie sugeriu foi distribuir toucas de banho para os convidados nas cores escolhidas por Constance para o casamento ("Isto é, quando a madame tiver decidido quais vão ser essas cores"), assim o cabelo das pessoas não ficaria fedendo a leitão assado.

— Nós temos que usar redes no cabelo para trabalhar — ele comentou. — Embora seja mais por uma questão de higiene e segurança.

— Estou surpresa por eles não obrigarem vocês a usar uma rede na barba também. Não pode ser muito higiênico quando se trabalha com comida — disse Verity. Nos últimos meses, Dougie havia cultivado uma exuberante barba hipster que tinha ficado bem mais ruiva do que qualquer um deles esperava e, embora não fosse tão comprida, Dougie gostava de ficar mexendo nela enquanto pensava. E Merry dizia que ela arranhava demais quando eles se beijavam.

Merry entrou na conversa.

— Very, você acha que o Dougie devia raspar a barba?

Verity nem precisou pensar a respeito.

— Mil vezes sim.

— Você não acha que ela me dá um ar mais sério? — Dougie perguntou.

— Não — Merry respondeu com desânimo, como se já tivessem tido aquela conversa muitas vezes antes. — Ela faz parecer que você está escondendo um queixo ruim. E seu queixo não é ruim. Pelo que lembro, ele é muito forte e másculo.

— Sua barba não fica suja de migalhas? E o que acontece quando você come espaguete? — Verity deu uma espiada nos pelos faciais de Dougie para ver se ainda havia restos do café da manhã alojados por ali. Ele levantou a mão para cobrir a barba.

— Não se unam contra mim! — ele protestou. — Sinceramente, eu esperava mais de você, Very. Você devia ser a irmã sensível.

— Ela é sensível, não cega — Merry revidou. — E qualquer idiota pode ver que essa barba não combina com você.

Merry e Dougie continuaram a se cutucar por causa da barba durante todo o caminho até o Regent's Park Canal. Quando chegaram ao local onde o *Scarlett O'Hara* (Emma adorava um livro romântico tanto quanto Verity) estava ancorado, descobriram que Emma havia montado um esquema para levar as pessoas em pequenos grupos para conhecer o barco, porque havia a possibilidade de ele afundar se houvesse gente demais a bordo ao mesmo tempo. Isso não inspirou muita confiança no *Scarlett*, então Verity e Merry decidiram esperar em terra firme na margem do canal até que o grupo se retirou em massa para as mesas no jardim de um pub próximo.

Verity pegou uma mesa de canto com Merry e Dougie, que finalmente haviam parado de falar de barba e agora discutiam sobre quem pegaria as bebidas.

— Ou será que a Very pode ir? — Dougie perguntou, esperançoso. Merry e Verity lhe lançaram olhares piedosos.

— Eu nunca vou ao balcão — disse Very. — Gente demais na minha bolha de espaço pessoal.

— Mas ela sempre paga uma rodada — Merry disse com sinceridade, e Verity havia acabado de tirar uma nota de vinte libras da bolsa quando Emma e Sean chegaram depois de trancar o barco.

— Você está bem? — Verity perguntou a Emma, porque manchas muito vermelhas adornavam as faces e o pescoço da amiga. — Não está ficando doente, está?

— Não, eu estou bem — disse Emma, e olhou para Sean, que lhe retribuiu o olhar, e ambos sorriram. Um sorriso de cumplicidade de um para o outro e ninguém mais.

Então Sean fungou.

— Eu achei que tinha um vazamento no *Scarlett*, mas era só cerveja que alguém tinha derrubado.

— Mas já tivemos sábados piores — Emma emendou e estendeu a mão. — Olhem!

Havia um magnífico anel antigo no terceiro dedo de sua mão esquerda, que combinava perfeitamente com o sorriso em seu rosto. Ela estava radiante e iluminada e o motivo era óbvio, mas Sean falou mesmo assim:

— Eu pedi a Emma em casamento.

— E é claro que eu aceitei!

Foi tudo uma confusão depois disso. Mais de trinta pessoas se aglomeraram para abraçá-los e dar os parabéns. Então Merry chorou, porque ela havia apresentado Emma a Sean, o assistente de pesquisa bonitinho que trabalhava no laboratório ao lado do dela, e Verity se emocionou porque Merry estava chorando, e o grupo todo decidiu que estavam tão próximos do dia de pagamento que poderiam fazer uma vaquinha para comprar umas garrafas de algo borbulhante e brindar à boa notícia.

O clima de entusiasmo amenizou um pouco depois dos brindes, mas a maioria das moças ainda estava reunida em volta de Emma, enquanto Merry experimentava o anel para ver o tamanho, segurava-o contra a luz e depois, sem o menor tato, dizia:

— Você vai fazer festa de noivado? Nós vamos ter que comprar presentes? Meu Deus, assim eu vou à falência antes do verão acabar.

Verity precisava ter outra conversa com Merry sobre a diferença entre pensamentos que se podia dizer em voz alta e pensamentos que era melhor guardar para si. Então notou o olhar que Dougie dirigiu a Merry. Um olhar pensativo, embora ligeiramente cauteloso, como se talvez não estivesse planejando pedir Merry em casamento de imediato, mas pensasse nisso. Muito.

De repente, Verity sentiu uma dorzinha estranha por algo que nunca conhecera, mas que via no rosto de seus amigos. Três anos atrás, depois de uma breve e desastrosa viagem com Adam para Amsterdã, quando Verity procurara respostas no mais íntimo de si e decidira que não era o tipo amoroso, tudo parecera muito claro. Simples. Preciso. Mas muita coisa havia acontecido nesses três anos. Olhou em volta para as cinco mesas que haviam se juntado e confirmou suas piores suspeitas. De alguma forma, enquanto ela estivera ocupada precisando ficar sozinha e inventando namorados imaginários, todas as pessoas que ela conhecia haviam formado casais. Todos haviam se tornado unidades de dois. Verity era a única solteira presente. Na verdade, a única solteira que ela conhecia. Até Posy, que raramente mostrara algum interesse por namorados, havia pulado toda a etapa de namoro e partido direto para o casamento. Nina nunca estava sem um namorado, por mais deplorável que ele pudesse ser. E Tom? Quem podia saber o que Tom aprontava? Ele era tão reservado que, pelo que a equipe da Felizes para Sempre sabia, ele bem podia ter uma esposa e quatro filhos escondidos em algum lugar.

E então havia Verity. Feliz de estar solteira. E estar sozinha não era o mesmo que estar solitária, mas havia momentos, como aquele, em um sábado à noite, cercada por seus queridos amigos, em que realmente lhe batia uma espécie de solidão.

Seu celular estava ali sobre a mesa, bem à sua frente. Era uma simples questão de pegá-lo e enviar uma mensagem.

> Estou na festa de inauguração de uma casa flutuante que foi transferida para o Rutland Arms, em Primrose Hill. Se você estiver a fim...

Verity viveu, então, sessenta e cinco segundos de medo, inquietação e sabe-se lá o que neste mundo havia tomado conta dela, até que seu telefone soou.

> Estou aí em meia hora.

Até que ponto Johnny devia estar se sentindo sozinho para não ter nada melhor para fazer às oito e meia da noite de um sábado do que concordar de imediato em se encontrar com uma mulher que havia lhe dado um gelo durante a semana inteira, depois de ele ter lhe confessado, sob coação, seus segredos mais íntimos?

Ele devia estar se sentindo realmente muito, muito sozinho.

Verity tentou parecer natural enquanto esperava. Ela nem contou a Merry que Johnny estava vindo, porque a irmã se agarraria à notícia e a bombardearia de perguntas sobre a novidade até nocauteá-la. Em vez disso, apertou o copo e acompanhou com gestos de cabeça e sorrisos radiantes enquanto Emma falava de um possível casamento no inverno, até que Merry assobiou baixinho.

— Aquele não é o seu namorado falso, Very? — ela sussurrou, e Verity levantou os olhos e viu Johnny, de pé na entrada do pátio. Ele usava jeans, uma camiseta azul-mescal e tinha uma expressão intrigada, que se transformou em um sorriso quando avistou Verity. — Por que você não me contou que ele vinha? Irmãs não têm segredos!

— Mas você é mesmo minha irmã? Eu e a Con ainda achamos que você foi encontrada na porta da igreja e o papai e a mamãe não tiveram coragem de te contar — Very murmurou de volta, porque ela e Con atormentavam a irmã com a teoria da criança abandonada e essa continuava sendo a maneira mais efetiva de contrariar Merry.

— Isso foi engraçado nas primeiras mil vezes que eu ouvi — Merry resmungou, enquanto Johnny alcançava o canto afastado em que eles estavam e se espremia para chegar ao lado de Verity. Ele se inclinou como se fosse beijá-la no rosto, pensou melhor e se decidiu pelo cumprimento agitando os dedos que era a marca registrada de Verity Love.

— Oi — disse ele. — Eu já tinha perdido a esperança de voltar a ter notícias suas.

— Desculpe, andei muito ocupada — Verity murmurou, enquanto Merry bufava dentro do copo. — Não sabia se você ia estar livre assim tão em cima da hora.

— Você me ganhou com a casa flutuante. — Johnny sorriu e passou a mão pelos cabelos espessos, que voltaram a cair em seguida em sua habitual forma estilosamente despenteada, e algumas moças pararam o que estavam fazendo para olhar para ele. — Não resisto a uma casa flutuante.

— É uma casa flutuante incrível — Verity disse, e Merry tossiu dentro do copo e Emma se virou com um sorriso.

— Isso é tão gentil, Very, quando não é nem um pouco incrível. Mas é à prova d'água o suficiente, então tudo bem. — Emma voltou sua atenção e um sorriso ainda mais aberto para Johnny. — Você deve ser o novo namorado da Verity. Como vai? Não ouvi absolutamente nada a seu respeito.

As apresentações foram feitas e, embora Johnny fosse um pouco mais velho que os amigos de Verity e estivesse mais bem-vestido que eles mesmo de jeans e camiseta, pareceu se integrar com facilidade. Também insistiu em comprar duas garrafas de champanhe quando soube do noivado, depois ensinou a Sean e Dougie um brinde do século XIX, envolvendo champanhe e amigos falsos e de verdade, que eles começaram a gritar a intervalos regulares, até que Emma deu um tapa em Sean e entregou as chaves do barco para Verity.

— Por que você não vai mostrar o barco para o Johnny? — ela sugeriu e ergueu as sobrancelhas de maneira nada sutil, que Verity preferiu ignorar.

Verity enfiou as mãos nos bolsos de seu vestido-bata xadrezinho enquanto caminhava com Johnny até o ancoradouro. Por que era sempre tão difícil encontrar as palavras certas para dizer?

Foi Johnny quem rompeu o silêncio, como sempre acontecia.

— Eu já estava convencido de que você me odiava — disse ele, ao descerem os degraus de pedra até a água. — Repassei várias vezes a conversa que tivemos no quarto depois da festa e eu sempre apareço como um destruidor de casamentos insensível ou um idiota apaixonado que vive de ilusões.

— É, e eu tenho certeza de que passei a imagem de uma antissocial mal-humorada, coisa que eu não sou. Bem, eu sou, mas só por uma hora depois do trabalho enquanto desestresso — disse Verity, porque ela não queria remexer no que havia acontecido no fim de semana anterior, embora de fato achasse que Johnny era um pouco insensível e um pouco iludido por estar apaixonado por alguém há tanto tempo sem nenhuma esperança. Mas ela não estava em posição de julgar. — Nós dois temos nossas próprias razões para ficar solteiros e precisarmos de um parceiro falso.

— Isso é verdade — Johnny concordou e pareceu aliviado por Verity não ter mais nada a dizer sobre suas respectivas dificuldades.

Eles haviam chegado ao *Scarlett O'Hara*. Verity deixou Johnny pegar sua mão, já que ela estava usando suas velhas sandálias de couro, que não eram feitas para se equilibrar sobre tábuas de madeira. Então ela abriu a porta e eles entraram.

— Eu já te contei sobre a minha casinha em forma de navio pirata na árvore, não contei? — Johnny perguntou, enquanto Verity olhava em volta pela cabine. — Desde então, eu sempre quis morar em um barco.

— Para mim tudo bem um cruzeiro ocasional, mas morar em uma casa flutuante não é a minha praia. — Verity falou no tom neutro que sempre usava ao fazer uma piada, mas Johnny deve ter entendido, porque sorriu.

A maior parte do espaço na cabine era ocupada por uma copa-cozinha conjugada com uma sala de estar e um pequeno quarto e banheiro separados. Era habitável, mas decorado em um estilo chique nos anos 70, agora obsoleto: mogno e metal por todos os lados.

— O Sean herdou o barco do tio, que morou aqui por uns quarenta anos. Parece que já tinha ninho de pombas na sala de máquinas — disse Verity, enquanto Johnny pegava o celular. Dessa vez, porém, não havia nenhuma mensagem ou telefonema urgente que ele precisasse responder; ele queria tirar fotos das instalações e dos móveis.

— Tem tanta coisa que eles poderiam fazer aqui — disse ele, então começou a falar sobre um projeto simples, despojado mas aconchegante, com todo tipo de recursos inteligentes para ganhar espaço. — Eu pego dois estagiários recém-formados todo ano para tocar seu próprio projeto. Isto aqui seria perfeito. Além disso, o serviço deles seria de graça. Acha que a Emma e o Sean ficariam ofendidos se eu indicasse o *Scarlett O'Hara*?

— Ofendidos? Acho que eles ficariam encantados. A Emma provavelmente vai fazer você assinar um contrato no verso de um porta-copo — comentou Verity, porque, desde que a amiga se formara advogada, o poder lhe subira à cabeça.

— Você está bem? — Johnny estava de joelhos, investigando um armário construído embaixo de um assento de canto, quando levantou os olhos e viu que Verity oscilava ligeiramente e fazia uma careta. — Está com cara de ressaca.

Era uma noite parada, sem a menor brisa, mas Verity se sentia como se o barco balançasse de um lado para o outro, em águas agitadas por uma tempestade. Não era surpresa que seu estômago estivesse tão mexido.

— Eu não me dou bem com esse negócio de balanço. Achei que ficaria bem em um barco parado, mas parece que não está dando certo — disse ela. — Preciso de terra firme… agora!

Verity fez uma prece silenciosa — *Deus, por favor, não me deixe vomitar no Regent's Canal nem em qualquer outro lugar* —, enquanto Johnny a conduzia rapidamente para fora da cabine e pelo convés, quase a carregando de volta para a margem.

Ela sentou nos degraus de pedra, deu algumas respiradas trêmulas e esperou que a barriga parasse de se agitar.

— Está melhor? — Johnny perguntou, enquanto trancava o barco.

— Acho que sim. A família Love geralmente não enfrenta viagens muito bem. — As gêmeas, Chatty e Immy, ficavam enjoadas se sentassem muito perto da frente no ônibus.

Eles voltaram para o pub para devolver as chaves e apresentar a Emma e Sean a proposta de Johnny, que foi recebida com indisfarçada alegria.

Verity achava que deveriam ficar pelo menos para mais um drinque, embora ela estivesse começando a perder lastro — um excesso de estímulo social e quase ter vomitado tendiam a fazer isso —, mas Johnny fez um gesto na direção do portão que levava à rua.

— Se você estiver cansada, eu te acompanho até em casa — disse ele.

Verity estava cansada. Também estava cansada de Merry dando risinhos toda vez que olhava para eles. Teriam que conversar muito sério sobre isso mais tarde. Verity se contentou com um beliscão quando Merry disse alto: "Não façam nada que eu não faria", ao se despedir dos dois.

— Como vamos? — Johnny perguntou assim que saíram do Rutland Arms. — Táxi, ônibus ou você quer andar um pouco?

— Andar é sempre bom — Verity decidiu e, como eram quase dez horas e o Regent's Park já estava fechado e era melhor evitar a Camden High Street nos sábados à noite, eles desviaram pelas ruas secundárias.

Havia coisas sobre as quais provavelmente deveriam conversar, mas Verity mal sabia por onde começar e Johnny também não estava com vontade de falar enquanto caminhavam pelo bairro. As ruas eram um pouco mais feias e malcheirosas, com mais barracas de kebab, lojas de conveniência abertas a noite inteira e alguns bandos de jovens bêbados que colidiam com eles.

Embora não gostasse de toques, Verity ficou aliviada quando Johnny lhe ofereceu o braço. Era muito galante, como algo saído de um dos romances da Regência de Posy.

— Eu adoro caminhar por Londres à noite. A gente repara em tantos detalhes que passam despercebidos quando as ruas estão cheias — disse Johnny, e apontou para o prédio pelo qual estavam passando, uma fileira de lojas com apartamentos em cima. — Está vendo a pedra com a data ali no alto? Ela informa o ano em que o prédio foi construído e quem foi o construtor.

Johnny fez a Londres de muito tempo atrás ganhar vida. Ele mostrou a Verity uma placa na parede de um bloco anônimo de um conjunto de moradia social que homenageava Mary Wollstonecraft, uma escritora do século XVIII, feminista e mãe de Mary Shelley, a autora de *Frankenstein*, que havia morado em uma casa naquele local. Quando atravessaram a Euston Road, ele lhe contou sobre o Arco Euston, que antes ficava na entrada da antiga estação Euston. Ele já não existia fazia tempo, mas os pais de Johnny, na época arquitetos recém-formados, e um grupo de amigos subiram nos andaimes que cercavam o arco antes de ele ser demolido na década de 60 e estenderam uma enorme faixa com os dizeres: "Salvem o arco".

— Existe uma campanha para reconstruir o arco, especialmente agora que recuperaram boa parte da pedra original — Johnny explicou. — Meu pai está dando pulos de alegria.

— Se um dia Nosso Vigário e a Esposa do Nosso Vigário vierem para cá, você precisa fazer um passeio guiado com eles. Eles adoram esse tipo de coisa — disse Verity, e em seguida se deu conta de que havia acabado de convidar Johnny para conhecer seus pais. Como se eles estivessem realmente namorando. Mesmo que eles *estivessem* de fato namorando, era absurdamente cedo para falar em conhecer os pais. Como no caso de transar, com certeza havia um período padrão estabelecido antes de conhecer os pais: três meses de namoro exclusivo e uma viagem em um feriado. — Aliás, antes que você leia alguma coisa nesse comentário inocente, eu não estou tendo ideias.

— Bom saber — respondeu Johnny com um sorriso fácil, e então seu telefone, que havia ficado miraculosamente mudo durante as últimas duas horas, fez um som imperioso de mensagem chegando. Ele o tirou do bolso de trás do jeans, deu uma espiada na tela e seu rosto, que havia estado animado e sorridente, mesmo quando Verity sugeriu que ele poderia conhecer seus pais, se tornou rígido e tenso, como se ele estivesse se esforçando para não trair as emoções.

Não era realmente da conta de Verity, a não ser que eles fossem manter aquele acordo, o que parecia que iam fazer, então meio que era da conta dela, sim.

— É aquela sua, hum, *amiga*? — Ela tentou parecer natural, mas sua voz falhou na última sílaba.

— Quê? — Johnny piscou e o feitiço se desfez. — É.

— O que ela acha de você ter uma falsa namorada? — Era evidente que Verity vinha falando demais com suas irmãs pelo Skype nos últimos tempos, porque perguntas profundamente pessoais eram muito mais o estilo delas. — Ela não se importa?

— Ela não está bem em posição de se importar, não acha? Estando casada — disse Johnny, com alguma tristeza. — Mas nós dois concordamos no começo do verão que era melhor darmos um certo espaço um para o outro.

Verity não achava que telefonar e mandar mensagens o tempo todo, ainda mais quando ele estava em reuniões sociais, contava como dar a Johnny algum espaço, mas ela se conteve e não disse nada. Afinal, seu lema na vida era "O que Elizabeth Bennet faria?", e não "O que uma das minhas irmãs incrivelmente indiscretas faria?".

— Ah, é mesmo? — foi só o que ela disse.

— A ideia é essa. Eu não a vejo há semanas. Na verdade, íamos nos encontrar naquela noite em que você invadiu minha mesa no restaurante italiano, mas ela me deixou na mão. Não, isso não é justo. Ela disse que nós precisávamos ficar um tempo longe um do outro para decidir o que realmente queríamos, só que poderia ter me avisado isso antes de eu reservar uma mesa e ficar esperado quase uma hora.

A impressão que Verity estava tendo dessa outra mulher não era inteiramente favorável.

— Ela ter te deixado esperando acabou funcionando bem para mim. — Verity deu uma olhada de lado para Johnny. — Mas bem que você podia ter entrado no jogo, ter fingido ser Peter Hardy e tornado a vida bem mais fácil para nós dois.

— Realmente — Johnny concordou. — Mas aí nós não teríamos nos tornado amigos.

Verity raramente fazia amigos por si mesma. Sim, Posy, Nina e Tom eram seus amigos, mas esse era um subproduto maravilhoso de trabalharem juntos, de modo que eles já estavam avisados com antecedência das esquisitices de Verity. Depois havia os amigos de suas irmãs que se tornavam amigos dela por tabela (fique amigo de uma irmã Love e receba outra junto, como um brinde em uma compra). Também nesse caso, quando Verity adquiria ela própria o status de amiga, todos eles já sabiam no que estavam se metendo.

Estavam contornando a Russell Square agora; a Felizes para Sempre ficava a uma caminhada rápida de cinco minutos de lá.

— Mas nós somos amigos? — Verity refletiu em voz alta. — Eu não tenho certeza do que somos, mas hoje foi a primeira vez em muito tempo que nenhuma de minhas amigas me levou para um canto e disse que conhecia um cara incrível que queria me apresentar. Então acho que a nossa farsa de relacionamento falso teve mesmo seus benefícios.

— E, já que você conseguiu não ter ideias a meu respeito, acho que podemos dizer com satisfação que foi um sucesso — Johnny declarou, e Verity não saberia dizer de fato se ele estava brincando ou não. — A menos que você esteja secretamente apaixonada por mim.

— Não, ainda não estou apaixonada por você — Verity confirmou. — Desculpe te desapontar.

— Eu vou me recuperar — Johnny respondeu com um pequeno sorriso. — Então... será que ia ser uma provação muito grande se a gente passasse o resto do verão indo a reuniões apenas como amigos, porque eu sinceramente te considero uma amiga agora, enquanto nossos outros amigos acham que somos namorados?

Verity pensou por um momento. Ela já havia estado em um brunch e em um aniversário que exigiu que ela passasse a noite fora. Conhecera *todo mundo*. Enfrentara seus medos, confrontara seus demônios e o mundo continuava a girar.

— Não é nossa culpa se eles entenderam do jeito errado — ela decidiu, por fim. — Então acho que não conta como mentira.

— Ótimo — disse Johnny, tranquilamente. — Porque tenho um casamento no próximo fim de semana, e, quando a Carlotta soube que eu estava saindo com alguém, insistiu que a distribuição das mesas ainda não estava fechada e que eu poderia te levar. — Johnny lançou a Verity outro sorriso simpático, como se a desafiasse a dar para trás. — Tentei dizer a ela que não, mas ela nem quis me ouvir.

Francamente, isso doeu um pouco. Então era essa a razão de Johnny ter concordado tão depressa em se encontrar com ela naquela noite? Porque precisava que ela cumprisse sua tarefa no casamento do próximo fim de semana? No entanto, Verity não podia usar dois pesos e duas medidas. Ela havia ignorado Johnny a semana inteira, depois ficara feliz por ele não ter outros planos em um sábado à noite e poder vir resgatá-la e não a deixar sozinha.

E, de qualquer modo, amigos faziam favores um para o outro.

— Um casamento? — Verity indagou, tentando não soar excessivamente como a condessa viúva de Grantham. — Outra noite fora?

— É em Kensington, então eu estava planejando pegar um táxi e voltar para casa, mas a gente pode encontrar um hotel próximo, se você fizer questão de esticar o programa — Johnny respondeu, irônico. — E aí, está dentro?

Por mais que tentasse, e ela realmente tentou, nem Verity nem Elizabeth Bennet puderam pensar em uma boa razão para dizer "não".

Ela é uma mulher egoísta e hipócrita e não a tenho em boa conta.

Como qualquer casal poderia esperar que acontecesse ao marcar seu casamento para um sábado no meio de julho, o dia amanheceu dourado, com um céu azul sem nuvens, o que era um bom prenúncio para as obrigatórias fotos do lado de fora da igreja.

Mas não era um bom prenúncio o casamento de Con ter sido marcado para o fim de setembro, quando tanto poderia haver sol quanto chuva e ventos. Con pedira ao Nosso Vigário que fizesse um pedido especial para Deus, mas Verity duvidava de que isso fosse funcionar. Não depois de todas as vezes em que Con renunciara a Deus ou tomara seu nome em vão, como Verity explicou a Johnny enquanto eles se espremiam em um trem na linha central do metrô — havia um evento de ciclismo na cidade e atravessar Londres de táxi seria impraticável. Então eles se apertaram ao lado de vários turistas e pessoas saindo para compras, que se seguravam nas barras e olhavam para eles com uma expressão intrigada, porque Johnny estava de fraque e colete e com uma rosa amarela na lapela.

Foi um ponto enorme a favor de Johnny que, quando Verity lhe perguntou sobre a roupa que deveria usar, ele não tenha dito algo vago como homens costumam dizer, do tipo: "Ah, é só vestir alguma coisa bonita". "Vou perguntar para uma das mulheres", ele falou e, fiel à sua palavra, informou uma hora mais tarde que Verity deveria usar "social diurno com algum tipo de adorno na cabeça. Não necessariamente um chapéu".

Verity buscara a ajuda de Con, que não lia nada além de revistas de casamento nos últimos seis meses, e de Posy, que dera a Verity a liberdade de escolher entre todos os vestidos que sua amada e falecida patroa Lavinia havia juntado em setenta anos.

Ela estava usando o seu favorito: um vestido dos anos 50 com decote canoa, manga japonesa, cintura justa e saia rodada, com raminhos de flores em tons pálidos de vermelho, laranja e rosa sobre um fundo preto. Era muito reconfortante usar um vestido que Lavinia havia usado, porque parecia, de alguma maneira, que Verity a estava levando consigo e podia ouvir sua voz dizendo gentilmente "Coragem, querida", como ela sempre dizia quando Verity começava a ter uma pane no trabalho.

Também requisitado das profundezas do guarda-roupa de Lavinia foi o adorno de cabeça — uma larga faixa de veludo preto enfeitada com uma delicada redinha preta —, e nos pés, por metade do preço na liquidação da Office, ela usava sapatos de salto pretos de camurça com dedos de fora que iam matá-la lenta e dolorosamente pelo resto do dia.

Nina dera um longo e grave suspiro quando Verity atravessou a loja naquela manhã, e até Tom parou a meio caminho de levar seu usual panini de café da manhã à boca, o que, sendo ele, era praticamente como se a devorasse com os olhos. Depois, enquanto Verity subia a Rochester Street se equilibrando nos saltos, dera de cara com Sebastian Thorndyke, que não se esforçara para disfarçar os olhos arregalados de surpresa.

— Uau, quem poderia imaginar que a filha do vigário pudesse ficar assim? — ele exclamou. Verity decidira que era melhor tomar aquilo como um elogio, e de fato era… gostoso aparecer toda arrumada e perceber que, pelo menos uma vez na vida, ela parecia uma versão de si mesma que só tinha visto em seus sonhos mais loucos e otimistas.

Quando chegaram à igreja St. Mary Abbots, em Kensington, Verity não sentiu que estivesse chamando a atenção como a esquisita socialmente deslocada e malvestida. Qualquer um que olhasse para ela e Johnny, seu braço no dele, porque esse era um toque apropriado agora que estavam oficialmente se fantasiando de casal, não teria nenhum motivo para achar que eles não combinavam.

Aquele seria um bom dia, Verity decidiu, muito fora do seu habitual, quando viu Wallis e acenou. Depois, virou-se para Johnny.

— Lembre-se que eu estou sob pena de morte se não levar um de cada: programa, cardápio e plaquinha de marcação de lugar.

Johnny parou em um banco mais ou menos na metade da igreja, no lado do noivo, e o indicou para Verity entrar.

— Não sou especialista nessas questões, mas, se a sua irmã vai se casar em setembro, ela já não devia ter feito o pedido na gráfica?

— Devia, não é?

Johnny fez um som de surpresa, como se estivesse chocado até o âmago de seu ser.

— Está dizendo que ela ainda nem mandou os convites?

Por onde começar? Verity começou balançando a cabeça.

— Ela mandou e-mails avisando a data, e depois a Chatty, que é formada em artes, ia fazer os convites, mas a Con é uma mistura muito irritante de incrivelmente mandona e incrivelmente indecisa.

— E o noivo, o que pensa de tudo isso?

Alex já havia dito, em mais de uma ocasião, que ficaria muito satisfeito em aparecer na igreja com sua melhor calça e sua melhor camisa, depois sair para comemorar em um pub próximo.

— Ele acha que o segredo para ter uma vida longa e feliz ao lado da Con é ficar fora disso. — Verity olhou em volta.

— Não sei dizer se é um bom ou um mau conselho — respondeu Johnny. Depois sorriu e disse "oi" para uma mulher que acenava freneticamente para ele do outro lado do corredor central. — Não tenho a menor ideia de quem ela é. Ei, olhe aquele chapéu ali. Parece uma água-viva lilás na cabeça.

Passaram dez minutos muito produtivos comentando os chapéus ao redor e se perguntando se o padrinho, que estava com o rosto vermelho e suando, ia desmaiar, até que um acorde triunfal soou tão de repente no órgão da igreja que quase provocou um ataque cardíaco em Verity. Eles se levantaram e se viraram enquanto o que todos chamam de "Lá vem a noiva" (e Verity chamava de "Marcha nupcial" de Richard Wagner) fazia a trilha sonora para a noiva que entrava pela nave central ao lado de seu sorridente pai.

A noiva ("Carlotta, pai espanhol, mãe inglesa, trabalha no Conselho de Artes") estava linda em um vestido branco de renda tomara que caia de corte sereia e um véu com bordas de renda preso em uma pequena tiara. O noivo, Rich ("estudou em Cambridge com Johnny, é comerciante de vinhos"), olhou para a noiva, balançou sobre os calcanhares e limpou uma lágrima.

Verity deveria estar tomando notas sobre os hinos e as leituras escolhidas (um poema de Pablo Neruda e uma tocante interpretação de "We've Only Just Begun", dos Carpenters, lidos por um ator amigo do casal que deixou várias pessoas com os olhos molhados).

Embora, como filha de vigário, Verity tivesse assistido a mais casamentos do que Elizabeth Taylor e Cheryl Cole juntas, ficou inesperadamente comovida com a intimidade do momento, ao ver Carlotta e Rich, dois estranhos para ela, contendo as lágrimas enquanto repetiam seus votos, com as mãos firmemente unidas. Verity sentiu uma nova emoção com a solenidade, a promessa e o compromisso das palavras que já ouvira tantas vezes na vida.

Prometo ser fiel,
Amar-te e respeitar-te
Na alegria e na tristeza,
Na saúde e na doença,
Na riqueza e na pobreza,
Por todos os dias da nossa vida
Até que a morte nos separe.

Elas representavam algo belo, algo que não tinha nada a ver com as cores escolhidas para o casamento ou com vestidos iguais para as madrinhas.

Casar significava prometer passar o resto da vida com alguém, tentar ser a melhor pessoa que se pudesse para esse alguém.

— Tome, eu vim preparado — Johnny sussurrou no ouvido dela, passando-lhe um lenço. — Tudo bem, está limpo. Meu pai sempre me disse para levar um lenço extra a casamentos, para o caso de haver lágrimas.

— Eu não estou chorando — Verity murmurou de volta. Ela piscou, e isso foi suficiente para desalojar a lágrima solitária que aparentemente estivera presa aos cílios inferiores de seu olho esquerdo. Conseguiu pegá-la com o lenço extra de Johnny antes que estragasse a maquiagem. — Ah, meu Deus, não acredito que estou chorando no casamento de dois estranhos.

— Se é algum consolo, eu trouxe um lenço para mim também. — Johnny se inclinou para mais perto e Verity pôde sentir o aroma limpo e fresco de sua loção pós-barba. — Não conte para ninguém, mas eu também sou um pouco chorão.

Verity lhe lançou um olhar. Não o que Posy chamava de seu olhar frio patenteado, mas um primo próximo dele. Johnny deu uma piscadinha e ela relaxou.

— Seu segredo está seguro comigo — disse ela, sem tentar esconder o sorriso.

Ele sorriu também, seus olhares se encontraram novamente, e Verity sentiu que estava vivendo mais um momento particular e íntimo entre ela e aquele homem com quem tinha uma espécie de amizade.

— Eu os declaro marido e mulher — proclamou o padre, com voz de júbilo. — O que Deus uniu, o homem não separe!

Depois houve as fotos oficiais tiradas fora da igreja. Johnny foi chamado para reunir as pessoas e Verity ficou muito contente ao vê-lo cumprir essa função, sempre com um sorriso pronto e uma brincadeira. Ele teve até um abraço para os dois pajens menores, que se atracaram aos socos durante a assinatura da certidão enquanto uma mulher cantava "You Were Meant For Me", de *Cantando na chuva*, até que a dama de honra os separou.

De tempos em tempos, Johnny olhava em volta para checar se Verity continuava onde ele a deixara, apoiada numa parede providencial para aliviar o peso de seus pés já doloridos enquanto escrevia uma mensagem para Con. Sua irmã mais velha havia lhe mandado sete mensagens, cada uma mais frenética que a anterior, durante o tempo em que o celular de Verity estivera desligado para assistir à cerimônia.

> As cores do casamento são verde-água e prata. O buquê é basicamente de suculentas verde-claras com algumas rosas brancas, amarrado com uma fita prateada. Estou enviando fotos. Pare de me amolar.

Ela havia acabado de enviar esse texto para Con, com fotos anexadas dos arranjos de laços de fitas na extremidade de cada banco, os vestidos das madrinhas e o programa da cerimônia, quando Johnny voltou para o lado dela trazendo duas pessoas com ele, um homem e uma mulher.

— Verity! Desculpe não te dar atenção — disse ele, e a tarefa de juntar as pessoas devia ter sido mais extenuante do que parecia, porque ele estava ofegante e com um rubor de agitação nas faces. — Queria te apresentar dois dos meus amigos mais antigos. Estes são o Harry e a Marissa.

Verity se endireitou no mesmo instante de sua posição desleixada, como se tivesse acabado de ser chamada para falar com o diretor.

— Embora não tão velhos — disse o homem, adiantando-se. Ele tinha cabelos loiros, não era tão alto quanto Johnny, na verdade bem mais franzino, mas havia algo nele, uma presença, que atraiu o olhar e a atenção de Verity. Ou talvez fosse apenas porque parecia haver uma tensão entre os dois homens que fazia o ar estalar em volta deles. Ou talvez fosse sua imaginação. — É um prazer conhecê-la, Verity. O que você está fazendo com um canalha como o Johnny?

— Eu nunca conheci ninguém menos canalha que o Johnny — Verity afirmou com firmeza, porque conhecia canalhas, todos os namorados de Nina, passados e presentes, podiam ser descritos assim, e Johnny, mesmo estando apaixonado pela mulher de outro homem, não chegava nem perto da canalhice. — E nós só estamos saindo juntos, não é?

— Exato — concordou Johnny. — E esta é a Marissa. — Ele indicou a mulher parada atrás de Harry. — Ela estava louca para te conhecer.

O ar parou de estalar e desapareceu de vez, sugado repentinamente, como se uma enorme tempestade estivesse se formando, a pressão crescendo, tudo na atmosfera chegando ao ponto de ebulição.

De pé na frente de Verity estava uma loira miúda e etérea. Era a mulher mais linda que Verity já tinha visto. Na verdade, ela parecia decididamente angelical, com grandes olhos azuis, um narizinho arrebitado e lábios perfeitos como botões de rosa de uma princesa da Disney. Não era muito difícil imaginar que pequenos animais da floresta a ajudassem a se vestir todas as manhãs.

Cegada por tamanha beleza, Verity sorriu timidamente para Marissa. Seu sorriso não foi correspondido. Os olhos de Marissa desceram por ela em uma avaliação rápida, terminando nos pés, em que os dedos se encolhiam nervosos.

— Ah, não ligue muito para o Johnny, ele sempre exagera — Marissa disse secamente para Verity, que não conseguia encarar a outra mulher. Ela deu uma espiada em Johnny em busca de auxílio, mas ele e Harry estavam entretidos na conversa, sem prestar atenção nas duas. — Eu tinha acabado de comentar que, para onde quer que eu olhasse, só conseguia ver o seu vestido. Essas flores são muito... *vivas*, não são? De quem é?

Verity não tinha nenhum vestido de grife. Tinha vestidos que havia comprado em lojas de marcas populares ou bazares de caridade, não de algum estilista famoso ou de alguma butique minimalista em Mayfair. Exceto aquele. Uma vez mais, Lavinia veio em seu socorro.

— É vintage — Verity tentou dizer com naturalidade, como se fosse o tipo de mulher que encontrava peças vintage maravilhosas no bazar da Oxfam mais próximo. — Pertenceu a uma amiga muito querida que...

— Ah! É de segunda mão! Bem, mesmo assim é encantador — disse Marissa em sua voz adoravelmente modulada, e agora, em vez de estar orgulhosa de seu visual, de sua aparência com ele, Verity se sentia reduzida a usar um vestido vistoso demais e de mau gosto, que provavelmente cheirava a naftalina. — Foi um prazer conhecê-la, Veronica.

— É Verity. — Ela sabia que seu aperto de mão foi tão mole quanto um corredor em sua primeira maratona se arrastando sobre a linha de chegada, mas era assim que se sentia. Quando o cumprimento terminou, Marissa fez uma careta muito ligeira e flexionou os dedos, como se a mão de Verity estivesse suada, o que não estava. — Foi um prazer conhecer você também.

— Tenho certeza que sim. — O olhar de Marissa passeou para além de Verity, como se ela estivesse desesperada para encontrar outra pessoa para conversar. — Ah! O James e a Emily. Harry, vamos até lá cumprimentá-los.

E lá se foi ela em seu vestido branco imaculado, embora todos com um mínimo de boas maneiras soubessem que não se usava branco em um casamento a menos que se fosse a noiva.

— Acho melhor eu ir atrás da patroa — Harry murmurou e seguiu a esposa, deixando Johnny para trás com um sorriso contrito para Verity.

— Desculpe — disse ele, embora não fosse culpa dele que sua velha amiga Marissa fosse tão desagradável.

— Ela é sempre...?

— Eu não sabia que ia levar uma eternidade para encontrar a mãe da noiva — Johnny prosseguiu, porque seu pedido de desculpas não tinha nada a ver com Marissa. — Você ficou aqui sozinha todo esse tempo?

— Tudo bem. Eu tinha um monte de mensagens urgentes da Con para responder. Sério, não tem problema — Verity lhe garantiu, embora, emocionalmente, ela tivesse regredido de corredora de maratona exausta para balão murcho, porque pessoas que eram grosseiras com ela, ainda mais sem nenhuma razão aparente, contavam como confronto, e Verity não lidava bem com confrontos. Além disso, seus pés estavam oficialmente a matando, e ela agora odiava a roupa que estava vestindo com toda a força do seu ser.

— Ótimo. E, a propósito, eu não te disse antes, mas você está linda. Seu vestido me faz lembrar aqueles quadros de flores holandeses — disse Johnny, porque às vezes ele sabia exatamente a coisa certa a dizer no momento certo.

Verity sorriu e, enquanto os cantos de sua boca se levantavam, o mesmo aconteceu com seu estado de espírito.

— Eu também achei!

Ela continuou de bom humor durante a caminhada de quinze minutos pela Kensington High Street até o restaurante do Holland Park, onde seria a recepção. Foi uma procissão estranha, mas triunfal: o grupo do casamento, incluindo noiva, noivo e madrinhas, misturando-se com pessoas que faziam compras e acompanhado por muitos vivas e sons de buzinas enquanto seguiam até seu destino.

Com sóbria cerimônia, Verity foi apresentada aos dois pequenos pajens briguentos, Rufus, afilhado de Johnny, e seu irmão mais novo, Otto, e, embora ela achasse que não era boa com crianças, não precisou fazer muito mais do que segurar a mão deles quando atravessaram a rua e escutar os dois tagarelarem sobre *Doctor Who* e dizer coisas como "É mesmo?" e "Eu não sabia que dava para fazer essas coisas com uma chave de fenda sônica" de quando em quando.

— Você foi um sucesso — Johnny comentou com Verity quando chegaram ao restaurante e todos se juntavam no jardim para tirar mais fotos e, felizmente, alguns garçons já circulavam com bandejas de bebidas. — E olha que aqueles dois são um público exigente.

— Já enfrentei piores — disse Verity e, como por reflexo, passou os olhos pelo grupo em busca de uma elfa loira de vestido branco, porque queria manter a maior distância possível de Marissa.

Até espiou nervosamente pelos cantos a caminho do banheiro, mas, assim que chegou lá, Verity estava mais focada em libertar os pés de seus instrumentos de tortura. Calçou sapatilhas e saiu depressa para a área dos espelhos, onde deu de cara com Marissa falando no meio de um pequeno grupo de mulheres.

— Nós acabamos vindo embora mais cedo. Estava cheio de pessoas *horríveis*. É oficial: aquele bando de suburbanos destruiu Dubai completamente — Marissa dizia. — O Harry chama a cidade de Brentwood no deserto.

Verity tentou ficar tão pequena e imperceptível quanto pôde ao passar discretamente por elas, mas parou quando alguém tocou seu braço. Era Elsa, que ela havia conhecido na festa de quarenta anos de Lawrence.

— Oi, minha querida — Elsa disse de um jeito afetuoso, puxando Verity para o círculo. — Adorei seu vestido. Já conhece todo mundo?

Verity não conhecia nenhuma das outras mulheres, exceto... Marissa, que olhou para ela com uma expressão vazia, como se nunca a tivesse visto na vida.

Nem todos são bons com nomes. Ou com rostos, Verity disse a si mesma.

— Nós nos conhecemos mais cedo do lado de fora da igreja — Verity lembrou a Marissa, cujo belo rosto permaneceu impassível. — Sou a Verity.

—Ah, é mesmo? Eu não lembro. Bem, de qualquer modo, é um prazer conhecê-la, Vera. — Ela se virou de volta para o grupo com um encolher de ombros habilidoso e elegante que, de alguma maneira, conseguiu excluir Verity completamente do círculo. — Do que estávamos falando?

Quando Verity saiu do banheiro, não estava incorporando Elizabeth Bennet, mas sua mãe, a sra. Bennet, enquanto murmurava furiosa:

— "Ela é uma mulher egoísta e hipócrita e não a tenho em boa conta."

O que era muito pouco para expressar todas as impressões de Verity sobre Marissa, nenhuma delas favorável.

Johnny esperava por ela com outra taça de champanhe e a notícia de que haviam sido chamados para ocupar seus lugares.

— E não é na mesa dos solteiros — disse ele, conduzindo-a pela pista de dança. — Estamos na mesa divertida dos casais sem filhos.

Verity não era bem o tipo de pessoa que se encaixava em mesas divertidas, mas, quando chegaram à mesa reservada para eles, havia apenas mais duas pessoas, então ela pôde entrar na diversão com calma. Jeremy e Martin eram dois homens com belos traços que iam se casar em poucas semanas. Depois de todas aquelas sessões com suas irmãs via Skype, Verity se tornara especialista em decorações de mesa, lembrancinhas de festa e todos os aspectos ligados ao planejamento de um casamento.

— Para que a decoração com bandeirinhas? — Johnny perguntou, tentando acompanhar a conversa. — Isso é necessário?

— É obrigatório quando se faz um casamento rústico no campo — disse Jeremy. — Sua irmã vai usar canecas de vidro?

— Ela ainda não decidiu — disse Verity, com um suspiro de desânimo. — Estamos juntando xícaras de chá antigas em bazares de caridade para o caso de ela preferir esta opção.

Mais colegas de mesa chegaram, os casais divertidos sem filhos, e foi uma enxurrada de "É um prazer conhecê-la" e "Amigos da noiva ou do noivo?" enquanto as pessoas procuravam seus nomes nas plaquinhas. Mas foi só quando os garçons começaram a trazer as entradas de vieiras fritas enroladas em panceta em cama de purê de ervilhas que os dois últimos convidados ocuparam seus assentos ao lado de Verity. Harry e Marissa.

— Quer dizer que você finalmente foi promovido da mesa dos solteiros, Johnny? — Harry disse com um sorriso. — Parabéns.

— Devo isso à minha linda Verity — ele respondeu, pondo um braço em torno dela e puxando-a para um beijo no rosto. Foi inesperado e decididamente indesejável ser pressionada contra a lateral de Johnny, de onde podia sentir o calor e os músculos dele, além do aroma refrescante de sua loção pós-barba. Mas teria sido grosseiro se afastar, então Verity continuou como estava até Johnny soltá-la. — Eu ainda não perguntei… Como foi em Dubai?

— Quente. Sufocante. Mas a Marissa ficou satisfeita por termos boa conexão de internet. — A voz de Harry havia se tornado mais desafiadora, e Verity não entendeu por que, uma vez mais, uma tensão estalou de repente entre os dois homens, o que fez todos na mesa baixarem os olhos para seus escalopes.

— Ah, Harry, não comece — Marissa disse depois de uma pausa tão longa que as unhas de Verity quase abriram furos na palma da mão. — Aliás, eu estou muito brava com você, Johnny. Você nem disse "oi", só veio nos pegando e arrastando para conhecer a sua amiguinha.

— Desculpa pela minha falta de modos. Oi, Marissa — disse Johnny calmamente, levantando os olhos do prato para a mulher, que exibia no rosto um sorriso doce que a fazia parecer sedutora e vulnerável. — Tudo bem?

— Tão bem quanto se poderia esperar — Marissa respondeu, e Verity se sentiu paralisada pelo clima estranho que se formara entre eles, embora tivesse prometido a Con que ia tirar fotos da comida.

Com a chegada de Marissa e Harry, toda a alegria e as boas vibrações da mesa divertida e bem-humorada desapareceram. Em seu lugar, estabeleceu-se uma conversa forçada e superficial sobre como as daminhas de honra estavam bonitas e quem havia pedido salmão e quem tinha preferido frango.

Verity estava louca para se levantar, murmurar alguma coisa sobre retocar a maquiagem e desaparecer naquela tarde de julho para nunca mais ser vista. Até pensou em mandar disfarçadamente uma mensagem para Merry por baixo do guardanapo, pedindo que ela lhe telefonasse para poder fingir que era uma grave emergência que exigia sua atenção imediata.

Em vez disso, ficou ali sentada, enfrentando aquele martírio e brincando com a comida, até sentir uma mão em sua coxa. Mais especificamente, a mão de Johnny. Não de uma maneira lasciva e inadequada, mas um gesto de apoio, enquanto ele se inclinava para sussurrar:

— Sinto muito. Parece que você não está se divertindo. Está tão horrível assim?

— Um pouco. O ambiente parece pesado, mas eu não sei por quê — Verity admitiu, inclinando-se mais para o lado de Johnny para que um garçom pudesse pegar seu prato. A sensação de que gostaria que ele a puxasse para mais perto ainda, para ela apoiar a cabeça em seu ombro, era estranha, mas muito tentadora.

Johnny descartou as palavras de Verity como se fossem migalhas.

— Para mim está tudo bem. Estou me divertindo, mas sinto muito por você não estar.

Assim que ele disse isso, Verity percebeu a impressão que havia passado. Resmungona e estraga-prazeres. Ela se virou na cadeira, ficando de frente para Johnny e de costas para Harry e Marissa. Assim que o fitou, percebeu que o olhar dele estava fixo em algo ou alguém atrás do ombro dela, e então ele voltou sua atenção para Verity, mas estava de testa franzida, e ela percebeu que de fato precisava retornar ao jogo da festa divertida.

— Tenho certeza de que logo vou me animar de novo, porque tem muitas coisas boas aqui — ela declarou, pegando seu copo. — Champanhe grátis, doces ainda por vir, muita música alto-astral… e isso me lembra de que precisamos tirar fotos da mesa dos noivos.

Johnny a recompensou com um sorriso. Um de seus sorrisos realmente bons que sempre faziam Verity sorrir de volta.

— Como é a câmera do seu celular? Dá para tirar uma foto com zoom daqui mesmo? Ou é melhor a gente levantar e andar como quem não quer nada naquela direção?

No fim, tiraram fotos com zoom com a câmera do celular de Johnny, que tinha mais pixels, embora Verity nunca tivesse entendido direito o que um pixel fazia, depois ele enviou as fotos para Verity. Durante todo esse tempo, ela não pôde deixar de reparar nos olhos apertados de Marissa e no olhar cauteloso e atento de Harry.

Então ouviram o soar de uma faca batendo num copo, uma tosse em um microfone e o pai da noiva se levantou para fazer o primeiro discurso.

Todos na mesa soltaram um suspiro coletivo de alívio e sorriram à primeira piada previsível sobre "perder uma filha e ganhar um filho cujos pais têm uma casa de verão em Santa Lúcia".

Johnny virou a cadeira para mais perto de Verity para poder ver a mesa dos noivos, o que fez com que pudesse trocar ocasionais olhares de cumplicidade com ela e até pôr as mãos na cabeça para fazê-la rir quando o discurso do padrinho se estendeu por entediantes vinte minutos. Houve umas duas vezes em que ela sentiu a atenção dele divagar de novo, como se sua mente estivesse muito distante, seus olhos não no noivo que enaltecia as virtudes da noiva radiante, mas olhando por cima do ombro dela. A sala estava cheia de amigos dele, seus colegas de Cambridge, então talvez ele estivesse procurando rostos conhecidos. Será que um dos rostos conhecidos pertencia à mulher, o amor da sua vida? Assim que Verity pensou nisso, sentiu o coração acelerar.

— Está tudo bem? — Johnny perguntou, porque ela devia ter feito algum movimento súbito.

— Olhe! Estão trazendo os doces.

E estavam mesmo, uma coleção de tortas em miniatura, de limão, morango e caramelo, e então o casal de noivos foi para a pista de dança ao som de "Someone to Watch over Me", de Cole Porter. Verity aproveitou o momento para responder a uma mensagem de Con, que acabara de lhe pedir um relatório do andamento da festa.

> É um casamento muito estiloso, elegante e caro. Desculpe jogar água fria, mas nenhum de nós é estiloso ou elegante. Dá para imaginar a cara da tia-avó Helen se você lhe servir vieiras em cama de purê de ervilhas com hortelã?

Verity tinha acabado de enviar a mensagem e estava tentando chamar a atenção do garçom que se aproximava com um bule de café quando Harry disse:

— E aí, Johnny, vai monopolizar a bela Verity a festa inteira?

Ele comprimiu os lábios.

— Fui muito egoísta, não é? Nem fiz as apresentações direito. Very, eu e o Harry estudamos juntos na escola.

— É mesmo? Tem alguém aqui com quem você *não* estudou? — Verity perguntou, porque o champanhe já havia acalmado seus nervos e parecia que Johnny tinha estudado com praticamente todas as pessoas na faixa dos trinta anos em Londres.

— Eu era um menino com bolsa de estudos do lado pobre da cidade — Harry explicou com um sorriso. — O Johnny me protegeu no primeiro dia, antes que alguém enfiasse a minha cabeça na privada e desse descarga por eu ser um pé-rapado qualquer, e sabe-se lá como, apesar de tudo, continuamos amigos até hoje.

— Eles até foram para Cambridge juntos, que foi onde eu conheci os dois e estraguei o pequeno romance deles, não é mesmo? — Marissa piscou seus grandes olhos azuis. — Ainda me sinto culpada por isso.

Johnny sorriu meio a contragosto.

— Você sabe que está perdoada, Rissa. É impossível ficar bravo com você por muito tempo.

Verity não tinha muita certeza se concordava, mas talvez Marissa melhorasse depois de conhecê-la melhor. Ou talvez ela apenas fosse uma daquelas mulheres que preferiam a companhia de homens. Certamente parecia preferir a companhia do marido, pois olhou para ele com ar sedutor e se aconchegou junto dele como um gato esguio e insinuante pedindo atenção. Harry beijou o alto da cabeça de Marissa, depois ergueu a taça para Verity.

— Vamos trocar histórias de vida, Verity?

Ela não pôde deixar de sentir simpatia por Harry. Ele havia crescido em uma propriedade em Islington, um de cinco filhos, o primeiro membro da família a ter notas máximas na escola, quanto mais um diploma universitário. Depois de Cambridge, ele trabalhou como corretor de ações por um tempo e agora tinha sua própria firma de investimento em capital de risco. Verity sempre aplaudiria pessoas que subiam na vida por empenho próprio e determinação. E, como ela, Harry não se encaixava muito bem no ambiente cheio de frescuras de uma recepção de casamento elegante em Holland Park, só que fazia o fato de não se encaixar parecer uma virtude. Se Marissa era uma Caroline Bingley da vida real, Harry, ao fazer perguntas a Verity e escutar atentamente suas respostas, lembrava a ela o empreendedor sr. Gardiner, o bondoso tio das irmãs Bennet.

Marissa, por outro lado, estava determinada a fazer Verity pôr em dúvida todo o seu estilo de vida. De ser uma das cinco filhas de um vigário e ter crescido em Grimsby a trabalhar em uma livraria especializada em ficção romântica e ter um gato gordo com poucas noções de limites. Cada nova revelação que Harry obtinha de Verity era recebida com um levantar das sobrancelhas perfeitamente delineadas de Marissa e um sorrisinho de desdém em seus lábios bem desenhados.

Johnny mantinha o braço atrás da cadeira de Verity, a mão roçando seu ombro como se afirmasse sua posse. Ele até disse rispidamente para Harry ir com calma quando seu amigo perguntou a Verity com uma piscadela teatral quais eram suas opiniões sobre sexo fora do casamento, "sendo você filha de um vigário e tal?". Mas, por fim, a mão de Johnny parou de roçar em Verity e ele tirou o braço de trás dela. Então, quando o casal do outro lado de Marissa se levantou para cumprimentar alguns amigos, Johnny saiu de sua cadeira e se sentou ao lado dela.

Verity não conseguia ouvir o que eles diziam, com a banda tocando a todo vapor hit após hit da Motown, mas via a reação de Marissa às palavras de Johnny com muita clareza. A criatura de olhos indiferentes e desdenhosos de antes havia sumido, substituída por sua gêmea de olhos doces que ficava mordendo o lábio e encarando Johnny com avidez, como se tudo o que ela quisesse fazer pelo resto da vida fosse olhar para ele.

E Johnny? Tinha os olhos fixos nela. Engoliu uma vez, como se tivesse um nó na garganta. Desviou o olhar. Olhou para Marissa de novo e eles compartilharam um sorriso. Um sorriso triste e secreto, e foi então que Verity se viu atingida com toda a força de um caminhão. Espantada por não ter sido atirada até o outro lado da sala, apenas continuou onde estava, em sua cadeira, as mãos apertando o assento, incapaz de se mover.

Há poucas pessoas que eu realmente amo, e menos ainda de quem tenho boa opinião.

Era Marissa. Marissa era a outra mulher. A mulher que Johnny amava. A mulher com quem ele não podia estar pela razão muito simples, mas muito complicada, de que ela era casada com seu velho amigo de infância.

No entanto, Marissa também dava todas as demonstrações de uma mulher loucamente apaixonada, e não por seu marido. Não era de admirar que Johnny não conseguisse deixar de amá-la, se Marissa o olhava como se ele fosse um deus.

— ... e minha avó, que Deus a abençoe, lê um livro romântico por dia e ainda encontra tempo para limpar a casa de cima a baixo — Harry dizia, e Verity foi forçada a voltar a atenção para ele. — Ela adora as sagas, em especial.

— Ah, todo mundo adora. Você devia levá-la até a nossa livraria — Verity disse vagamente. — Temos um salão de chá também. Bolos muito bons. Falando nisso, eu preciso ir tirar uma foto do bolo para minha irmã. Você me dá licença?

Não foi a mais habilidosa das saídas, mas Verity não se importava. Ela de fato tirou algumas fotos do bolo, uma criação de três camadas de um branco imaculado, adornada com ramos entrelaçados de glacê de muito bom gosto, depois fugiu para a pequena varanda externa, onde haviam sido servidos os primeiros drinques.

Ela estava deserta agora, exceto por um casal de fumantes obstinados. Verity se sentou em um banco e respirou um pouco para se acalmar. O que Elizabeth Bennet faria? Procuraria o conselho de sua irmã Jane. Obviamente.

Ah, como gostaria dos conselhos sensatos de uma Jane Bennet, mas Merry teria que servir.

Tamanha era a gravidade da situação que Merry escutou quase sem comentários enquanto Verity lhe contava os detalhes mais importantes.

— Eu devo ir embora? O que você acha? — ela perguntou, depois que terminou de descrever sua epifania sobre a vida amorosa de Johnny. — Estou com a minha bolsa e posso atravessar o parque correndo e entrar no metrô antes que alguém note a minha ausência.

— Very, de jeito nenhum. Você está em um casamento chique em Londres. Seu traseiro numa cadeira que provavelmente custou umas cem libras para os noivos.

— Eu posso enviar o dinheiro para eles por PayPal — Verity respondeu, um pouco desesperada. — Essa situação é insuportável. Estou com um homem que quer estar com outra mulher...

— É, mas você sabia que esse era o trato com o Johnny — Merry a lembrou. Ela estava sendo muito calma e sensata quanto à situação difícil de Verity, mas isso não proporcionou o conforto que deveria. — Mas ela parece *horrível.*

— Argh! E é — Verity murmurou. — Se eu ficar aqui muito tempo, não vou gostar nem do Johnny mais, porque, afinal, como posso gostar de alguém que tem um gosto tão horroroso para mulheres?

— Estou gostando de ver que você tem pensamentos maus como o resto de nós — Merry comentou, animada. Depois ficou mais séria. — Bom, se você quer mesmo a minha opinião...

— Eu quero!

— Você tem que ficar bêbada, Very. — O tom de Merry era decidido. Além disso, essa era sua resposta para tudo. — Não dá para alguém passar pelo que você está passando estando assim, sóbria.

Então, Verity ficou bêbada. Não bêbada a ponto de perder as inibições, porque não havia álcool suficiente no mundo para isso, mas bêbada o bastante para se permitir ser puxada para o pequeno grupo de mulheres que estavam dançando "Islands in the Stream" em volta de uma pilha de bolsinhas de festa.

Ela tentou se manter de costas para a mesa onde Marissa e Johnny ainda estavam concentrados na conversa. Eles eram os dois últimos na mesa. Todos os outros já haviam se dispersado para dançar ou para se demorar muito convenientemente perto da mesa de queijos que estava sendo montada. Estavam sentados perto o bastante para seus joelhos quase se tocarem, ambos inclinados na direção do outro.

Não que Verity estivesse observando-os, mas Wallis toda hora segurava suas mãos e a girava, de modo que era muito difícil não ver o pequeno tête-à-tête de Johnny e Marissa de todos os ângulos.

Foi um alívio quando a música mudou para algo mais lento e Harry cutucou o ombro dela.

— Você acha que o Johnny se importaria se eu te convidasse para dançar? — ele indagou.

— Acho que já dancei demais. — Dançar no meio de um bando de mulheres era uma coisa, mas dançar com outra pessoa, um homem, que ela mal conhecia, era como lhe pedir se ela queria andar descalça sobre carvões em brasa. Verity tentou sorrir, mas não conseguiu muito bem. — Na verdade, eu ia pegar algo para beber. Dançar Beyoncé dá muita sede.

— Eu entendo. Sempre fico seco depois de fazer a coreografia de "Single Ladies" — disse Harry com um sorriso, e Verity também sorriu enquanto deixava que ele a conduzisse da pista de dança para o bar.

Provavelmente não era uma boa ideia continuar virando champanhe como se fosse refrigerante, então Verity escolheu um ginger ale com muito gelo e ela e Harry se acomodaram em banquinhos altos, de onde podiam ver todo o salão.

Todas as figuras de sempre estavam lá. As pessoas fazendo dancinhas divertidas. As crianças pequenas energizadas de açúcar, acordadas até muito além da hora de dormir, correndo e gritando. Mulheres tirando sapatos de salto alto enquanto punham as novidades em dia com velhas amigas, e lá estavam Johnny e Marissa.

Eram só os dois, concentrados na conversa, com olhos apenas um para o outro, como se não houvesse mais ninguém ali.

Que situação. Verity suspirou no exato momento em que Harry suspirou também. Ela se virou para ele, surpresa. Será que ele sabia? Ah, meu Deus, será que ela devia lhe contar? Embora o que estava acontecendo ali fosse óbvio para qualquer pessoa com um par de olhos funcionais.

— Eu não me preocuparia com isso — Harry disse de repente, fazendo um gesto para indicar sua mulher e seu melhor amigo. — Sempre acontece.

— Sempre? — Verity perguntou, impotente, porque já não conseguia mais lidar.

— Pois é. Os dois bebem um pouco demais e ficam suspirando um pelo outro, como Romeu e Julieta. Não é nada. Sinceramente.

O que muitas pessoas pareciam esquecer é que Romeu e Julieta acabaram mortos. Uma vez mais, Verity estava em uma agonia de indecisão, sem saber quanto Harry sabia. Por exemplo, será que ele sabia dos telefonemas, das intermináveis mensagens de texto?

— Não é nada mesmo, você acha?

— Nada além de muitas mensagens e devaneios na maior parte do tempo — disse Harry, o que respondeu a algumas das preocupações imediatas de Verity. — Não deixe que isso te desanime com o Johnny. Quando não está suspirando por causa da minha mulher, ele é uma ótima pessoa. Uma das melhores. Então, se as coisas estiverem ficando sérias entre vocês... Está ficando sério? — Ele parecia esperançoso.

Verity odiava ser portadora de más notícias.

— Nós somos só amigos. Amigos que andam saindo. — Ela apontou os dedos indicador e médio para seus olhos, depois para Johnny. Já tinha mesmo bebido demais. — Só saindo. Isso é tudo.

— Que pena — Harry disse com tristeza, na esperança de que Verity pudesse ser a resposta para todos os seus infortúnios conjugais. — Ele realmente merece uma mulher que o faça feliz. — Novamente, ambos olharam para a mesa onde Johnny agora parecia implorar algo para Marissa. Suas mãos estavam estendidas em súplica e ele falava com urgência, enquanto ela sacudia a cabeça para o que ele dizia. — Esses dois não teriam feito um ao outro felizes. Nem por um dia. Isso nunca aconteceu, nem quando eles estavam namorando.

Harry se virou, para não ter mais que ficar olhando para a fonte de seus dissabores. Verity ficou satisfeita por mudar de posição com ele; não aguentava mais olhar para a intimidade aconchegante de Johnny e Marissa por um momento sequer.

— Por que você aguenta isso? — ela quis saber, pois Harry não parecia de jeito nenhum o tipo de homem que toleraria as mensagens, os suspiros, outro homem apaixonado por sua mulher.

— Porque eu amo a Marissa — Harry respondeu de imediato, como se não tivesse nem que pensar a respeito. — E, acredite ou não, ela também me ama. Tem certeza de que você e o Johnny não podem fazer uma tentativa?

— Eu já te disse... — Verity sacudiu a cabeça. — Não é desse jeito.

— Pois é, e como poderia ser, com ele tão convencido de que ainda é apaixonado pela Marissa? — Harry lançou um olhar desesperado para a mesa deles. — E tem todo o incentivo, pobre homem. Ela adora a atenção, o drama. Eu não sou muito fã de dramas, então a Rissa tem que encontrá-lo onde puder. Mas é mais que isso: ela se sente culpada. Eu também. Eu me odiei pelo que fizemos com o Johnny. É por isso que não rompo com essa situação. Não rompo com *ele*...

Verity tampou os ouvidos com as mãos.

— Eu não preciso ouvir essa história — ela declarou. — Não é da minha conta. — Novamente, no entanto, era um pouquinho da sua conta. — Quando você diz que se sente culpado... — Era difícil pensar com tanto champanhe e emoções turvando seu cérebro. O que Johnny havia dito sobre o marido de seu único e verdadeiro amor? Que ela o tinha usado em um momento de raiva. — Porque você entrou e... quando eles estavam...

— Eu sou o canalha que roubou a namorada do melhor amigo, bem quando a mãe dele tinha acabado de morrer, só para aumentar ainda mais

153

a ferida — disse Harry, e seus lábios se apertaram com desgosto. — Sempre parece tão terrível quando eu digo em voz alta, mas, em minha defesa, não foi *exatamente* assim.

— Mas foi muito assim — Johnny falou atrás de Verity.

Verity deu um pulo, e outro quando as mãos de Johnny pousaram em sua cintura, sendo que não havia nenhuma necessidade de um gesto de namorado naquele momento específico.

— Vocês tinham terminado! E não era como em todas as outras vezes que vocês terminaram. Você saiu do país — Harry falou, sem nenhuma emoção além de muito cansaço, como se aquele fosse um caminho muito percorrido que ambos já haviam atravessado muitas vezes antes.

— Sim, porque, como você mesmo acabou de lembrar, a minha mãe tinha acabado de morrer — Johnny revidou com irritação, como se, ao contrário de Harry, ele ainda não tivesse superado todos os porquês e portantos de seu melhor amigo e sua namorada terem se casado pelas suas costas, embora já fizesse dez anos. — Eu não vou pedir desculpas por ter ousado passar vinte minutos conversando com a Rissa. Nós temos uma amizade, um relacionamento de muitos anos, que não tem nada a ver com você, Harry. Você não é dono dela.

— Certo — Harry concordou, mas o cansaço se fora e ele começava a ferver agora. Verity notava isso no brilho de seus olhos, na tensão de seu queixo. — Ela é uma mulher livre. Pode fazer o que quiser, e no entanto, depois de todo esse tempo, uma coisa que ela não quer fazer é ficar com *você*, parceiro. Engraçado isso, não é?

Verity se sentiu como uma fina fatia de carne presa no meio de dois pedaços de pão.

— Sempre se pode contar com você para reduzir as coisas ao mínimo denominador comum. — Verity nunca tinha ouvido aquele tom agressivo em Johnny e não gostou muito. — Nem tudo tem a ver com se...

— Chega! — ela interrompeu, ríspida. — Já chega, vocês dois. Você — ela apontou para Harry —, vá procurar a sua mulher. E você... — Contorceu-se para tirar as mãos de Johnny de si, depois de novo para virar no banco e encarar o rosto vermelho dele. — Você fica aqui comigo.

Harry fez uma saudação irônica e foi embora, e Johnny pelo menos teve a decência de parecer totalmente constrangido.

— Você não tem nem como começar a entender os detalhes de toda essa história — disse ele, de mau humor. — Então nem adianta querer me dar sermão sobre os meus erros. Não tem nada que você possa dizer que eu já não tenha ouvido antes, geralmente da minha consciência.

— Sem sermões — Verity prometeu. Porque, fala sério, por onde começar? — Mas eu gostaria de entender. Por favor.

Johnny encarou Verity longa e duramente, e ela deve ter passado no teste, porque, por fim, ele concordou com a cabeça.

— Está bem — disse, sentando-se no banco de onde Harry tinha acabado de sair. — Posso começar?

Era uma vez, uns dezessete anos atrás, um rapaz chamado Johnny que conheceu uma garota chamada Marissa, no primeiro dia em Cambridge. Carregado de caixas, ele subia uma escada estreita e tortuosa em um dos prédios da faculdade quando Marissa desceu correndo. Eles colidiram. As caixas de Johnny saíram voando e, quando ambos se abaixaram para pegar um volume de *A história da arquitetura mundial*, bateram a cabeça um no outro e viram estrelas.

Foi amor à primeira vista, disse Johnny, exatamente como acontecera com seus pais no primeiro dia deles em Cambridge, embora, para Verity, parecesse muito mais um caso de pancada na cabeça do que de paixão.

Os três anos seguintes na faculdade foram sinônimo de passear de barco, andar de bicicleta juntos por toda parte, um pequeno apartamento com vista para o rio, fins de semana em Londres com os pais de Johnny (que adoravam Marissa) e também brigas ferozes que os levavam a terminar tudo, perceber que não conseguiam viver um sem o outro e logo voltar a ficar juntos.

— Porque o amor não é certinho e tranquilo. Ele é caótico, sofrido, real — disse Johnny, e de fato ele e Nina tinham bem mais em comum do que Verity imaginara, porque ela também era uma grande fã de brigas com quebra de pratos e subsequentes declarações de amor.

Depois que eles se formaram em Cambridge, Johnny ainda tinha mais quatro anos de estudos antes de se qualificar como arquiteto. Ele e Marissa se mudaram para outro pequeno apartamento, dessa vez em Ladbroke Grove, e continuaram a ter um relacionamento intenso e apaixonado, intercalado com brigas, separações e voltas.

Durante todo esse tempo, Harry estava lá também. Satisfeito em ser um extra ou, se estivesse namorando, em compor um quarteto. Não que alguma de suas namoradas durasse muito tempo e, quando Johnny e Marissa brigavam, Harry dizia ao amigo que ele era um idiota e que, se não recuperasse logo o juízo, outro homem acabaria aparecendo e tirando Marissa dele.

E então, no último ano da pós-graduação, a mãe de Johnny, Lucinda, foi diagnosticada com câncer de mama estágio três, que progredira para quatro mais rápido do que se imaginara possível. Johnny pensou em largar tudo, o trabalho, as provas, mas sua mãe não quis nem ouvir falar.

— A Marissa foi um anjo — Johnny lembrou com a voz rouca, como se ainda lhe doesse falar nisso. — Muitas vezes fazia companhia para minha mãe durante a quimioterapia, e mais tarde, quando ela parou o tratamento e ficou em casa, a Marissa sempre aparecia à noite. Minha mãe, meu pai também, eles gostavam de saber que eu e a Marissa tínhamos nos apaixonado do mesmo jeito que eles, e no mesmo lugar.

— Isso *é* romântico, as semelhanças... — Verity murmurou, porque era mesmo.

— Eu a pedi em casamento — contou Johnny, os braços tensos, a cabeça para trás como se estivesse confessando para as estrelas de fibra ótica que piscavam sobre eles em um fundo de veludo preto. — Ela aceitou, assim pelo menos minha mãe soube antes de morrer que não teria que se preocupar com essa parte. Eu tinha encontrado alguém que eu amava e que me amava. Pelo menos ela teve isso.

— Sinto muito — Verity sussurrou, estendendo o braço para pousar os dedos em torno do pulso rígido de Johnny. Era uma tentativa frágil de confortá-lo, mas ela não sabia o que mais fazer, o que mais dizer.

— Você não precisa sentir, Very. — Johnny olhou para ela com um sorriso triste. — O que aconteceu em seguida foi totalmente minha culpa.

A Marissa queria casar de imediato, disse que era isso que a minha mãe desejaria, mas era cedo demais. Meu pai estava arrasado, sofrendo muito, e não parecia certo me agarrar à felicidade e pular por cima da tristeza que todos nós sentíamos. Aí nós brigamos. Era o que eu e a Marissa sempre fazíamos. Brigar. Fazer as pazes. Mas a perda da minha mãe, naquele momento, e estar em Londres... — Ele sacudiu a cabeça. — As lembranças dela estavam por toda parte, e meu pai e eu precisávamos de uma trégua, de um tempo longe. Isso foi mais ou menos um ano depois do furacão Katrina e decidimos ir para New Orleans e oferecer nossos serviços para pessoas que realmente tinham perdido tudo. Construir casas e fazer algo bom acontecer. E, enquanto eu estava fora... — Ele sacudiu a cabeça outra vez. — Bom, o resto você pode imaginar.

Na verdade, Verity não podia. Porque Harry diria que ele e Marissa não puderam evitar quando se apaixonaram loucamente. Ao passo que Johnny acreditava que Marissa havia se casado com Harry em um momento de raiva e que seu amor por ele não havia mudado, ainda era absoluto. A verdade estava provavelmente em algum lugar no meio e só poderia ser descoberta se eles se sentassem com a pessoa que se encontrava bem no centro daquilo tudo — Marissa — e lhe pedissem para contar o seu lado da história. O que jamais aconteceria, não nesta vida. Além disso, embora só conhecesse Marissa há algumas horas, Verity tinha certeza de que ela era uma testemunha pouco confiável.

Mas talvez ela a tivesse interpretado mal. Talvez Marissa fosse de fato uma pessoa maravilhosa e não tivesse ideia de que Verity era uma namorada falsa. Se o homem que é apaixonado por você há dezessete anos aparece de repente trazendo uma nova mulher a reboque, isso provavelmente é um choque. Johnny amava Marissa havia tanto tempo que devia haver uma boa razão, e essa razão não podia ser que Marissa era uma bruxa insuportável.

— Sinto muito — Verity disse outra vez. Aquelas duas palavras eram tudo que ela podia dizer.

— Eu tentei esquecer a Marissa — Johnny admitiu. — Saí com uma mulher uns anos atrás, outra arquiteta, até comecei a achar que poderia dar certo, mas estava só me enganando. Quando meu pai se apaixonou pela minha mãe, foi definitivo. O coração dele foi tomado. Ele não olhou para outra mulher desde que ela se foi, dez anos atrás. Nem ia querer, porque ninguém estaria à altura dela. E eu puxei ao meu pai; me apaixonei pela Marissa todos esses anos atrás e nenhuma outra mulher vai conseguir tomar o lugar dela.

Havia tanto que Verity queria dizer, mas, como falsa namorada, uma observadora casual, isso não cabia a ela. Então disse apenas:

— Parece que vão cortar o bolo.

Enquanto seguia Johnny de volta à mesa, vendo seus ombros curvados, a cabeça baixa, tudo o que Verity podia pensar era no terrível desperdício de um cara como ele.

São muito poucos os que têm coragem o bastante para se apaixonar de verdade sem um incentivo.

Era meio de julho e a primeira semana de férias escolares. Verity tinha previsto que tanto a livraria como o salão de chá ficariam abarrotados de mães, avós e madrinhas em um merecido descanso depois de arrastar adolescentes pelo Museu Britânico, mas estava muito enganada.

Em vez disso, os céus decidiram abrir as comportas, a chuva caiu forte e, tirando as leitoras de romances mais dedicadas, a loja ficou quase vazia.

— Desde que não chova para sempre, está bom assim — Posy admitiu, enquanto ela, Verity, Nina e Tom se esparramavam nos três sofás da sala principal para tomar seu chá no intervalo do meio da manhã. — Como nos velhos tempos, não é?

— Ah, sim, aqueles velhos tempos, quando não tínhamos clientes — disse Tom, com as mãos atrás da cabeça e as pernas estendidas à frente. — Agora tenho que trabalhar o dia inteiro. Não que eu ache ruim — acrescentou depressa.

— Eu gosto quando está cheio de gente, o dia passa muito mais depressa — disse Nina, enquanto pegava mais um biscoito amanteigado da bandeja que Mattie havia trazido com o chá e o café. Ela os havia proibido de voltar a abrir um vidro de café instantâneo ou uma caixa de saquinhos de chá em sua presença. — Embora quase não entre mais nenhum homem na livraria atualmente.

— Exceto o Sebastian — Posy lembrou, porque ela não o mencionava há pelo menos cinco minutos. — De qualquer modo, Nina, lembre que nós fizemos aquela regra de que você não ia mais sair com clientes depois do Desesperado Dan.

O Desesperado Dan era um cliente fiel na época em que a livraria ainda se chamava Bookends, até que Nina saiu duas vezes com ele, decidiu que ele era muito sem graça para o seu gosto e não quis continuar. Depois disso, ele passou a vir à loja todos os dias, não para comprar, mas para sentar em um sofá e olhar para Nina, ameaçando brigar com qualquer homem que ousasse se aproximar do balcão para ela registrar as compras. Lavinia teve de expulsá-lo da livraria para sempre.

Verity tomou um gole de chá e olhou pela janela molhada de chuva.

— Que suspiro é esse, Very? — Posy comentou. — Você anda terrivelmente quieta nos últimos dias. Quieta demais até para você. Eu estava começando a pensar que você tinha feito um voto de silêncio até te ouvir dizer para a Merry calar a boca no telefone.

— Eu estou bem. — Verity se limitou a dizer, até que Tom tossiu muito intencionalmente e ela foi forçada a levantar os olhos da profunda contemplação dos joelhos de seu jeans para ver todos os olhos voltados em sua direção. — Estou bem mesmo. Tive que ser muito sociável no casamento no sábado e consumi toda a minha cota de palavras do mês.

Parecia que ela havia consumido todas as suas reservas de energia também. Não só por tudo o que havia presenciado, os encontros desagradáveis com Marissa, a conversa pessoal com Harry, a confissão desesperadamente triste de Johnny, mas também por tentar entender a história toda.

— Very, você não parece bem. Parece que está prestes a chorar — Nina disse com delicadeza. — E, na noite passada, você foi para a cama assim que subimos para o apartamento.

— Apesar de que, para ser sincero, você sempre parece prestes a chorar — comentou Tom, inclinando-se para a frente e examinando Verity, sentada no sofá à sua frente. — Algumas mulheres têm uma eterna cara de bruxas, mas você tem uma eterna cara de baixo-astral.

— Ei! Isso não é jeito de falar das mulheres. — Nina deu um soco no braço de Tom com vontade.

— Eu não estou falando de nenhuma mulher. É da cara, cara de bruxa. É de uma coisa, não de uma pessoa.

Eles discutiram sobre isso por um tempo, com Posy inevitavelmente ficando do lado de Nina, porque Tom era o único homem na equipe, e só em meio período, então era importante que ele soubesse seu lugar na hierarquia da loja.

Demorou um pouco para eles registrarem o som do sininho sobre a porta que indicava que talvez tivessem um cliente. Na verdade, isso não era um problema de Verity, que inclusive sentia que já era hora de escapar para a quietude do escritório, onde não havia ninguém para se incomodar se ela estava com cara de domingo de chuva na praia.

Nina se arrastou das profundezas do sofá.

— Bem-vindo à Felizes para Sempre. Está procurando alguma coisa específica?

Verity estava de costas para a sala, portanto não podia ver o visitante, mas ouviu uma voz masculina agradável, educada e desconhecida responder para Nina.

— Estou procurando uma jovem chamada Verity.

Posy e Tom arregalaram os olhos dramaticamente e Verity se virou e viu um homem alto, vestido com um terno creme. Tinha uns sessenta anos (mas muito bem conservados) e, antes que Nina tivesse tempo de fazer um gesto indicando Verity, o visitante olhou para ela e seus olhos se iluminaram, como se soubesse que sua busca estava encerrada.

Apesar de seu enfado habitual (ou o que qualquer uma de suas irmãs chamaria de síndrome de sofrência), Verity ficou intrigada e talvez um pouco alarmada. Será que devia dinheiro para alguém? Estaria sendo processada? Mas sua vida sempre tinha sido tão certinha. Ela se levantou.

— Pois não? — indagou, nervosa.

— Olá! — O homem caminhou até ela a passos largos e de mão estendida, e Verity viu sua própria mão ser segurada em um aperto firme, mas não excessivo. — Sou o William. Que prazer conhecer você!

— Eu sou a Verity e… hum… o prazer é todo meu — ela respondeu.

— Desculpe, nós já nos conhecemos? — A situação não era inteiramente incomum. — O senhor é um dos paroquianos do meu pai? Ou fez faculdade de teologia com ele?

— Não, eu nunca tive vocação — o homem, William, falou. Ele pegou Verity pelo braço e a conduziu gentilmente para a primeira sala lateral, enquanto seus três colegas esticavam o pescoço e aguçavam os ouvidos para não perder nada. — Desculpe aparecer assim. Eu sou o pai do Johnny. Não! Ele não sabe que estou aqui — acrescentou depressa, quando o rosto de Verity começou a mudar para uma expressão horrorizada.

— Hum, *por que* o senhor está aqui? — ela indagou.

— Achei que poderia usar a estratégia de matar dois coelhos com uma cajadada só enquanto estava na cidade. Encontrei a Wallis na semana passada... É uma ótima moça. Ela te elogiou tanto, e ontem eu conversei com o jovem Harry...

Verity teve de se apoiar na estante mais próxima.

— O senhor costuma conversar com o Harry?

William confirmou com a cabeça, e ela pôde notar a semelhança com Johnny. Não só na altura e nos membros longos e esguios, mas nas maçãs do rosto salientes e no mesmo verde-azulado dos olhos.

—Ah, sim. O Harry me dá muitos conselhos sobre como investir minha aposentadoria. E, claro, eu o conheço desde que ele tinha onze anos. Ele e o Johnny viviam grudados e faziam todo tipo de travessura juntos. Mas ontem, quando conversamos, bem, você pode imaginar minha surpresa quando ele me contou que o meu Johnny estava saindo com, e aqui eu cito as palavras dele, "um arraso de mulher", quando meu filho não disse uma palavra sequer sobre isso para seu querido e velho pai.

Verity nunca havia sido descrita como "um arraso de mulher". Esse tipo de elogio estava mais para o que Nina recebia de seus pretendentes.

— Foi uma surpresa tamanho médio?

— Foi uma surpresa enorme — William corrigiu. — Durante cinco anos eu não soube de nada que chegasse perto de uma namorada. Não desde que ele terminou com a Katie. Ela era muito boazinha, mas... ah, não era para ser. — Ele sacudiu a cabeça com tristeza, então olhou para Verity e se alegrou visivelmente. — E agora aqui está você!

— Ah, eu não diria que sou exatamente uma namorada — Verity murmurou, com as faces tão vermelhas quanto a capa de uma edição de colecionador de *Madame Bovary* exibida na prateleira em que ela se apoiava. — Eu e o Johnny somos amigos.

— Amigos coloridos? — William perguntou, esperançoso, e Verity teve a sensação de que ia passar mal. — Porque quem sabe aonde isso poderia levar? Meu tempo está passando, e eu ficaria muito feliz se houvesse uma possibilidade mesmo que remota de ter netos antes de ficar completamente decrépito.

Verity achou que ia precisar dos sais de cheiro a qualquer momento.

— Só amigos — ela repetiu, em pânico. — Está muito no começo. Muito, muito no começo. — Ela não aguentava olhar a expressão decepcionada no rosto de William. Aquela conversa precisava mudar de rumo o mais rápido possível. — Tem mais alguma coisa? O senhor falou em matar dois coelhos com uma cajadada só? Qual é o outro coelho?

— Quero esclarecer que não sou o tipo de pessoa que costuma se referir a mulheres como coelhos, mas eu estava à procura de um presente para uma "amiga" minha. — William pôs aspas em torno da palavra com seus dedos longos. Ele tinha um brilho nos olhos a que era difícil resistir.

— Que tipo de presente? — Verity quis saber, esperando poder levar William de volta à sala principal, onde tinham as estantes vintage cheias de artigos para presentes, e transferi-lo para Nina, embora Nina não fosse bem um exemplo de discrição. Ela ia acabar sondando William para obter informações sobre Johnny e...

— Um presente para uma senhora muito querida. Um livro, evidentemente. Não tenho bem certeza do que ela já leu. Ela tem um gosto bastante clássico, mas também sabe ser eclética. — William coçou a cabeça. Tinha magníficos cabelos brancos, que apenas começavam a recuar muito de leve na testa, o que era um bom prenúncio para Johnny, que provavelmente ainda estaria apaixonado por Marissa quando chegasse aos sessenta anos.

Livros. Esse era um terreno mais seguro. E havia um livro que não tinha como falhar, porque com certeza agradaria a quem quer que o recebesse.

— *Orgulho e preconceito* — Verity disse com firmeza.

— Esse ela já deve ter lido. Quem não leu?

— O Johnny não leu — comentou Verity, vendo sua chance e agarrando-a com ambas as mãos. — É por isso que somos apenas amigos. Eu jamais poderia amar um homem que não ama *Orgulho e preconceito*.

O brilho nos olhos de William aumentou ainda mais.

— Vou fazer com que ele leia imediatamente.

Verity se virou para esconder o sorriso, porque não queria encorajá-lo.

— Temos umas edições para presente maravilhosas — ela insistiu, tirando duas da prateleira. — Esta tem uma sobrecapa de tecido com o mesmo padrão têxtil da primeira edição. As guardas também são lindas.

— Ah, é esplêndido. — William pegou o livro das mãos de Verity. — Você acha mesmo que não importa se ela já leu?

— No momento eu tenho sete exemplares de *Orgulho e preconceito* — Verity confessou, porque havia algo em William, com seu brilho nos olhos e seu sorriso pronto, que dava vontade de lhe fazer confidências. Ele teria sido um ótimo vigário se tivesse recebido a vocação. — O que eu tenho desde os doze anos, um extra para quando esse se desfizer, uma edição de colecionador e quatro para empurrar para pessoas que eu conheço e ainda não leram. Tenho certeza que, se a sua amiga já leu *Orgulho e preconceito*, ela adorou e, se adorou, não vai achar ruim ter outro exemplar.

William refletiu sobre aquelas palavras, enquanto Verity ouvia Posy dizer algo na sala principal:

— Eu não acredito! A Verity está vendendo livros lá dentro. Deve ser o Fim dos Tempos!

— Eu vou levar — William decidiu.

— Excelente. — Estava terminado agora. Verity deu um passo em direção ao arco que levava de volta à sala principal, certa de que William a seguiria, mas ele pôs a mão em seu braço.

— Ah, isso é um pouco constrangedor — disse ele, o que eram palavras que nunca levavam a nada de bom.

Com uma prece silenciosa, Verity parou.

— O que é constrangedor? — ela perguntou, estremecendo por dentro ao pensar em qual poderia ser a resposta de William.

— Minha amiga, Elspeth... Na verdade ela é muito mais que uma amiga. Talvez uma amiga do jeito que você e o Johnny são amigos...

— Não, nós somos só amigos mesmo — Verity falou, um pouco desesperada. William deu um tapinha em seu braço, como se não acreditasse em uma palavra sequer.

— Seu segredo está seguro comigo — disse ele, em tom conspirador.

— E espero que o meu segredo esteja seguro com você, porque... Ah, meu Deus, eu nem sei por onde começar.

— Eu não preciso que o senhor me explique nada — disse Verity, mas ela estava muito confusa. Essa Elspeth, a amiga querida de William, não se encaixava no que Johnny havia lhe contado no casamento. Que William era tão devotado à esposa e ficara tão arrasado depois de sua morte que jurara nunca mais olhar para nenhuma outra mulher. Não que Verity culpasse William por quebrar sua promessa, mas isso significava que... — O senhor não contou para o Johnny. — Não era uma pergunta, mas uma afirmação gentil. — Ele não sabe sobre a Elspeth.

— Não, ele não sabe. — O brilho nos olhos de William havia desaparecido e de repente ele pareceu tão abatido que tudo o que Verity queria era fazê-lo se sentir melhor. — Eu fiquei tão triste depois que a Lucinda, mãe do Johnny, morreu. Na verdade, triste não chega nem perto. Eu fiquei arrasado, destruído, e por tanto tempo que tinha certeza de que nunca mais amaria ninguém. De que nunca mais ia nem querer. E ainda acredito que nunca vou amar ninguém como amei a Lucinda, mas existem diferentes tipos de amor, não é?

— Acho que sim — Verity declarou. — Seria muito injusto se a gente só tivesse uma chance para amar na vida. Minha mãe sempre diz que corações partidos só estão esperando para ser colados de novo. — Ela franziu a testa. — Geralmente quando uma de minhas irmãs termina um namoro. A gente pode encontrar o amor de novo. A vida seria muito solitária se não fosse assim.

Era evidente que as palavras de Verity tinham comovido William, porque ele segurou sua mão e a apertou com carinho. E Verity se comoveu com as próprias palavras, embora elas fossem contra tudo em que ela acreditava, ou seja, que era possível viver muito satisfeito sem nenhum tipo de relacionamento amoroso.

— Espero que o fato de você estar na vida do Johnny signifique que ele está mudando seu modo de pensar o amor — foi o comentário um tanto alarmante de William. — Acho que é por minha culpa que o Johnny dá tanto peso à ideia de um único amor verdadeiro, uma alma gêmea perfeita, como os cisnes, que só têm um parceiro para a vida toda.

— São os cisnes? — disse Verity, tentando mudar o foco. — Eu achei que fossem os pinguins.

— Talvez as lagostas também. Eu e a Lucinda sempre comentamos com o Johnny como éramos felizes por termos nos encontrado. Que tínhamos sido feitos um para o outro. — Parecia que nada faria William desistir de falar a respeito das teorias de seu filho sobre o amor. — Então ele centrou todas as apostas na Marissa. Eu soube que você a conheceu no casamento...

— Sim — respondeu Verity, sem ter como evitar um leve movimento de desgosto com o lábio superior, mas isso não foi nada perto do modo como as narinas de William se abriram ao dizer o nome de Marissa.

— Ela é uma boa menina, embora um pouco petulante para o meu gosto, mas o Johnny sempre insistiu nessa ideia de que ela era a única mulher para ele, quando era muito evidente que não era. Ainda bem que ela tomou juízo e se casou com o Harry. Eles combinam muito mais, mas eu ficava me perguntando se o Johnny ainda continuava nutrindo a velha paixão por ela. — William estremeceu diante dessa ideia, e o fato de ele não ser um membro de carteirinha do fã-clube de Marissa fez Verity gostar dele ainda mais. — Ela não é, e nunca foi, a mulher de que o meu menino precisa.

— O seu menino detestaria saber que estamos conversando sobre ele assim — Verity comentou com delicadeza, porque aquela conversa precisava acabar de qualquer jeito. Com exceção de falar sobre sexo (ah, meu Deus, não), Verity não via como ela poderia ficar mais constrangedora.

— O senhor mal me conhece. E eu mal conheço o seu filho. Sinceramente, nós temos saído *só como amigos*, e mesmo assim há poucas semanas.

— Mas você já conheceu todos os amigos dele, e é uma moça tão adorável — William contestou.

E Verity, na verdade, estava louca para pressionar um pouco mais, sondar, bisbilhotar e perguntar o que Lucinda realmente pensava de Marissa, porque, de acordo com Johnny, sua mãe a considerava a nora ideal, mas isso seria uma absoluta invasão de... algo. A privacidade de Johnny. A memória de Lucinda. A confidencialidade entre marido e mulher. Ela levantou o exemplar de *Orgulho e preconceito* com sobrecapa de tecido, como o talismã protetor que o livro costumava ser.

— Quer que embrulhe para presente? Temos uns cartões pintados à mão muito lindos. Talvez o senhor queira dar uma olhada neles também.

Com isso, e com a mão firme nas costas de William, Verity o guiou de volta à sala principal, onde Posy, Nina e Tom de repente ficaram muito animados, puxando livros das prateleiras, depois os enfiando de volta em qualquer lugar, deixando evidente para Verity que haviam passado os últimos dez minutos escutando sua conversa sem nenhum pudor.

Uma notícia muito alarmante chegou a mim dois dias atrás.

A visita de William, seguida pela decisão do sol de fazer uma aparição no dia seguinte, melhoraram o humor de Verity.

Mas, se ela ainda estava andando com sua cara de baixo-astral, era porque sentia por Johnny. Ele era tão infeliz, mesmo tendo tantas pessoas que desejavam sua felicidade — William, a maioria dos amigos, até Harry, embora, obviamente, ele tivesse seus próprios motivos para isso. Ele gostaria que Johnny fosse feliz com uma mulher que não a sua.

Para mostrar que não havia ressentimentos depois de todo o horror do casamento, Verity mandou uma mensagem para Johnny avisando-o que estaria fora da cidade naquele fim de semana, ainda que não tivessem feito nenhum plano.

> Vou passar o fim de semana na casa dos meus pais para ajudar com os preparativos do casamento. Com todas as minhas quatro irmãs. Reze por mim! A gente se fala na semana que vem.

Na semana que vem, ela decidiu — embora ficasse nervosa só de pensar, mesmo que eles não estivessem em um relacionamento do tipo amoroso

—, eles precisariam ter Uma Conversa Séria sobre o que iam fazer dali em diante e sobre as expectativas das outras pessoas. Verity poderia apostar que Johnny já estava arrependido por ter contado os segredos mais profundos de seu coração para uma quase estranha. Não ficaria surpresa se ele nunca mais entrasse em contato. O que fazia seu pobre coração continuar doendo e...

— Ei! Filha do vigário! — Verity interrompeu suas reflexões quando alguém estalou rudemente os dedos diante de seu rosto. Era Sebastian, que sabia muito bem o nome de Verity, e também sabia, porque Posy vivia lhe dizendo, que era grosseiro estalar os dedos na cara dos outros. — Você não é paga para ficar sonhando acordada!

— Eu não estava sonhando acordada, estava pensando — Verity sibilou, e fez uma grande demonstração de olhar atentamente para a tela do computador, que por sorte exibia uma planilha e não o quadro do casamento de Con no Pinterest. Ela até começou a teclar um monte de palavras aleatórias que teve de apagar depois.

— ... e tive que chamar um chaveiro, porque a Morland estava certa, ninguém conseguiu encontrar as chaves, e nem isso não foi suficiente para ela ficar satisfeita...

Sebastian estava tagarelando sobre sabe-se lá o quê. Como Posy aguentava? Posy também falava bastante, mas pelo menos eram conversas interessantes sobre livros e coisas divertidas que Sam havia feito e...

— Você não ouviu nem uma palavra do que eu disse, ouviu? — Sebastian reclamou de repente. — Às vezes eu nem sei por que me deu o trabalho de contar as coisas.

— Estou muito ocupada — Verity explicou, martelando o teclado outra vez. — Você quer alguma coisa? — Ela ouviu o resmungo irritado de Sebastian e talvez devesse ter sido mais simpática. Afinal, ele estava casado com Posy, e Posy parecia gostar dele, e era ela quem pagava seu salário. — Desculpe, é que estas planilhas são muito importantes.

Ela levantou os olhos e viu Sebastian apertando a ponte do nariz com impaciência.

— Eu já falei, o seu namorado está aí fora. Você precisa ir distrair o cara, levá-lo para tomar um chá ou algo assim, porque ele está dando ideias para a Morland, e eu vivo aterrorizado com as ideias da Morland e... **Ei,** aonde você está indo?

Verity já estava de pé e na porta do escritório.

— O Johnny está *aí fora*? Ele não é meu namorado, e por que você não disse nada?

Ela não esperou para ouvir a resposta, mas ouviu uma pequena explosão, como se Sebastian tivesse sofrido uma combustão espontânea...

A pequena praça estava cheia de gente e era difícil lembrar como ela costumava ficar deserta mesmo nos dias mais bonitos de verão como aquele. As pessoas estavam sentadas nos bancos e havia uma pequena fila do lado de fora do salão de chá. Verity mal podia esperar pelo dia em que a prefeitura finalmente lhes desse autorização para ter um pequeno número de mesas e cadeiras ao ar livre.

Mas nenhuma das pessoas era Johnny. Verity ficou parada por um momento, até que viu duas pessoas saírem de uma das lojas do outro lado da praça. Olhou de novo.

As lojas estavam vazias e fechadas com tábuas, do mesmo jeito que estavam fazia cinco anos, desde que Verity começara a trabalhar na livraria.

No passado, os imóveis agora quase em estado de abandono haviam abrigado uma floricultura, uma loja de chá e café, um armarinho e uma loja de selos. O lugar de onde Johnny e Posy tinham acabado de sair, esfregando as mãos na roupa para tirar a poeira, era uma antiga farmácia, e nem mesmo Posy se lembrava do tempo em que estivera aberta — e ela havia morado ali quase a vida toda —, embora não fosse nenhuma surpresa que tivesse fechado, uma vez que não acompanhara o século XX, muito menos o século XXI.

— Very! — Posy chamou, e Verity se aproximou. Johnny sorriu, enquanto continuava a bater o pó do terno, e Posy passou a mão no cabelo. Então uma sensação estranha apertou Verity por dentro. Uma sensação que parecia muito próxima de ciúme diante da horrível e devastadora suspeita de que Posy e Johnny pudessem ter feito coisas dentro da velha loja que os deixaram desalinhados e precisando se recompor.

Quando Verity chegou mais perto, viu sujeira no rosto bonito de Posy.

— Credo! Lá dentro está uma poeira e um mau cheiro só. Acho até que um morcego se enfiou no meu cabelo.

— Deviam ser só teias de aranha — disse Johnny, levantando o braço para tirar algumas do próprio cabelo. — Mas acho que tem ratos lá. Oi — ele acrescentou para Verity, enquanto ela tentava um sorriso amistoso, embora ainda ligeiramente confuso.

— Oi. Me mandaram aqui para te distrair e impedir que você dê ideias para a Posy, mas não vou fazer isso. — Quando se tratava de tomar partido, Verity sempre seria do time de Posy. — Que ideias são essas?

— Ah, Very! Você devia ver lá dentro! É pena que não dá para ver muito, na verdade, porque não tem eletricidade, as janelas estão pregadas e nós achamos que uma das vigas do teto pode estar com cupins — Posy respondeu, empolgada. — Mas... a loja ainda tem muitas das instalações originais.

— E lindos gabinetes — disse Johnny com uma expressão de encantamento nos olhos. — Belíssimos. E uma infinidade de frascos e jarros de vidro, balanças antigas e diferentes tamanhos de almofariz e pilão.

— Que tédio! Se eu deixasse nas mãos de vocês dois, iam querer preservar a loja como está e transformar em alguma espécie de museu para coisas velhas empoeiradas e negócios fadados ao fracasso — resmungou Sebastian, que nunca podia ficar longe de Posy por muito tempo, mesmo com ela lhe lançando olhares ferozes.

— Eu não quero fazer isso — Posy revidou. — Eu só falei que, em vez de pôr tudo abaixo como um capitalista ignorante, você... *nós* devíamos pensar em outras opções. Você poderia restaurar as lojas, alugar, e depois os apartamentos em cima delas...

— Tem *apartamentos* em cima delas? — Verity indagou, espantada. — Por que eles ficaram fechados tanto tempo?

— A Lavinia deixava seus amigos artistas pobres morarem aí, mas eles ficaram velhos e morreram — disse Sebastian. Quando ele falava da avó que havia lhe deixado tudo na praça, com exceção da livraria, sua voz se enternecia e o rosto perdia a habitual expressão prepotente. — Imagino que a Morland espere que eu também deixe eles serem ocupados sem cobrar aluguel.

Verity se contorceu um pouco ao ouvir isso, porque Posy nem queria discutir a possibilidade de ela e Nina pagarem aluguel pelo apartamento em cima da Felizes para Sempre. "A Lavinia deixou que eu e o Sam morássemos aqui sem pagar nada, então só estou retribuindo o favor", ela insistia, cada vez que elas tocavam no assunto.

— Você poderia alugar os apartamentos por um preço que não seja terrivelmente exorbitante — Posy sugeriu. — Como espaços de moradia e trabalho para jovens artesãos, por exemplo.

Sebastian fingiu bocejar.

— Realmente seria uma pena demolir esses prédios — Johnny comentou, antes que Verity pudesse lhe dizer que não era recomendável entrar na conversa entre Posy e Sebastian quando eles estavam discutindo. Era melhor ficar de longe e, se possível, vestir um traje de proteção. — Não sei se eles foram mesmo um estábulo, como você disse. Eu diria que parecem ser do início do século XVIII. Talvez valesse a pena verificar no cartório de registro de imóveis.

— Ah! Eu aposto que eles realmente deveriam ser listados como grau dois — Posy exclamou, triunfante.

— Só sobre o meu cadáver! — Sebastian exclamou de volta.

— Eu posso cuidar disso!

Verity teve a sensação pouco agradável, não pela primeira vez, de que, ao contrário dela, que faria qualquer coisa, daria tudo, para evitar uma discussão, Posy e Sebastian gostavam de discordar um do outro. Era uma teoria com que Nina também concordava.

— Eu não acho que isso é brigar, Very — Nina havia comentado umas duas semanas antes, quando ela e Verity se encolheram na escada enquanto Posy e Sebastian tinham uma discussão furiosa sobre as duas sacolas cheias de livros que Posy pretendia levar para casa. — Acho que são preliminares.

Enquanto os recém-casados se enfrentavam, Verity puxou Johnny pela manga do terno.

— É melhor não se meter — disse ela, quando um dos bancos ficou vago e eles puderam se sentar. — O que você veio fazer por aqui?

— Eu achei que nós devíamos ter uma conversa sobre todas as coisas incômodas que seria mais fácil ignorar. — Johnny encarou Verity de maneira muito proposital e, embora ela não se sentisse pessoalmente responsável por boa parte dessas coisas incômodas, era difícil não se encolher sob aquele olhar. Ele havia tomado sol nas últimas semanas e seu rosto bronzeado fazia os olhos parecerem impossivelmente azuis. — Como sábado passado, por exemplo. Tudo ficou bastante intenso. Eu não te culparia se você estivesse muito brava comigo.

— Eu não fiquei brava — disse Verity, embora tivesse se mantido muito séria no caminho de volta para casa. — Eu não esperava encontrar a Marissa...

— Eu não sabia que ela e o Harry estariam lá. Não tinha certeza.

— E eu não esperava que você fosse me abandonar — Verity prosseguiu com a voz ressentida, ao lembrar como Johnny e Marissa ficaram sentados juntos durante o que pareceu uma eternidade, com a cabeça quase colada uma na outra, como se todo o mundo, especialmente Verity, tivesse deixado de existir.

— Eu não te abandonei. Você saiu da mesa e não voltou mais — ele protestou. — O que você achou da Marissa?

O resumo conciso que Merry fez de Marissa como uma "nojenta dissimulada" depois de um relatório no domingo parecia definir bem, mas Verity jamais admitiria isso para Johnny. Ela acreditava no que chamava de solidariedade entre mulheres e no que Merry e Nina chamavam de sororidade. Verity não queria ser uma dessas mulheres que falam mal das outras. Isso nunca era bom.

— Eu não tive oportunidade de falar direito com ela — respondeu, vagamente.

— Bom, quando eu falei com a Marissa no dia seguinte, ela me disse que te achou incrível — disse Johnny, o que Verity considerou difícil de acreditar, mas palmas para Marissa por continuar conseguindo não fazer nada de errado aos olhos de Johnny.

— Você falou com a Marissa no dia seguinte? — *Sobre mim? Mesmo depois da discussão que você teve com o Harry?* Ao contrário de Johnny, Verity estava determinada a não conversar sobre as tais coisas incômodas, mas esperava que seu tom incrédulo as dissesse por ela.

— Eu falo com a Marissa quase todos os dias — ele declarou com naturalidade. — Isso é assim tão estranho, agora que você sabe o que ela significa para mim?

— Bem, não — Verity admitiu. Ou melhor, não era uma surpresa, mas era estranho. Toda a história Johnny/Marissa/Harry era estranha de um jeito que desafiava a lógica e a razão.

— E o meu pai te achou, e estas são as palavras dele, "definitivamente um arraso". Ele usou a palavra "maravilhosa" várias vezes também, e "inteligente, culta, gentil", e o que mais mesmo? Ah, se ele fosse trinta anos mais novo, estaria loucamente apaixonado por você. — Johnny se mexeu no banco e moveu a mão de modo que ela ficou quase tocando a mão de Verity, que ela havia pousado no assento entre eles. — Desculpe. Eu não tinha ideia nem de que ele sabia a seu respeito, quanto mais que viria aqui, te incomodar no trabalho. Parece que tenho que agradecer ao Harry e à Wallis por isso.

Só a lembrança de William já fez Verity sorrir.

— Ele não me incomodou.

— Ele também está muito decepcionado comigo por não ter lido *Orgulho e preconceito* — disse Johnny, com um sorriso relutante. — Exigiu que eu corrigisse essa falha imediatamente.

— Ah, você não precisa fazer isso — Verity lhe garantiu.

— Ele acha que, se eu fizer isso, você e eu seremos assunto resolvido e ele poderá contar com um bando de netos rechonchudos correndo pela casa. — Johnny sacudiu a cabeça como se nada pudesse estar mais longe da verdade, o que não era um problema. Era algo que Verity já sabia. — Ele tem boa intenção, mas...

— Sim, ele tem boa intenção e tudo o que deseja é ver você feliz. Não há nada de ruim em um pai querer isso para o filho — disse Verity. — A única coisa é que vocês discordam sobre o que vai te fazer feliz.

Johnny achava que Marissa era a resposta para todas as suas orações, e William achava que Verity era o que faltava na vida do filho. Era um caso complicado de linhas cruzadas. E ainda havia o *affaire de coeur* do próprio William.

— Ele disse mais alguma coisa? — Verity perguntou como quem não quer nada, embora as palavras tenham saído um pouco entaladas de sua garganta. — Não deu nenhuma outra razão para ter vindo a uma livraria de ficção romântica?

— Ele me contou sobre a Elspeth, se é isso que você quer dizer. — Johnny se inclinou para a frente, com os cotovelos sobre os joelhos, o queixo apoiado nas mãos, o olhar fixo em Posy e Sebastian, que ainda estavam discutindo, de modo que era impossível para Verity ver algo além de seu perfil, que não dava nenhuma indicação de como ele se sentia em relação à nova namorada do pai. Embora Verity achasse que ela não era nova e que parecia estar na vida de William há algum tempo. — Por mim tudo bem. Eu fiquei surpreso, sim, e talvez até um pouco magoado por ele ter achado que eu não ia gostar.

— Seu pai estava com receio de você achar que, por causa disso, ele amaria menos a sua mãe — Verity se arriscou, com gentileza. — De que você tivesse a ideia romântica de que só se pode ter um único amor verdadeiro na vida, como os pinguins e os cisnes.

— Ele não está apaixonado por essa mulher. Não vamos exagerar. Eles são só amigos — disse Johnny, em um tom de voz que não deixava espaço para discordância, então ela decidiu que era melhor deixar quieto. — Mas ele me contou a sua teoria de que corações partidos só estão esperando ser colados de novo. Eu não sabia que você era uma romântica incorrigível a esse ponto.

— Bom, nem todos os corações partidos — Verity murmurou, porque Johnny havia perdido Marissa para Harry anos atrás, mas continuava sofrendo. Então, se alguém era um romântico incorrigível, esse alguém era ele. Ela remexeu dentro do cérebro em busca de algo que pudesse desviá-los para águas mais calmas.

— Seja como for, meu pai ficou realmente encantado com você. Ele vai te enviar um e-mail com um convite para jantar, para poder nos apresentar essa tal Elspeth. Na verdade, ele falou que seria um encontro duplo.

— Johnny riu da ideia, ainda que parecesse um riso um tanto oco aos ouvidos de Verity. — Dá para imaginar?

— Não muito — disse Verity. Ela preferiria reencontrar William em circunstâncias diferentes, não na circunstância em que William esperava que Johnny fosse receber "essa tal Elspeth" de braços abertos, depois se ajoelhar e pedir Verity em casamento. — Geralmente é a minha família que não consegue deixar de se intrometer. Não que o seu pai esteja se intrometendo.

— Na verdade, é por isso também que eu estou aqui. — Johnny olhou para ela com a expressão divertida e os olhos brilhando, o que a fez lembrar da semelhança entre pai e filho novamente. — Eu recebi um e-mail da sua mãe. Pelo menos eu acho que é da sua mãe. Ela assinou como Esposa do Nosso Vigário.

Verity perdeu o ar.

— O quê?

— É melhor você se preparar — ele alertou.

— Ah, meu Deus, que tormento é esse agora? — Verity gemeu. — Por que cargas d'água a minha mãe te mandaria um e-mail? Como ela conseguiu seu endereço?

— Com a Merry, que imagino que o tenha conseguido no site da minha empresa — respondeu Johnny, muito calmo, embora Verity sentisse o próprio coração martelando como um pica-pau sob efeito de anabolizante.

— Eu vou matar a minha irmã — Verity prometeu, com uma voz convenientemente assassina. — Bem devagarinho.

Johnny sacudiu a cabeça como se não quisesse ser conivente com esse plano.

— Enfim, sua mãe me convidou para passar o fim de semana lá. Parece que Nosso Vigário está ansioso para me mostrar as colmeias dele enquanto vocês se ocupam com os planos para o casamento. Será que "mostrar as colmeias" é algum tipo de eufemismo religioso?

— Não! Ele leva a apicultura muito a sério. Tem colmeias no quintal e mais duas na escola primária da cidade. Quando ele começa a falar das abelhas dele... — Verity suspirou. — É uma disputa para saber o que é pior: fazer planos de casamento com as minhas quatro irmãs e a Esposa do Nosso Vigário ou ouvir o Nosso Vigário explicando como ele pretende introduzir uma nova abelha-rainha em uma de suas colônias. Ainda bem que você pode escapar. Vou telefonar para minha mãe e dizer que você pede desculpas e tudo o mais.

— Ah. Você não quer que eu conheça seus pais? — Johnny perguntou, franzindo a testa de um jeito que se conectou com um cantinho do coração de Verity, até que ela lembrou a si mesma de um fato importante.

— Você não precisa conhecer os meus pais. Nós somos só amigos, como a Merry sabe muito bem, então eu não sei por que ela está se intrometendo também!

— Você já conheceu a minha família, então não vejo por que eu não poderia conhecer a sua — Johnny argumentou, como se houvesse algum tipo de reciprocidade rolando, o que certamente não havia.

— Eu só conheci o seu pai. Estamos falando de uma casa cheia aqui — Verity suspirou. — Minha mãe, meu pai, minhas quatro irmãs, talvez até algumas primas. — Ela já não tinha dedos para contar. — Provavelmente alguns paroquianos desgarrados que foram até lá conversar sobre as flores da igreja e acabaram ficando por uma semana porque a caldeira deles estava quebrada.

— O William é minha única família — Johnny a lembrou. — Ele e minha mãe eram ambos filhos únicos de casais que se casaram tarde. Somos só nós dois há muito tempo.

Ele estava usando sua voz sofrida e sua testa enrugada outra vez, e Verity teve um vislumbre do menininho que talvez ele tivesse sido, com avós idosos e sem irmãos ou primos para fazer bagunça, convidar para brincar em seu navio pirata na árvore...

— Escuta, fica uma sensação de mentira se eu te apresentar para a minha família — Verity tentou explicar. — Se eu te levar para a minha casa, você não sabe como eles são, vão ficar lendo nas entrelinhas. — Ela fez uma cara cansada, porque já tinha experiência nisso. — Eles vão ler uma biblioteca inteira nas entrelinhas.

— Mas não é uma mentira. Suas irmãs já sabem a verdade, e nunca dissemos a ninguém que estamos namorando. Sempre nos apresentamos como amigos — Johnny persistiu, embora Verity não entendesse por que ele se importava. Se ele achava que estava sendo convidado para um fim de semana agradável em uma casa paroquial no campo, com uma família excêntrica e charmosa de East Lincolnshire, era bom pensar melhor. Ele estava sendo convidado para um apocalipse.

— Nós deixamos as pessoas pensarem que estamos namorando. Mentimos por omissão. Tem uma razão para a mentira ser tão condenada nos dez mandamentos — disse Verity, de uma maneira que era próxima demais de Mary Bennet, seu fardo ficcional, para o seu gosto.

— Na verdade, não — contrapôs Johnny, com tanta presunção que Verity parou de se sentir penalizada por ele ter uma família pouco numerosa. — Não mentir não é um dos dez mandamentos.

— Está falando sério? Você quer mesmo discutir isso comigo? Uma filha de vigário legítima? O mandamento que você não está encontrando é não levantar falso testemunho contra...

— Resolvam isso logo, vocês dois! — Sebastian exclamou enquanto passava por eles. — E ouça o meu conselho: não comece a discutir com nenhuma dessas bruxas da livraria. Antes que você perceba, vai estar casado com uma delas. Ai!

Posy não parecia lamentar nem um pouco o tapa que deu na cabeça de seu marido grosseiro.

— Você me *implorou* para casar — ela sibilou. — Tenho testemunhas.

Verity detestava discutir, a menos que fosse com uma de suas irmãs, e, nesse caso, discutir não só era necessário, como praticamente tão útil quanto uivar para a lua. Com certeza não queria discutir com Johnny, ainda mais se isso fosse um caminho para o casamento.

— Se você quer mesmo ir passar o fim de semana lá, tudo bem — disse ela e, assim que as palavras saíram de sua boca, teve vontade de recolhê-las no ar e enfiá-las de volta.

Johnny sorriu com tanto gosto que, sentado ali em seu terno, com a gravata afrouxada, o botão de cima da camisa aberto, parecia ter saído direto de um editorial de moda de uma revista masculina. Que maldição de homem.

— Estou ansioso para ir — ele respondeu. — Você ainda é muito misteriosa para mim, Verity. Quero descobrir mais algumas pistas.

Ela desejou que fosse mais enigmática ainda e nunca tivesse entrado naquele caminho de namorados falsos e acabado em tamanha confusão.

— Bom, não diga que eu não avisei. E é melhor levar tampões de ouvido e uma arma de choque, porque você vai precisar.

*É preciso falar um pouco, não é? Pareceria estranho
ficar totalmente em silêncio por meia hora.*

No sábado seguinte, Johnny pegou Verity, depois Merry, que imediatamente expulsou a irmã do banco do passageiro ("Você sabe que eu enjoo se sentar atrás") e mal parou para respirar durante a hora seguinte. Primeiro, ela instruiu Johnny sobre os gostos e implicâncias do Nosso Vigário e da Esposa do Nosso Vigário, quer ele estivesse interessado nisso ou não, depois passou para suas irmãs quando Johnny perguntou se Immy era diminutivo de Imogen e Chatty de Charlotte.

— Não, não! A Very não contou nada sobre nós? Que indelicado, nós somos tão incrivelmente fascinantes! Todas temos nomes de virtudes, embora meus pais digam que nem precisavam ter se incomodado, porque nenhuma de nós é nem um pouco virtuosa. Tirando a Very, claro.

— Seu nome não é Merry, então? — Johnny arriscou, quando ela finalmente deu uma trégua, mas foi só para poder enfiar uma bala de goma na boca. — Eu fiquei mesmo pensando nisso.

— É Mercy — ela respondeu com um olhar impiedoso, como se Johnny fosse um completo imbecil por não ter sido capaz de descobrir sozinho. — A Con é Constance, chamamos a Patience de Immy porque ela é totalmente *im*paciente, e a Charity é Chatty, porque ela fala sem parar.

Johnny viu o olhar de desespero de Verity pelo espelho retrovisor.

— Falando nisso, vou largar você no posto de gasolina de Birchanger Green se não ficar quietinha por pelo menos quinze minutos — disse Johnny, mas Merry apenas sorriu antes de começar uma longa história sobre a guerra psicológica que estava tendo com uma mulher do seu departamento no trabalho que não parava de mandar e-mails passivo-agressivos com um abaixo-assinado sobre o estado da geladeira do escritório.

Na verdade, três horas em um carro com Merry era uma boa maneira de dessensibilizar Johnny para a provação que teria à frente.

Como de costume, o celular dele soou repetidamente, competindo com a diarreia verbal de Merry e, quando chegaram ao posto de Birchanger Green, Johnny pegou imediatamente o aparelho, deu uma nota de dez libras para Verity e pediu que ela lhe comprasse um café e um muffin.

— Querida — ela o ouviu dizer, enquanto se afastava. — Só consegui te ligar agora.

Verity desejou que o Costa Coffee servisse doses de repelente de amor, para ela poder jogar umas duas dentro do café de Johnny. Também gostaria de comprar uma dose de calmante líquido para adicionar ao cappuccino de Merry. O fato é que sua irmã só parou de falar quando saíram da rodovia A16 em Louth, o que deixou o GPS em tamanho pânico que tentou direcioná-los de volta à autoestrada, e Johnny finalmente não aguentou mais.

— Tenha misericórdia, Merry! Será que você pode, por favor, ficar quieta antes que eu perca a cabeça?

Merry não conseguia nem ficar quieta em silêncio. Ela bufava e suspirava enquanto eles subiam as colinas e desciam pelos vales de Lincolnshire, atravessando pequenos vilarejos, cada um mais bonito que o anterior, até chegarem a Lambton. Havia um parque municipal com uma lagoa de patos, um correio misturado com loja de artigos gerais, um pub, o pequeno Lambton Inn, e uma igreja, que havia sido reconstruída com tijolos e pedras, com muito poucos detalhes mais elaborados, em meados do século XVIII, embora ninguém soubesse dizer o que havia acontecido com a igreja antiga. Do outro lado da rua, em frente à igreja, ficava a Velha Reitoria, construída cem anos depois; uma casa de três andares de tijolos vermelhos em estilo gótico, que tinha todos os detalhes elaborados que faltavam na igreja, incluindo janelas com mainéis e uma torre hexagonal que dava para o gramado lateral.

Eram quase quarenta e dois quilômetros e um mundo de distância da casa pré-fabricada de três quartos nas cercanias de um extenso conjunto habitacional em Grimsby, onde elas haviam crescido. Enquanto os pneus esmagavam o cascalho na entrada da casa, Verity se perguntou, não pela primeira vez, se a vida teria sido diferente se elas tivessem tido um pouco de espaço para respirar na época. Espaço para explorar e crescer, em vez de viverem amontoadas, sem nada para fazer a não ser brigar e se juntar umas contra as outras. Talvez ela não tivesse se tornado a única quieta.

— Ah, meu Deus! Eu tenho permissão para falar agora? — Merry ofegou dramaticamente, como se Johnny tivesse dito para ela parar de respirar também, e Verity revisou sua ideia. Era possível que, se tivessem um quarto para cada uma e um jardim enorme para brincar, de modo que houvesse mais espaço entre elas, e uma necessidade legítima de gritar, suas irmãs tivessem se tornado ainda mais barulhentas do que eram, o que não parecia possível.

— Eu gosto de uma boa torre — Johnny comentou, quando desligou o motor e parou por um momento para dar uma olhada geral na Velha Reitoria. — Talvez tenha sido projetada por S. S. Teulon. Ele foi um arquiteto vitoriano bastante famoso.

Merry já havia saído do carro, então agora eram apenas os dois.

— Ainda não é tarde demais para dar meia-volta — disse Verity, e não estava brincando. — Podemos chegar em Londres lá pelas dez.

— Nós não vamos dar meia-volta — Johnny afirmou, com um sorriso tranquilizador. — Para começo de conversa, eu mal posso esperar para explorar a casa.

Verity deu a Johnny uma última chance de recuar.

— Tem certeza de que está disposto a isso? — ela perguntou, levando a chave à fechadura da porta da frente, porque, claro, Merry não sabia onde estavam as suas.

— São vinte e quatro horas na zona rural de Lincolnshire. O que poderia ser mais agradável? — ele respondeu, enquanto, pelas janelas abertas,

Verity já podia ouvir três fontes diferentes de música, um cachorro latindo, crianças gritando e o que parecia um time de rúgbi correndo para cima e para baixo nas escadas, usando chuteiras de pregos.

Então Verity abriu a porta e o barulho se tornou uma verdadeira parede de som que teria feito até Phil Spector implorar por tampões de ouvido. Na sala da frente, a tevê estava ligada e três crianças pequenas, que Verity nunca vira antes, pulavam da poltrona para o sofá e de volta, gritando o tempo todo.

— Cuidado com as caixas — Merry disse a Johnny enquanto se espremiam pelo corredor, passando por uma pilha de caixas de papelão e uma montanha instável de sacolas de lavanderia transbordando de roupas velhas, brinquedos usados, livros gastos e itens diversos a serem catalogados como miudezas. — Devem ser para o bazar.

Passando pela próxima porta, a sala de jantar, uma menina de nove ou dez anos martelava as teclas do piano.

— Olá! Olá! Quem é *você*? — Merry perguntou, e a menina virou no banquinho, com o queixo determinado, o nariz em pé e um olhar feroz.

— Madison — respondeu ela. — E *você*?

— Certo, em frente — disse Verity, e eles seguiram para a grande cozinha nos fundos da casa, onde Nosso Vigário e a Esposa do Nosso Vigário estavam de pé junto à pia, de costas para eles, alegremente descascando legumes e cantando "I Like to Be in America", de *Amor, sublime amor*.

— Pai! Mãe! — Merry gritou e seus pais se viraram.

— Ah, oi! — Dora Love disse vagamente, como se não tivesse muita certeza de quem eles eram e do que faziam em sua cozinha. Ela era o tipo de mulher que estava sempre um pouco desarrumada. Mesmo quando recém-passadas, as roupas pareciam amassadas. Seu coque bagunçado, os fios de cabelo loiro-claros escapando, rivalizava com qualquer coque bagunçado que Posy já havia tentado fazer, mas Dora tinha os mais doces olhos castanhos, que nunca poderiam ser outra coisa que não bondosos.

— Quem são essas belezuras que eu tenho diante de mim? — entoou Ken Love em uma voz retumbante, perfeita para fazer sermões e liderar a congregação por meio de cantos. Ele era uma cabeça mais alto que a esposa, igualmente amarfanhado, e com o cabelo revolto de um professor maluco. Para um estranho, o sr. Love podia parecer imponente, mas ele também acreditava firmemente que não existiam estranhos, apenas amigos que ainda não havíamos conhecido, então o estranho acabava sendo convidado para jantar em sua casa. — Segunda filha! Filha do meio! Venham dar um beijo fortificante em seu pai! E quem é o rapaz bonitão? Ele veio pedir a mão de uma de vocês em casamento?

— Não a minha — Merry falou, empurrando Verity do caminho para poder ser a primeira da fila para um dos abraços exuberantes do vigário. — Talvez a da Very.

— Não leve a sério — Verity aconselhou, enquanto oferecia a face esquerda para o beijo de seu pai, depois a direita para o mesmo tratamento de sua mãe. — Este é o Johnny, meu amigo. Ele é arquiteto. Ele sabe quem projetou este prédio.

— Ah! Seu amigo! Johnny! Sim, fico muito contente por você ter vindo. — Dora Love segurou a mão dele. — E muito contente por você e a Very estarem saindo.

Nosso Vigário olhou Johnny da cabeça aos pés. Johnny enfrentou a atenção com um sorriso paciente até que Ken aprovou com a cabeça.

— "Exercerei contra eles uma grande vingança e os castigarei violentamente, para que saibam que eu sou o Senhor, quando eu lhes impuser a minha vingança" — disse ele, como cumprimento. — Ezequiel 25,17. Seja bom com a nossa Verity. Nós gostamos muito dela.

Era a primeira vez que um namorado de Verity recebia um versículo da Bíblia, mas o único outro namorado que ela já havia tido fora Adam e, antes de trazê-lo para conhecer a família, ela já havia prevenido seu pai de que Adam não tinha as reservas internas de força necessárias para lidar com um versículo bíblico.

O fato era que Verity ficara aterrorizada com a possibilidade de que a força conjunta de todos os Love destruísse Adam antes mesmo que ele tirasse o casaco. Não o destruíra, mas com certeza o esmagara. Ele mal falara duas frases completas durante todo o incômodo fim de semana que haviam passado na casa.

Johnny era feito de um material mais resistente, porque apenas baixou a cabeça em reconhecimento da ameaça implícita de Nosso Vigário.

— Eu também gosto muito da Verity — disse ele e, embora dita de maneira amistosa, porque eles eram amigos, a frase fez o coração de Verity pular de um jeito estranho. E então Johnny lhes ofereceu uma sacola da Ottolenghi, uma delicatéssen muito chique em Islington, e uma garrafa de vinho tinto que parecia ter custado muito mais que seis libras, que era o máximo que Verity já havia pagado por uma garrafa de vinho. — Obrigado pelo convite.

— São biscoitos de chocolate? — Merry perguntou, tentando enfiar a mão na sacola da Ottolenghi antes de ser contida por seu pai. — Você pegou o caramelo salgado?

— Desista, diabinha!

— Falando em diabinhos, quem são aqueles pirralhos que estão destruindo a sala da frente e o piano? — indagou Merry, enquanto Verity observava Johnny olhando em volta, com o sol de fim de tarde entrando pela grande janela ao lado da pia.

Com seu fogão enorme, o guarda-louça de madeira cheio de peças descombinadas, a mesa de pinho escovado e o velho sofá coberto por uma coleção de cobertores gastos onde Dalí e Picasso, os dois gatos tricolores, cochilavam, a cozinha era o coração da casa.

Havia sempre algo fervendo no fogão, um bolo assando no forno, a chaleira assobiando enquanto os paroquianos eram aconselhados ou escutados com ouvidos solidários, um ombro para chorar e/ou um pedaço de bolo.

— As crianças são da cidadezinha ao lado. A mãe foi levada às pressas para o hospital com um apêndice quase supurado e o pai está trabalhando numa plataforma de petróleo no meio do mar do Norte, mas deve chegar mais tarde esta noite. — Dora Love franziu a testa. — São crianças muito boazinhas, mas eu vivo esquecendo o nome delas.

— Estão sem espaço aqui, então? — Verity perguntou, esperançosa. — Porque nós podemos...

— Tem espaço de sobra. As crianças se ajeitaram na minha sala de costura, você e a Merry podem ficar com o quarto azul, a Chatty e a Immy estão no quarto antigo delas e, quando nos falamos por e-mail, o Jimmy disse que não se importava de dormir na velha cama de acampamento do seu avô — a sra. Love respondeu, com toda a calma. — Isso me lembra que ainda precisamos pegar a cama no sótão.

— Jimmy? É Johnny — disse Verity. — E o Johnny é visita, então acho que ele devia ter uma cama decente. Ele pode ficar no quarto azul, a Merry pode dormir no sofá na sala e eu durmo na cama de acampamento.

— Dormir no sofá? Com a minha dor nas costas? — Merry protestou.

— Eu não me incomodo com a cama de acampamento — disse Johnny, no momento em que houve uma movimentação na porta dos fundos e duas moças entraram correndo, seguidas por um grande golden retriever que tentou pular no sofá da cozinha, mas foi impedido pelos dois gatos que haviam acordado e se transformado em monstros rosnadores e sibilantes.

— Pobre Alan — Verity apresentou, porque, nos seis anos desde que o Pobre Alan passara a ser o cachorro da casa, seus gatos residentes sempre o trataram com desdém e, no caso de Dalí e Picasso, com franca hostilidade. Não que o Pobre Alan tomasse isso pessoalmente. Ele viu Merry e Verity e veio aos pulos, com a cauda balançando, mas foi atropelado pelas gêmeas.

— Chatty! Immy! — Merry gritou, alto o bastante para estourar tímpanos, antes de ser engolfada em um amontoado de irmãs. — Que bom ver vocês! Cadê a Con?

— Na fazenda. Alguma emergência com uma vaca. — Immy franziu o rosto para o horror do que poderia ser uma emergência com uma vaca.

— Desde que ela não tenha que pôr a mão dentro da vaca, tudo bem — Chatty acrescentou, com o rosto contorcido de nojo.

Chatty e Immy eram muito parecidas, a ponto de a maioria das pessoas achar que fossem idênticas, até ficarem juntas tempo suficiente para deixar evidente que Chatty era mais alta e Immy tinha uma covinha no queixo e o cabelo mais claro que o loiro de Chatty. Agora, porém, as duas se viraram para Verity com expressões equivalentes de quem estava com más intenções.

— Oi, Very, não vai nos abraçar também? — Immy perguntou, avançando para a irmã enquanto Chatty vinha por trás. Verity não teve tempo nem de se encolher antes de ser envolvida em um abraço duplo e ter ambas as faces salpicadas de beijos molhados. Não por afeição fraternal, mas com a intenção expressa de atormentá-la.

Verity suportou dez segundos de ataque, depois beliscou as duas no braço, fazendo-as soltá-la com gritinhos indignados.

— Isso não é legal, Very — Chatty protestou.

— Não mesmo — Immy ecoou.

Verity abriu seu sorriso mais inocente, porque ela também sabia como atormentar suas irmãs.

— "Nós devemos nos opor à maré de maledicência e derramar sobre o nosso coração ferido o bálsamo do consolo fraternal" — disse ela, com sua voz mais pudica.

As três irmãs Love gemeram. Merry disse que ia checar o relógio do micro-ondas.

— Não faz nem dez minutos que estamos aqui e a Very já está citando *Orgulho e preconceito*. Acho que é um recorde.

Johnny estivera observando todas essas brincadeiras entre irmãs com um ar divertido. Quando Verity virou em sua direção, ele sorriu, e ela indicou as irmãs com um olhar de resignação e sorriu de volta.

— Quem é ele? — perguntou Chatty, de trás dela.

— É o seu novo amigo, Very? — Immy estava de costas para os pais, então pôde oferecer a Johnny uma piscadela teatral, porque as irmãs de Verity eram as rainhas da previsibilidade.

— Não tão novo — Johnny disse, com uma careta de pesar.

Chatty e Immy sorriram.

— Nós gostamos dele — declarou Immy — Ele pode ficar.

— Claro que ele pode ficar, mas eu preciso de vocês todos fora de casa agora — a sra. Love anunciou. — Preciso preparar o jantar das crianças, e elas só comem nuggets e batata frita, e o seu pai ainda não escreveu o sermão de amanhã. Ele devia estar com isso pronto na quinta-feira.

— Um colega em Hull estava tendo problemas para juntar duas colônias de abelhas, então eu me senti na obrigação de ir até lá ajudar — o bom vigário protestou. — Eu bem que poderia fazer um sermão *ex tempore*. Acho que seria libertador.

— Fazer o quê? — Merry grunhiu.

— Ele quer improvisar — Verity explicou, enquanto a sra. Love sacudia a cabeça.

— Na última vez em que você improvisou, seu sermão durou quase duas horas e queimou todos os assados de domingo na cidade. — Ela deu um tapinha afetuoso no traseiro do marido. — Vá para o seu escritório e não tem jantar para você até terminar. — Depois ela fez um movimento com as mãos mandando embora as quatro filhas e Johnny. — Vão para o pub. Levem o Pobre Alan junto — acrescentou, enquanto o cão tentava uma vez mais subir no sofá da cozinha e era expulso por um furioso Picasso.

⁓

— Desculpe — Verity falou para Johnny enquanto saíam de casa apenas vinte minutos depois de terem chegado. — Desculpe mesmo por não terem te oferecido nem uma xícara de chá ou um convite para sentar.

— Tudo bem — disse Johnny. — É bom esticar as pernas depois desse tempo todo dirigindo.

— Não vai ter muito tempo para fazer isso — Chatty lhe disse. — O pub fica a um minuto daqui. — Ela piscou para Johnny. — Very, ele sabe que nós sabemos?

Verity decidiu que devia ter feito algo muito ruim em outra vida, ou mesmo nesta — por exemplo, inventar namorados falsos —, para merecer todo esse infortúnio.

— Bom, se não sabia antes, agora ele sabe.

— O que é que eu sei? — Johnny perguntou, e Verity teria dificuldade para explicar como ele conseguiu manter a voz calma e o rosto tranquilo.

— Que você e a Verity são só "amigos". — Immy fez aspas com os dedos e sorriu. — Mas meus pais não estão caindo nessa conversinha de amizade. Eles estão rezando, literalmente rezando, para vocês estarem apaixonados.

— Nós não estamos apaixonados, mas somos mesmo amigos — disse Johnny, com um olhar de lado para Verity.

— Isso, só amigos — ela confirmou.

— Não se preocupem, vocês podem agir naturalmente com a gente — Chatty falou, cheia de gentileza. — Não precisam fingir que gostam um do outro se não quiserem.

— Mas nós gostamos um do outro! — Verity e Johnny disseram em uníssono. Immy sorriu outra vez, Chatty e Merry se cutucaram e até o Pobre Alan parecia estar rindo deles.

— É, mas vocês não "gostam" um do outro. — Agora era Merry que estava fazendo aspas com os dedos.

Verity virou os olhos com tanta força que era um milagre não ter distendido alguma coisa.

— Bom, eu com certeza não "gosto" muito de *você* neste momento — ela respondeu secamente. Merry fez beicinho enquanto Chatty e Immy grunhiam como dois porquinhos felizes.

— Se quer mesmo esticar as pernas, que tal darmos uma caminhada antes de ir para o pub? — Verity sugeriu a Johnny, que aceitou na mesma hora. — Vocês não estão convidadas — ela acrescentou para suas três irmãs. — Só o Pobre Alan, e isso porque ele não fala.

Havia um portão no muro de pedra que cercava o gramado lateral. Verity e Johnny passaram por ele, com o Pobre Alan trotando alegremente na frente para mostrar o caminho.

— Desculpe — Verity repetiu, desconfiando de que essa não seria a última vez em que diria isso nas próximas vinte e quatro horas. Johnny ainda nem havia conhecido Con.

— Não existem muitos segredos entre irmãs, não é? — ele adivinhou, enquanto atravessavam a alameda até outro portão de madeira diante de uma trilha que os levaria a uma agradável caminhada pelo campo.

— Pelo menos não entre as minhas — Verity concordou. — Mesmo se eu não contar tudo, elas sabem quando estou escondendo alguma coisa e conseguem espremer a verdade de mim pela insistência.

— Parece exaustivo.

— E é.

Verity arriscou uma olhada para Johnny para ver quanto estava aborrecido, mas ele não parecia nem um pouco irritado.

— Bem, sugiro continuarmos defendendo a nossa amizade enquanto não formos questionados sob juramento. Parece um bom plano?

— Parece.

— Se você quiser, podemos caminhar em silêncio um pouco — Johnny ofereceu. Antes que Verity pudesse perguntar como ele sabia que ela não queria ouvir nem mais uma palavra de ninguém por pelo menos meia hora, ele pressionou a ponta do dedo contra o osso acima da sobrancelha dela.

— Eu notei que, quando você está prestes a entrar em estado Greta Garbo, um pequeno músculo começa a se contrair aqui.

Era verdade. Quando a vida moderna, com todo o seu barulho e caos, começava a sufocar Verity, um tique logo acima de sua pálpebra direita produzia espasmos, como estava acontecendo agora.

— Além disso, você está ficando monossilábica — Johnny observou.

— Isso é outro sinal, então vou calar a boca.

Se Verity estivesse realmente "em estado Greta Garbo", ia querer ficar sozinha, de preferência em um quarto mal iluminado e à prova de som, mas, na verdade, sentia-se muito feliz ao ar livre. Não estava mais tão calor agora que tinham ido para o norte e uma brisa deliciosa agitava as folhas. O ar estava glorioso e fresco e Verity inalou fundo várias vezes, como se fosse uma fumante inveterada.

Verity amava Londres. Amava a facilidade com que se podia ser anônimo em uma metrópole. Amava seus amigos, seu pequeno apartamento livre de aluguel e a vida que construíra lá, mas sempre se perguntava se, em seu coração, ela não seria uma garota do campo.

Enquanto a grama alta em volta da trilha beijava suas pernas nuas e o Pobre Alan caçava alegremente uma borboleta preguiçosa que voava entre as flores, Verity sentia que toda a tensão de três horas no carro com Merry falando sem parar se dissipava.

Teria sido perfeito, exceto por uma coisa. Johnny. Ou, antes, o celular de Johnny, que soava regularmente com mensagens que Verity apostaria pelo menos cinco libras que eram de Marissa. Talvez os bipes fossem um sinal celestial e o bom Senhor tivesse posto Johnny em seu caminho para ela libertá-lo da pedra de moinho em forma de Marissa que o arrastava para baixo. Afinal, Verity era uma Love, o que significava, por mais que lhe doesse admitir, que tinha o gene da intromissão em seu DNA.

Então os bipes deram lugar aos toques de telefone. Nada muito elaborado, só o clássico *brrrrrr brrrrrr*, mas o som foi tão importuno quanto uma epidemia de catapora em uma escola primária.

— Desculpe — disse Johnny, como havia dito tantas vezes antes exatamente pela mesma razão. — Eu preciso atender.

Ele não *precisava* atender. Certamente não era nenhuma emergência relacionada a Marissa, que só Johnny pudesse resolver.

— Marissa? O que aconteceu? Você parece nervosa. O quê? O que foi? Não consigo ouvir direito. O sinal está muito fraco. Droga! — Johnny virou para a esquerda, segurando o celular à frente, como se estivesse procurando água com uma varinha.

Talvez essa fosse outra razão pela qual Verity adorava o campo. Lá, o sinal do celular era péssimo, a menos que se levasse uma cadeira para a parte mais afastada do jardim e ficasse em pé em cima dela.

Verity continuou andando até chegar a uma ponte de pedra e esperou por Johnny, que por fim apareceu, afogueado e contrito.

— Descul...

— Seu celular. — Verity não queria mais saber de pedidos de desculpas. — Ele tem seguro?

— O quê? — Johnny a olhou como se ela estivesse falando grego. — Tem. Por quê?

Verity continuou impassível.

— E você faz backup sempre?

— Faço, mas, de qualquer forma, quase tudo está na nuvem — ele respondeu, franzindo a testa. — Mais uma vez, por quê?

Ela cruzou os braços.

— Porque eu estou pensando seriamente em pegar o seu celular e jogar lá embaixo. É por isso.

Ambos espiaram por cima da ponte, para o pequeno riacho que fluía alegremente sobre os seixos.

— Se você fizesse isso, duvido de que funcionasse de novo, mesmo que eu o deixasse dentro de um pacote de arroz por uma semana — Johnny declarou com seriedade.

— Eu não vou fazer isso, mas já pensei em destruir seu celular muitas vezes — Verity admitiu. — Porque, e não é mesmo a minha intenção me intrometer, mas você me falou que você e a Marissa tinham decidido dar um tempo um para o outro neste verão, mas isso... — ela fez um gesto para o iPhone de Johnny, seu portal para Marissa — ... não parece nem um pouco com vocês dando um tempo.

Foi a vez de Johnny cruzar os braços e oferecer a Verity um olhar que teria aniquilado qualquer mulher menos determinada. Mas ela só murchou um pouquinho.

— Você não entende — ele respondeu, brusco. — É complicado.

— Não parece tão complicado para mim — Verity murmurou. — Ela é casada, já faz muitos anos, e não é com você.

Não teve coragem de dizer as palavras mais alto ou de acrescentar que Johnny continuaria solteiro até o leito de morte se continuasse a manter a frágil esperança de que Marissa um dia tomasse uma decisão.

— Você parece a própria especialista em amor — ele comentou, com um tom irônico na voz, quando começaram a voltar para casa.

— Eu não sou especialista em amor, absolutamente — Verity se limitou a responder.

— E aquele cara que você conheceu na universidade? O Alan?

— Adam! — Como sempre, só falar o nome dele em voz alta já fazia as mãos de Verity ficarem úmidas. — O que tem ele?

— Você disse que estava apaixonada por ele — Johnny lembrou e Verity desejou que ele mudasse de assunto. Não queria nem pensar em Adam, quanto mais falar dele.

— Eu *estava* apaixonada por ele, e foi por isso que, quando terminou, eu sabia que era melhor encerrar de vez. Sem lamentos, sem recriminações e com certeza sem mensagens de texto — ela falou com firmeza. — Mas nós estamos falando de você agora, não de mim.

— Quer dizer que você teve um único relacionamento e conseguiu superar o fim dele rápido assim? Não parece nenhum tipo de amor que eu conheço — Johnny disse, como se Verity não pudesse nem começar a entender uma paixão tórrida, o que era totalmente falso. Ela ainda guardava as cicatrizes emocionais daquele único relacionamento e, embora tivesse ficado resolutamente solteira desde então, sabia muito sobre amor. Afinal, tinha lido *Orgulho e preconceito* centenas de vezes, e Johnny não tinha lido uma vez sequer, porque, se tivesse, saberia, como Verity soube em seu primeiro encontro com ela, que Marissa era uma Caroline Bingley da cabeça aos pés.

E não eram só *Orgulho e preconceito* ou os incontáveis romances que Verity lera. Ela também estava cercada de amor por todos os lados. Nosso Vigário e a Esposa do Nosso Vigário eram devotados um ao outro. Havia Con e Alex, Merry e Dougie, Sean e Emma, até mesmo Posy e Sebastian. Então Verity podia ter tido apenas um relacionamento, mas não havia esquecido como era o amor e não via nenhuma indicação de que Marissa e Johnny pudessem sair de mãos dadas em direção ao pôr do sol num futuro próximo.

O telhado triangular da casa paroquial surgiu à vista bem no momento em que o celular de Verity soou.

> Já vamos pedir a segunda rodada.
> Venham logo!
> Bjs, Merry

Verity decidiu deixar de lado o assunto Johnny e Marissa. Era só sua primeira intromissão e, a julgar pelo exemplo de suas irmãs, era preciso continuar se intrometendo, cansar o alvo até ele ficar tão enfraquecido a ponto de concordar com qualquer coisa para você parar de se intrometer. Além disso, ela detestava brigar e, principalmente, detestava brigar com Johnny. Não gostava de ver o tom duro das palavras dele combinando com a expressão dura em seu rosto.

— Escute, vamos apenas concordar em discordar sobre o amor? — disse ela. — Não vale a pena discutir sobre isso.

Johnny olhou para Verity com ar incrédulo.

— Eu acho que vale muito a pena discutir sobre o amor.

Ela foi salva por seu celular soando outra vez. Era uma mensagem de Nina, que lhe enviara uma foto de Strumpet sentado com as patas traseiras estendidas para a frente, parecendo um homenzinho bêbado, diante de um copo de vinho tinto e os restos de um kebab.

> Volte logo para casa, mamãe. A tia Nina está me corrompendo. Muito amor, Strumpet

Verity riu pelo nariz com muito pouca elegância e se arriscou a mostrar a tela para Johnny, que estava quieto e de cara fechada. Quase suspirou de alívio quando ele sorriu.

— Vamos ter que voltar às pressas para Londres para salvar o seu gato de uma vida de vícios?

Era uma ideia tentadora, assim como a de um gim-tônica no Lambton Inn.

— Acho que o Strumpet vai ficar bem. Qualquer problema eu o levo na clínica de desintoxicação para gatos na segunda-feira. Falando nisso, vamos para o pub?

⁓

Assim que Verity e Johnny apareceram na porta que levava ao pátio do Lambton Inn com um gim-tônica e um pacote de salgadinhos cada um, foram recebidos por um grito de romper os tímpanos.

— Very! Venha dar um beijo na sua irmã mais velha!

— Aquela é a Con — Verity disse a Johnny, enquanto Con, em toda a glória de seu um metro e oitenta, se levantava do banco onde estava instalada e acenava com entusiasmo.

— A mandona? — Johnny murmurou ao atravessarem o pátio enquanto Verity sorria para as várias pessoas que se viravam para ela e diziam "oi". Todo mundo conhecia todo mundo em Lambton, e ser uma das cinco filhas do vigário, mesmo uma que morava em Londres e não os visitava com tanta frequência quanto deveria, conferia a Verity status de celebridade.

— A mais mandona — ela confirmou ao alcançarem a mesa e os bancos em que as irmãs Love e Alex, o noivo de Con, estavam sentados com (arrepio) o pároco auxiliar de seu pai, George. George usava shorts com meias bege e sandálias, e não levantou os olhos porque estava explicando a Immy, que tinha uma expressão congelada no rosto, que ser professora de artes era bom, mas não lhe dava habilidades para o mundo real.

— Eu tenho um gancho de direita cruel — Verity ouviu Immy murmurar para Chatty. — Será que isso conta como habilidade para o mundo real?

E então Verity não pôde ouvir mais nada, porque Con a havia puxado e a abraçava com tanta força que ter as costelas quebradas pareceu uma possibilidade concreta.

— Very! Há quanto tempo — disse Con, e não a soltou, testando a teoria de que, quanto mais tempo a apertasse com força, mais Verity ia se contrair e contorcer.

Verity há muito desconfiava de que suas irmãs tinham feito uma aposta de quanto tempo conseguiam segurá-la em um abraço, e agora ouviu Merry dizer:

— Passou a marca de um minuto. É um novo recorde?

— Saaaaaiiii! — Verity lutou para se libertar e então deu um soquinho no braço de Con. — Está pronta para os preparativos do casamento? No estado de espírito para tomar decisões?

— Tem muito tempo para isso amanhã — Con declarou, sacudindo os esplêndidos cachos loiro-avermelhados. Ela tinha traços angulosos, suavizados pelos cabelos abundantes e pelo sorriso fácil que sempre trazia no rosto, muito em evidência agora, ao passar os olhos por Johnny, que havia sido cooptado por Immy para salvá-la da conversinha em tom de superioridade machista de George. — Por Deus, Very! Esse é o Johnny? Você nunca me disse que ele era tão bonito!

— Shhhh! — Verity sacudiu as mãos para Con e, quando Johnny se virou de Immy, a mais velha das irmãs Love tinha um sorriso sereno e inocente no rosto.

— Eu sou a Con — disse ela. — Você deve ser o Johnny. Já ouvi falar muito de você!

Ele nem piscou.

— Eu ouvi algumas coisas de você também. Está mais perto de decidir quais vão ser as cores do casamento?

— Reduzi para uma lista curta de umas quatro. Talvez seis. Ou sete. Vai dar tudo certo — respondeu Con, embora, faltando menos de dois meses para o casamento, não daria tudo certo a não ser que ela começasse a se comprometer da mesma maneira que havia se comprometido com Alex quando ele lhe perguntara se ela gostaria de ser a mulher de um fazendeiro. — Vem sentar aqui do meu lado, Johnny, quero te fazer um monte de perguntas muito pessoais. Vá embora, Very. — Con lhe deu um empurrão não tão gentil.

— Eu te falei que ela era a mais mandona — Very revidou, enquanto empurrava Con de volta e se sentava do outro lado de Johnny para poder conversar com Chatty e escutar a conversa de Con e Johnny, que não foi tão bisbilhoteira ou inflamável quanto Verity receara.

Basicamente, Con queria a opinião de Johnny sobre a probabilidade de chover no fim de setembro, como se ele fosse um meteorologista amador perspicaz e familiarizado com os padrões climáticos de Lincolnshire.

— Minhas irmãs estão sendo tão pessimistas sobre isso, insistindo que vai chover, mas eu pesquisei as estatísticas para o final de setembro na internet e não costuma chover *tanto* assim — ela falou para Johnny, que com certeza já estava arrependido de sua ansiedade por conhecer a querida família de Verity.

— Talvez um plano B para o caso de chuva? — ele sugeriu. — Uma tenda no jardim da casa dos seus pais? Mas talvez seja meio tarde agora para conseguir uma.

— Ah, para com isso! — Con gemeu, como se Johnny fosse da família e não um convidado. — Sempre dá para usar um celeiro. O problema é que todos os celeiros da fazenda têm ninhos de rato ou máquinas quebradas que estão lá desde a Primeira Guerra Mundial.

Verity se desligou da conversa de Con, porque não havia nada ali que ela já não tivesse ouvido mil vezes antes, e voltou a atenção para Chatty, que agora ganhara a companhia de Immy, para ambas sussurrarem entusiasmadas que "o Johnny tem um ar tão sonhador. Você tem certeza de que não está nem um pouquinho apaixonada por ele?".

Com uma olhada rápida para se certificar de que Johnny ainda estava escutando Con e, agora, Alex falarem sobre celeiros, Verity respondeu:

— Claro que ele me agrada do ponto de vista estético, eu não sou cega, mas é que eu... eu...

— É uma idiota que não reconhece algo bom quando cai na sua mão? — Immy sugeriu com doçura.

— Ele não caiu na minha mão. Ele não é meu — Verity falou e, na pausa entre as palavras, teve de se controlar para não apertar os dentes. — O coração dele já tem dona.

— É daquela Marissa — Chatty murmurou num tom sombrio. — Você já viu o Instagram dela?

— Você viu o Instagram dela?

— Só as Kardashians tiram mais selfies do que ela — Immy comentou com desdém, então era evidente que já havia iniciado a tática de bisbilhotar o Instagram de Marissa também. — Ela esteve em Dubai...

— Eu sei que ela esteve em Dubai...

— Vinte e sete fotos de biquíni, todas elas com a hashtag "barriga negativa"! — Chatty contou. — Ela não tem mais de trinta anos? Eu esperaria a hashtag "barriga negativa" de algumas das minhas alunas adolescentes, não de uma mulher adulta.

— Ela é muito inteligente — Verity insistiu, embora não soubesse por que estava defendendo Marissa. — Estudou em Cambridge.

— Quem estudou em Cambridge? Estão falando de mim? — Johnny perguntou e, como Verity havia se virado no banco para ficar de frente para Immy e Chatty, estava de costas para ele e assim, felizmente, ele não pôde ver o rosado de vergonha que se espalhou em seu rosto.

— Não, de outra pessoa. — Chatty encarou Johnny com seu olhar mais inocente. — Ah, a Very já te contou todos os micos que ela pagou na vida até hoje? Seria péssimo se ela estivesse te escondendo coisas.

Como ela ainda estava de costas, Johnny não pôde ver o olhar assassino que Verity lançou às irmãs mais novas, mas deve ter percebido como seus ombros ficaram rígidos, porque deu uma batidinha carinhosa em seu braço.

— Bom, ela me contou que vocês fingiam ser as irmãs Mitford e que também brincavam de irmãs Bennet, mas eu não li *Orgulho e preconceito*, então...

— Sério? De que mundo você veio? — Immy perguntou, sem esperar a resposta. — A Very também contou que a gente brincava de puritanas que denunciavam as outras como bruxas?

— Não tinha televisão em casa — Verity justificou, virando de volta para ele, de modo que Johnny pôde ver a agonia em seus olhos. — Tínhamos que nos distrair de alguma forma.

— A gente até inventava nomes puritanos — Chatty lembrou. — A Immy era A Impaciência É um Pecado Odioso.

— E a Chatty era A Caridade Sempre Favorece os que Menos Merecem — Merry gritou do outro lado da mesa. — Eu ainda tenho muito orgulho dessa.

Johnny olhou para as cinco irmãs com um sorriso divertido.

— E qual era o nome puritano da Con?

— Uma Fonte Constante de Sofrimento — Verity recitou, com as mãos em posição de oração, enquanto Merry ria com prazer.

— Fique quieta, Uma Vergonha para Todos que a Conhecem. — Em seguida, Con lançou farpas com o olhar para Merry. — E quanto a você, Deus Não Tem Misericórdia...

— Na verdade, eu sempre vi Deus como *misericordioso* — interrompeu o sr. Love, sentando-se na mesa vizinha com uma caneca de cerveja de lúpulo. — Espero que essa adorável viagem no tempo não acabe com a Immy e a Chatty amarradas no varal enquanto vocês três gritam: "Queimem as bruxas! Queimem as bruxas!" em vez de dar o bom exemplo. — Ele fez uma pausa para tomar um gole refrescante da cerveja. — O sermão está pronto. Achei que a volta do filho pródigo seria apropriada, com vocês cinco em casa neste fim de semana.

— Cadê a mamãe? — Con indagou. — Você não deixou ela sozinha para lidar com todas aquelas crianças, deixou?

— O pai delas chegou quando eu estava terminando o sermão. Parece que ele teve que ser retirado da plataforma de helicóptero. Sua mãe vai vir daqui a pouco. Ela estava procurando uma Barbie perdida na última vez em que a vi... Ah! Aí está ela.

Parecendo ainda mais afobada e amarfanhada que antes, a sra. Love chegou ao pátio com um copo de vinho tinto tão grande que poderia fazer as vezes de um pequeno balde.

— Perguntei para a Jean se ela podia arrumar alguma coisa para a gente beliscar e ela vai preparar uns ovos e umas batatas fritas — disse ela. — Já fiz o lanche das crianças e não vou cozinhar dois lanches numa mesma noite.

— Ninguém esperaria que você fizesse isso, minha querida — garantiu o sr. Love, olhando com amor para a esposa. — E experiências passadas mostraram que é melhor eu não cozinhar.

— Quando a gente era pequena, a mamãe estava em Newcastle visitando a nossa avó e o papai ficou encarregado da casa — Merry explicou a Johnny. — Ele esqueceu que tinha posto salsichas na grelha e elas ficaram carbonizadas. Claro que só pudemos ver isso depois que conseguimos apagar o fogo.

— Uma vez meu pai decidiu fazer um curry e esqueceu que a pimenta scotch bonnet é a mais picante de todas, mas eu consegui apagar a lembrança — disse Johnny. — Agora só falta o meu paladar voltar.

— Falando de scotch, eu tenho alguns amigos apicultores na Escócia — comentou Nosso Vigário, porque ele sempre encontrava uma maneira de voltar a conversa para a apicultura. — A sorte fez eles morarem em Moray, que também tem destilarias de uísque muito boas.

— As duas maiores paixões do meu pai: abelhas e uísque puro malte — Con exclamou, enquanto Jean, a proprietária, e seu filho adolescente, David, que gostava de dizer que era o único gótico do vilarejo, começavam a trazer as refeições.

Verity tinha certeza de que não era com aquilo que Johnny estava acostumado quando ia passar um fim de semana no campo: ovos, batatas fritas e conversas barulhentas, todos gritando de um lado para o outro da mesa sobre a divisão entre Igreja e Estado, *The Real Housewives of Beverly Hills*, que era uma obsessão de Con e da Esposa do Nosso Vigário, e sobre o chefe da cadeira de línguas modernas estar tendo um caso tempestuoso com a chefe de aconselhamento pastoral na escola em que Immy e Chatty lecionavam. Mas, se Johnny estivesse morrendo mil mortes e preferisse estar em qualquer outro lugar que não o pátio do Lambton Inn, ele disfarçava muito bem.

Na verdade, seu rosto estava muito sorridente, o que o fazia parecer ainda mais bonito que de costume, de modo que as quatro irmãs de Verity haviam dado um jeito de lhe fazer gestos discretos com o polegar levantado em um momento ou outro. Até a Esposa do Nosso Vigário piscou para ela.

O que era constrangedor e Verity teria ficado arrasada se Johnny tivesse percebido alguma dessas manifestações, mas, de maneira geral, ela se sentia em paz, mesmo com o barulho nas duas mesas que eles ocupavam subindo a níveis ensurdecedores. Aquela era sua família; sua enlouquecedora, ruidosa e excêntrica família. Apesar das provocações e do modo como o botão de volume de todos estava sempre virado no máximo, ela estava feliz por ter vindo para casa: um lugar que não tinha nada a ver com a longa viagem de carro, e sim com estar com as seis pessoas com quem ela compartilhava o DNA e uma longa, longa história. Que tinham visto seu melhor e seu pior e a aceitavam e amavam de qualquer maneira. Se ela pudesse encontrar essas mesmas qualidades em um homem que também tivesse a capacidade de fazer seu coração bater mais forte só de sorrir para ela, talvez repensasse toda a sua renúncia a essa história de amor romântico, Verity pensou.

Não que esse homem mítico pudesse ser Johnny. Não esse Johnny, cujo coração já tinha dona e que já alertara Verity muito seriamente, em diversas ocasiões, para não se apaixonar por ele. No entanto, enquanto observava como Johnny se encaixava tão facilmente no tecido de sua família confusa — ouvindo com paciência Nosso Vigário falar sobre suas abelhas, enfrentando suas irmãs de igual para igual, até rindo de uma das piadas forçadas de George —, Verity nem conseguia mais lembrar por que ficara com tanto medo de deixá-lo vir para casa.

Não se entregue a receios desnecessários; é preciso preparar-se para o pior, mas não há motivo para considerar isso uma certeza.

Johnny ainda estava de bom humor no dia seguinte, mesmo tendo passado a noite na sala de costura da Esposa do Nosso Vigário, dormindo em uma cama de acampamento que tinha pertencido ao pai do Nosso Vigário em seus dias de escoteiro e era anterior à Segunda Guerra Mundial. Era feita de lona com vários canos de metal na armação e um pouco menos confortável do que desistir dela de uma vez e dormir direto no chão. Mas todos os sofás da casa eram pequenos demais para acomodar o um metro e oitenta e oito de Johnny e ele não quis saber de trocar de lugar com Verity e dormir em uma cama de verdade.

Ele também não se importou com o fato de o café da manhã ser um arranjo improvisado de torradas e geleia de groselha, porque as crianças haviam limpado a casa de tudo o que fosse mais apetitoso.

— Sério, eu não me importo de ir à igreja — ele também garantiu a Verity, quando ela lhe explicou mais uma vez que ele não precisava ir só para ser educado. — Não posso dizer que acredito cem por cento, sou mais agnóstico que ateu, mas estou interessado em ver o seu pai em ação.

— Já vou avisando que ele fala um pouco demais — disse Merry, que estava sentada na frente dele na grande mesa da cozinha, mastigando uma torrada. — Eca, esta geleia de groselha é horrível. É por isso que tem tantos vidros sobrando na despensa.

— Se eu ficar entediado, o que tenho certeza que não vai acontecer, posso observar a arquitetura — Johnny as tranquilizou e, quando o sr. Love realmente se estendeu um pouco demais na história do filho pródigo, o olhar dele se fixou nos pilares graciosos e esguios da nave, enquanto a parte feminina do público parecia fixada na estrutura óssea de Johnny. Quando ele levantava a mão para passar os dedos no cabelo, algumas associadas mais frívolas do Instituto Feminino suspiravam.

O sorriso bem-humorado de Johnny só se ofuscou depois do almoço, quando o sr. Love lhe apresentou um traje de proteção branco e um grande chapéu da mesma cor acrescido de um véu.

— Imagino que você não saiba se é alérgico a picadas de abelhas, ou sabe? — ele perguntou.

O sorriso de Johnny diminuiu ainda mais.

— Não sei. Sou alérgico a manga. Acha que isso pode me fazer mais susceptível a picadas de abelhas?

O sr. Love deu um tapa nas costas de Johnny, no que deve ter pretendido que fosse um gesto tranquilizador.

— É muito improvável que você leve alguma picada, mas sempre é melhor prevenir — ele falou. — Agora, vamos logo para as colmeias antes que comece o massacre.

— Massacre? — Johnny perguntou, ao mesmo tempo em que soavam dois longos toques da campainha da porta da frente da casa paroquial, enquanto o vigário o apressava pela porta dos fundos.

Verity desejava — ah, como desejava! — poder correr atrás deles, mas, em vez disso, tomou seu lugar à mesa da cozinha enquanto Con entrava com Sue, mãe de Alex, Jenny, irmã de Alex, e "Esta é a Marie, a melhor amiga da Jenny".

Todas elas conheciam Marie, mas ela era mais uma conhecida do que uma amiga, então o que estaria fazendo em uma reunião de família para os preparativos do casamento era algo que não ficava claro.

— O que está fazendo aqui, Marie? — Merry quis saber, porque ela nunca fugia de perguntas difíceis.

— Eu vi todos os episódios de *O vestido ideal* — Marie respondeu, acomodando-se à cabeceira da mesa da cozinha. — Também vi todos os episódios de *O vestido ideal: madrinhas* e os de *I Found the Gown*. Vocês precisam de mim. Além disso, a minha Kayleigh vai ser uma das daminhas de honra, segundo a Jenny.

Jenny, que só falava quando falavam com ela, e mesmo assim quase aos sussurros, encolheu os ombros e sacudiu a cabeça como se não tivesse o poder de se contrapor à vontade de ferro de sua melhor amiga. Verity solidarizava-se com ela.

— A Con ainda nem decidiu se vai querer daminhas — Chatty sussurrou entredentes para Verity. — Ela disse que preferia ter o Pobre Alan como "cachorro de honra".

— Tente dizer isso para a Marie e para a Kayleigh — Verity murmurou de volta, enquanto Marie tirava alguma coisa da sacola que havia trazido.

— Uma boneca de palha de milho — ela anunciou, com alguma satisfação. — Como centro de mesa. A Jenny disse que você estava querendo algo rústico.

A boneca de palha de milho parecia estar possuída por um espírito malévolo. A sra. Love, que vinha entrando na cozinha com seu cesto de costura, recuou em alarme.

— O que isso está fazendo em nossa casa? — ela guinchou. — Todo mundo sabe que essas coisas dão azar.

— Sou filha de um vigário, Marie — Con lembrou. — Não posso ter um símbolo pagão como centro de mesa. Não.

As irmãs Love e sua mãe se entreolharam, com ar surpreso. Aquele era um "não" decidido vindo de Con. Isso significava que ela tomaria outras decisões firmes e rápidas? Era uma esperança.

Houve uma pausa enquanto a sra. Love tirava uma jarra da geladeira.

— Esta é a primeira remessa do meu xarope caseiro de flor de sabugueiro — ela anunciou. — Nós conversamos sobre usá-lo no coquetel principal do seu casamento.

Chatty e Immy pularam das cadeiras para pegar copos para todos provarem o elixir dourado que a sra. Love fazia todos os anos, enquanto Con franzia a testa.

203

— Eu falei isso?

— Falou — confirmou Merry, aceitando um copo do xarope diluído em água que Chatty lhe oferecia. Ela tomou um golinho e soltou um suspiro de aprovação. — Acho que este aqui é o melhor que você já fez, mamãe. Podemos misturar com um pouco de cava, ou com limonada para os abstêmios, e está feito.

— Concordo — Verity se apressou em dizer, porque, se conseguissem riscar um item da lista nos primeiros cinco minutos, as perspectivas seriam boas. — Aliás, você fez a lista de bebidas que disse que ia fazer, para o irmão do Alex poder comprar?

O irmão de Alex, por acaso, administrava vários pomares em Kent e havia se oferecido para atravessar o canal para comprar as bebidas assim que Con e Alex lhe dissessem exatamente quantas caixas de cava (que era muito mais barato que prosecco), cerveja e vinho tinto e branco seriam necessárias. A julgar pela expressão estressada no rosto de Con, ela não havia feito isso.

— Não tive tempo — disse ela, e depois sorriu com evidente despreocupação. — Mas ainda estamos no fim de julho. Temos muito tempo. Meses e meses.

— Dois meses — Chatty alertou.

— Nem dois meses — Immy corrigiu. — A única coisa que você fez foi reservar a igreja, e só porque o Nosso Vigário fez isso por você.

— Nem parece que você quer se casar — resmungou Sue, a mãe de Alex. Ela era a típica mulher de fazendeiro, como se Duncan, o pai de Alex, a tivesse conhecido em uma agência de atores para papéis específicos e não em um Baile dos Jovens Fazendeiros. Tinha faces rosadas, braços robustos e costumava ser muito sorridente, exceto agora, enquanto levantava os peitos volumosos e bufava. — Você não vai encontrar nada melhor que o nosso Alex, mocinha. Portanto, se estiver atrasando os preparativos do casamento na esperança de que apareça alguém mais do seu agrado, é melhor parar de enrolar o meu pobre menino.

— Eu não estou fazendo isso! Jamais faria. Eu amo o Alex! — Uma angústia sincera uniu as sobrancelhas de Con até elas quase se juntarem no meio. — Eu ficaria muito feliz de só amar o Alex, sem toda essa bobajada de casamento, mas parece que, como a filha mais velha do vigário, isso daria um mau exemplo.

— E um mau exemplo para suas quatro irmãs mais novas, que veem você como guia espiritual — disse Merry, fazendo o sinal da cruz, e então Con a empurrou com o cotovelo e riu, rompendo a tensão. — Tudo bem, Con, Roma não foi feita em um dia, e um casamento não pode ser planejado em uma tarde. Mas você podia pelo menos escolher as malditas cores.

Chatty pegou sua bolsa e tirou dela um punhado de amostras de cores de tintas.

— Verde, não. Você vai se casar no campo e já vai ter verde suficiente. Amarelo, não. Eu e a Immy ficamos horríveis de amarelo. — Ela eliminou algumas amostras, o que ainda deixava uma quantidade enorme para Con analisar.

— Laranja é bem alegre — a sra. Love sugeriu, mas foi rejeitada pelas filhas e pela amiga de Jenny, Marie.

— Cor-de-rosa — Marie disse com firmeza. — Nossa Kayleigh adora cor-de-rosa. É a cor favorita dela. — Como se isso decidisse a questão, o que não era o caso.

— Cor-de-rosa? — Merry fez uma careta de horror. — Nós não usamos cor-de-rosa. Nunca. Nós, como família, somos enfaticamente anticor-de--rosa.

— Bom, a Posy usou um rosa-lavanda como cor de realce na livraria e ficou bem bonito — disse Verity, e as quatro irmãs a fuzilaram com o olhar. — Só estou comentando!

— Que tal azul? — sugeriu Immy. — Um belo azul-claro esverdeado.

— Ah, é tão básico! — Chatty protestou. — O que acha de um cinza-prateado?

— Sem graça!

— Você não pode pôr nossa pequena Kayleigh e as outras daminhas em vestidos cinza. Elas vão ficar parecendo freiras, e o seu pai é anglicano.

— Você vai se casar de branco, Con?

— Sim! Ou talvez marfim. Se bem que eu vi um vestido de cetim champanhe na Monsoon e gostei muito, só que ele era feito para ir até os tornozelos e para mim ficou no meio da batata da perna.

— Mas champanhe parece um branco sujo, não acha?

Aquilo ia levar horas, Verity pensou. Eram duas e meia e ela pretendia ir embora umas quatro, embora parecesse óbvio que nada estaria decidido até esse horário. Deu uma olhada para sua mãe na vã esperança de que ela pudesse, como fazia em ocasiões muito raras, interferir na conversa e pôr alguma ordem naquela bagunça, mas a sra. Love apenas sorriu muito vagamente para Verity e continuou remendando um rasgo em uma fronha.

O olhar de Verity passou por sua mãe até a janela atrás dela e para o jardim com todo o seu esplendor glorioso e ligeiramente descuidado. Lá no fundo ficavam as colmeias de seu pai. Dava para ver ele e Johnny vestidos em seus trajes brancos e chapéus de apicultura e o Pobre Alan na roupa de apicultor canina feita sob medida e um colar elisabetano adaptado, que seu pai havia encomendado depois que o cão se envolveu em um incidente com múltiplas picadas e inchou tanto que ficou parecendo um balão. Todos concordavam que a parte mais legal de seu traje de apicultor eram os quatro sapatinhos de pano que o faziam andar com passos pesados, como um cachorro zumbi. Ele marchava agora entre os arbustos enquanto os dois homens espiavam uma das colmeias. Verity esperava que seu pai não estivesse perguntando a Johnny quais eram as intenções dele com sua filha do meio. Ou, pior, interrogando-o sobre seu musical de Rodgers e Hammerstein preferido, porque essa era outra estratégia de conversa favorita do sr. Love, para ter um pretexto e começar a cantar "I'm Gonna Wash that Man Right Out of My Hair", de *No sul do Pacífico*.

Seu pai tirou um quadro da colmeia, com uma nuvem de abelhas voando em volta, e ela viu Johnny apontando e assentindo com a cabeça, então talvez ele estivesse realmente interessado em mel, abelhas e todas as informações que ligavam uma coisa à outra. Pelo que ela conhecia de Johnny, mesmo que o assunto o matasse de tédio, ele fingiria estar interessado porque essa era a atitude educada. Porque, seja como fosse, ele e Verity eram amigos, e Johnny não ia querer ofender sua família. Ao passo que alguém como Sebastian provavelmente iria bocejar na cara de seu pai e exclamar "Que tédio!" em voz alta.

Mas seu pai gesticulava com energia, o que significava que estava em pleno fluxo oratório. Uma vez, ele se entusiasmou tanto durante um sermão sobre a alimentação dos cinco mil que derrubou o hinário dentro da pia batismal. Claro que Verity não trocaria sua família por nada, mas às vezes desejava que eles fossem só um pouquinho menos...

— Você está dizendo que nós passamos o ano inteiro comprando xícaras de chá antigas em bazares de caridade só para você agora decidir que vai usar canecas de vidro?

— Eu disse que estava pensando seriamente em usar canecas de vidro. Eu preciso ter opções!

Naquele intervalo em que Verity desviara a atenção, a Terceira Guerra Mundial parecia ter explodido.

— Acabou o tempo para opções. Agora é hora de decisões!

— Eu acho melhor não escolher nada quebrável com a nossa Kayleigh e os outros pequenos. Devíamos comprar taças de champanhe plásticas na Costco.

— Ah, cale a boca, Marie! — Essa frase foi gritada em alto volume pela sempre silenciosa Jenny, agora tão irritada quanto todo mundo. — Cale a boca! Ninguém perguntou para você!

— Não vou calar...

Enquanto isso, Con, Chatty e Immy estavam brigando por causa de xícaras de chá antigas *versus* potes de vidro, e Merry estava dizendo a Sue que ninguém "gosta de bolo de frutas, então eu nem teria o trabalho de fazer um, se fosse você", enquanto Sue levantava o peito outra vez e bufava como um dragão furioso e...

— Chega! Chega, gente! — Verity exclamou, levantando-se. — Isto não é planejar um casamento nem respeitar a opinião dos outros.

— Não vou respeitar a opinião dos outros se elas forem um lixo! — Con retrucou, com uma expressão furiosa para suas irmãs mais novas. E, sinceramente? Verity já esperava por aquilo.

Esperava por aquilo e havia se preparado com a ajuda de Pippa, a diretora de gestão de projetos de Sebastian, que lhes assessorara no relançamento da livraria com um mínimo de atritos e muitas citações inspiradoras e técnicas de gestão holística.

Então Verity estendeu a mão na mesa e pegou a boneca de palha de milho de cara diabólica. Quando Pippa usou uma técnica semelhante, foi com um saquinho de feijão, que fizera as vezes de bola para aliviar o estresse, mas agora ia ser com aquilo mesmo.

— Isto aqui é um símbolo de comunicação e cooperação. Vocês só vão poder falar quando estiverem segurando a boneca da verdade!

— Meu Deus, Very, quantas drogas você tomou?

Verity sacudiu a boneca de palha na sua frente como se fosse uma arma carregada.

— Você está segurando a boneca da verdade, Merry? Acho que não está, portanto fique de boca fechada! — disse ela, em sua voz mais assustadora. Era a voz que precisava usar quando Nina quebrava a regra máxima para morarem juntas e tentava começar uma conversa com Verity quando saíam da loja para o apartamento no andar de cima em vez de esperar pelo menos trinta minutos para ela se recuperar dos rigores do dia de trabalho. Era também a voz que ela havia usado com Posy quando a pegara tentando encomendar mais sacolas para a livraria.

Agora, fez suas quatro irmãs se calarem em um silêncio espantado. Houve um levantar de peitos de Sue, um dedo erguido de Jenny e um ligeiro olhar admirado da sra. Love. Marie se levantou.

— Bem, eu não vou ficar aqui para ser insultada — ela anunciou e partiu com uma virada de cabelos e uma batida de porta.

— Ninguém pediu para ela... — Merry começou, até Verity sacudir a boneca de palha em sua direção.

— Boca fechada! — Verity repetiu e, segurando firmemente a boneca, levantou de sua cadeira e caminhou até a despensa, onde havia escondido sua arma secreta. Esperara não ter que chegar a isso, mas, quando explicou a situação para Pippa, foi aconselhada a se preparar para o pior cenário.

"O fracasso em se preparar é a preparação para o fracasso", Pippa a alertara.

Só que, com um casamento a menos de dois meses, fracassar não era uma opção.

Então, com a boneca de palha de milho apertada sob o braço, Verity tirou da despensa o flipchart e o cavalete que havia trazido emprestado do trabalho.

— Estamos falando sobre esse casamento no Skype e WhatsUpp há meses — Verity disse às irmãs. — Horas e horas discutindo sobre tudo, de cores a leitões assados, e, quando eu voltei para dar uma olhada nas nossas conversas, havia muitas ideias boas, sobre as quais concordamos muitas vezes. Eu fiz uma compilação de tudo isso.

— Você fez? Deve ter levado horas — Con interrompeu, em uma contravenção direta das regras que Verity tinha acabado de estabelecer. — Mas não me lembro de termos concordado em muitas coisas.

— Porque você detonava qualquer coisa que todo mundo tivesse aceitado. — Verity ofegou, lutando para montar o flipchart no cavalete. Posy estava certa quando disse que tentar fazer aquilo parar de pé era como tentar conter a maré. — E é por isso… mas que inferno! Por que essa coisa não para? … que, se você não tomar uma decisão em sessenta segundos, ela vai a votação. A maioria vence.

— Você não pode fazer isso! — Con apertou os punhos. — É o meu casamento. Não vou deixar você passar por cima dos meus sentimentos. Isso é ditadura!

— Con, eu não estou sendo ditadora, estou fazendo isso por amor — Verity protestou. — E também por ansiedade, porque daqui a pouco vai chegar o dia do casamento e vamos ter que correr até o supermercado para comprar as coisas enquanto você ainda está em dúvida sobre as cores que vai usar.

Con não estava disposta a ceder.

— Eu não esperava isso de *você*, Very — disse ela, e não havia ninguém que soubesse ferir tanto outra pessoa como sua irmã. — Da Merry, com certeza. Das gêmeas, talvez, mas não de você.

Por fim, o cavalete com o flipchart estava montado e Verity pôde virar e sacudir na direção de Con a boneca de palha, a qual foi rapidamente tirada de sua mão por Chatty.

— Não implique com a Very. Nada disso foi culpa dela, e sério, Con, você vai descobrir que a votação é a base da democracia. Então, por onde começamos, Very? Podemos começar pelos vestidos das madrinhas, por favor?

Verity concordou e virou as folhas no cavalete para a página onde já havia pregado fotos dos três vestidos da ASOS que todas elas tinham decidido que eram aceitáveis. Estavam esperando que Con escolhesse entre um modelo de corte império, um estilo anos 50 e um longo esvoaçante.

A boneca de palha foi arrancada de Chatty por Immy.

— Ligue o cronômetro, Very. Con, você tem um minuto para decidir.

— Eu odeio vocês! — Con bufou, segurando os cabelos enquanto apertava os olhos para as fotos. — O longo, então! Não! A Very e a Merry são muito baixinhas para usar um vestido longo. Talvez o de corte império? Ele favorece o corpo, ou fica com cara de vestido de grávida? Humm…

Ter de testemunhar Con tentando chegar a uma decisão era quase equivalente a ouvir pessoas mastigando gelo ou passando a unha em um quadro-negro. Verity apertou os dentes e, pela cara tensa de todas na mesa, pôde ver que não era a única. Con ainda estava pigarreando e gaguejando após terem se passado cinquenta segundos. Cinquenta e cinco, cinquenta e seis, cinquenta e sete, cinquenta e oito, cinquenta e nove…

— Me dê isso — disse Merry, assumindo a custódia da boneca de palha. — Meninas, o vestido anos 50 com cintura definida, como falamos meses atrás. Todas que estiverem a favor levantem a mão direita!

A mão direita de todas se ergueu, exceto a de Con, porque suas mãos **ainda estavam** na cabeça e ela gemia como se sentisse dor. Verity esperava sinceramente que ela não fosse tão ineficaz na fazenda, na hora de ajudar no parto de bezerrinhos ou de comprar ração para os animais.

Merry ignorou o tormento interior da irmã mais velha.

— Se continuarmos assim, vamos acabar rapidinho. Agora que já começamos, vamos fechar de uma vez essa questão das cores.

Verity mal conseguia acreditar, mas, pouco mais de uma hora depois, o planejamento do casamento estava quase pronto. De buquês a cardápio, de convites a programação da cerimônia, tudo encerrado apesar dos gritos.

Principalmente os gritos de Con. Ela entrara de tal forma no espírito das decisões rápidas que começara a gritar suas preferências a respeito de tudo, dos ingredientes do bolo aos sapatos para as madrinhas, antes que qualquer outra pessoa pudesse arriscar uma opinião.

A boneca de palha de milho estava em farrapos. Havia sido rasgada de um braço a outro enquanto as irmãs Love a arrancavam das mãos umas das outras, e Verity se sentia como se estivesse em farrapos também. Sentou no sofá com um gato de cada lado e uma compressa fria na testa.

— Seus olhos estão vidrados, Very — Merry lhe disse, chegando com o rosto tão perto da irmã que o nariz das duas se tocou. — Está supersaturada?

Ela estava supersaturada. Superestressada, superestimulada. Supertudo.

— Sem palavras — conseguiu murmurar. — Sem falar.

A porta da cozinha se abriu e Nosso Vigário, Johnny e o Pobre Alan entraram, vindos do jardim.

— Eu falei que ia dar para o Johnny uns potes do nosso melhor mel — disse o sr. Love, no que pareceu a Verity sua voz mais retumbante de todos os tempos.

— É melhor a gente pegar logo a estrada se quisermos estar de volta a Londres em um horário razoável — Johnny falou, e mesmo seu tom mais suave era como mil violinos rangendo. Ele franziu a testa quando viu a forma desolada e pálida que era Verity de olhos fechados, massageando a ponte do nariz com o indicador e o polegar. — Você está com dor de cabeça? Seu nariz está sangrando?

— Pior que isso — Merry respondeu em um sussurro. — Nós acabamos com ela.

A sra. Love puxou Johnny para o lado.

— Ela só precisa de um pouco de silêncio. Merry, querida, você não consegue ficar quieta, não é? Por que não volta para Manchester com as gêmeas e pega o trem de lá amanhã?

— Não, não precisa — disse Verity, porque sabia que aquilo seria um transtorno, principalmente num domingo à tarde, quando era muito provável que parte da viagem de Merry tivesse que ser de ônibus. Mas, mesmo enquanto dizia isso, já estava se perguntando como ia conseguir aguentar Merry falando durante todo o caminho até Londres. Só de pensar nela lendo em voz alta cada placa por que passavam fez Verity baixar tanto a cabeça que seu queixo tocou o peito. Até o ronronar estereofônico de Dalí e Picasso estava dando arrepios em seus nervos. — Eu estou bem. Sério. Não quero ser estraga-prazeres.

— Você não seria você se não fosse um pouquinho estraga-prazeres — Con falou com carinho ao se despedir, com Sue e Jenny.

— Não me entenda mal, sua irmã Very é um doce, mas ela precisa de mais ferro na dieta — Verity ouviu Sue dizer antes que Constance batesse a porta da frente, porque nenhuma de suas irmãs, ou de seus pais também, para falar a verdade, era fisicamente capaz de fechar uma porta em silêncio.

Verity fez uma careta e levantou devagar. Sentia-se tão instável quanto um potrinho recém-nascido.

— É melhor irmos — ela disse a Johnny, que carregava pacotes embalados em papel-alumínio trazidos pela sra. Love.

— São só umas coisinhas para a viagem — ela insistiu, e Merry, que estava entretida em uma conversa com Chatty e Immy, fez cara de impaciência.

— São no máximo três horas de viagem. Eles têm comida para vários dias aí — disse ela.

— Eles? — Johnny indagou, com uma olhada de lado para Verity, que recolhia lentamente suas coisas como alguém em recuperação depois de uma longa cirurgia. — Você não vem com a gente?

— Vou para Manchester com a Chats e a Im. Eu já tinha pedido licença do trabalho amanhã, antes de você gentilmente me oferecer carona. — Merry deu uma piscadinha.

— Ah, é? Eu ofereci? Não é bem o jeito como eu me lembro — retrucou Johnny com um sorriso de lado e, em qualquer outra situação, Verity teria ficado impressionada com a maneira como ele conseguia enfrentar suas irmãs de igual para igual. Outros homens haviam tentado e fracassado. Adam encontrara Merry duas vezes, depois pedira para não ter mais que vê-la, e Merry era uma gatinha mansa quando comparada a Con ou ao ataque duplo de Chatty e Immy.

Naquele momento, porém, nada poderia impressionar Verity. Ela se despediu, pediu desculpas mais algumas vezes por ter dado um encerramento tão abrupto ao fim de semana e, por fim, estava sentada no banco do passageiro do carro de Johnny enquanto eles deixavam o cenário da vergonha de Verity para trás.

Até este momento, eu não me conhecia.

Felizmente, Johnny não perguntou se ela estava bem. Ele lhe lançou alguns olhares ansiosos, mas, na maior parte do tempo, manteve a atenção na estrada e Verity tentou ignorar o zumbido enlouquecedor do ar-condicionado e o ronco do motor, que ela conseguia ouvir acima do rugido dentro de sua cabeça. Era como se estivesse coçando por dentro e por fora, e, embora Johnny não dissesse uma palavra sequer, estar fechada em um espaço confinado com outra pessoa era um tormento tão grande para seus nervos tensos quanto estar de pé no meio de uma multidão barulhenta.

Verity se concentrou em inspirar e expirar contando até cinco. Estava tão ocupada flexionando os dedos das mãos e dos pés no ritmo da respiração que levou algum tempo para perceber que tinham parado. Que Johnny havia estacionado em uma área de descanso.

— Ainda vamos demorar bastante para chegar a Londres — disse ele. — Então, se você quiser ficar sozinha e andar um pouco, tem uma placa indicando um caminho para pedestres ali adiante.

— Sim — Verity concordou com esse plano inesperado, mas muito bem-vindo. — Sim, por favor.

Equipada com uma garrafa de água e um dos sanduíches de presunto e picles da sra. Love, Verity se pôs a andar e nem olhou para trás. Seguiu os avisos indicando o caminho de pedestres, que era praticamente uma trilha aberta em meio a um bosque denso. Em qualquer outra situação, ela talvez ficasse preocupada com os perigos daquela caminhada solitária, mas maníacos homicidas com machados escondidos entre as árvores ou picadas de varejeira não pareciam importantes naquele momento.

O importante era que logo chegou a um riacho e, ao lado dele, havia um espaço verde e macio de grama almofadado com trevos, só esperando para receber seu peso. Ela se deitou, abriu os braços e pernas, fechou os olhos e tomou posse de si mesma. Começando pelo alto da cabeça e imaginando que havia um rodo espiritual raspando toda a tensão, o estresse e a estática que ainda se agarravam a ela.

Não parou até chegar aos dedos dos pés, e foi só então que se sentiu limpa, calma e de volta a si. O psicólogo com quem ela se consultava na faculdade sempre descrevera isso como algo semelhante a recarregar um celular sem bateria. O silêncio restaurava a calma e o equilíbrio de que ela precisava para ser um membro plenamente funcional da sociedade.

Verity só começara a ir ao psicólogo depois de ser encaminhada por seu orientador no curso, após ter conseguido passar pelos dois semestres do primeiro ano sem dizer uma única palavra em nenhuma aula ou seminário. Também tinha sido encaminhada pelo responsável pelo seu andar no dormitório da universidade, um aluno de ciência do esporte muito chato que todos chamavam de Banjo, exceto a mãe e o pai, que o chamavam de Paul.

Quando Verity chegou à Universidade de Manchester e viu seu quarto minúsculo, ficou radiante, porque, pela primeira vez na vida, tinha seu próprio espaço. Não precisava mais dividir o quarto e cada um de seus pertences com as irmãs. Entregara-se à solidão da maneira como a maioria dos outros alunos se entregava a beber o próprio peso em vodca no bar do grêmio estudantil. Mas Banjo era ótimo quando o assunto era se fantasiar para uma festa e beber com a turma na sala comunitária, depois cair de bêbado e todo mundo ir atrás. Coisas que Verity odiava do fundo da alma. Quando Banjo e o professor Rose a encaminharam para o centro de atendimento de alunos — a palavra "depressão" andava por várias bocas —, Verity odiou isso também.

Um psicólogo significava que ela teria de falar sobre si mesma, o que era outra coisa de que Verity não era grande fã, mas logo se tornou uma grande fã de seu psicólogo, um espanhol de olhos claros, fala mansa e modos muito gentis chamado Manuel. Secretamente, bem no fundo, Verity sempre se perguntara se haveria algo errado com ela por querer ficar tão quieta e sozinha. Fechar-se quando o mundo ou, mais habitualmente, suas irmãs rugiam para ela. Sempre sentir uma ligeira inveja quando Nosso Vigário contava sobre seus pais muito rígidos, que eram grandes apoiadores da ideia de que crianças eram para ser vistas e não ouvidas e não abriam mão de que, depois do almoço de domingo, o silêncio deveria reinar soberano até a hora da oração da noite.

Talvez ela tivesse mesmo depressão. Verity estava acostumada a ser a estranha entre as cinco irmãs já muito estranhas e talvez essa estranheza tivesse um diagnóstico clínico.

— Para mim parece que você é introvertida — Manuel disse na terceira sessão, quando Verity por fim, hesitantemente, explicou que, depois de passar muito tempo com outras pessoas, ela se sentia como um brinquedo em que se havia dado corda demais e parava de funcionar. — Algumas pessoas sentem que a vida às vezes as sobrecarrega e não há nada errado nisso.

Manuel era firme em sua opinião de que introversão não era um problema que precisava ser corrigido. Em vez disso, recomendou que Verity procurasse maneiras de estabelecer limites com o mundo barulhento. E, aos poucos, depois que percebeu que tinha um lugar para onde voltar que era quieto e calmo, Verity saiu de seu pequeno quarto. Encontrou amigos entre pessoas que tendiam a gostar de ir ao cinema ou fazer longas caminhadas em vez de virar três doses por duas libras no bar do grêmio. Começou a fazer ioga e aprendeu todo um arsenal de técnicas de meditação, que sempre a restauravam à configuração de fábrica — mais ou menos como havia feito agora.

Verity abriu os olhos e viu que Johnny vinha lentamente em sua direção. Ele parou e encolheu os ombros, como se perguntasse se sua presença era incômoda. Ela acenou para ele se aproximar.

— Já temos que ir? — ela perguntou.

— Podemos ficar mais um pouquinho. — Ele se sentou na grama ao lado dela. — Tudo bem?

— Tudo bem — Verity confirmou, e não teve vontade de dizer nada além disso, apesar de que talvez devesse pedir desculpas mais algumas vezes, mas Johnny se deitou de costas na grama e, depois de um instante, Verity voltou a se deitar também.

Nenhum deles falou, e certamente não se tocaram, embora suas mãos estivessem a poucos centímetros de distância. Em vez disso, ficaram olhando as nuvens passarem em um céu impossivelmente azul, escutaram o gorjeio alegre de passarinhos e o riacho borbulhante, e Verity não se lembrava da última vez em que havia estado com alguém com quem se sentisse tão confortável em silêncio.

Uma pessoa como essa era rara. Achava que Adam era alguém com quem poderia compartilhar silêncios agradáveis, mas nunca estivera tão errada sobre alguma pessoa ou coisa.

Tentava não pensar em Adam (perigo, perigo), mas nos últimos tempos vinha pensando muito nele. Afinal, ele era a razão de Verity ter feito um voto de permanecer solteira e era natural que, agora que tinha um namorado falso, seus pensamentos se voltassem repetidamente para o último namorado real.

Então, mais tarde, quando estavam de volta ao carro, dirigindo-se à rodovia, Verity se ouviu dizer:

— Agora você já sabe como eu sou quando estou no meu pior.

Johnny lhe deu um sorriso despreocupado.

— Acredite, o seu pior não é nada comparado com o pior de outras pessoas.

O celular dele estava no espaço na frente da alavanca de câmbio. Ele devia ter tirado o som, pelo que Verity estava eternamente grata, mas a luzinha acendia a cada poucos minutos avisando da chegada de mensagens. Era seguro supor que algumas delas deviam ser de Marissa. Como seria o "pior" de Marissa? Talvez Marissa no casamento, pega de surpresa por Johnny aparecer com outra mulher, fosse o pior dela. Talvez ela fosse absolutamente esplêndida no restante do tempo.

Ainda assim, Verity só podia se preocupar com o seu próprio pior.

— Mas acho que você entende agora por que eu decidi que relacionamentos, namorados, não são para mim. Quando eu estava com o Adam... era um desastre. Eu acabei tratando o cara muito mal.

— Você? Verity Love? — Johnny zombou. — Eu te conheço há poucas semanas e não consigo te imaginar tratando alguém mal.

— Pois eu tratei. Mesmo. A questão era que eu pensava que ele era como eu. Quieto. Introvertido. Mas na verdade o Adam era apenas tímido e, depois que ficou à vontade comigo, não parava mais de falar. Não tanto quanto as minhas irmãs, porque elas nem precisam de público.

— Eu percebi — Johnny comentou. — O monólogo de meia hora da Merry sobre o Coldplay...

— E ela nem gosta de Coldplay!

— ... no caminho para cá foi uma prova disso. — Verity e Johnny trocaram um olhar exasperado pelo espelho retrovisor.

— Mas o Adam queria a minha opinião sobre tudo. E, como ele era tímido, precisava de demonstrações constantes de confiança. Relatórios de hora em hora sobre o estado do nosso relacionamento. — Verity sacudiu a cabeça ao se lembrar disso. De como Adam sempre queria saber o que ela estava pensando quando, em boa parte do tempo, ela estava pensando em coisas muito banais, como o que ia comer com o chá naquela noite ou se tinha quantidade suficiente de roupas escuras sujas para lavar todas juntas.

"Nós estamos bem, não estamos?", Adam vivia perguntando. Também sempre queria segurar a mão dela e pôr a mão nela e ficar esfregando o nariz no pescoço dela. Sempre se esfregando, e Verity sentia que seria grosseiro e indelicado ficar toda hora o lembrando de que ela não gostava muito de toques. Ele sempre ficava aborrecido, como se houvesse algo profundamente errado no relacionamento se não tivessem contato físico o tempo todo.

Eles se conheceram na universidade, mas não ficaram juntos até ambos se mudarem para Londres e se encontrarem por acaso olhando os livros expostos nas bancas montadas na frente do cine BFI, em South Bank. No começo dos primeiros vacilantes meses de relacionamento, eles acharam que eram almas gêmeas, mas, quando os meses se tornaram um ano, Verity percebeu que as expectativas de ambos eram opostas. Pois, assim como ela havia confundido a timidez de Adam com uma alma quieta, Adam confundira a natureza quieta dela com timidez. Imaginou que ela havia passado a vida toda se sentindo solitária como ele e, por mais que Verity tentasse explicar que querer estar sozinha e ser solitária eram coisas muito diferentes, Adam não compreendia.

— Para ele, nós éramos duas pessoas que nunca mais seríamos solitárias, porque agora podíamos passar cada momento da nossa vida juntos — ela contou a Johnny. — Eu fiz terapia quando estava na universidade e aprendi a lidar melhor com os estresses da vida moderna. Mas a carência do Adam ultrapassava a capacidade das técnicas que eu tinha aprendido para estabelecer limites.

— Quer dizer que vocês eram totalmente incompatíveis. Isso acontece — Johnny comentou, mudando de pista. — Acontece o tempo todo. Você não pode deixar um relacionamento ruim te decepcionar para sempre.

— Não, você não entendeu. Eu fui horrível com ele. — Verity estremeceu só de pensar. — Tudo que ele sempre tentou foi me fazer feliz. No meu aniversário de vinte e cinco anos, ele me surpreendeu com uma viagem de fim de semana para Amsterdã. E, quando eu vi as passagens dentro do cartão de aniversário... bom, qualquer pessoa normal teria ficado eufórica.

— Se você não ficou eufórica, imagino que tenha sido apenas porque não gosta de surpresas, e isso não é um crime — Johnny disse com cautela, mas Verity sacudiu a cabeça.

— Não, não foi isso. — O coração de Verity batia apressado mais ou menos como na hora em que viu aquelas passagens. — Eu tentei fingir que estava feliz, mas na verdade estava aterrorizada com a ideia de passar quarenta e oito horas com o Adam, sem nenhum lugar para ficar sozinha além das ocasionais idas ao banheiro. Quarenta e oito horas com ele era como passar duas semanas com qualquer outra pessoa.

Verity havia tentado ao máximo simplesmente viver o momento no primeiro dia da viagem. Não reclamou de ficar de mãos dadas e respondia:

"Estou ótima. Isso é ótimo. Muito obrigada", toda vez que Adam lhe perguntava como estava, se estava feliz e se estava gostando do presente de aniversário.

E Verity durou um total de vinte e seis horas. Então, na manhã seguinte, Adam insistiu em esfregar o nariz em seu pescoço enquanto ela escovava os dentes e em ficar de mãos dadas enquanto ela tentava se servir no bufê do café da manhã, mas, quando ele lhe perguntou pela terceira vez no espaço de vinte minutos: "E aí, está feliz com seu presente de aniversário?", algo dentro de Verity estalou. Era como se houvesse um elástico gigante amarrado em volta da confusão pulsante e incômoda dentro dela que fazia sua boca se apertar, e sua cabeça doer, e sua pele se arrepiar com a sensação de milhões e milhões de formigas microscópicas. Adam havia puxado aquele elástico tantas vezes que não era surpresa que ele tivesse finalmente partido com a tensão.

— Não! Eu não estou feliz! Você está me deixando maluca fazendo essas perguntas sem parar e me tocando a cada maldito segundo — ela gritou. — Não suporto ser tocada e não quero nunca mais ouvir uma só palavra da sua boca, porque EU JÁ OUVI TUDO! NÃO QUERO OUVIR MAIS NADA! Eu não consigo *respirar* quando você está perto.

— No fim, eu me senti péssima por descarregar tudo isso de dentro de mim — Verity explicou a Johnny, que não disse nada durante sua confissão envergonhada, embora vez por outra desse uma olhadinha para ela e um sorriso compreensivo. — Foi horrível. As palavras foram arrancadas de mim sob extrema pressão, então foram palavras muito duras. E, além do mais, eu não tinha por que me sentir tão sufocada. O Adam não estava fazendo nada terrível. Ele só tinha me levado em uma viagem de fim de semana para comemorar o meu aniversário.

— Eu sei que você falou que estava apaixonada por ele, mas não mencionou nenhuma vez a palavra "amor" — Johnny disse, como se fosse por acaso. — Será que você o amou no começo e depois o sentimento foi acabando?

— Não sei por que você vive me perguntando se eu estava apaixonada. É claro que eu estava apaixonada — Verity falou, na defensiva. — Se não

fosse assim, eu não teria tentado tanto fazer o relacionamento funcionar.
— Adam havia declarado seu amor depois de algumas semanas de namoro e Verity retribuíra, pois teria sido indelicado não fazer isso, e no começo do relacionamento ela estava feliz. Imaginara, naqueles dias da paixão inicial, que talvez tivesse encontrado sua alma gêmea. Mas, quando a dúvida se insinuou, Verity não deixou que ela se instalasse. Se não conseguia amar Adam, que compartilhava com ela tantos interesses e era tão amável e gentil quanto Charles Bingley, só podia haver algo muito errado com ela.

Depois da explosão naquele malfadado quarto de hotel em Amsterdá, Adam não disse nada a princípio, nem uma só palavra, o que deveria ter sido um alívio, mas não foi. Não quando ele tinha a cara de um personagem de desenho animado um nanossegundo antes de uma bigorna aterrissar sobre sua cabeça. Então Adam piscou e uma lágrima solitária desceu por seu rosto antes de ele limpá-la furiosamente.

— Desculpe — Verity tentara dizer, mas Adam levantara a mão para silenciá-la.

Toda sua vida, Verity havia desejado, ansiado, implorado por silêncio, mas o silêncio entre ela e Adam naquele quarto de hotel era tão ruidoso que gritava e cortava o ar com dentes e garras.

Ela baixara os olhos para o chão, envergonhada, agoniada depois do que havia dito e, quando encontrou coragem para levantar a cabeça, Adam a encarava como se todo o seu amor tivesse desaparecido. Pior, como se todo aquele amor tivesse se transformado em ódio.

— Você não merece o meu amor — ele dissera, em uma voz tão baixa quanto Verity sempre desejara que ela fosse. Mas ela não tivera cuidado com o que desejava. — Eu faria qualquer coisa por você, mas parece que tudo o que eu faço nunca é bom o suficiente.

— Não é isso...

— Eu juro que tentei, mas sempre soube que você não me ama como eu te amo. Você nunca me deixou entrar. Sempre me manteve afastado. — Adam franzira a testa, o rosto tenso em concentração enquanto tentava explicar exatamente o que estava errado em Verity. E ela também estava curiosa para descobrir, porque, apesar da terapia, da meditação e das técnicas de mindfulness, ainda desconfiava de que algo nela não era certo.

— Você não é capaz de sentir emoções como as outras pessoas sentem.

— Eu sinto, sim — Verity protestara, embora tivesse que admitir que as coisas que sentia tendiam a ser bem discretas. Nenhum prazer arrebatador, nenhuma raiva violenta, nenhuma tristeza profunda. Verity era estritamente mediana, mas isso não fazia dela...

— Você é uma pessoa cruel, Very — Adam declarara, com petulância. — Nunca mais vou ser capaz de confiar em uma mulher depois disso. Você acabou com todas as minhas chances de conseguir viver um relacionamento normal.

Então ele fora embora e, longe de não sentir nada, Verity sentira muitas coisas. E chorara muito. Lágrimas bravas. Lágrimas tristes. Lágrimas pela injustiça daquilo de que Adam a acusara.

Mas, quando as lágrimas secaram e Verity lavou o rosto com água fria, foram culpa e raiva de si mesma que a invadiram. *Havia* algo errado com ela que a fazia precisar de tanto espaço que simplesmente não sobrava lugar para mais ninguém.

Apesar de ter Elizabeth Bennet como seu modelo e *Orgulho e preconceito* como sua bíblia, Verity sempre tivera a horrível suspeita de que não era o tipo de pessoa capaz de sentir uma grande paixão, e agora sabia que isso era verdade.

Três anos depois, Verity estava mais velha, mais sábia e tinha feito as pazes com a triste verdade de que casos de amor tempestuosos não eram para ela. Eles eram o domínio de mulheres como Nina e Posy, que tinham o coração à flor da pele, enquanto Verity preferia esconder o seu, onde ele estivesse seguro e não pudesse ser partido outra vez. Porque Adam havia partido seu coração em um quarto de hotel em Amsterdã e ele nunca se curara por completo.

— Mais tarde ele voltou para o hotel, mas continuou sem falar comigo, e, quando fomos para o aeroporto pegar o voo de volta para casa, tivemos que sentar um ao lado do outro, e foi horrível. — Verity estremeceu de leve outra vez. — Ele nem estava bravo mais, só extremamente triste, e eu era responsável por isso. Então decidi, naquela hora, que não queria mais saber de relacionamentos. Eu só iria fazer a outra pessoa infeliz, ou fazer a mim mesma infeliz tentando agradá-la. De qualquer jeito, só haveria infelicidade.

— Você nunca pensou que simplesmente você e esse Adam não eram para ser? — Verity não imaginou que veria o lábio de Johnny se retorcer ao dizer o nome do homem com quem ela havia agido mal. — Ele parece terrivelmente carente, se você quer saber.

— Talvez ele fosse mesmo — Verity admitiu. O apelido que Merry dera para Adam era O Sugador. — Mesmo assim, não é absurdo querer ficar de mãos dadas, fazer carinho, dar e receber afeto, é?

— Você acha que a sua Elizabeth Bennet e sei lá o nome dele...?

— Ei, espera aí! Não é possível que você não saiba o nome dele. Ou está só tentando me animar? — Verity perguntou. Por incrível que fosse, ela sentiu um sorriso forçando os cantos dos lábios para cima. — É Darcy. Fitzwilliam Darcy.

— Que nome é esse, Fitzwilliam? Enfim, pelo que entendi desse livro, ele e Elizabeth Bennet não ficavam suspirando e declarando seu amor a cada cinco minutos e dando demonstrações públicas de afeto.

— De jeito nenhum! — Verity ficava horrorizada só de pensar nisso. Nem Lizzie nem Darcy jamais poderiam ser descritos como melosos. — Mesmo quando dançaram juntos, eles mal se tocaram. — Ela não pôde evitar um pequeno suspiro. — Eu realmente acho que me encaixaria muito melhor na Inglaterra do tempo da Regência.

— Tirando a probabilidade de morrer jovem de alguma doença que seria facilmente tratada com a medicina moderna — disse Johnny, secamente. — Tem um posto de gasolina logo adiante. Quer parar e tomar um chá? Parece que é a única coisa que sua mãe não embalou para viagem.

— Sim, eu gostaria.

Verity havia compartilhado seu segredo mais tenebroso com Johnny. Ainda não sabia bem por quê; não tinha contado nem para suas irmãs. Sentia tanta vergonha do que havia acontecido e estava tão acostumada a carregar essa vergonha nas costas como um cilício de penitência que não queria que ninguém tentasse fazê-la se sentir melhor, e isso era o que suas irmãs eram contratualmente obrigadas a fazer.

Mas Johnny ouvira e, embora não fosse contratualmente obrigado a nada, ficara do lado dela. Não julgara suas ações com severidade. Não desviara o rosto com aversão. Até fizera uma brincadeira sobre *Orgulho e preconceito*. E a recompensa de Verity por se abrir e confiar em alguém de uma maneira que nunca havia conseguido fazer com Adam foi perceber que o mundo não tinha acabado só por ela ser sincera sobre suas emoções. Além disso, o cilício metafórico já não pinicava nem metade do que costumava fazer. Se um dia decidisse que queria um relacionamento, teria sorte se encontrasse alguém como Johnny. Não Johnny, porque...

Os olhos de Verity desceram para o celular de Johnny, que estava inativo havia uns bons dez minutos. Que pena que Marissa já houvesse se apossado dele, porque os amigos de Johnny tinham razão, ele era mesmo incrível demais para ser deixado à toa em um limbo romântico e Verity realmente devia tentar livrá-lo das garras de Marissa. Fazer um esforço concentrado para encontrar alguém igualmente incrível para ele. Ela conhecia muitas mulheres maravilhosas. Talvez Mattie, ou mesmo Pippa.

— Hum... obrigado por me contar sobre o Adam — disse Johnny, enquanto passavam por uma placa avisando que estavam a cinco quilômetros do posto mais próximo. — Se eu pudesse te convencer de que você não pode julgar todos os relacionamentos com base em um que não deu certo e que existe alguém aí fora que jamais invadiria o seu espaço nem seguraria a sua mão sem consentimento, faria todo o meu esforço para isso.

— Ah, não, por favor — Verity suplicou. — Não agora que estamos nos dando tão bem.

Seus olhares se encontraram novamente, e dessa vez o sorriso de Johnny era divertido, mas talvez um pouco frustrado também.

— Seja como for, você me fez perceber que talvez eu também precise de espaço.

Por um momento horrível e sufocante, Verity achou que Johnny a estivesse dispensando. Que seu falso namorado estivesse terminando com ela porque ela era tão péssima em relacionamentos falsos quanto em relacionamentos reais. Que ele tivesse de fato ficado desgostoso com suas revelações.

— Ah, eu não percebi que você precisava de espaço — ela murmurou.

— Sim, porque você estava certa quando disse que todas as mensagens e os telefonemas da Marissa a cada cinco minutos não estão dando a nenhum de nós dois a distância que a gente tinha dito que queria — Johnny falou, e o coração de Verity deu um último pulo enfático antes de voltar ao ritmo normal. — Eu preciso pelo menos tentar ver como é a vida sem ela, não acha?

Verity não respondeu, porque parecia que Johnny estava refletindo consigo mesmo e não querendo a opinião dela.

— Então, eu estou decidido — Johnny declarou. — Vou me afastar da Marissa por um mês. Sem telefonemas, sem mensagens, sem tuítes, sem curtir as fotos dela no Instagram. Existe uma centena de maneiras de não dar espaço, e eu vou cortar todas elas.

— Cortar totalmente parece um pouco drástico — a Verity exterior comentou, enquanto a interior dava pulos. — Por outro lado, não dizem que a melhor maneira de parar de fumar não é aliviar com adesivos e chicletes, mas simplesmente parar de vez?

— Exatamente — Johnny concordou, saindo da rodovia para o posto. — Hoje é dia 23 de julho, e eu não vou ter nenhum contato com a Marissa até 23 de agosto.

— E, quando chegar lá, você pode até descobrir que não quer mais nada com ela. Não que eu esteja dizendo que ela é horrível — Verity acrescentou depressa. — Mas você pode chegar à conclusão de que ela não é mais o que você quer. Que você quer simplesmente seguir em frente.

— Talvez. Mas primeiro vou me dar um mês sem ela e, se eu achar que estou fraquejando, você tem permissão para jogar o meu celular no lago mais próximo. — Johnny parou no estacionamento e desligou o motor. — Combinado?

— Combinado.

Eles apertaram as mãos para fechar o acordo. Um aperto de mão firme entre amigos. E, se se encararam por tempo suficiente para começar a ficar um clima estranho, bem, era porque havia sido um dia longo e Verity ainda estava um pouco atordoada depois de sua crise emocional, e Johnny... bom, Johnny obviamente tinha tomado muito sol.

Parecia haver um abismo intransponível entre eles.

Depois da conversa pessoal com Johnny no carro, ocorrera a Verity que, se uma coisa boa havia resultado do horrível rompimento com Adam, tinham sido as lições de vida que ela aprendera. Não só excluir os relacionamentos, mas também que, se ela definisse limites muito claros desde o início, as pessoas teriam expectativas muito baixas em relação a ela em termos de relações sociais.

Assim, enquanto o alegre turbilhão de festas e comemorações de verão continuava, nas noites em que não saía Verity ia para a cama às nove horas. Isso incluía até mesmo perder o jogo de perguntas do Midnight Bell, para a consternação de Tom e Nina, porque Verity sabia responder aquelas sobre santos e dias festivos obscuros e não era ruim em geografia, apicultura e as obras completas de Enid Blyton (ainda que essas duas últimas categorias, para falar a verdade, raramente aparecessem).

— Vocês não podem esperar que eu seja social o dia inteiro *e* em todas as noites da semana também — dizia Verity, totalmente sem remorsos. — Estou tendo que passar um tempão falando com estranhos e comendo doces que não quero. Isso já é uma boa dose de estresse.

No entanto, isso não impedia as pessoas de esperarem que Verity fosse social. Especialmente Nina, que se recusara a ler o memorando (um memorando de verdade, e muito literal, que Verity lhe enviara por e-mail) e com frequência tentava convencê-la de que um drinque rápido no Midnight Bell não ia matar. Embora um drinque rápido com Nina muitas vezes se transformasse em uma sessão de quatro horas, como Verity sabia muito bem.

Eles estavam fechando a livraria em um fim de tarde de quinta-feira, quase duas semanas depois da visita à casa paroquial: duas semanas durante as quais Verity havia ido a um casamento, a um aniversário de trinta e outro de quarenta anos e várias festinhas inusitadas de meio de semana. Do salão de chá vinha o tinido de louça e talhares enquanto Mattie, Sophie e Paloma faziam a limpeza. Tom varria o chão muito de qualquer jeito, Verity fechava o caixa, Posy guardava de volta nas prateleiras os muitos livros que haviam sido tirados delas e Nina, que tinha ganhado ingressos em uma competição no Twitter para uma exibição ao ar livre de *Grease* na Somerset House, tentava conseguir companhia.

— Vai ser divertido — ela insistiu. — A gente podia ir vestida de Pink Ladies. Eu sei que está muito em cima da hora, mas todo mundo tem alguma coisa cor-de-rosa no guarda-roupa, certo?

Verity estava muito ocupada fazendo somas na calculadora para responder, mas ouviu Posy dizer:

— Numa outra noite eu adoraria, mas hoje é nosso aniversário de dez semanas de casamento e o Sebastian deve ter planejado alguma coisa.

— Vocês comemoram aniversários semanais? — Tom e Nina perguntaram em uníssono, sem acreditar.

— É uma coisa nossa — Posy murmurou. Verity levantou os olhos para confirmar que, sim, o rosto de Posy estava muito vermelho. — Bom, é uma coisa do Sebastian. Ele é muito mais romântico do que um poderia imaginar.

— Sem querer ofender, Posy, mas eu preferia o Sebastian quando ele era horrivelmente grosso — Nina comentou com uma fungada, porque, para Nina, romance era algo que nem se comparava a paixão e sofrimento por amor.

— Ele ainda é horrivelmente grosso — Posy falou, mas Nina já havia se virado para Verity.

— Você vai, né, Very? — ela perguntou, batendo os cílios reais e os cílios postiços para Verity. — Se a Posy prefere ser chata e passar a noite com o marido, a gente podia convidar a Merry também. Nós daríamos Pink Ladies incríveis, principalmente se você me deixar enrolar seu cabelo.

Verity fez uma careta. Não pela ideia de se vestir como uma das Pink Ladies, embora isso não fosse acontecer de jeito nenhum, mas pelas lembranças de suas irmãs cantando ao som de um disco de vinil empenado com a trilha sonora de *Grease*. Con e Merry sempre acabavam aos tapas na disputa de qual delas seria Rizzo. Desnecessário dizer que Verity ficava com Jan ou Marty. De qualquer maneira, a resposta era "não".

— Eu não vou poder. Tenho outros planos para esta noite — ela se desculpou.

— Você e aquele Johnny parecem irmãos siameses — Nina resmungou.

— Você nunca saía tanto com Peter Hardy, oceanógrafo — Tom comentou, com o pequeno sorriso que dava toda vez que mencionava o ex-namorado falso de Verity. Então ele fez mais alguns movimentos animados com a vassoura que, na verdade, não estavam varrendo nada. — Aonde seu novo namorado vai te levar? Um noivado? Um open house? Talvez um jantarzinho a dois?

— Para sua informação, Peter Hardy passava muito tempo fora oceanografando — Verity declarou com muita imponência, embora nem soubesse se essa palavra existia mesmo. — Eu não vou encontrar com o Johnny hoje. Saí três noites seguidas e preciso de um tempo sozinha. Eu preciso ficar sem fazer nada e, especialmente, não falar com ninguém. E, a propósito, varrer o chão não significa espalhar o pó de um lado da sala para o outro.

Os três finalmente foram embora. Posy voltou para sua felicidade de recém-casada e Nina, com um relutante Tom a reboque, havia conseguido convencer Mattie e Paloma a ficar com os outros dois ingressos.

Verity mal podia esperar para subir a velha escada barulhenta até o apartamento, onde Strumpet a esperava. Assim como ela estava faminta pela solidão que tanto desejava, Strumpet estava faminto de companhia e de comida. Desde que o salão de chá abrira, Verity passara a deixar a porta do apartamento trancada depois do incidente em que o gato irrompera na sala e conseguira levantar seu corpanzil no ar o suficiente para aterrissar no colo de uma mulher e alcançar o chá com creme que ela tomava. A mulher enfrentara a situação com muito mau humor e ameaçara telefonar para a polícia. Desde então, Strumpet passava o dia confinado.

Ele uivou sua revolta e se enroscou entre as pernas de Verity, depois se afastou ofendido quando lembrou que estava furioso com ela. Como sempre, a fúria de Strumpet só durava o tempo de Verity abrir uma lata de ração, e, no intervalo em que seu ditador felino estava ocupado, ela aproveitou para se livrar das tensões do dia de trabalho com um pouco de ioga, até que ele veio deitar na esteira enquanto ela tentava fazer uma saudação ao sol.

Era estranho como a carência em um animal de estimação, fosse Strumpet ou o Pobre Alan, era muito mais fácil de lidar, e até mais simpática, do que em um ser humano, Verity refletiu no chuveiro, enquanto Strumpet, com todo o seu medo de água, miava sofridamente na frente da porta.

Dividiram um jantar leve de salada e queijo halloumi grelhado, então Verity se sentou para ler seu livro atual, uma releitura moderna de *Orgulho e preconceito* que era muito inferior à outra meia dúzia de releituras modernas da mesma obra que ela já havia lido.

Era uma noite entediante, mesmo pelos padrões de Verity. Ela lavou algumas roupas. Pintou as unhas dos pés. Arrumou o quarto. Comeu um segundo jantar de batatas Pringles com sal e vinagre e um pacotinho de balas de goma, e isso era exatamente do que precisava depois de dois fins de semana recheados de ação e um monte de festas de meio de semana.

Por volta das nove horas, ela se sentia zen e relaxada o suficiente para acessar o WhatsUpp e dar um "oi" para Con, mas, antes que pudesse fazer isso, ouviu um som no andar de baixo. Deu uma espiada pela janela para ver se algum adolescente da vizinhança tinha escalado o portão eletrônico que fora instalado na semana anterior, mas não havia ninguém nos bancos lá fora.

Ouviu outro barulho, como se o portão estivesse sendo sacudido, mas não conseguia enxergá-lo pela janela e, enquanto pensava, com um pouco de pânico, em qual seria o melhor curso de ação, seu celular soou.

Era uma mensagem de Johnny.

> Desculpe chamar a esta hora. Estou no portão, mas posso ir embora se você preferir ficar sozinha.

Verity pensou por um momento. Ela preferia ficar sozinha? A resposta era "não". Ela respondeu à mensagem.

> A senha do portão é 2811813.

Era a data em que *Orgulho e preconceito* tinha sido publicado pela primeira vez. Não era uma data que todos lembrariam, mas podiam procurar se esquecessem a senha.

Ainda bem que Verity havia tido três horas sozinha, porque pudera deixar o apartamento vagamente apresentável para visitas. Ela enfiou os pacotes de batatas e balas meio comidos em um armário da cozinha e recolheu o sutiã e a calcinha que estavam pendurados no banheiro para secar.

Logo em seguida, ouviu uma batida à porta e desceu os degraus correndo.

Johnny acenou pelo vidro enquanto ela se apressava para abrir.

— O que aconteceu? — ela perguntou, porque devia haver algum motivo para a visita de Johnny. Eles podiam ser amigos, mas não eram do tipo que simplesmente apareciam na casa do outro sem avisar. Verity não tinha amigos assim. Todos eles a conheciam bem.

— Eu estava por perto — Johnny disse, tranquilo. Embora fosse uma noite quente e úmida, ele usava terno, a gravata afrouxada, o botão de cima da camisa aberto. Talvez tivesse estado em uma reunião que terminou tarde. Mesmo assim, parecia deliciosamente desarrumado; tudo que faltava era alguém que lhe despenteasse o cabelo para completar a imagem de descontração ligeiramente sensual. Verity se beliscou mentalmente. Isso vinha de ler os amados romances da Regência de Posy. — Na verdade é mentira. Eu só estava por perto porque vim andando de Clerkenwell até aqui.

— Bom, é melhor você entrar — Verity falou, depois percebeu como havia parecido indelicada e pouco acolhedora. — Tenho gim lá em cima e uma garrafa do xarope de flor de sabugueiro da minha mãe, então podemos preparar alguns drinques. Ou vinho tinto, se você preferir. Também tenho Pringles de... Não! Strumpet! Segure esse gato!

Strumpet havia seguido Verity para baixo e estava tentando uma fuga desajeitada para o pátio em direção às delícias terrenas da delicatéssen. Verity duvidava de que ele conseguisse se espremer entre as barras do portão novo, mas não queria testar sua teoria. Ou chamar os bombeiros se Strumpet ficasse entalado.

O desastre foi evitado quando Johnny o alcançou com facilidade e levantou o gato com cuidado, como se estivesse lidando com lava derretida.

— Seu famoso gato. Ele é dócil?

— Dócil até demais — disse Verity, seguindo Johnny de volta para a loja. — O Strumpet não acredita que é um gato. Ele pensa que é um cachorrinho de colo. — O gato em questão se contorcia de prazer nos braços de Johnny. Ele se mexeu repetidamente até ficar de costas, todo aninhado e balançando freneticamente as patas da frente. — Ele quer que você coce a barriga dele.

— Eu não sou muito chegado a gatos — disse Johnny, enquanto subiam a escada. — Cachorros são mais previsíveis. Exceto chihuahuas. Eu nunca confiaria em um chihuahua.

— Quando nós morávamos em Grimsby, o parque local era dominado por duas chihuahuas chamadas Lola e Tinkerbell. Nosso velho labrador John Bunyan morria de medo delas. — Verity fez uma pausa na porta da sala de estar, deu uma examinada rápida no ambiente e decidiu que estava seguro para visitas. — Senta. Você já comeu?

— Ah, não precisa se preocupar — Johnny falou, o que não era um "sim", então Verity entendeu que provavelmente a resposta era "não".

— Não vai demorar nada. — Ela voltou em quatro minutos, com uma travessa variada de salada e queijo halloumi grelhado, um pouco de pão sírio, uma seleção de bolos e doces que haviam sobrado do dia, cortesia de Mattie, e uma garrafa de vinho tinto, que era um pouquinho melhor e algumas libras mais caro do que o vinho que ela e Nina usavam para cozinhar.

Johnny estava sentado no sofá com Strumpet esparramado em um abandono animado em seu colo, as pernas abertas e as costas arqueadas, enquanto ele coçava sua barriga. O gato nem sequer se mexeu quando Verity colocou a bandeja sobre a mesinha de café. Havia apenas uma coisa no mundo que Strumpet amava mais do que comida: a atenção de um homem, e naquele momento ele tinha a total atenção de Johnny.

Johnny sorriu para Verity e concordou com a cabeça quando ela lhe mostrou a garrafa de vinho, depois voltou a olhar para Strumpet. Seus dedos longos faziam círculos na barriga peluda e o gato ronronava tão alto que Verity achou que ele estava prestes a detonar.

— Você gosta disso, não é? — Johnny disse para Strumpet, que ronronou de volta. — E se eu fizer assim?

Ele agradou Strumpet sob o queixo um pouquinho, depois continuou a coçar sua barriga.

— Você adora mesmo isso. Talvez até demais. E se eu parar? — Os dedos de Johnny pararam por um momento e Strumpet bateu a cabeça na mão dele, para fazê-lo retomar os carinhos. — Você é insaciável, seu malandrinho.

Os braços de Verity ficaram assustadoramente moles e ela acabou derramando o vinho que estava servindo em cima da mesinha de café.

— Já chega disso — ela falou, com algum desespero, porque partes dela que estavam dormentes há anos começavam a ganhar vida. — Se continuar mais um pouco, o Strumpet vai querer ir para casa com você.

— Ah, não vai dar — Johnny falou carinhosamente com Strumpet, que o fitava com uma expressão de plena felicidade nos olhos verdes. — O gato laranja do vizinho te comeria no café da manhã. Isso é comida para mim? Você está abrindo um precedente perigoso, Very. Eu posso me acostumar com esse tipo de tratamento.

— É só um lanchinho improvisado — disse Verity, enquanto Johnny, estorvado por um gato que se recusava a sair de seu colo, estendia o braço para o prato que ela lhe entregava. — A propósito, desculpe pela bagunça.

— Ela olhou para cima e fez uma careta. — E pelos buracos no teto. Nós acabamos de trocar a fiação do apartamento. Eles vão voltar para fazer o reboco, mas não sei bem quando.

Verity olhou em volta e viu a sala pelos olhos de um arquiteto aclamado, que provavelmente não se importava com todo o trabalho que ela e Nina haviam tido para escolher os livros expostos nas estantes dos dois lados da lareira. Ou que o minibar dos anos 50 com a forma de proa de navio fosse o bem mais precioso de Nina, embora não combinasse com o sofá e as poltronas, antes pertencentes a Lavinia e revestidas com um tecido floral.

Não era chique e era definitivamente gasto.

— Bonita lareira — Johnny comentou, com entusiasmo. — Influência art nouveau nos ladrilhos. Eu diria que é do final do período eduardiano, embora o prédio seja mais velho, não é?

— Não tenho ideia — Verity admitiu, mas, enquanto Johnny comia, ela lhe contou sobre Lady Agatha Drysdale, bisavó de Sebastian, que havia recebido a livraria de presente de seus pais na esperança de que isso a distraísse de seu trabalho com as sufragistas. — Ela se acorrentou às grades do Palácio de Buckingham e foi levada para a Prisão Holloway por perturbar a ordem pública. Imagino que tenha sido a ela que Sebastian puxou.

Depois de comer, Johnny pediu para Verity lhe mostrar o apartamento, e ela não poderia recusar, mas o fez esperar na sala por vários minutos de pânico enquanto corria de um aposento a outro para checar se tinha retirado qualquer objeto incriminador.

Ao contrário de outras pessoas, por exemplo Merry, Johnny não fez comentários sobre as cortinas ou os enfeites de Verity e Nina, mas soltou "hums" e "ahs" para as cornijas e arquitraves. Fez um som de surpresa ao ver o antigo aquecedor de água a gás na cozinha e apertou as mãos em silenciosa alegria quando avistou o velho cordão de sino de mordomo instalado por Lady Agatha para chamar as pessoas na livraria. Enquanto ele observava os cantos e passava a mão nos batentes, Verity aproveitou para observá-lo.

Havia um homem em sua casa. Johnny estava na casa dela e, assim que Verity percebeu a enormidade daquilo — ter um homem em sua casa que não fosse seu pai, um eletricista ou Tom (porque Tom não contava como homem) —, ficou sem saber o que fazer consigo mesma. Ou com sua boca e suas mãos, que se contraíam, nervosas.

O que Johnny estava fazendo lá?

— Tem tantos detalhes encantadores neste prédio. Acho que ele é originalmente do século XVIII, mas passou por algumas restaurações depois que se tornou uma livraria — ele dizia, enquanto dava uma batidinha no batente da janela da cozinha. — E algumas restaurações não muito boas. Já contei pelo menos dez problemas sérios de salubridade e segurança. Você quer que eu fale...

— Por que você veio andando de Clerkenwell até aqui? — Verity interrompeu, porque já desconfiava de que o apartamento fosse uma armadilha, mas era uma armadilha grátis e Posy e Sebastian iam fazer alguma coisa com o sistema antiquado de aquecimento de água muito em breve. Ela não sabia bem o que era, mas isso não importava agora. — Porque nós somos amigos que vão a eventos sociais juntos, mas não achei que éramos amigos que apareciam na casa um do outro.

— Você é mais do que bem-vinda para aparecer na minha casa — Johnny disse distraidamente, embora eles já tivessem estabelecido os limites de sua amizade/relacionamento falso. Ele a encarou com seu olhar neutro, mas ela era mais do que mestre, era uma grande campeã em competições de manter o olhar fixo com suas irmãs, então foi Johnny quem piscou e desviou primeiro.

— Sério, por que você está aqui? — Verity perguntou com delicadeza. Johnny deu um suspiro longo e baixo.

— Estou fraquejando. Marissa.

Se seu suspiro falava rios de palavras, as três sílabas que compunham o nome de sua amada continham as obras completas de Shakespeare, com referência especial às tragédias do Bardo.

— Ah. — Foi a vez de Verity suspirar. Aquilo não era totalmente inesperado. Ela sentira a inquietude de Johnny nas duas últimas semanas, semelhante à inquietude que ela havia testemunhado quando Dougie parou de fumar no início do ano. A mesma agitação, o mesmo tamborilar dos dedos, o mesmo olhar distante, embora Johnny provavelmente imaginasse Marissa à sua frente, e não um maço de Marlboro. — Mas ainda não fraquejou, não é?

— Eu pensei em desistir. Ela tem ligado. Mandado mensagens. Usado todas as redes sociais para tentar fazer contato. — Ele tirou o celular do bolso de trás da calça.

Verity cruzou os braços.

— Você respondeu para ela? — Foi um esforço e tanto manter a voz calma e indiferente, quando não se sentia de maneira nenhuma calma e indiferente.

— Não. Eu disse a ela, naquele domingo em que voltamos da casa dos seus pais, que ia me afastar por um tempo, como tínhamos combinado. Ela nem pareceu se importar. Mas eu me importei muito. — Johnny não estava nem tentando parecer calmo e indiferente. Assim que começou a falar de Marissa, seus ombros se curvaram e sua voz ficou rouca, como se já tivesse admitido a derrota. — Tem sido difícil. Tenho andado nervoso. Toda hora eu penso que não faria mal mandar só uma mensagem, mas me mantive forte.

— Você tem sido muito forte — Verity o encorajou, porque, afinal, ela havia testemunhado seu nervosismo e se afligira achando que ele se renderia muito antes de completar um mês. — São só mais uns quinze dias. Logo, logo acaba.

— Foram quase duas semanas e nem um telefonema ou mensagem. Ela não curtiu nenhum dos meus tuítes, o que me magoou um pouco — disse Johnny, como se não tivesse ouvido as palavras de estímulo de Verity. — Eu até fiz uma piada muito engraçada sobre o Donald Trump, sem querer me gabar. Aí, na noite passada, o massacre começou.

Johnny ligou o celular, que soou freneticamente como se houvesse um incêndio nas proximidades, depois o passou para Verity para que ela visse que havia quinze ligações perdidas, vinte e sete mensagens, todas de Marissa, e sabe-se lá quantos e-mails, tuítes e notificações de WhatsUpp.

— Você acha que pode ter acontecido alguma emergência? Que ela está *precisando* falar comigo? — ele perguntou, um pouco desesperado.

— Bom, se tiver acontecido uma emergência real, ela tem o Harry — Verity o lembrou.

Normalmente, Johnny era muito gentil e educado. Não daquele jeito bajulador horrível de homens que usavam sapatos de couro de cobra sem meias e achavam que eram encantadores porque chamavam qualquer mulher de "querida", mesmo que não quisessem transar com ela.

Não, Johnny era o tipo de homem que podia conhecer seus pais, e até suas quatro irmãs, e não fazer nada que a constrangesse. Mais do que isso, ele seria aceito e bem recebido por sua família sem ter que adular ninguém. E, quinze minutos antes, quando Verity lamentara a torneira gotejante no banheiro que Posy jurava que estivera assim durante todos os vinte e cinco anos que ela morara ali, Johnny afirmara com uma autoconfiança tranquila que, se ela tivesse uma chave inglesa, ele poderia consertá-la. Seria possível até argumentar que, teoricamente, em alguns aspectos, Johnny era perfeito demais.

Quando Con e Alex ficaram noivos e Merry perguntou a Con como ela havia sabido que Alex era o homem certo, Con lhe disse apenas: "Ele desperta o melhor em mim". Mas Marissa não despertava o melhor em Johnny. Ela revelava as partes inseguras e tristes dele para que todos pudessem vê-las e dizer em tom de lamento: "Pobre Johnny".

— Você entende por que eu estou aqui, não é? — ele perguntou, afrouxando a gravata já frouxa e enfiando as mãos nos bolsos. — Era vir aqui ou telefonar para a Marissa e me perder de novo. Ou até pior.

— O que seria pior do que se perder? — Verity indagou, porque ela sempre gostava de saber onde pisava.

Johnny sacudiu a cabeça.

— Eu poderia sair, ficar muito bêbado e pegar alguém para tentar me esquecer dela por uma noite.

— Isso funciona?

— Não muito.

Devia ser muito mais fácil esquecer alguém, tirar alguém completamente de sua vida, quando as pessoas não eram contatáveis vinte e quatro horas por dia, sete dias por semana. Verity olhou para o celular outra vez.

Para um homem bem relacionado e que era um arquiteto ocupado, parecia estranho que a única pessoa que procurasse Johnny fosse Marissa.

— Este não é o seu único celular, é? — ela perguntou devagar.

— Este é o meu celular para a Marissa — Johnny respondeu e, em seguida, com muita razão, fez uma careta para o absurdo daquilo.

— Bom, isso torna as coisas mais simples. — Verity caminhou pelo corredor até o seu quarto. Johnny a seguiu até a porta e observou enquanto ela largava o maldito celular dentro da gaveta superior de sua cômoda antiga e a trancava. — Está bem assim? Se preferir, posso jogar na privada e dar descarga.

Johnny ficou olhando para a gaveta fechada, então sacudiu os ombros como alguém que se livrasse de um peso.

— Eu nunca tive ninguém em quem confiar até você aparecer na minha vida. Você parece me entender de um jeito que nem eu me entendo.

Verity quase podia jurar que via as aflições dele indo embora. Ele esticou os braços acima da cabeça e sua camisa subiu, revelando uma pequena faixa de pele bronzeada. Ela desviou os olhos depressa e na mesma hora desejou não ter feito isso, quando percebeu a calcinha e o sutiã molhados que havia deixado sobre a cama quando os recolheu do banheiro.

— Eu consigo. Posso ficar sem a Marissa por um mês, e então... então...

— E então...? — Verity incentivou.

— E então vamos ver. Talvez a gente perceba que ficar separado é muito doloroso e que precisamos estar juntos. Do jeito certo. Só nós dois.

Todas as preocupações que haviam deixado Johnny voaram pelo quarto e aterrissaram direto nos ombros de Verity, fazendo-a se curvar sob o peso. Não era esse o plano! O plano era que Johnny percebesse que podia viver perfeitamente bem sem Marissa. Ele estaria livre para encontrar alguém que reconhecesse que ele era perfeito, mas com um algo mais...

— Vamos ver — Verity murmurou, de repente exausta, como se tivesse vindo de um dos drinques-rápidos-que-se-transformavam-em-uma-enorme-bebedeira de Nina. Ela se virou para Johnny para conduzi-lo até a saída, mas ele se moveu em sua direção. Deu os dois passos que o puseram dentro do quarto, ao lado dela, e segurou sua mão.

Ela olhou para Johnny, os olhos arregalados enquanto ele levava sua mão à boca e a beijava, por tempo suficiente para a pele de Verity se arrepiar sob seus lábios.

— Very, obrigado — ele murmurou. — Você é uma amiga de verdade.

— Amigos são para isso. — Parecia a coisa certa a dizer, mas Johnny não largou sua mão e estava olhando bem no fundo de seus olhos como se fosse...

TUM!

CRASH!

BANG!

— *Well-a well-a well-a! Uh!*

Ambos se separaram depressa quando a porta da livraria abriu com força e fechou com mais força ainda e a voz de Nina soou, cantando com muito entusiasmo e pouca afinação.

Então *tump tump tump* na escada.

— Very! Você devia ter ido! O Tom tentou negar, mas sabia a letra de todas as músicas! A gente tem que zoar ele com isso amanhã. Ah! — Nina fez a curva e deu de cara com Verity e Johnny, agora parados meio sem jeito do lado de fora do quarto de Verity. — Eu não sabia que vocês estavam planejando uma noite em casa. Só os dois. Aconchegante.

Um dos maiores talentos de Nina era fazer até a mais inócua palavra ou frase soar como o mais pesado dos duplos sentidos.

— O Johnny já estava de saída. — Verity fez um gesto para a escada. — Não estava?

— Estava? É, acho que sim — ele confirmou. Então se virou para Verity e fez menção de segurar sua mão outra vez, mas ela cruzou as duas nas costas e se odiou por isso. — Bom, te vejo amanhã.

— Vocês dois! Quantas noites por semana agora? Parece que está ficando sério — Nina decidiu, passando por eles. — Estou louca por uma cerveja. Quer um copo, Very?

Verity acompanhou Johnny para fora do apartamento. Eles atravessaram a loja escura, passaram pelos livros cheios de amantes infelizes que lutavam contra todo tipo de obstáculos até conseguirem viver felizes para sempre. *Isso é tudo que você quer para o Johnny*, Verity disse a si mesma, *um felizes para sempre com alguém que não seja a Marissa, porque ele merece isso.*

Ela própria ficaria satisfeita com um tipo diferente de felizes para sempre. Um que envolvesse abrir um santuário para gatos do outro lado da praça e viver seus dias cercada de felinos e livros românticos. Havia maneiras piores de viver.

— Você está bem? — Johnny perguntou quando Verity destrancou a porta da livraria. — Ficou quieta de repente.

— Estou bem. — Ela conseguiu arrancar um largo sorriso de algum lugar em suas profundezas. — Só estava pensando no que vou vestir amanhã à noite. É a inauguração de um restaurante, certo?

— Isso. Um amigo vai abrir um restaurante temporário com tema havaiano por um mês em um estacionamento em Dalston. Eu não entendi bem por quê.

Johnny e Verity trocaram um olhar de confusão mútua diante do conceito de restaurantes temporários e de servir comida em estacionamentos.

— Bom, não vou vestir nada muito fino, então.

— Acho melhor. — Johnny saiu, fez uma pausa e virou de novo para pousar a mão no braço de Verity e lhe dar um beijo no rosto, embora, até essa noite, eles tivessem marcado seus "ois" e "tchaus" com um breve aceno de dedos. — Até amanhã. Te pego às sete.

Outra troca de olhares, que durou o suficiente para provavelmente ser contado como um momento.

— Hum, você tem que pressionar o botão à direita para abrir o portão — disse Verity, porque ela vinha estragando momentos desde 1989.

— Certo.

Johnny já tinha ido embora, atravessando a praça a passos largos, e Verity continuava paralisada junto à porta, com a mão no ponto sensível da face onde Johnny a beijara.

Pelos céus e terras, serão as sombras de Pemberley a tal ponto poluídas?

Era uma pena que os planos de casamento de Con estivessem quase concluídos — ainda havia um ponto de interrogação no item "potes de vidro ou xícaras de chá antigas" —, porque nas semanas seguintes Verity se tornou uma especialista mundial em casamentos. Poderia ir ao *Mastermind* tendo casamentos como tema de especialidade.

Na verdade, seus conhecimentos recentes não se restringiram a casamentos, mas a todo tipo de festas. Em todos os fins de semana de agosto, e em muitas noites durante a semana também, Verity e Johnny tinham ido a casamentos, aniversários, festas ao ar livre e do tipo nós-vamos-largar-o-emprego-e-o-aluguel-exorbitante-do-nosso-apartamentinho-e-sair--mochilando-pelo-mundo.

Tinham comido filé *en croûte*. Frango *en croûte*. Salmão *en croûte*. E uma coisa estranha que parecia cogumelo *en croûte*. Os amigos de Verity não preparavam coisas *en croûte* e preferiam oferecer enroladinhos de salsicha para os convidados. Ou enroladinhos de salsicha vegetarianos, e uma vez até veganos, sem glúten e sem lactose, com gosto de cola, papelão e desespero.

Às vezes eles tomavam champanhe, mas quase sempre era prosecco. Prosecco com suco de laranja. Prosecco com suco de pêssego. Prosecco com suco de romã. Mas nunca prosecco com xarope de flor de sabugueiro, como

Verity teve a satisfação de comunicar a Con, para que sua irmã mais velha pudesse dormir sossegada à noite, sabendo que nenhum riquinho de Londres tinha roubado seu exclusivo coquetel de casamento.

Verity e Johnny tinham dançado (bem, era mais uma balançada tímida no caso dela) ao som de Abba, Burt Bacharach e da banda de ska punk do melhor amigo do irmão mais novo de Dougie.

Tinham posado para fotos com paus de selfie, em cabines de fotos instantâneas com chapéus bobos e acessórios engraçados e até mesmo para um retrato oficial em estilo "baile de formatura", em que o fotógrafo lhes pedira para ficar mais perto. "Mais perto um do outro. Dê um beijo nela, parceiro!", ele insistira. Os braços de Johnny envolveram a cintura de Verity e ela teve que retribuir o gesto, para não parecer que ele estava abraçando uma tábua com roupa de festa.

— Você não precisa me beijar — ela sussurrara, enquanto o fotógrafo gritava: "Vamos lá, manda ver!"

Johnny levantara o queixo dela e franzira a testa.

— Acho melhor eu te beijar para manter as aparências. Além do mais, estamos segurando a fila — ele argumentou, muito sensatamente. — Não se preocupe, eu escovei os dentes.

— Ah, tudo bem, então — ela murmurara, constrangida, enquanto seu coração começava a bater tão alto que teve medo de que pudesse ser escutado acima do som de "Blame It on the Boogie" que vinha da pista de dança. Johnny baixou a cabeça, Verity prendeu a respiração e, quando os lábios dele estavam prestes a fazer contato com sua boca trêmula, houve um flash e um triunfante "Pronto!" do fotógrafo, e então eles se separaram.

Foi mais socialização em um mês do que Verity havia tido em sua vida inteira, e ela conseguira não ter nem uma única crise, embora algumas vezes tenha precisado se fechar no banheiro por uns cinco minutos para recarregar as baterias. (E, depois daquele quase beijo, tivera que pôr os pulsos na água fria e ter uma conversa séria consigo mesma sobre homens bonitos e charmosos, mas indisponíveis.)

Mas, enquanto Johnny estava fora de casa com Verity, mordiscando canapés e conversando com amigos, ele não estava com o pensamento fixo em Marissa, ainda que às vezes ela desse uma olhada para Johnny e o pegasse com uma expressão perdida e angustiada no rosto. Então ele percebia o olhar de Verity, sorria e dizia algo divertido para fazê-la sorrir também.

Verity não tinha dúvida de que aquelas últimas semanas não haviam sido fáceis para Johnny, mas seu mês sem Marissa tinha acabado havia três dias e ele ainda não pedira o celular de volta. Verity ficara preocupada com o fim de semana anterior, em que ela não pudera ver Johnny porque Con, Chatty, Immy e um grupo de amigas e parentes tinham vindo a Londres para a despedida de solteira de Con. Ela sabia muito bem que cabeça vazia era a oficina do diabo, ou de um homem com um fim de semana livre e um pacote completo de telefonia celular. Mas, felizmente, um dos afilhados de seu pai estava de visita a Londres com a família e Johnny tinha prometido acompanhá-los a diversos pontos turísticos, o que não lhe deixou tempo para ficar pensando em Marissa.

De fato, Johnny enviara a Verity uma série de selfies com cara de sofrimento na London Eye, no Palácio de Buckingham, no Hyde Park, no Madame Tussauds e no M&M's World. Na maioria das fotos, estava sendo atacado por criancinhas.

Não que o programa de fim de semana de Verity tivesse sido muito tranquilo. A despedida de solteira começou cheia de decoro. Embora fossem ocupar mesas de clientes pagantes, Posy insistira que usassem o salão de chá para uma refeição em alto estilo no sábado à tarde, depois de todas terem se reunido. Mattie havia concordado.

— Vocês vão ter que forrar o estômago com muito carboidrato.

Claro que, quando as irmãs Love souberam que Posy não tivera tempo para sua própria despedida de solteira, elas a convidaram para participar da de Con como convidada honorária, com Nina, Mattie e Paloma, a nova barista. Mas tudo começara a desandar rapidamente depois que se abasteceram com os carboidratos. Houve drinques, muitos drinques, dança, mais drinques, um desastroso kebab com molho chilli e, às três da manhã de domingo, Verity se viu com outras vinte mulheres no meio de um estridente jogo de futebol em Coram Fields, até que um carro de polícia que passava por ali parou e mandou que elas fossem para casa.

243

Essas vinte mulheres tinham voltado para o apartamento sobre a livraria para umas poucas horas de sono, e então era hora do brunch, que, como sempre, envolvia frituras e mais álcool. Mal havia um abacate à vista.

Às seis da tarde de domingo, depois que ela e Merry se asseguraram de que todas estivessem no trem de volta para East Midlands, Verity se sentia como se tivesse sido atropelada por um caminhão. Até Merry estava esgotada.

— Meu Deus — disse ela, com a voz atordoada. — Meu gás acabou totalmente. É assim que você se sente depois de algumas horas no abraço carinhoso, mas barulhento, da sua família?

— Sim — respondeu Verity, deitando a cabeça no ombro de Merry enquanto elas voltavam para casa de ônibus. — Por favor, pare de falar.

Nem mesmo ir para a cama cedo foi suficiente para refazer as energias de Verity. Na segunda-feira, ela se escondeu no escritório dos fundos, recusando todas as tentativas de conversa, até receber uma mensagem do belo Stefan, da delicatéssen sueca. Eles sempre iam para o banco juntos para que Stefan, que tinha um metro e oitenta e oito de músculos fortes e genes de vikings, protegesse Verity de qualquer possível ladrão.

Agora, enquanto se arrastava a duras penas de volta para a Felizes para Sempre, Verity torcia para que as duas últimas horas do dia fossem tranquilas. Planejava se enfiar no escritório e fazer tarefas administrativas leves.

A livraria estava cheia, o que era uma visão que alegrou o coração de Verity, mas também fez sua cabeça pesar na hora em que passou pela porta. Apesar da camiseta cinza e rosa com o logo da Felizes para Sempre que Posy ainda insistia que todos eles usassem, Verity descobriu que, se atravessasse a loja apressadamente, como se estivesse atrasada para um compromisso importante, e não olhasse para ninguém, os clientes geralmente a evitavam.

Ela passou correndo pela sala principal, desviando dos clientes, e estava quase no balcão quando sentiu uma mão em seu braço.

— Me deixe em paz! — Verity gritou, mas foi um grito interno e silencioso, e ela foi forçada a se virar com um sorriso no rosto, que desapareceu instantaneamente quando viu que era Tom que a estava interceptando.

244

— Agora não, Tom — ela implorou. — Se tiver alguma encomenda para fazer, pode esperar até amanhã.

— Não tem nenhuma encomenda — Tom respondeu. Ao contrário do restante da equipe, ele não usava a camiseta da Felizes para Sempre, mas sua camisa habitual, gravata-borboleta e blusão. Como convinha a alguém que estava trabalhando em um ph.D. havia anos, Tom preferia se vestir como um acadêmico absorto e mais velho. As súplicas de Posy quanto às suas preciosas camisetas para a equipe tinham sido firmemente ignoradas de uma maneira que Verity não ousava fazer. — Tem uma amiga sua no sofá. Ela está esperando há séculos.

Verity franziu a testa, o que fez a dor de cabeça, o último legado da ressaca, latejar em seu crânio. Ela havia estado com todas as amigas que tinha no mundo na festa de sábado à noite, portanto o que alguma delas estaria fazendo em um dos sofás da Felizes para Sempre escapava à sua compreensão. Verity espiou por trás de Tom e viu uma pequena loira acomodada no sofá gasto de couro marrom como se ele fosse uma suntuosa chaise longue e achou que fosse vomitar o bagel de salmão defumado que havia comido no almoço.

Verity se escondeu atrás de Tom. Talvez se o usasse como escudo humano para lhe dar cobertura até alcançar a segurança do escritório...

— Iuhu! Valerie! Aí está você!

Se o sorriso que ela havia dado a Tom era desanimador, a careta no rosto de Verity quando seus olhos encontraram os de Marissa era tão inanimada que ela poderia ter sido declarada morta.

— Ah, oi — disse Verity, aproximando-se um pouco mais, a contragosto.

— Por que não se senta aqui ao lado da Marissa enquanto eu providencio um bule de chá e uns pãezinhos doces com creme? — As pessoas que circulavam na loja abriram uma brecha que revelou Posy sentada no sofá em frente. — Estávamos batendo um papo aqui enquanto esperávamos você. Nossa, parece que a gente se conhece há anos.

— É verdade — concordou Marissa, com um entusiasmo que Verity achava difícil assimilar, considerando que ela não havia se mostrado nem um pouco entusiástica quando se conheceram. — Pode ser só um chá verde, sem os pãezinhos? Hoje não é meu dia do lixo.

— Ah, eu sei bem o que é isso — Posy disse enquanto se levantava, embora vivesse proclamando, principalmente quando Mattie trazia um prato de bolo: "Todo dia é meu dia do lixo".

— Vem. Sente aqui do meu lado — Marissa chamou Verity, dando batidinhas no sofá. Parecia mais uma ordem que uma sugestão, e Verity não teve como recusar. — E aí, me conte, como tem passado?

— Tudo bem — Verity murmurou, sentando-se. Marissa usava jeans branco com uma bonita blusa com nervuras verde-água e sandálias de tiras. Suas roupas eram impecáveis, sua pele luminosa e beijada pelo sol, os cabelos loiros com luzes eram sedosos e brilhantes, como algo saído de um comercial de xampu. Ao lado de Marissa, Verity se sentia uma enorme besta desajeitada. Mas, claro, isso era um problema só dela e não tinha nada a ver com Marissa. — Eu estaria melhor se você se lembrasse do meu nome. É Verity.

Marissa teve a graça de desviar o olhar e enrubescer delicadamente.

— Desculpe. — De perto, até o perfume dela era incrível, de peônias e algo um pouco mais picante para abrandar o doce. — Eu sou péssima com nomes. Às vezes chamo o Harry de Gerry. Ele fica muito bravo. Talvez eu não esquecesse o seu nome se tivesse te visto mais neste verão. Eu queria que a gente pudesse ter se conhecido melhor, ter ficado amigas. Todos que eu conheço estão apaixonados por você.

Ela queria? Eles estavam?

— Eu estive por aí — Verity falou. Johnny devia ter selecionado as festas em que sabia que Marissa e Harry não apareceriam. Então pensou no celular especial de Johnny para Marissa que estava trancado em uma gaveta no andar de cima e não houve absolutamente nada delicado no modo como o rubor subiu às suas faces. — Todos os amigos do Johnny têm me recebido muito bem. — Até mesmo dizer o nome dele na presença de Marissa dava a sensação de que ela estava cometendo um crime.

— Isso é porque todos ficaram muito contentes de ver o Johnny em um relacionamento — disse Marissa, enquanto a Pequena Sophie chegava com seu chá verde, uma xícara de chá forte com leite para Verity e alguns pãezinhos com creme que Verity não ousou aproximar da boca. Marissa recompensou Sophie com um sorriso deslumbrante, que parecia vir com seu próprio filtro anti-imperfeições do Instagram. — Obrigada, querida. Adorei seu aventalzinho. É lindo.

Mattie era ainda mais rígida que Posy e insistia que Paloma e Sophie usassem vestido preto e um aventalzinho branco no estilo das garçonetes que serviam as mesas nas Lyons' Corner Houses no início do século XIX. Sophie não havia gostado nem um pouco da ideia, mas agora sorriu de volta para Marissa antes de voltar ao salão de chá.

Marissa virou novamente para Verity.

— Bem, onde estávamos?

— Pedidos urgentes. Último correio — Verity murmurou em desespero, mas Marissa deu um tapinha em seu braço, com unhas perfeitamente manicuradas.

— Não se preocupe com isso — falou com descontração, como alguém que nunca tivesse precisado concluir um pedido urgente a tempo de pegar o último malote do correio. — Então, você e o Johnny. Parece que estão indo bem. Você está ocupando *tanto* o tempo dele.

Marissa terminou com um pequeno suspiro triste que fez Verity se sentir automaticamente culpada, até lembrar que Marissa era uma mulher casada e Johnny era livre para ocupar seu tempo com quem bem entendesse. Não havia mais nada a fazer a não ser recorrer a Elizabeth Bennet, como não precisava fazer havia semanas. Não Elizabeth Bennet acabando com a pose de Lady Catherine de Bourgh, mas certamente Elizabeth Bennet recusando-se a deixar que Caroline Bingley a humilhasse.

— O Johnny é ótimo — respondeu Verity, e de fato não havia necessidade de mentir quando ela podia apenas dizer a verdade. — Ele é tão fácil de conviver, gentil e divertido. Temos ido a muitos casamentos, muitas festas… Sem dúvida ele é a pessoa de quem a gente quer estar ao lado enquanto escuta mais um discurso de padrinho.

Verity teve de morder o lábio para não embalar em um monólogo entusiasmado sobre como os cantos dos olhos de Johnny se enrugavam quando ele sorria para ela ao compartilharem o mesmo olhar pesaroso por ter que comer mais alguma coisa servida *en croûte*. Como ela podia entrar em uma igreja, ou uma festa, ou um pub em East London de braços dados com Johnny e nunca se sentir deslocada. Isso também lhe dava a oportunidade de sentir os músculos dos braços dele — e eram braços realmente bons —, e deviam ter sido os vestígios persistentes da ressaca e o fato de estar tão perto de pãezinhos recheados com muito creme e não poder comê-los que estavam lhe causando esses leves delírios.

— É, eu e o Johnny estamos bem — Verity resumiu, e Marissa segurou a mão dela outra vez.

— Tudo o que eu quero é que o Johnny seja feliz — ela arfou, e seus brilhantes olhos azuis, da cor de gencianas, porque ter olhos azuis normais não seria suficientemente bom para Marissa, de repente se encheram de lágrimas. — Sério, eu não poderia estar mais contente por vocês dois.

— Ah, ainda estamos muito no começo — disse Verity, sem conseguir desviar os olhos de Marissa, cujo lábio inferior agora estava trêmulo.

— Você sabe que eu e o Johnny temos uma história. Uma história muito longa. O Harry me disse que te contou que nós dois nos apaixonamos e nos casamos pelas costas do Johnny — Marissa confessou, baixando a voz para um sussurro conspiratório. — Sempre vai ter uma parte de mim que se sente totalmente podre por causa disso.

Verity assentiu com a cabeça. Ela entendia o sentimento e tinha que dar muito crédito a Marissa por ter lhe confiado aquilo, porque devia ter sido muito difícil trazer à tona um momento tão doloroso do passado.

— Mas não podemos escolher por quem nos apaixonamos — Verity comentou, com delicadeza. — Você não pôde evitar de se apaixonar pelo Harry, não é?

— Eu não pude — Marissa concordou. — E eu amo o Harry ainda mais agora do que na época. Mas, quando se está casado, a gente acaba se acostumando tanto um com o outro que vira parte do dia a dia, e o que eu e o Johnny tivemos sempre foi tão intenso, então acho que sempre foi bom, até por uma questão de autoestima, ter o Johnny ainda um pouco apaixonado por mim. Isso é muito errado? — Marissa perguntou a Verity, os olhos azuis faiscantes muito abertos, a expressão preocupada.

Verity estava começando a entender o que havia de especial em Marissa. Por que Harry a escolhera, mesmo passando por cima de seu melhor amigo. Por que Johnny ainda estava tão obstinadamente apaixonado por ela. Por que Posy e a Pequena Sophie tinham ficado instantaneamente encantadas.

Era porque, quando Marissa olhava para você, te deixava flutuar em sua órbita gloriosa, lhe fazia confidências, era fácil acreditar que você era a pessoa mais importante no mundo dela. Era inebriante. Verity se sentia sucumbir — o perfume de Marissa era incrível também —, mas seria forte, pelo amor de Deus, e desculpe, Senhor, por tomar seu santo nome em vão, Verity rezou silenciosamente, mas eram circunstâncias extremas e tudo o mais.

— Você está me dizendo que não está apaixonada pelo Johnny? — Verity indagou, e Marissa sorriu como se ela tivesse acabado de contar uma piada. E não muito engraçada. — Que não tem os mesmos sentimentos que ele?

— Ah, essa é a coisa mais doce que eu já ouvi. — Marissa forçou um riso tilintante. — Eu e o Johnny somos amigos que se amam muito, nada mais que isso. Bem, certamente não do meu lado. Mas acho que sei o que está acontecendo aqui. — Ela balançou a mão mole de Verity.

— O que está acontecendo aqui? — Verity quis saber, porque estava muito confusa. Ela mesma nunca tivera um "amigo muito amado", então não conhecia o jeito correto, mas com certeza não envolvia bombardear seu "amigo muito amado" com tantas mensagens e telefonemas como Marissa fazia. Especialmente quando, até onde Marissa sabia, Johnny estava namorando.

Marissa inclinou sua bela cabeça e deu a Verity um sorriso que transbordava compreensão.

— Acho que você pensa que está apaixonada pelo Johnny. E diz a si mesma que, como ele é tão especial, tão inteligente, tão bonito, todas devem estar apaixonadas por ele também. Mas não, Vera, eu não estou apaixonada pelo Johnny. Não dessa maneira. Acho que o Harry teria algo a dizer sobre isso se eu estivesse.

— Mas, no casamento em Kensington, o Harry disse que....

— O Harry diz muitas coisas. — Marissa fez uma carinha bonita, como se essas coisas não dissessem respeito a ela. — Eu não poderia estar mais feliz pelo Johnny ter finalmente encontrado uma moça tão simpática para lhe fazer companhia. Teve aquela Karen, alguns anos atrás...

— Você quer dizer Katie? — Verity não sabia se devia se sentir aliviada ou ofendida por Marissa também não conseguir lembrar o nome da única outra mulher com quem Johnny fora visto nos últimos dez anos.

— Karen. Katie. Tanto faz. Ela não era certa para o Johnny. De jeito nenhum. — Um gesto de desdém com os dedos, como se isso fosse tudo o que a pobre Katie merecia. — Sinceramente, a desconfiança não é uma qualidade atraente em uma mulher, Velma. Se eu estivesse apaixonada pelo Johnny, por que estaria aqui?

— Falando nisso, por que você está aqui? Só para bater papo? Ou quer comprar alguns livros?

— Não me leve a mal, é uma livraria muito bonita, encantadora mesmo, como eu estava dizendo para a Posy, mas eu só leio ficção literária — respondeu Marissa. — Sempre acho que tem algo um pouco triste e incompleto em mulheres que leem livros românticos...

Nada seria mais certeiro para romper o feitiço que Marissa havia lançado sobre Verity. Não havia nada de errado em ler ficção romântica. Ela não existia apenas para preencher buracos na vida de pessoas solitárias. Era possível estar em uma relação romântica e continuar lendo ficção romântica. Não era como se houvesse uma cota de romances e Marissa já tivesse ultrapassado a dela.

— Na verdade — Verity começou, com um pequeno surto de indignação que faria suas quatro irmãs se entreolharem. — Na verdade, eu acho que você vai acabar descobrindo que a maioria dos clássicos pode ser classificada como ficção romântica. Dos poemas de amor de Ovídio a *Romeu e Julieta*, *Orgulho e preconceito*, claro, e mesmo alguns chamados autores literários, como Ian McEwan e Sebastian Faulks, que aliás nós temos em estoque, para sua informação.

— Não, receio que você esteja enganada, e eu sei do que estou falando. Sou formada em literatura inglesa em Cambridge — disse Marissa, de-

250

finitiva, como se isso decidisse a questão, o que não era verdade. Mas, quando Verity abriu a boca para argumentar com mais vigor e depois, inevitavelmente, começar a citar *Orgulho e preconceito*, Marissa segurou seu braço e aplicou pressão suficiente para que Verity, por reflexo, fechasse a boca. — Estamos nos desviando do assunto. Eu não vim aqui para falar de livros, mas para fazer um convite. O Johnny ainda não respondeu, mas posso imaginar que você o tem mantido ocupado.

Parecia que os poderes de atração de Marissa tinham vida útil máxima de uns vinte minutos. Não mais encantada e envolvida por sua influência sedutora, Verity reverteu à sua opinião anterior. Marissa era um veneno. Um veneno muito perigoso e traiçoeiro, e ficar longe dela era o único antídoto eficaz.

— Tenho certeza de que você lembra como é o início de um relacionamento. Eu e o Johnny queremos passar o máximo de tempo juntos, só nós dois — disse Verity, tão açucarada que seus dentes de trás doeram. — É um convite para quê?

— A comemoração do nosso décimo aniversário de casamento — respondeu Marissa. — Eu e o Harry vamos fazer um fim de semana de festa. Alugamos uma casa enorme em uma pequena ilha na Cornualha e convidamos todos os nossos amigos mais queridos. Claro que convidamos o Johnny meses atrás e tenho tentado entrar em contato com ele para confirmar, mas, como você acabou de dizer, ele não tem mais nem um momento para si, pobrezinho.

— Ele ainda tem muitos momentos para si — Verity declarou, irritada, porque, apesar do que havia acabado de dizer, ela jamais seria uma namorada grudenta. Jamais. — Talvez ele só não tenha tido tempo ainda de te responder.

— Acho muito difícil acreditar nisso — Marissa revidou, igualmente irritada e, por uma fração de segundo, tão breve que depois Verity se perguntaria se não havia apenas imaginado, lançou um olhar malévolo para Verity como se ela não fosse nada além de uma praga na vida de Johnny que tivesse que ser eliminada o mais rápido possível. Então Verity piscou e Marissa estava de volta a seus olhos muito abertos e seus modos encantadores. — Você também está convidada, claro. É neste fim de semana...

— Ah, que pena. Acho que já temos compromisso para este fim de semana — Verity falou, embora, se tivessem, ela não podia imaginar qual seria. A sexta-feira seguinte era feriado. O verão estava quase no fim, os convites agora já não eram tão frequentes e logo não haveria mais necessidade de ela e Johnny levarem adiante aquela farsa. A ideia lhe deu uma sensação de pânico, mas, externamente, não fez muito mais do que piscar.

— Vou conversar com o Johnny hoje à noite. Ver o que ele quer fazer.

Era uma declaração muito de namorada. Os olhos de Marissa faiscaram outra vez e ela começou um longo discurso sobre o chef de cozinha que haviam contratado para o fim de semana, o qual já havia trabalhado para todo tipo de celebridades e que precisava das confirmações definitivas porque era muito indelicado deixar para fazer isso de última hora.

— ... ele cozinhou para o duque e a duquesa de Cambridge e até eles conseguiram entregar a lista final de convidados com um mês de antecedência...

— Estamos fechando agora. Se não estiver esperando para registrar suas compras, infelizmente vou ter que pedir para você sair — disse uma voz atrás delas. Verity virou e viu Nina de pé com as mãos nos quadris.

— Além disso, Very, você precisa fazer o fechamento do caixa.

Marissa estremeceu de leve diante das palavras "fechamento do caixa", como se esse relance de um dia de trabalho tivesse feito sua pele arrepiar.

— Escute, eu tenho mesmo que ir agora — disse ela, como se fosse Verity quem a estivesse segurando ali contra sua vontade. Ela se levantou em um movimento fluido. — Por favor, me avise sobre o fim de semana. O Johnny sabe onde me encontrar.

Em seguida, ela atravessou a loja como se o chão de madeira riscado da livraria fosse uma passarela de Milão.

— Meu sentido aranha começou a comichar — Nina explicou, quando Verity se ergueu das profundezas do sofá com muito menos graça que Marissa. — Nunca confie em ninguém com o cabelo tão brilhante. Não é natural. *Quem* é ela, afinal?

— Uma amiga de faculdade do Johnny. — Verity tentou manter seu tom neutro, mas aquele músculo revelador estava pulsando em sua pálpebra. — Parece que ela é formada em literatura inglesa em Cambridge e eu não gosto nada dela.

— Very! — Tom surgiu de trás do balcão. — Você sabe que eu fico perturbado quando você dá uma de mauzinha.

— Logo você, filha de vigário! — Nina completou, com uma gargalhada rouca.

Como tantas vezes acontecia, Jane Austen podia resumir os pensamentos de Verity sobre a situação muito melhor do que ela própria.

— "Ela é uma dessas jovenzinhas que procuram se destacar aos olhos do outro sexo subestimando o seu próprio, e com muitos homens, ouso dizer, isso funciona" — disse ela, com uma fungada. — "Mas, na minha opinião, é um recurso desprezível, um artifício muito mesquinho."

Nina e Tom recuaram devagar.

— Bom, vamos te deixar em paz para fechar o caixa — disse ele, certificando-se de manter a voz baixa.

— Não precisa ter pressa — Nina murmurou. — Ah, eu vou sair hoje à noite. Com um cara que conheci no HookUpp e disse que é fuzileiro naval. Então pode ficar com o apartamento só para você. Você vai gostar, não é?

— Mais do que você poderia imaginar — Verity respondeu, do fundo do coração.

*Creio que deve ter sido na primeira vez em que vi
sua bela propriedade em Pemberley.*

Não havia nada que Verity quisesse mais do que se deitar em um quarto escuro com um pano úmido na testa, mas primeiro precisava falar com Johnny.

Por mais que lhe doesse admitir, não era o tipo de conversa que poderiam ter por e-mail, mensagem ou telefone.

Quando se tinha que revelar para seu falso namorado que o amor da vida dele solicitava sua presença na comemoração de seu décimo aniversário de casamento com o marido dela, só uma conversa cara a cara serviria.

Ainda assim, não ia matar se ela testasse o terreno com uma mensagem, Verity pensou, e talvez Johnny estivesse muito inevitavelmente ocupado nos próximos dias, e então já estariam tão em cima do fim de semana que seria tarde demais para comparecer, quanto mais para dar detalhes de alguma eventual alergia alimentar para o chef das celebridades de Marissa.

> Você está por aqui esta noite? Precisamos conversar.

Ela enviou a mensagem assim que trancou a porta para Nina, que estava toda entusiasmada com seu encontro com o fuzileiro naval.

— Um fuzileiro naval de verdade, Very — ela suspirou, de maneira muito pouco típica. — Ele falou que pode me levantar nos braços e me jogar na cama em um arroubo de paixão, e você sabe como eu sempre quis um homem que fizesse isso.

Para a frustração de Verity, Johnny respondeu à mensagem antes de ela terminar de subir a escada até o apartamento abençoadamente vazio.

> Você esqueceu do nosso jantar aqui esta noite? Nosso "encontro duplo" com meu pai e aquela Elspeth. Venha logo, por favor! (Apesar de a sua mensagem parecer sinistra.)

Ela havia esquecido completamente. William tinha enviado um e-mail simpático com um convite para jantar depois de passar pela livraria e, embora Verity tivesse confirmado presença, reprimira em seguida toda lembrança disso, como costumava fazer com coisas que sabia que seriam incômodas.

E agora, como Johnny tinha dito, havia todo um novo nível de sinistro acrescentado à provação. *Você não sabe metade da história*, Verity pensou consigo mesma, desanimada. Johnny havia mandado o endereço na mensagem e, depois de alimentar Strumpet e pegar na gaveta o celular dele exclusivo para Marissa, ela partiu para Canonbury com medo no coração. Ninguém gostava de ser portador de más notícias, e todos sabiam o que acontecia com seus mensageiros.

Verity havia planejado caminhar os cerca de três quilômetros, seguindo pelas ruas secundárias de Clerkenwell e Islington, mas isso só estava prolongando sua agonia, então ela se enfiou em um ônibus abarrotado de gente suada e irritadiça que voltava do trabalho e foi ficando cada vez mais suada e irritada também.

Embora o ônibus tenha se arrastado por ruas congestionadas, ainda chegou a Highbury Corner cedo demais para seu gosto e foram só mais cinco minutos caminhando por ruas bonitas e arborizadas com robustas casas vitorianas até se aproximar, infeliz, da casa de Johnny e tocar a campainha. Havia lido tudo sobre sua glória de quatro andares no *The Guardian*, mas mesmo assim não estava preparada para como a casa era enorme e como tudo, da pintura aos acabamentos, era imaculado; até a porta da frente era de um cinza-claro perfeito.

Verity se sentia como a garotinha suja que devia entrar pela porta dos fundos, especialmente quando olhou para baixo e viu, consternada, que ainda estava com a camiseta da Felizes para Sempre. Não havia nem pensado em passar uma escova nos cabelos ou um pouco de perfume. Ah, meu Deus, não havia nem parado no caminho para comprar uma garrafa de vinho ou um buquê de flores.

Era tarde demais para lamentos. A porta se abriu e lá estava Johnny, que havia claramente tido tempo para um banho e uma troca de roupa desde que chegara do trabalho. Ele usava jeans e uma camisa preta com as mangas arregaçadas e ficou feliz ao ver Verity, a julgar por seu sorriso aliviado.

— Ainda bem que você chegou — disse ele, puxando-a para um beijo no rosto que pareceu surpreender a ambos. Depois conduziu Verity para um grande saguão com o que parecia ser um piso original de ladrilhos branco e pretos, um banco de madeira que aproveitava o vão da escada e uma delicada decoração de madeira vazada no alto da escada, tudo pintado de branco. — Estamos tomando um drinque no jardim.

Não parecia que tudo estava indo bem no primeiro encontro de Johnny com "aquela Elspeth". Com um peso ainda maior no coração, Verity o seguiu pelo saguão, vendo de relance por uma porta aberta uma sala de estar ampla inundada de luz, paredes pintadas de um suave off-white, sofá, tapetes, almofadas e uma coleção de taças nas prateleiras de cada lado de uma grande lareira, em diferentes tons de azul.

Passaram então pela cozinha, que era como aparecia no *The Guardian*. Os gabinetes que o próprio Johnny havia construído e a enorme mesa em aço polido, as paredes brancas, agora atenuadas por alegres detalhes verdes, e um grande guarda-louça em estilo sueco cheio de porcelanas coloridas.

256

Uma das paredes da cozinha era toda ocupada por portas de vidro que se abriam para um grande jardim, quase todo ele gramado.

— Não posso dizer que tudo esteja correndo incrivelmente bem — Johnny disse para Verity pelo canto da boca enquanto saíam para o jardim. Logo virando a esquina, sentados em um banco, estavam William e uma mulher em um bonito vestido florido, de feições delicadas que a idade não tinha murchado.

Eles sussurravam um para o outro, as cabeças próximas, e então a mulher riu e William encostou o nariz no pescoço dela e, para um observador desprevenido, davam toda a impressão de estar trocando carinhos.

— Não posso deixar vocês dois sozinhos por um minuto, não é? — disse Johnny, com um leve tom de irritação, o que fez a mulher rir de novo, mas agora muito nervosamente. Johnny puxou Verity com um aperto firme e desesperado dos dedos. — Temos companhia. Very, você já conheceu o velho pilantra, não é? Quando ele resolveu se meter.

— Eu não chamaria de me meter, mas de me interessar pelo bem-estar emocional do meu único filho — William declarou, imponente, pondo o braço em volta da mulher. — E esta é a Elspeth, minha amiga. Elspeth, esta é a Verity, amiga do Johnny, que me aconselhou a comprar para você aquela bela edição de *Orgulho e preconceito* com a capa de tecido.

—Ah, que escolha inspirada! — Elspeth exclamou, sorrindo para Verity, que sorriu de volta e fez um gesto para a mulher indicando que ela não precisava se levantar.

Então Verity baixou os olhos para sua camiseta outra vez.

— Desculpem, eu não tive tempo de me trocar depois do trabalho. — Ela levou a mão aos cabelos, que pareciam estar bem desgrenhados.

—A verdadeira beleza não precisa de artifícios —William respondeu, galante, e levantou as sobrancelhas para Johnny. — Essa linda garota precisa de um drinque.

Instantes depois, Verity estava segurando um copo de Pimm's cheio de morangos e pepinos e, enquanto Johnny acendia a churrasqueira para grelhar filés de atum, ela conversou com Elspeth, que havia sido professora de inglês até se aposentar uns dois anos antes, sobre livros. Ao contrário de,

257

digamos, Marissa, Elspeth não via nenhum problema em que muitas das maiores obras literárias fossem classificadas como ficção romântica.

— E que diferença faz, não é? — Elspeth comentou. — Alguns de meus momentos mais felizes na vida envolveram um pacote de cookies de chocolate com gengibre e o livro mais recente da Diana Gabaldon.

— A Lucinda, minha falecida esposa, adorava ficção romântica — William lembrou, e Elspeth sorriu afetuosamente e apertou a mão dele, enquanto Johnny observava com a testa franzida. — Tenho certeza de que ela adoraria conversar sobre livros com você, Verity.

Verity murmurou algo sobre como isso teria sido bom, depois ficou quieta, como Johnny, que, exceto por perguntar como as pessoas queriam seu atum, havia permanecido monossilábico e de cara fechada. William e Elspeth tentaram manter a conversa, com Verity contribuindo quando podia. Durante o jantar, Elspeth contou que se aposentara e ficara inesperadamente viúva no espaço de dois meses e, para sair de seu "baixo-astral horrível", adotara um cachorro, uma poodle mestiça chamada Peggy, e se inscrevera em um curso de ioga, onde conhecera William.

Johnny bufou muito baixinho, e Verity não tinha certeza se era por ele ser antipoodles, anti-ioga ou, mais provavelmente, por imaginar William e Elspeth trocando olhares enquanto faziam a postura do cachorro olhando para baixo. Mas seu som de zombaria foi, ainda assim, alto o bastante para Elspeth hesitar no meio da frase e William lançar ao filho um olhar magoado e bravo sem nenhum traço do brilho habitual.

— Eu acho... Vocês me dão licença? — Elspeth se levantou. — Preciso ir ao banheiro.

— Eu mostro a você onde é — William ofereceu e se levantou também, lançando ao filho outro olhar maligno antes de segurar o braço de Elspeth e levá-la para dentro da casa.

— Eu não sei se foi uma boa ideia... — Verity ouviu Elspeth dizer, o que significava que Johnny podia ouvi-la também, mas ele nem teve a delicadeza de parecer envergonhado.

— Nunca imaginei que você poderia se comportar como um imbecil desse jeito — Verity explodiu, porque estava muito irritada para escolher as palavras com cuidado ou se acalmar antes de falar. — Você está sendo tão grosseiro com a pobre Elspeth. Ela é sua convidada.

Johnny se assustou quando Verity começou a artilharia, mas agora já estava de novo com cara de mau humor.

— Ela é convidada do meu pai — ele corrigiu.

— Ela está na *sua* casa, e você a está fazendo se sentir indesejada. Essa é a própria definição de má educação — Verity insistiu. — Você é melhor que isso. Ou pelo menos eu achei que fosse.

Por um instante, Verity achou que houvesse ultrapassado a linha de sua função como falsa namorada, porque Johnny apertou ainda mais os olhos para ela. Mas sustentou seu olhar até ele desviar com um suspiro.

— Eu também achava que era melhor do que isso, mas é difícil… ver meu pai com outra mulher. — Ele sacudiu a cabeça. — Todos esses beijos e toques. Eles podiam ser um pouco mais discretos.

— Também não é como se eles estivessem se esfregando!

Johnny massageou a ponte do nariz.

— Very, por favor, não diga essas coisas.

Mas alguém tinha que dizer alguma coisa, e esse alguém era ela.

— A Elspeth é namorada do seu pai, quer você goste ou não, então eu sugiro que você *goste* e se *acostume* com a ideia, porque está magoando a Elspeth e o William. Pior que isso, você está fazendo o seu pai se sentir culpado, quando ele não tem motivo nenhum para sentir culpa. Ele tem o direito de amar novamente, e isso não diminui em nada o amor que ele tinha pela sua mãe.

— Mas ele amava muito a minha mãe — disse Johnny, não em tom de discussão, mas apenas como uma observação melancólica.

— E como deve ser solitário continuar amando alguém por tantos anos sem poder estar com essa pessoa — Verity respondeu enfaticamente e segurou a mão de Johnny, ambos impressionados e surpresos com aquela ousadia, e ela entrelaçou os dedos nos dele.

Verity via a luta interna de Johnny no franzir de sua testa, na tensão com que seus dedos apertavam os dela. Depois, ele sacudiu a cabeça, não em descrença, mas como se estivesse se limpando de todas as más vibrações.

259

— Ah, Very... — ele murmurou e virou a cabeça em seguida ao notar que seu pai e Elspeth vinham voltando.

— Elspeth — disse ele, engolindo em seco. Verity apertou os dedos dele outra vez. — Eu acabo de ser alertado de que venho me comportando de um modo pavoroso. Por favor, me desculpe. — Em seguida sorriu para Elspeth. Um de seus sorrisos adoráveis, gentis e acolhedores. Elspeth relaxou visivelmente e sorriu de volta ao se sentar, enquanto William lançou para o filho um olhar que conseguia ser ao mesmo tempo bravo e carinhoso.

— Mesmo assim você está de castigo — William murmurou, e toda a tensão que porventura ainda permanecesse se evaporou como se todos tivessem segurado a respiração e, agora que podiam respirar livremente, estivessem um pouco embriagados pela falta de oxigênio.

Talvez tenha sido por isso que não paravam de rir depois que Johnny descreveu Strumpet como um "gato de vida fácil" e Verity foi forçada a defender a extrema voluptuosidade de seu felino, depois mostrou a Elspeth e William as fotos que tinha no celular do traje de apicultura do Pobre Alan, porque palavras não conseguiriam lhe fazer justiça.

Eles formavam um belo casal, completando as frases um do outro, rindo das piadas um do outro, sempre com seus pequenos toques — a mão de Elspeth pousada no joelho de William, ele arrumando o cabelo dela atrás da orelha — de tal modo que era difícil acreditar que só estivessem se vendo há "menos de um ano. Nossa, mas parece mais, não parece?".

Agora que havia lutado com seus demônios e vencido a batalha, Johnny não parecia mais nem um pouco incomodado pelo fato de seu pai de repente ter surgido com uma namorada depois de dez anos de viuvez. Pelo contrário, Verity não pôde deixar de notar que ele fazia questão de sorrir toda vez que falava com Elspeth.

— Eu gostei muito da Elspeth — Verity comentou mais tarde, enquanto ela e Johnny arrumavam as coisas e William acompanhava Elspeth até um Uber que a levaria de volta a Crouch End. — Você também gostou dela, não é?

— Gostei. — Aquilo saiu como um suspiro. — Bastante. E, depois que parei de me irritar, percebi como o meu pai fica feliz com ela, o que me deixou ainda mais inclinado a gostar dela — Johnny disse, passando uma água nos pratos e entregando-os a Verity para que ela os colocasse na lava-louças. — Obrigado por isso.

— Por quê? Eu não fiz nada — Verity falou.

— Você falou sério comigo quando eu precisava. E me fez enxergar como eu estava sendo grosseiro e infantil. Se o meu pai gosta da Elspeth, se a ama até, isso não diminui em nada o amor que ele tinha pela minha mãe.

— Claro que não — William disse da porta. — Eu amava a sua mãe e fiquei muito sozinho sem ela. E ela não queria isso para mim.

Verity girou o pano de prato que estava segurando como se fosse uma capa de toureiro.

— Vou para o jardim, assim vocês podem conversar — ela falou depressa, mas William sacudiu a cabeça e Johnny a segurou gentilmente pelo pulso.

— Não precisa sair — ele disse, com um sorriso acanhado. — Você já sabe o idiota que eu sou. E tem razão, pai, claro que a mamãe não ia querer que você ficasse sozinho.

— Ela me fez prometer que eu não ia virar um daqueles velhos tristes e desmazelados que vivem de feijões em lata. — William se sentou agilmente em um dos banquinhos de aço polido de Johnny. — Nós dois até tivemos uma conversa sobre eu fazer aulas de dança ou de pintura para conhecer mulheres. "Você me amou tanto e tão bem que seria um desperdício terrível se não amasse nunca mais", Lucinda me disse pouco antes de morrer, mas foi porque eu a amava tanto que não estava pronto para conhecer ninguém por um bom tempo.

— E agora? — Johnny quis saber, com os dedos ainda fechados no pulso de Verity, o que significava que ele devia estar sentindo como o coração dela estava acelerado por ser forçada a testemunhar uma conversa que não tinha nada a ver com ela, ainda que tivesse um interesse pessoal por qualquer coisa que pudesse influenciar as ideias de Johnny sobre o amor.

— Agora eu percebo que, se a gente fica tempo demais vivendo no passado, acaba perdendo o que está bem na nossa frente — William respondeu, com o que pareceu a Verity um olhar muito significativo para seu filho. — Bem… agora vou descer para o meu barraco no porão…

— Está bem longe de ser um barraco — Johnny protestou, mas soou um pouco distraído, como se sua atenção estivesse longe.

— Por que você não leva a Verity para conhecer a casa? — William sugeriu e Verity, embora fingisse que era indiferente para ela fazer ou não um passeio guiado, estava louca para dar uma boa olhada.

Johnny ficou praticamente em silêncio enquanto mostrava o andar térreo para Verity, apenas murmurando algo sobre os pisos de madeira compensada. Foi só quando estava mostrando a Verity o banheiro de hóspedes, que tinha uma banheira com pés que seria absolutamente perfeita para ler durante o banho, que ele falou:

— Por que cargas d'água eu esperava que ele passasse o resto dos seus dias chorando pela minha mãe? Isso não tem a menor lógica.

O sujo falando do mal lavado, pensou Verity, enquanto respirava fundo e se sentava no banco junto à janela do banheiro. Apesar da sensação geral de espaços abertos, havia muitos cantinhos aconchegantes na casa onde alguém poderia se acomodar por algumas horas na companhia de um livro ou apenas ficar sozinho para refletir.

Não havia um modo fácil de dizer aquilo, Verity concluiu, vendo Johnny olhar intrigado para ela.

— Vem sentar do meu lado? — Ao contrário de Marissa, Verity disse aquilo como um pedido sincero, não como uma exigência peremptória, e, quando Johnny se sentou e eles se espremeram no banco, ela segurou a mão dele. Parecia a coisa certa a fazer.

— De repente eu fiquei muito preocupado — disse Johnny, numa voz que parecia muito mais divertida do que um minuto atrás. — Ou você vai terminar comigo, ou está prestes a me contar que tem só mais três meses de vida.

— Nem uma coisa nem outra. Bom, eu tive uma visita na livraria hoje. — Verity deu um tapinha na mão de Johnny. — E essa visita foi… Marissa.

Ela ficou um pouco surpresa por não ouvir os acordes de uma música sinistra logo após pronunciar o temível nome. Em vez disso, Johnny apenas enrijeceu ligeiramente o corpo.

— Ah, é? Como ela está?

— Bem. Ela parecia bem.

— Bom. Isso é... bom.

Embora não tenha sido exuberante, a reação de Johnny não foi como Verity esperava. Secretamente, ela esperava que ele recebesse a notícia com insensível indiferença, indicando que aquele mês de distanciamento o tinha finalmente curado de seu vício em Marissa. Ou então, o pior dos cenários, que Johnny saísse correndo noite afora, jurando amor eterno à sua bela dama.

— Enfim, já faz um mês. Na verdade, faz mais de um mês, então eu tenho que devolver o seu celular, porque a Marissa disse que está tentando entrar em contato com você porque... Não vá entrar em crise ou ficar aborrecido por causa disso... É a festa de dez anos de casamento dela e do Harry neste fim de semana...

— Ah, é neste fim de semana? — Johnny comentou com naturalidade, como se de fato já tivesse superado Marissa e mal houvesse pensado nela durante as últimas semanas. — Eu marquei a data um tempão atrás, mas nunca confirmei. — Ele abriu o tipo de sorriso que se poderia dar a um conhecido ou vizinho que se encontrasse de passagem na rua. Um sorriso impossível para Verity decifrar. — Ela estava furiosa?

— Bastante. — Verity não podia dizer mais que isso, porque, se o fizesse, se veria no papel daquelas mulheres que falam mal das outras na presença de homens. — Ela precisa da confirmação dos convidados e saber se existem restrições alimentares para avisar ao chef de cozinha.

Johnny concordou com a cabeça.

— Marissa. Ah, Marissa. — Ele expirou longamente. — A última vez que vi minha mãe sorrir foi quando eu e a Marissa dissemos a ela que estávamos noivos. Ela me perguntou se eu estava feliz, eu respondi que sim, e ela disse: "Tudo o que eu quero na vida é que você seja feliz. Então estou feliz também".

Verity apoiou a mão nas costas de Johnny quando ele se curvou para a frente, com os cotovelos nos joelhos. Para alguém que não gostava de toques, ela estava avançando muito em seu desenvolvimento pessoal naquela noite.

— Você deve sentir muita falta dela. — Verity decidiu que precisava esclarecer melhor. — Da sua mãe, quero dizer.

— Muitas das minhas últimas lembranças dela estão ligadas a lembranças de quando eu e a Marissa estávamos nos nossos melhores tempos — disse Johnny, apoiando-se no toque de Verity. — É fácil cair no engano de romantizar o que nós dois tivemos, porque a verdade é que nós sempre parecíamos estar brigando, ou fazendo as pazes depois de uma briga, ou com vontade de começar uma nova. Mas, quando a minha mãe ficou doente, tudo isso parou. — Johnny endireitou o corpo e olhou para Verity com uma expressão agoniada. — A Marissa foi o meu porto seguro. Todas as noites, quando saía do trabalho, ela vinha se sentar com a minha mãe para eu e meu pai podermos descansar um pouco. Ela lavava seus cabelos, ou pintava suas unhas, pequenas coisas que faziam minha mãe se sentir ela mesma de alguma maneira, quando fazia semanas que ela já não era mais quem costumava ser.

Esse era um lado de Marissa que Verity não tinha visto, mas era verdade que só havia se encontrado com ela duas vezes. E, por mais desagradável que Marissa tivesse sido com ela, no momento em que realmente importava ela esteve presente na vida de Johnny, de sua mãe, e agora Verity entendia como eram fortes os vínculos que uniam os dois.

— Não me surpreendo de você ainda sentir amor por ela — disse baixinho, embora sua vontade fosse gemer e ranger os dentes em frustração.

— Eu tenho plena consciência de que a maioria das pessoas me vê suspirando atrás dela feito um colegial apaixonado por uma garota que não lhe dá a mínima bola. Mas, quando eu tento acabar com essa história lamentável de uma vez por todas, ela sempre consegue me puxar de volta.

Johnny era um caso perdido. Verity não sabia bem o que mais poderia fazer por ele, mas, ah, Deus, ainda ia tentar.

— Não aguento mais falar sobre isso. — Johnny levantou e estendeu a mão para Verity. — Vem, eu ainda não te mostrei lá em cima, ou "onde a mágica acontece", mas eu nunca chamo assim porque é muito meloso.

Johnny estava certo. Não havia mais nada a dizer sobre o triste assunto que era ele e Marissa. Era hora de deixar isso de lado e levantar o astral. Verity deixou Johnny ajudá-la a se levantar.

— Você não é mesmo do tipo meloso.

— Mas o mel que o seu pai faz é uma delícia — Johnny brincou, enquanto subiam mais um lance de escadas, porque morar ali devia ser um bom exercício aeróbico, e passavam por mais um banco em uma janela no patamar da escada.

Havia outro quarto de hóspedes, um banheiro, o closet de Johnny, e então ele abriu outra porta para a suíte.

— Não acontece nenhuma mágica aqui. É um lugar praticamente só para dormir. Pode entrar, prometo que não vou te seduzir. — Johnny inclinou a cabeça e olhou para Verity, que hesitava na porta. A expressão dele era cansada, como se sedução fosse a última coisa que passasse por sua cabeça, o que devia ser mesmo, considerando que ele amava Marissa e isso não ia mudar nunca. Mas então a expressão cansada se tornou mais predadora. — A menos que você queira, claro.

Verity só poderia responder à brincadeira no mesmo espírito em que ela havia sido feita. Qualquer outra coisa seria loucura.

— Não de estômago cheio — ela falou, enquanto passava por um Johnny agora sorridente e entrava no quarto.

Ao contrário da atmosfera solar e luminosa do restante da casa, seu quarto era aconchegante, apesar de enorme, elegante e talvez até um pouco sexy. As paredes eram revestidas com um opulento papel de parede prata e cinza-escuro que mostrava videiras densamente coloridas com insetos e flores espalhados em volta. Em outro lugar ficaria opressivo, mas o quarto era grande o bastante para que funcionasse bem.

Havia duas poltronas grandes e suntuosas de veludo cinza junto à janela, mas a maior parte do quarto era dominada por uma cama enorme, com pilhas de almofadas brancas impecáveis, um edredom que ondulava

265

como uma nuvem e um cobertor cinza de microfibra dobrado com esmero no pé da cama. Era grande demais para uma só pessoa, especialmente quando essa pessoa não tinha ninguém para compartilhá-la, nem mesmo um animal de estimação. Johnny se sentou na cama e bateu no edredom ao seu lado, então Verity não teve escolha a não ser se sentar também.

O colchão era bem firme, cedendo apenas o suficiente, e era difícil resistir à tentação de pular nele.

— Gostei da sua casa — Verity falou, nervosa. — Não percebi nenhum problema de salubridade ou segurança.

— Espero que não. — Johnny se apoiou nos cotovelos. — E aí, está a fim?

— Como é?! — Verity alcançou uma nota aguda indignada que daria orgulho a qualquer heroína de Jane Austen, mesmo com um turbilhão de sentimentos dentro de si que fazia seu estômago se apertar e a boca ficar subitamente seca como o Saara, de maneira que não era de todo desagradável, embora ela tentasse abafar essas sensações inconvenientes. — Você acabou de prometer que não ia me seduzir!

— Eu estava falando do fim de semana — Johnny explicou, sem tentar esconder o sorriso. — A festa de aniversário de casamento.

O estômago de Verity desapertou e seu ardor se apagou tão prontamente quanto se Johnny tivesse jogado um copo de água fria em seu rosto.

— Você quer ir à festa? Mesmo depois de ter acabado de dizer que ainda a ama? Como ir à festa de aniversário de casamento dela, ver a Marissa e o Harry juntos, pode ser uma experiência agradável para você? — Sua voz era tão aguda que tinha certeza de que só devia ser audível para os morcegos.

— Eu não posso evitar a Marissa para sempre, posso? E que melhor jeito de lembrar que ela nunca vai ser minha de verdade do que comemorando seu aniversário de casamento de dez anos? Se eu conseguir fazer isso, talvez haja esperança para mim. — Johnny olhou para o teto, com uma expressão pensativa. — A vida depois da Marissa. E você vai estar lá, não é, para impedir que eu caia de cabeça na bebida. Eu não teria sobrevivido a este verão sem você.

266

— Não acho que eu tenha feito tanto. Só mantive o seu celular sob custódia e, para ser sincera, não foi nenhum grande sacrifício — Verity admitiu e em seguida pensou um pouco mais. — E teve toda essa história de namorada falsa, mas nem isso foi tão ruim quanto eu achei que ia ser. Tirando aquela vez que você me fez dançar "Hi Ho Silver Lining". Aquilo foi horrível.

Johnny riu.

— Foi, não é? Mas bem que nós nos divertimos...

Aquilo estava começando a soar como uma autópsia de seu relacionamento falso. Na verdade, estava começando a soar muito como uma despedida e, por mais que Verity tivesse reclamado de todas as comidas *en croûte* e exposições públicas envolvidas em dançar e ter que se socializar, ela ia sentir falta disso tudo, por incrível que parecesse.

Mas nem de longe tanto quanto sentiria falta de Johnny. Em alguns aspectos, ele era tão forte, tão seguro de si, de um jeito que Verity não sabia ser. Mas, por outro lado, ela tinha certeza de que ele teria uma recaída em seus velhos hábitos ruins moldados em torno de Marissa assim que eles dissessem adeus um para o outro. De repente, ela se sentiu ansiosa para prolongar aquela experiência.

— Você quer mesmo ir a essa festa? — perguntou para Johnny. — Mesmo sabendo que ela vai durar todo o fim de semana prolongado do feriado, que é maior que um fim de semana normal?

Johnny a olhou de lado, como se tivesse sido pego com a mão enfiada na lata de biscoitos.

— Eu não fui cem por cento sincero com você. Na verdade, tenho uma segunda intenção nisso — falou, hesitante, e então se deparou com a expressão de agonia de Verity. — Ei, não é nada ruim!

Verity havia fechado os olhos e se enrijecido como se esperasse ser golpeada, ou que Johnny confessasse que só queria ir à festa para poder convencer Marissa a fugir com ele.

— O que é, então? — ela perguntou.

— A casa que a Marissa e o Harry alugaram. É considerada por muita gente um dos melhores exemplos de casa art déco de propriedade particular na Inglaterra — disse Johnny, com um ar ligeiramente sonhador. — Dez anos atrás, estava praticamente em ruínas, até que os proprietários atuais fizeram uma restauração minuciosa. Eu adoraria ver essa casa.

— Bom, a Cornualha é linda. — Verity estava hesitante. A última coisa que queria, a última entre todas, era passar mais tempo na companhia de Marissa, mas... — Você tem certeza de que esse fim de semana não vai ser um sofrimento muito grande?

— Só tem uma maneira de descobrir, não é? — Johnny parecia bastante animado com a perspectiva de superar a mulher por quem seu coração havia batido durante metade de sua vida. — E você vai estar lá para me manter nos trilhos.

E, depois, ele não precisaria mais dela. A ideia fez Verity se sentir insuportavelmente triste, embora sempre houvesse tido perfeita consciência de onde estava se metendo. Na verdade, ela nem queria ter entrado naquilo, mas agora desconfiava de que perder um namorado falso real poderia doer quase tanto quanto perder um namorado real.

— Um último ato para nós, então? — ela perguntou, numa voz que, considerando as circunstâncias, foi até bem estável.

Johnny deu um empurrãozinho em Verity que quase a derrubou da cama.

— De jeito nenhum! Ainda temos o casamento da Con daqui a algumas semanas e sabe-se lá o que mais. — Ele passou o braço nos ombros de Verity e a puxou até o rosto dela encostar em seu peito, onde o cheiro dele, de algodão lavado, e aquela colônia pós-barba refrescante, e mais alguma coisa que era toda Johnny, era mais inebriante do que nunca. Sentiu a respiração dele mover seu cabelo. — Olhe para mim, Very — disse ele, num tom que tornava impossível recusar.

Verity levantou a cabeça. Johnny estava olhando para ela com... Bem, naquela penumbra, parecia ternura, mas era mais provavelmente afeição... ... ou consideração... ou alguma outra coisa terminada em "ão".

— Acho melhor eu ir para casa — Verity murmurou, ainda que sua vontade mesmo fosse continuar ali, daquele jeito, durante horas.

— Ainda não — insistiu Johnny e, em seguida, segurou o rosto de Verity entre as mãos, deslizando os dedos por suas faces, e de repente ela esqueceu como fazer para respirar. — Very, eu não sei o que faria sem você — disse ele, com a voz rouca, e se inclinou para mais perto. Verity arregalou os olhos. Ainda não conseguia se lembrar de como respirar e... Ele definitivamente ia beijar... Ah, apenas o alto de sua cabeça. Então Johnny se afastou e ela viu a expressão doce em seus olhos. — Quem falou em último ato? Você não vai se livrar de mim tão fácil.

23

Eu estava bem desconfortável. Estava muito desconfortável, posso até dizer infeliz.

Verity e Johnny saíram de Londres na hora do almoço na sexta-feira para a viagem quase até a pontinha da Cornualha.

Era um dia chuvisquento, com noventa por cento de umidade, o que foi terrível para o cabelo de Verity, mas, quanto mais seguiam para o oeste, mais claro ficava o céu, até que não restou nada além de azul sobre eles e campos verdes em volta. Embora Verity tivesse um nó duro e doloroso no estômago pela perspectiva de rever Marissa — e de rever Johnny com Marissa —, a rotina de viagem que eles já haviam estabelecido a acalmou.

Ouviram a Rádio 6 Music, ou "os sucessos indie do passado", como Johnny a chamava, e ela lhe contou as últimas novidades do #casamentolovesimpson, porque Con e Alex agora tinham uma hashtag oficial do casamento — aparentemente, todos os melhores casamentos tinham sua própria hashtag oficial.

Saíram da estrada pouco depois de Taunton para almoçar em um pub pequeno e simpático que Johnny conhecia. Foi só quando deixaram Devon e foram recebidos por uma placa de "Bem-vindos à Cornualha" que o nó voltou e Verity foi ficando cada vez mais quieta.

O nó havia crescido para uma pedra alojada no fundo de seu plexo solar quando saíram da rodovia de pista dupla para estradinhas estreitas, salpicadas de animais mortos atropelados. Verity sabia exatamente como esses animais silvestres deviam ter se sentido quando perceberam a morte iminente.

Não demorou nada para atravessarem Lower Meryton, uma agradável cidadezinha à beira-mar, depois entraram no estacionamento do pub local. Haviam decidido que Verity seria a ponte com Marissa para tratar dos detalhes finais, e ela seguiu rigidamente as instruções e, do estacionamento do pub, enviou uma mensagem a um número de celular desconhecido para informar que haviam chegado.

Podiam ver seu destino cerca de duzentos e cinquenta metros ao longe. Uma colina baixa, mais uma elevação de terreno, com uma casa branca empoleirada no topo e um mar faiscante por toda a volta. Os visitantes podiam ir a pé até a ilha na maré baixa, mas era muito evidente que não estavam na maré baixa e, por esse motivo, esperaram ali por algo que a mensagem recebida chamava de "trator marítimo".

— Não tenho ideia do que é isso — Verity disse para Johnny, enquanto ele tirava as malas do carro.

Ele endireitou o corpo e se alongou, depois olhou para o mar.

— É aquilo.

— Meu Deus — disse Verity, num sussurro.

Uma engenhoca esquisita vinha se aproximando deles. Parecia o chassi de um caminhão aberto, com uma fileira de assentos de cada lado, flutuando na água, mas, quando chegou mais perto da praia, a metade inferior do veículo — quatro rodas sob uma série de suportes de metal — surgiu a vista e Verity percebeu que a água não devia ser muito profunda. Na verdade, ela até preferiria se arriscar a ir nadando para a ilha, se fosse possível.

— É totalmente seguro — disse Johnny, pegando as malas. — Tratores marítimos eram muito populares na década de 30 para passeios turísticos pelas atrações à beira-mar, mas acho que a maioria das pessoas usa barcos hoje em dia.

Uma escada de metal havia sido baixada e um homem acenava para eles, enquanto os dois desciam o declive que levava à praia.

— Sou Jeremy — ele gritou quando chegaram mais perto. — Vocês devem ser Johnny e Victoria.

— Verity — Johnny e Verity disseram em uníssono.

Logo ficaram sabendo que Jeremy era o proprietário da Wimsey House, o destino deles, e conhecia Harry de Londres. Verity se agarrou a seu assento, de olhos fechados, rezando para Deus a transportar em segurança sobre o mar, que antes parecera muito calmo, mas agora, para sua delicada sensibilidade, estava decididamente agitado, enquanto Jeremy e Johnny conversavam alegremente sobre a Wimsey House e a restauração que havia levado cinco anos e custado quase dois milhões de libras.

Não é *tão* profundo, Verity dizia a si mesma. E você não está em um barco; na verdade isto é um veículo motorizado muito alto. Mas, mesmo assim, seu estômago se revolvia enquanto o trator marítimo a carregava para um destino incerto, ou pelo menos para uma festa de um fim de semana inteiro que tinha como anfitriã uma mulher por quem Verity tinha mais aversão do que por qualquer outra pessoa que conhecera desde o ensino médio, quando a professora de educação física, a sra. Harriss, tivera uma antipatia violenta e instantânea por ela. O sentimento havia sido inteiramente recíproco.

Ainda assim, a injustiça de todas aquelas flexões que a sra. Harriss a obrigava a fazer ao menor indício de provocação tirou sua cabeça da náusea e da sensação de que poderia morrer a qualquer momento. Não que Johnny percebesse seu desconforto. Ele estava ouvindo, extasiado, enquanto Jeremy contava com entusiasmo sobre seus quatro terraços diferentes.

Finalmente chegaram à ilha. O trator marítimo saiu da água e deu uma parada brusca que teve um efeito inevitável sobre o estômago convulso de Verity. Ela se inclinou na lateral do veículo e vomitou todo o almoço.

— Ah, meu Deus — ela gemeu. Deus tinha sido uma lembrança muito constante na última hora e, mesmo assim, parecia tê-la abandonado no momento da necessidade.

— Pobre Very. — Ela sentiu uma mão em seu ombro e então Johnny estava afagando suas costas para tranquilizá-la, embora agora isso fosse como chorar sobre leite derramado.

Ele a ajudou a descer a escada de metal e, mesmo quando pisou em terra firme, suas pernas estavam moles como gelatina e ela se sentia trêmula e sensível como sempre acontecia depois de passar mal. Dessa vez, Verity não se importou quando Johnny pôs o braço em sua cintura enquanto caminhavam em direção a casa. Como qualquer casal faria.

— Vamos direto para o terraço — informou Jeremy, abrindo um portão lateral para um caminho de cascalho cercado de exuberantes plantas suculentas que dava a volta no prédio. Mesmo antes de virarem a esquina, Verity começou a ouvir o tilintar de copos e gelo, as conversas e risadas de uma festa em pleno andamento.

Ou que estava em pleno andamento até os três surgirem à vista e todos pararem de falar e se virarem para eles. Talvez fosse porque todas as pessoas que seguravam taças de martíni estivessem vestidas de branco e Johnny e Verity não. Além disso, Verity tinha quase certeza, pelo mero sentido do olfato e sem ousar levar a mão para testar, que havia vômito em seu cabelo.

— Querido! Fico tão feliz por você estar aqui, Johnny. — Marissa se destacou de um grande grupo de pessoas na extremidade do terraço. Ela usava um vestido drapeado simples que a fazia parecer uma deusa grega recém-chegada do monte Olimpo. Veio planando em direção a eles, afastou Johnny do braço amolecido de Verity, deslizou a mão pelo seu peito e o beijou no rosto. — Agora a festa pode realmente começar.

— Parece que a festa já está bem começada — disse Johnny e, gentilmente, mas com firmeza, afastou a mão de Marissa, um gesto que aqueceu o fundo do pequeno coração cansado de Verity. — Feliz aniversário de casamento para você e o Harry. Onde ele está?

— Por aí — respondeu Marissa, olhando Johnny de cima a baixo, como se planejasse servi-lo malpassado. — Por que não entra e vai se trocar? Vai ter um drinque te esperando na volta. Martíni, não é?

Johnny sacudiu a cabeça e sorriu com ar de lamento.

— Nós dois sabemos que martíni sempre foi mais a sua preferência. Eu adoraria um gim-tônica, se tiver.

Verity raramente havia se sentido mais orgulhosa de alguém. Então Marissa se virou para ela com um olhar frio.

— Valerie. Você chegou — disse ela sem entusiasmo, como se esperasse que Jeremy a tivesse empurrado para fora do infernal trator marítimo

273

no meio da travessia. — Nossa, você parece tão... desamparada. — Marissa cheirou o ar delicadamente, depois deu um passo rápido para trás, não que Verity pudesse culpá-la por isso. — Que bom que vai ter tempo para se refrescar e colocar o seu LWD antes do jantar. É às sete e meia, em ponto. O chef é muito exigente quanto a isso.

Meia hora para tomar banho, lavar o cabelo como ele nunca havia sido lavado antes e colocar um...

— LWD? O que é isso? — Verity perguntou, nervosa, porque Marissa parecia pensar que ela deveria saber o que era um LWD.

— Ah, Valentine! Todo mundo sabe o que é um LWD — Marissa disse alto e terminou com uma risada tilintante.

Mas Johnny não estava rindo. Apesar do possível cabelo sujo de vômito, ele pôs o braço em volta de Verity e a puxou para junto de si, de modo que ela pôde se apoiar em algo sólido e estável outra vez.

— Você sabe perfeitamente que o nome dela é Verity — ele disse baixinho, para que apenas Marissa pudesse ouvir, porque não era do feitio de Johnny humilhar alguém em público. — E eu também não sei o que é um LWD, portanto talvez você possa esclarecer para nós dois.

Marissa não enrubesceu, nem desviou o olhar, nem pediu desculpas, porque não era do feitio dela. Ficou firme e levantou a cabeça, para o sol iluminar os bonitos planos de seu rosto, como se o céu estivesse fazendo a luz de fundo para ela.

— Quer dizer "little white dress", vestidinho branco — ela explicou, como se estivesse falando com um par de idiotas. — É um fim de semana com tema todo em branco. Pela tradição, dez anos de casamento são bodas de estanho, mas o que me interessam coisas feitas de estanho? Tudo isso estava no e-mail que eu enviei para você, Verity.

— Não recebi nenhum e-mail sobre vestidinhos brancos ou qualquer outra coisa branca — disse Verity, porque realmente não havia recebido. Apenas um e-mail muito lacônico agradecendo a confirmação da presença dela e de Johnny e informando para onde deveriam mandar uma mensagem quando chegassem a Lower Meryton. — Eu não trouxe nenhum vestido branco. Sinto muito. Espero que isso não estrague demais o seu fim de semana.

Verity estava sendo sincera, mas no fundo meio que torcia para Marissa mandá-los embora, mesmo que isso significasse uma viagem de volta naquele trator marítimo infernal.

— Eu tenho certeza de que lhe enviei um e-mail sobre o dress code — Marissa insistiu, tão veemente que, mesmo Verity também tendo certeza de não ter recebido nada, talvez, só talvez, Marissa tivesse lhe enviado outro e-mail e, por alguma razão estranha, ele tivesse ido parar na pasta de spam. — Ah, enfim, agora não há o que fazer. Espero que pelo menos você tenha trazido um traje de noite. Vamos nos vestir a rigor para o jantar de amanhã. Gravata branca e vestido de festa.

— Nenhum traje de noite — Johnny disse com calma, enquanto Verity contemplava a ideia de se atirar do terraço. Sim, ela poderia morrer arrebentada nas pedras lá embaixo, mas pelo menos ninguém esperaria que ela usasse um vestido de festa no jantar de amanhã. — Nós não nos incomodamos de comer no quarto se...

— Não seja bobo — Marissa respondeu depressa, com um sorriso irritado. Em seguida olhou em torno para os convidados que haviam voltado a rir, conversar e retinir seus copos. — Acho que podemos conseguir um smoking extra e alguém poderia te emprestar um vestido, Verity... — Marissa deixou a frase no ar e seus olhos se fixaram no corpo de Verity, como se ela nunca tivesse se visto diante de uma mulher tamanho 40 de carne e osso.

— Ainda bem que a Very é uma daquelas mulheres que podem vestir um saco de lixo e ainda ficar lindas — disse Johnny, tranquilo, o que era uma mentira tão deslavada que Verity se surpreendeu por ele não cair fulminado por um raio no mesmo instante. Mesmo assim, ficou feliz pela mentira deslavada e por seu apoio constante e bem-humorado.

Disse isso para ele depois que Marissa os entregou aos cuidados da governanta, que os acompanharia até seus quartos.

— Obrigada por ter me apoiado — ela sussurrou, enquanto subiam a graciosa escada curva e se maravilhavam com o primoroso interior branco da casa. — Mas, com toda a sinceridade, tenho noventa e nove por cento de certeza de que não recebi nenhum e-mail sobre o dress code.

— Ah, eu posso apostar nisso — Johnny respondeu alegremente e deu um olhar de lado para Verity. — Não fique chateada, Very. No mínimo, o fato de a Marissa estar sendo tão desagradável é uma ótima terapia de aversão. É engraçado como a gente só se lembra das melhores qualidades de uma pessoa quando passa um bom tempo sem vê-las.

Se Marissa tinha melhores qualidades, elas deviam estar bem escondidas, Verity decidiu, enquanto a governanta lhes mostrava seu quarto. Um quarto. Singular. Um belo quarto com janelas panorâmicas enormes que davam para um mar impossivelmente azul e um céu impossivelmente azul, agora tingido de rosa e laranja conforme o dia dava lugar à noite. E, nesse belo quarto, havia uma cama. Uma só cama. Porque Verity não havia pensado em avisar Marissa que ela e Johnny dormiriam em camas separadas, e de preferência em quartos separados. Podia imaginar com muita clareza a expressão de maldosa alegria no rosto da outra mulher se ela tivesse feito isso.

— Olha, está tudo bem — disse Johnny, antes de Verity ter a chance de dizer que não estava. — Nós já dividimos um quarto antes. Podemos não ter dividido a cama, mas somos adultos. Tenho certeza de que podemos resistir a qualquer impulso libidinoso que por acaso apareça. — Ele riu, desajeitado.

— E, se não pudermos, sempre existe o recurso de dormir com um travesseiro entre nós — Verity brincou, embora não houvesse nada de engraçado naquilo. Então ela pensou nos acontecimentos da última hora e em como ia fazer suas irmãs, sem falar em Posy, Nina e Tom, chorarem de rir quando lhes contasse como havia feito uma entrada triunfal no coquetel de boas-vindas com pedaços de queijo e picles regurgitados no cabelo. Era uma daquelas situações em que as únicas opções eram rir ou desabar na cama superking-size e chorar até a última lágrima. — Pelo menos eu vou entreter a minha família durante anos contando histórias sobre este fim de semana.

— E pense que poderia ser pior. Nós poderíamos estar fazendo trabalhos forçados numa mina de sal na Sibéria — Johnny a lembrou.

— Uma vez eu passei as férias de verão trabalhando na linha de produção de peixe seco em uma fábrica de ração em Grimsby — disse Verity, entrando no espírito da coisa. — Sem dúvida isso aqui não é tão ruim quanto aquilo. Nem o meu cheiro. Falando nisso, eu deixo você usar o banheiro primeiro contanto que seja muito rápido, porque preciso de um banho urgente.

Eu prefiro infinitamente um livro...

Logo ficou evidente que eles não estavam entre amigos. A lista de convidados era composta exclusivamente de homens que Harry conhecia do trabalho e suas esposas, todas glamorosas e bem-arrumadas, que trabalhavam como consultoras de moda ou de mídia e se levantavam às seis da manhã todos os dias para fazer ioga em uma sala muito quente e depois fazer hidroterapia colônica antes da primeira reunião no café da manhã.

Elas eram educadas, mas totalmente desinteressadas. Cada vez que Verity surgia entre elas em mais um traje que não era branco, era recebida por olhares ligeiramente condoídos e sorrisos superiores.

No jantar daquela primeira noite, enquanto Johnny estava do outro lado da mesa, entretido em uma conversa com Jeremy, Marissa fora rápida em informar às outras convidadas que Verity era filha de vigário e trabalhava em uma livraria.

— E ela tem que usar uniforme — Marissa não se esqueceu de acrescentar. — E a loja só vende ficção romântica. Tive que conferir se eu ainda estava no século XXI. — Então se pôs a explicar que Verity estudara em escola pública e não havia estado nem em Oxford nem em Cambridge.

— Nunca conheci ninguém como você — Trudie, uma consultora holística de design de interiores, disse a ela no café da manhã seguinte, quando Verity perguntou timidamente qual era a diferença entre muesli bircher e muesli comum.

Johnny não estava se saindo muito melhor. Era praticamente excluído das conversas, porque não havia ganhado quantias obscenas de dinheiro apostando contra a libra, especulando com o dólar ou fazendo o que quer que os outros homens tivessem feito para construir suas fortunas. Além disso, ele não morava em West London, não jogava squash nem pagava pensão alimentícia para a primeira esposa, reclamando amargamente por ter de fazer isso.

A única maneira de enfrentar aquele fim de semana seria eles se unirem em seu atributo comum de não serem bons o bastante e tentarem se manter bem-humorados.

— Pelo menos não estamos quebrando pedras com correntes amarradas nos pés no sul dos Estados Unidos — Johnny havia dito a Verity antes do jantar da sexta-feira, quando todos os demais estavam vestidos de branco e já tinham uma dianteira de três drinques sobre eles.

— Pelo menos não estamos presos numa cápsula espacial com defeito orbitando a Terra indefinidamente, com estoques de comida e combustível cada vez menores — Verity disse a Johnny quando se deitaram naquela noite, com a janela aberta para deixar entrar a brisa e o som do mar, e com um travesseiro entre eles na cama apenas porque Johnny confessara ser agitado durante o sono e Verity gostava muito de dormir sem um cotovelo ou um joelho batendo de repente em suas costas.

— Pelo menos não estamos atravessando uma trilha nos Apalaches a pé, carregando todos os nossos bens terrenos nas costas, porque a nossa mula machucou a pata — Johnny disse na manhã seguinte depois do desjejum, quando deveriam jogar tênis em duplas mistas, mas foram excluídos e receberam a função de recolher as bolas na rede porque não tinham levado nenhum equipamento.

— Pelo menos não voltamos no tempo para a Londres de 1666, escapando da peste bubônica, mas não do Grande Incêndio — disse Verity naquela tarde. Todos os outros estavam tomando sol em volta da piscina do Terraço Superior e apenas Johnny e Verity tinham tido coragem suficiente para entrar na água. Mesmo usando um maiô inteiro comportado e não um minúsculo biquíni branco, Verity se sentia muito mais à vontade com o corpo submerso. Nadaram de um lado para o outro à toa, até que Harry disse que era hora de se vestirem para o jantar e que serviriam drinques no Terraço da Meia-Lua (tantos terraços), às sete horas.

A única roupa vagamente branca que Verity havia levado era um dos velhos vestidos de Lavinia: outra peça dos anos 50 adornada com alegres barcos a vela amarelos, cor-de-rosa e azuis sobre um fundo de algodão branco. Ela até tentou um rabo de cavalo alegre para combinar com os barcos a vela, mas, quando chegou ao Terraço da Meia-Lua e viu Jocasta, Rainbow e Solange elegantemente recostadas em espreguiçadeiras de inspiração art déco com seus vestidos brancos enviesados também de inspiração art déco, sentiu-se tão deslocada quanto alguém com uma fantasia sadomasoquista em um chá da tarde na casa paroquial.

Só que, se alguém com um macacão de látex tivesse aparecido em um dos chás de sua mãe, a Esposa do Nosso Vigário jamais a teria feito se sentir deslocada. Ao contrário de Jocasta, Rainbow e Solange, que passaram os olhos de cima a baixo por Verity, levantaram a sobrancelha umas para as outras e voltaram a conversar sobre a babá espanhola de Jocasta e como ela deveria ser mais esforçada.

Os maridos estavam reunidos no bar e já haviam deixado claro que, como Verity não era amiga de suas esposas nem atraente o bastante para um flerte, não tinham nenhum uso para ela.

Verity ficou parada em um canto com uma taça de champanhe na mão (nada de prosecco ali). Era muito como as festas da escola para onde Merry e Con sempre a arrastavam. Elas desapareciam de imediato com suas amigas e deixavam Verity por sua própria conta, o que geralmente significava se esconder no banheiro feminino com o livro que ela levava exatamente com essa finalidade.

Ela pensou com um suspiro no novo livro de Santa Montefiore que tinha no quarto. Será que alguém repararia se ela sumisse? Mas, antes que pudesse pôr seu plano em ação, Johnny apareceu ao seu lado.

— Está bonita — disse ele, puxando a ponta de seu rabo de cavalo.

—Também parece prestes a fugir. Por favor, não me deixe sozinho com eles.

Verity o olhou. O mais próximo que ele conseguiu chegar de um traje social completo foi uma camisa branca que implorara que a governanta passasse a ferro e uma calça de algodão creme que deveria ter sido passada também. Mas Johnny estava tão bem consigo mesmo que parecia perfeitamente à vontade, sem aparentar querer se fundir às paredes, como Verity.

— Eu tenho uma barra de cereais e uma caixa de pastilhas para dor de garganta na bolsa. Vai ser um prazer dividir com você se escaparmos de volta para o nosso quarto.

— É uma proposta tentadora — Johnny concordou. — Se um de nós fingisse uma dor de cabeça e...

— Meus queridos! Desculpem por tê-los deixado esperando — Marissa arrulhou para o grupo, de algum lugar atrás deles. — O Harry me distraiu, esse malandrinho.

Ele escondeu muito bem, mas Verity pegou de relance a centelha de algo que parecia muito com angústia no rosto de Johnny antes de ele a disfarçar com um sorriso neutro quando se virou para Marissa e Harry.

— Ah, você mereceu — Harry disse para Marissa com um sorriso maroto, e Verity pensou que era um pouco demais falar de sua rapidinha pré-jantar na frente dos convidados, quando reparou no brilho de algo cintilante no terceiro dedo da mão esquerda de Marissa.

Na verdade, era difícil não reparar, porque Marissa agitava os dedos para seus amigos, que se aproximavam para admirar o anel e comentar sobre ele.

— Uma aliança de amor eterno — Marissa explicou. — Porque o Harry disse que é esse o tempo que o nosso amor vai durar.

— Uma aliança de platina com dez diamantes incrustados, com lapidação redonda de rosa — anunciou Harry. — Um diamante para cada ano de casamento, nenhum com menos de um quilate.

— Você é bom demais para mim — disse Marissa, e pelo menos dessa vez ela não arrulhou, gorjeou ou disse as palavras num tom irônico, mas como se estivesse realmente falando sério. Ao lado de Verity, o corpo todo de Johnny se enrijeceu, e ela estendeu o braço instintivamente para pousar a mão em seu braço. Ele hesitou, depois passou o braço pela cintura dela, o que foi inesperado. Assim como a maneira como ele a puxou muito para junto de si, as costas dela contra o seu peito, e Verity sentiu o calor que vinha de Johnny e estremeceu, mesmo sem estar com frio, muito longe disso.

— Querida, doce Very — Johnny falou com uma voz rouca e, quando ela o olhou, ele baixou a cabeça e roçou os lábios no rosto dela, porque eram amigos, muito bons amigos, e todos achavam que eram um casal, e que melhor maneira de mostrar que ele estava seguindo em frente com sua vida. De qualquer modo, não foi grande coisa, apenas um beijo inocente no rosto.

Ela levantou a cabeça e percebeu que, enquanto todos olhavam para Marissa e Harry, Marissa e Harry olhavam fixamente para Verity e Johnny, como se nunca tivessem visto duas pessoas, amigos queridos, trocarem um gesto de carinho.

Então, Johnny levantou o copo.

— À Marissa e ao Harry! — disse ele, e os outros convidados se juntaram ao brinde, ao mesmo tempo em que Johnny soltava Verity e ela se sentiu fria por causa do repentino afastamento. Não tão fria como quando percebeu a expressão em seu rosto, que era decididamente congelada.

Ele continuava com a mesma cara de morte no rosto quando foram para o jantar e, embora Verity tivesse achado que aquele fim de semana poderia ser uma boa ideia, que Johnny ia ver, de uma vez por todas, que não havia espaço para três pessoas no casamento de Harry e Marissa, sentia-se mal por ele. Gostaria de poder dividir um pouco de sua dor, mas pelo menos Johnny sabia que ela estava ali ao seu lado. Sempre.

O jantar foi delicioso. Champanhe excelente e comida local: de sopa de aspargos, caranguejo e lagosta a peito de frangos que, há menos de uma semana, tinham estado ciscando em uma fazenda a pouco mais de um quilômetro de distância. O ruibarbo em um suflê leve como nuvens tinha sido plantado na horta atrás da casa e era um atestado do talento do chef que havia cozinhado para o duque e a duquesa de Cambridge, como Marissa não passava muito tempo sem lembrar.

Mas Verity mal sentiu o sabor das garfadas que mastigava e engolia mecanicamente. Ali estava Johnny do outro lado da mesa, sentado ao lado de Marissa, porque ela, claro, já o havia perdoado por ter desaparecido por um mês. Eles estavam muito, muito, *muito* envolvidos em uma conversa, mas vez por outra Johnny olhava para Verity, sorria para ela e movia os lábios, perguntando "Tudo bem?", como um namorado faria. Toda vez que ele fazia isso, Marissa punha a mão no braço dele para atrair de volta sua atenção. E, todas as vezes, doía em Verity ver a rapidez, a avidez com que Johnny se voltava de novo para Marissa, e não só porque os olhares ocasionais de Johnny eram sua única trégua naquele jantar.

Do seu lado esquerdo, Verity tinha Miles, um comerciante de petróleo, que se virava para ela a cada poucos minutos para fazer um comentário qualquer sobre a comida, depois voltava a conversar com Solange, que era uma companhia muito mais animada. À direita de Verity sentava-se Yuri, um negociante de ações russo, que estava muito satisfeito de falar com ela, embora sua conversa consistisse em um longo e tortuoso discurso sobre a bolsa de valores.

Johnny a ajudara a atravessar aquele fim de semana. Ele fora seu parceiro no crime, seu plano B, sua estratégia de fuga, sempre sentindo quando ela estava desabando e tirando-a para um lugar quieto. Verity percebeu que nem uma vez havia tido que escrever para uma de suas irmãs em busca de solidariedade ou estímulo, como tão desesperadamente precisava fazer agora.

O esforço de ficar sentada ali com uma expressão animada no rosto, os ombros eretos, sempre pronta para sorrir, concordar com a cabeça e dizer: "Ah, sim, o molho de manteiga está delicioso" ou "Os títulos do Tesouro americano parecem bastante complexos" era exaustivo. Verity sentia sua bateria se esgotar rapidamente e ficava cada vez mais difícil manter o sorriso e murmurar futilidades para seus vizinhos de mesa.

Como seria a sensação de ser Marissa na cabeceira da mesa, com um esplendor e um brilho que luziam até mais que os dez brilhantes de lapidação em rosa em seu novo anel de amor eterno? Verity nem podia começar a imaginar como a vida devia ser fácil quando se era tão segura de seu lugar no mundo, tão certa de merecer integralmente toda a sua boa fortuna.

Quando os pratos da sobremesa foram retirados, Marissa bateu com uma faca em seu copo para pedir a atenção de todos.

— Senhoras? Vamos nos dirigir ao Salão do Sol para o café?

Verity não precisou que lhe dissessem duas vezes. Já estava fora da cadeira e a meio caminho da porta antes mesmo que alguém se levantasse. "Só vou pegar algo no quarto", ela justificou, sem esperar que alguém se importasse.

Em seu pânico, Verity fez uma curva errada e perdeu totalmente a direção de seu santuário abençoado. A casa tinha duas escadas internas e três andares, mas, depois de minutos andando a esmo e espiando atrás de portas, Verity encontrou algo ainda melhor do que o quarto que dividia com Johnny.

A biblioteca.

Verity entrou, fechou a porta e parou um momento para se acalmar. Inspire. Expire. A visão e o cheiro dos livros em toda a sua volta foram um alívio instantâneo, quase tão bom quanto estar de volta à Felizes para Sempre.

Agora, se conseguisse um sinal no celular, estava livre para telefonar para Merry ou outra de suas irmãs, que se compadeceriam dela pelo puro horror daquele fim de semana. O que quer que elas estivessem fazendo, parariam de imediato para despejar sobre ela o bálsamo do consolo fraternal.

Mas era sábado à noite e Verity tinha certeza de que todas as suas quatro irmãs tinham coisas mais divertidas para fazer do que ficar convencendo-a a não se atirar de um dos terraços e, como se tivesse um sexto sentido (o que ela estava certa de ter mesmo), viu-se atraída, caminhando até as prateleiras. Correu os dedos pela lombada dos livros antigos com capa de couro e parou quando chegou às palavras que suas mãos, seu coração e sua alma conheciam tão bem.

Orgulho e preconceito.

Verity sorriu. Estava entre amigos, afinal.

Refugiou-se em uma enorme poltrona de frente para portas abertas que davam para um balcão. Era uma noite quente e ela recebeu com prazer a leve brisa que vinha do mar, até admirou brevemente a vista, as luzes cintilando na cidade lá adiante, antes de abrir o livro na primeira página.

É uma verdade universalmente conhecida que um homem solteiro, em posse de uma boa fortuna, deve estar em busca de uma esposa.

Era impossível saber quantas vezes Verity havia lido essa primeira frase, de modo que já nem a estava lendo, mas recitando de memória. E, como tinha lido *Orgulho e preconceito* incontáveis vezes, e como estava necessitada de conforto, pulou rapidamente pelos capítulos para chegar à sua parte favorita.

A declaração de Darcy para Elizabeth Bennet.

Tentei em vão resistir. Não consegui. Não posso reprimir meus sentimentos. Permita-me lhe dizer que eu a admiro e a amo ardentemente.

Verity se recostou na poltrona com um suspiro feliz, embora Darcy estivesse prestes a estragar tudo dizendo a Lizzy que a família dela era um impedimento, que ela estava muito abaixo dele em status e que ele a amava contra qualquer noção de bom senso. Mas tudo bem. No fim tudo se resolveria.

Isso era o que acontecia com um livro favorito; ele nunca a decepcionava, ela pensou, depois ficou paralisada quando ouviu a porta se abrir suavemente atrás dela.

Estava prestes a revelar sua presença quando ouviu uma voz conhecida sibilar, baixa e furiosa:

— Não tem nada que você possa me dizer que eu queira ouvir, Marissa. Por que não guarda suas palavras para o seu marido?

— Não fique assim, querido. Se alguém aqui deveria estar furioso, deveria ser eu — Marissa sibilou de volta para Johnny.

Johnny.

Marissa.

E Verity, encolhida na poltrona, numa agonia de indecisão. Deveria se revelar ou isso só pioraria a situação? Embora ela temesse que já estivesse pior. Estava uns mil por cento na escala de pior.

Fechou o livro em silêncio e tentou fazer a boca abrir e as pernas se moverem para se levantar.

— Qual é o problema, Rissa? Dói para você me ver com outra mulher? — Johnny a provocou de maneira odiosa, que Verity não teria achado possível no homem que acreditava conhecer tão bem. — Agora você sabe como é.

— Aquela criatura insípida? — Marissa fez um ruído no fundo da garganta, como se estivesse pigarreando para expulsar algo entalado. — Ela é ainda mais sem graça que aquela Katie, por quem você ficou tão encantado alguns anos atrás.

— Você se livrou dela bem depressa, não é? — Johnny revidou. — Um almocinho só para mulheres com você, e ela desapareceu como fumaça.

— Sinceramente, Johnny, já falamos sobre isso uma centena de vezes — disse Marissa, em um tom mais suave. — Ela não era boa o bastante para você. Nada poderia me fazer mais feliz do que você encontrar uma mulher que te merecesse, mas não era a Katie e certamente não é a filha do vigário. Ela é tão comum. Não passa de uma vendedorazinha entediante. Você consegue coisa muito melhor que isso.

Bom, agora é que Verity não poderia mais se expor. Detestaria interromper o vigoroso discurso de assassinato de caráter de Marissa. Tudo o que podia fazer agora era esperar que Johnny a defendesse, apesar de que ele já estava demorando tempo demais.

— Isso não tem nada a ver com ela, ela foi apenas um meio para um fim — Johnny falou, e Verity levou a mão ao coração, que parecia de repente ter ficado oco. — Uma pequena experiência, digamos assim. Mas é irônico você estar com ciúme de alguém que eu conheço há cinco minutos, quando eu tive que ficar olhando você com ele durante dez malditos anos. Eu tentei ficar longe de você, Deus sabe que eu tentei, mas nós dois sabemos que você tem um prazer sádico em esfregar o seu casamento supostamente feliz na minha cara. Eu não aguento mais, Rissa. Simplesmente não aguento mais.

— Não diga isso. Shhh. Não, não diga mais nada. — A impressão era de que Marissa havia posto a mão sobre a boca de Johnny. — Eu amo o Harry, nunca fingi que fosse diferente, mas ainda te amo também. Não do mesmo jeito, mas te amo há tanto tempo que não consigo deixar de te amar, Johnny. Não te amar seria uma tortura para mim.

Sério? Sério? Verity arriscou um suspiro e revirou os olhos. Havia lido alguns romances tórridos e exagerados no passado, sua avó tinha uma pilha enorme deles, e toda aquela história emocional de amor proibido que Marissa e Johnny estavam dramatizando poderia ter saído direto das páginas de um deles.

— Eu também não consigo deixar de te amar — Johnny disse, e Verity fechou os olhos, porque ouviu o nó na voz dele e, depois, o som do raspar de tecidos, como se eles estivessem se abraçando enquanto ela ficava sentada ali, escondida e sofrendo. — Eu queria poder parar de te amar.

Verity ouviu um passo à sua frente e abriu os olhos, fechou, depois abriu de novo, tanto que foi um espanto não terem saltado das órbitas. Porque ali, de pé diante das portas abertas, estava Harry, com uma expressão semelhante a raios e trovões, ventanias e tempestades.

Ele caminhou em direção a Verity, e ela não tinha certeza se ele sequer a vira, a não ser por ter feito um leve cumprimento com a cabeça quando passou por ela.

— Vocês querem parar de se amar? Bom, aqui vai uma dica. Tentem com mais empenho — ele disse, alto.

Verity arriscou uma espiadinha pela lateral da poltrona e viu Johnny e Marissa de pé, a um milímetro de distância um do outro. Johnny parecia abatido e envergonhado (e com razão) e Marissa... Marissa parecia meio presunçosa, pelo que Verity podia ver.

Então ela fez uma carinha bonita e baixou os cílios, olhando para o marido.

— Querido, não é o que parece.

— É, é sim. É exatamente o que parece — Harry contrapôs, sem rodeios.

— Eu só estava dizendo para o Johnny que ele merece alguém muito melhor do que aquela Verity — Marissa explicou, séria.

— O que você quer dizer, meu amor, é que nenhuma outra mulher jamais vai estar à sua altura — Harry declarou. — Mas você não devia ter tanta certeza. Eu mesmo poderia fazer esse teste.

Marissa estava do lado dele em um instante, esquecida de Johnny.

— Não ouse! Nem brinque com isso. Eu e o Johnny... nós temos uma história, você sabe.

Harry passou as costas da mão pelo rosto da mulher.

— Ah, sim, como eu sei. Mas chega. Só... deixe o Johnny em paz, deixe ele ter uma chance de ser feliz com outra pessoa. Isso já durou tempo demais, e eu não vou mais tolerar.

— Mas...

— Mas nada.

— Harry, você sabe que eu te amo — disse Marissa, a voz trêmula com o peso das palavras. — Não pode ter dúvida nenhuma disso.

— Dez anos atrás, você prometeu me amar *e* renunciar a todos os outros, Rissa. Está na hora de cumprir a sua parte do acordo. Esse pode ser o seu presente de aniversário de casamento para mim: sua atenção por inteiro. Vamos ter uma conversa séria sobre isso. Mas este não é o momento nem o lugar. — Ele deu um passo para trás. — Nossos convidados devem estar sentindo a sua falta.

— Claro — Marissa murmurou. Verity arriscou outra espiadinha. Marissa estava ajeitando o cabelo, depois, sem um olhar sequer para Johnny, segurou a ponta em cauda de seu vestido branco de cetim colante e saiu apressada da sala.

E sobraram três.

— Desculpe, Harry — disse Johnny. — Mesmo. Mas eu não consigo desistir dela.

— Isso não importa, você já a perdeu — Harry respondeu sem nenhuma irritação, como se já tivesse esgotado sua raiva. — Eu estava fumando no balcão. A Marissa odeia que eu fume, então insiste que eu faça isso só fora de casa. Nós dois temos nossos pequenos hábitos que irritam um ao outro. Você é o maço de Marlboro Light da Marissa, mas eu não estou longe dos quarenta anos, então é um bom momento para largar o cigarro, e também é mais do que o momento para a Marissa te largar.

Johnny fez um som indeterminado (discordância, desespero, era difícil para Verity definir).

— Você não acha que isso é a Marissa quem deve decidir? — ele perguntou por fim. — De qualquer modo, eu a amei primeiro. Eu a amei muito antes de você, e você sabia disso, e mesmo assim, logo que eu virei as costas, você...

— Chega! — A ordem terrivelmente calma de Harry foi pior do que se ele tivesse gritado. — Eu não me sinto culpado, Johnny. Há muito tempo. Eu e a Marissa estamos casados há dez anos e você precisa superar isso, porque eu não vou mais ser o vilão da história. Dez anos! *Você* é o vilão agora. Então vê se cai fora do meu casamento.

— Mas o que ela sente... — Johnny insistiu.

— Meu Deus, Johnny, seu idiota, você não entende. Ela. Está. Te. Usando. Ela *me* ama. Ela se casou *comigo*. Se a Rissa ainda te amasse tanto quanto você parece achar que ama, já teria me deixado há muito tempo. Ela te mantém por perto porque isso alimenta o ego dela, meu amigo. — Harry riu, sem alegria. — Mas de que adianta ficar tentando explicar isso para você? Talvez a Verity consiga pôr algum juízo na sua cabeça quando todos os outros falharam.

— Deixe a Very fora dessa história — Johnny praticamente rosnou, e Verity ouviu sua deixa, e dessa vez suas pernas lhe obedeceram e se levantaram quando ela mandou.

— Um pouco tarde para isso, não é? — Sua voz também estava em pleno funcionamento, embora ela mal reconhecesse o tom amargo e frio de suas palavras.

— Você estava aí escutando a minha conversa particular? — Johnny teve o desplante de esbravejar.

— Escutando você e *aquela* mulher me detonarem, você quer dizer? Da próxima vez em que vocês dois estiverem se esgueirando pelas costas do marido dela, talvez seja melhor checar se estão mesmo sozinhos.

— Bom, eu vou deixar os pombinhos resolverem suas diferenças — Harry disse alegremente e, tendo terminado seu trabalho ali, retirou-se da sala.

E sobraram dois.

Pessoas com raiva nem sempre são sábias.

Verity tinha vindo à biblioteca para escapar, porque estava sobrecarregada, superestimulada, à beira de um colapso, mas agora se sentia pronta para uma nova rodada.

Na verdade, estava furiosa. Coçando-se de raiva, com os dedos formigando e uma vontade de começar a jogar coisas, de preferência em cima da cabeça incrivelmente estúpida de Johnny. Só o que a impediu foi o fato de estarem em uma biblioteca e arremessar livros era contra tudo em que Verity acreditava.

— Eu nunca menti para você — disse Johnny, cruzando os braços, o rosto frio, a expressão altiva, como se não tivesse nada de que se arrepender. — Você sabia que eu estava apaixonado pela Marissa. Eu só estava me enganando quando achei que não.

— Ah, Deus, eu estou tão cheia de você apaixonado pela Marissa — Verity revidou. — Ela não merece o seu amor. Tudo bem, ela foi legal com você anos atrás, mas você parece não ter se tocado de que agora a Marissa é uma narcisista raivosa, despeitada e egoísta. Portanto, se realmente está apaixonado por ela, isso pega muito mal para você!

Ôa! Verity teve que se apoiar em uma mesa lateral, porque toda aquela emoção... De repente ela estava de volta àquele quarto de hotel em Amsterdã, destruindo alguém ao dar vazão a todos os sentimentos que havia sufocado por tanto tempo.

— Você está sendo ridícula. Mal conhece a Marissa — Johnny disse sem se abalar, porque ele era feito de um material muito mais resistente que Adam. — Ela é uma pessoa incrível quando você...

— Ela me chamou de insípida — Verity interrompeu, porque essa descrição ficaria entalhada em seu córtex cerebral até o dia em que ela morresse. — Uma vendedorazinha entediante. Comum.

Verity gostava de pensar que tinha muita coisa escondida no fundo de si. Todo mundo tinha. Que, embora gostasse de sua vida tranquila e suas rotinas, tinha imaginação e potencial. Bem, Marissa havia implodido essa ideia com duas frases.

— Você não é comum — falou Johnny, impaciente. — É natural que a Marissa se sinta um pouco ameaçada por você, mas isso não significa...

— E *você* disse que eu era um meio para um fim. — Verity cortou o resto de sua conversinha indignada. — Todo esse tempo eu fui tão burra! Você nunca quis uma namorada falsa para seus amigos pararem de perturbar; você queria era deixar a Marissa com ciúme. — Era tudo tão evidente agora. Aquele relacionamento falso deles, que Verity havia achado que fosse uma amizade verdadeira, não passava de um truque para provocar ciúme em Marissa e conquistar aquele seu coração de gelo. — Ah, meu Deus, você estava tão *ansioso* para apresentar nós duas naquele casamento, e mesmo hoje à noite, quando você me beijou, ficou olhando toda hora para mim na mesa, era tudo por causa dela, não era?

Estava escuro lá fora agora e a única luz vinha das luminárias espalhadas pelo terreno, mas Verity via claramente os lábios tensos e apertados de Johnny, o músculo insistente que pulsava em seu pescoço e o rubor muito vermelho que tornava seu rosto sombrio.

— Essa nunca foi minha intenção, não no começo, você precisa acreditar nisso, Very. — Johnny deu um passo à frente. Ele era realmente bonito, mas tão amaldiçoado. Condenado a amar a mulher errada por uma eternidade. — Mas a Marissa *ficou* com ciúme. Você ouviu o que ela disse, ela ainda me ama. Ela não consegue me esquecer.

Inacreditável. Johnny era um homem inteligente. Tinha um diploma de Cambridge, pelo amor de Deus, no entanto era uma das pessoas mais tapadas que Verity já havia conhecido. Suas pernas formigaram, o calor subiu desde os dedos dos pés e logo pareceu que todo o seu corpo estava em brasas. Ela apertou os punhos e os lábios, mas não conseguiu se conter.

— ELA NUNCA VAI DEIXAR O HARRY! — Foi um uivo de raiva e frustração que fez Johnny cobrir os ouvidos com as mãos, então Verity gritou ainda mais alto, para ter certeza de que ele ouviria o restante. — ELA ESTÁ CASADA COM O HARRY HÁ DEZ ANOS! QUE PARTE DISSO VOCÊ AINDA NÃO ENTENDEU? TRRIIMMMM! TRRIIMMMM! TERRA CHAMANDO JOHNNY! ELA NUNCA VAI FICAR COM VOCÊ! ISSO NUNCA VAI ACONTECER!

— Cale a boca! Você não sabe o que está falando.

Johnny deu outro passo na direção de Verity, que inclinou a cabeça para trás para encará-lo com firmeza.

— A Marissa não te ama. Se amasse, ela te deixaria ir. Isso é evidente. E pensar que eu fiquei triste por você. Mas não estou mais! Dez anos, Johnny! Isso é inteiramente sua culpa agora.

— Eu já falei para você calar a boca! — Johnny estava do lado de Verity agora. Estava perto o bastante para ela sentir o cheiro do conhaque que ele devia ter tomado depois do jantar. Para ela ver o rubor que ainda coloria suas faces. E então os dedos dele estavam em volta dos pulsos de Verity, não com força suficiente para machucar, nem perto disso, mas o suficiente para ela não poder se afastar. — E você? Você também não é perfeita!

— Eu nunca disse que era...

— Pelo menos eu tenho coragem de amar alguém — disse Johnny, baixando a cabeça, praticamente encostando o nariz no dela. — Eu não me tranquei por causa de um relacionamento medíocre. Toda essa sua besteirada de "eu sou uma ilha" é patética!

— Era uma metáfora — Verity protestou, mas foi um protesto fraco, porque, embora ela tivesse falado tudo que estava pensando, não era muito divertido quando a coisa se voltava contra você.

— Desculpe meu equívoco. Você é uma "introvertida". — Johnny tirou as mãos dos pulsos dela para poder fazer aspas no ar, como se introvertida nem fosse uma palavra real. — Mesmo você tendo uma família enorme, amigos, animais de estimação e possa sair da solidão a qualquer hora que tiver vontade, parece que todo esse amor e afeto são esforço demais.

Tudo que Verity havia contado para Johnny, todos os segredos que havia lhe confiado, ele estava agora distorcendo de um jeito que nem se pareciam mais com a verdade.

— Eu odeio você — ela jogou na cara dele.

— E *eu* odeio *você* — ele cuspiu de volta. Verity levantou a mão. Talvez fosse para bater nele, talvez para empurrá-lo, mas, em vez disso, sua mão estava atrás do pescoço dele, os dedos deslizando para seus cabelos, e as mãos de Johnny estavam em volta da cintura dela para puxá-la para mais perto, e eles pareciam estar... não podia ser... mas eles estavam...

Se beijando.

Se beijando como se fosse o fim do mundo.

Se beijando como se nunca pudessem se saciar.

Se beijando como duas pessoas que não beijavam ninguém há meses, anos.

Bocas coladas, mãos apertando, corpos se espremendo um contra o outro.

A verdade era que Verity tinha desejos que não podiam ser satisfeitos com uma barra de chocolate e um bom livro. Todos aqueles anseios e urgências que ela havia ignorado solenemente agora eclodiam e gritavam por liberdade. Mas não era um caso em qualquer homem serviria; era tudo para Johnny.

Embora Verity odiasse Johnny naquele momento, era como se seu corpo já conhecesse o toque dele e se curvasse, obediente, sob suas mãos. A sensação dos lábios dele nos seus era assustadoramente nova, mas também deliciosamente familiar.

— Ah, Verity — Johnny sussurrou contra a pele dela, porque, de alguma maneira, durante todos os beijos e apertos, sua camisa se desabotoara e o vestido dela, com seus alegres barcos a vela, tinha sido puxado sobre a cabeça e jogado para um canto da biblioteca. — O que você faz comigo.

— Eu estou muito brava com você — Verity murmurou de volta, porque não queria que Johnny pensasse que poderia beijá-la até o meio da semana seguinte e tudo estaria perdoado. — Mas vou morrer se você não me beijar de novo.

Houve mais beijos. Depois colisões com mesas e cadeiras de leitura, até que a coisa mais segura a fazer foi desabar sobre um sofá de veludo vermelho, e aí Johnny inteiro estava pressionado contra Verity inteira, e era muito mais fácil se contorcer e apertar mais e mais, e o último pensamento coerente que ela teve antes de prender as pernas em volta dele foi: *Não acredito que vou fazer isso na frente de todos esses livros.*

∼⁄∼

Não houve tempo para ficarem deitados saboreando o momento. Para sussurrar palavras doces como amantes faziam, porque eles não eram amantes, mas duas pessoas que haviam sido incendiadas por raiva e traição e tinham acabado de cometer o mais sério de todos os erros.

Haviam recuperado o juízo agora, ou pelo menos Verity achava que sim, de costas um para o outro, enquanto recolhiam as peças de roupa que tinham sido descartadas tão rapidamente.

Então Verity se lembrou de toda a briga outra vez.

— Isso foi insípido o bastante para você? — ela rosnou para Johnny, enquanto ele caçava o pé esquerdo do sapato.

— E essa foi a sua ideia de sexo por compaixão? Porque você tem pena de mim?

Discutiram aos sussurros durante todo o caminho de volta para o quarto. Depois discutiram em vozes bem mais altas quando fecharam a porta, até acontecer tudo outra vez.

Os beijos.

As mãos.

As roupas arrancadas com pressa.

O sexo.

Depois eles cochilaram, ainda nos braços um do outro, só se movendo para começar tudo de novo, sem uma nova briga como preliminares, mas só porque queriam mesmo, porque o que haviam feito duas vezes antes tinha sido tão bom.

Agora eram quatro horas da manhã e Verity estava sentada na cama, abraçando as pernas, o queixo pousado nos joelhos, enquanto observava Johnny dormir.

Não de uma maneira sinistra, mas para poder memorizar todos os detalhes, a longa curvatura de suas costas, as sardas em seus ombros, o desarranjo de seus cabelos claros despenteados pelas próprias mãos dela. Catalogou até mesmo cada suave ressonada.

Então Verity levantou da cama e, banhada na luz do luar, arrumou silenciosamente sua mala.

Não podia mais ficar ali, porque odiava Johnny. Mas, embora não pudesse identificar quando isso começara a acontecer, também o amava. Queria salvá-lo das garras pérfidas de Marissa não para que ele pudesse amar outra mulher que o merecesse mais, mas porque queria que ele a amasse. Só ela.

Achava que Johnny estava sendo inacreditavelmente arrogante quando ficava insistindo em lhe dizer para não se apaixonar por ele. Não havia percebido que ele estava lhe dando um conselho amigo e agora era tarde demais.

Amar Johnny era um exercício de futilidade. Não podia levar a nada, nenhum felizes para sempre, apenas desilusão e sofrimento.

Johnny a odiava. Ele tinha dito isso. E, mesmo que não tivesse, ele estava apaixonado por Marissa. Ele a amava há dezessete anos e ter feito sexo três vezes com Verity não seria a cura mágica. Nem de perto!

Continuar ali e ter de enfrentar a constrangedora manhã seguinte e, depois, encarar Marissa e Harry em algum momento antes de partirem — não valia a pena nem pensar nisso.

Então era melhor não pensar e simplesmente ir embora.

Verity percorreu a casa vazia na ponta dos pés, esperando que não houvesse sensores de movimento ou portas trancadas para impedir seu avanço. Mas eles estavam em uma ilha; alguém teria que ser muito ousado para querer invadir o lugar... ou sair dele.

Enquanto descia com cuidado os degraus de pedra que levavam à praia, Verity se lembrou de que *havia* algo impedindo sua fuga apressada: duzentos e cinquenta metros de mar.

Sem acordar Jeremy, o proprietário, ou o marido da governanta, que era o faz-tudo oficial da ilha, não havia jeito de voltar à terra a menos que Verity fizesse ligação direta no trator marítimo. E ela não tinha como fazer isso; não havia nem sequer sinal suficiente no celular para tentar procurar instruções no Google.

Ela olhou para a água, a lua refletindo de volta para ela em cada elevação de onda. Então ela se ajoelhou. Verity tinha uma relação bastante cordial com Deus, ambos livres para viver a própria vida, mas agora imaginou se rezar, rezar de fato, poderia ajudar, mesmo ela tendo acabado de fazer sexo três vezes fora do casamento. Ela já não era virgem antes mesmo.

Além disso, ela mentiu. Afinal, foi com seu namorado falso que ela tinha feito sexo três vezes. E ela cobiçara esse namorado falso, mesmo sabendo que o coração dele pertencia a outra, e desobedecera a praticamente todos os mandamentos que existiam, embora ainda não tivesse matado ninguém. Mas isso poderia mudar se fosse forçada a passar mais algum tempo perto de Marissa.

Ah, Deus...

As ondulações do mar pareciam especialmente agitadas na quietude de início da manhã. O céu ainda não havia clareado de seu profundo azul-marinho, mal havia brisa para mover o mar, no entanto ele estava se movendo, as ondas pequenas, mas insistentes. Verity observou por longos minutos agoniantes, mal conseguindo acreditar em seus olhos, até que as águas se dividiram, revelando o leito arenoso embaixo.

Assim como Deus havia dividido o mar Vermelho para os hebreus, ele estava dividindo um trecho muito menor de água para ela, oferecendo-lhe a oportunidade de pegar sua mala e correr pelo banco de areia até a próxima porção de terra, como se fosse Usain Bolt determinado a bater seu próprio recorde mundial.

Sentia-se humilhada e ferida. Tinha remorsos, sem saber bem de quê.

Quando Verity terminou com Adam e eles voltaram de Amsterdã lado a lado em seus assentos reservados, toda vez que Verity o pegava olhando para ela, a expressão dele era como se ela fosse um monstro que tivesse matado toda a sua família, amigos e animais de estimação.

Despediram-se formalmente na alfândega. "Seja feliz", Adam tentara dizer com uma dignidade gelada, mas saíra como um grito abafado e, enquanto Verity voltava para Londres no metrô, sua decisão estava tomada. Era muito claro o que precisava fazer para ter certeza de que nunca mais sentiria aquela combinação vergonhosa e horrível de culpa e alívio, nunca mais seria responsável por fazer um homem chorar. No futuro, ela excluiria de sua vida todos os vínculos românticos.

Embora tivesse certeza de que amava Adam, tivesse declarado esse amor para ele e para suas irmãs céticas repetidamente, Verity não chorou muito o fim do relacionamento. Não houve necessidade de beber vinho demais, tomar uma tonelada de sorvete e ouvir os amigos dizerem: "Ele foi um imbecil e eu nunca gostei dele mesmo!" Esses eram os rituais que suas irmãs sempre seguiam quando seus namoros acabavam, mas Verity passou bem sem eles. Em comparação com o tanto que havia sentido falta do prazer tranquilo de sua própria companhia nos três anos que ela e Adam passaram juntos, praticamente não sentia nenhuma falta dele.

Mas e dessa vez? Era como se Johnny tivesse arrancado seu coração, chutado feito uma bola, passado sal nos cortes e o enfiado de volta na cavidade de seu peito. Porque, descuidada, sem perceber, Verity tinha lhe dado seu coração, mesmo sabendo que Johnny nunca retribuiria, porque o coração dele não lhe pertencia — estava trancado a sete chaves com Marissa.

— Assim como as bolas dele — Merry disse, com raiva, quando chegou à estação Exeter St. Davids para pegar Verity no domingo de manhã, após sua fuga da Wimsey House.

Depois de atravessar o mar miraculosamente dividido, Verity havia cruzado Lower Meryton até chegar a Upper Meryton bem quando o vigário local e sua esposa, que eram madrugadores, faziam um pouco de tai chi no gramado da casa paroquial. Verity pedira ajuda a eles e acabara sabendo que o reverendo Michaels havia se encontrado com seu pai várias vezes. Ele também sabia de um paroquiano que ia de carro pegar seus sogros em Exeter para o almoço de domingo, porque a maior parte dos trens da linha sudoeste não estava funcionando naquele fim de semana, o que exigiu um telefonema às sete da manhã para Merry enquanto o vigário e sua esposa preparavam um café da manhã para Verity.

Merry não havia nem tirado o pijama. Pegara emprestado o carro da mãe de Dougie e viera pisando fundo no acelerador até Exeter, onde chegou para pegar Verity perto das onze horas.

Verity tinha jurado a si mesma que seria econômica com a verdade, sem entrar em detalhes excessivos, sem contar demais, mas, assim que abriu a porta de passageiro do Nissan Micra da mãe de Dougie e viu o rosto conhecido de Merry e sua expressão desconfiada, desabou no choro.

E aí tudo saiu em uma enxurrada. Tudo. Merry conseguiu ficar em silêncio, apenas soltando uma exclamação indignada quando Verity lhe fez um relato detalhado das palavras e atitudes perversas de Marissa. Depois ela gritou: "Três vezes? Três vezes? Três vezes! Ah, meu Deus!" e errou a saída para a estrada.

Verity sentia que tinha chorado, soluçado e assoado o nariz durante a viagem inteira até Londres. Já fazia três semanas que isso havia acontecido e ela continuava chorando, soluçando e lidando com um nariz permanentemente escorrendo.

Houve até casos de chorar no trabalho, o que ia contra toda a marca registrada de Verity. Para que seus canais lacrimais entrassem em um impulso de produção frenética, bastava Posy contar a história de um romance particularmente sofrido que estivesse lendo, ou Mattie ficar sem pãezinhos recheados com creme antes do chá da tarde, ou Nina declarar com firmeza que Verity precisava sair à caça porque "Há muito mais peixes no mar" e "O único jeito de esquecer um cara é pôr outro no lugar", ou "Você precisa levantar, sacudir a poeira e dar a volta por cima, mesmo que esteja numa pior".

Nina tinha uma quantidade assustadora de conselhos para quem acabou de ser dispensada em um relacionamento, embora Verity não soubesse bem dizer, no caso, quem tinha dispensado quem. Ou mesmo se tinha algum direito a se transformar em uma sombra fungadora e choramingante da pessoa que era antes, quando tudo não tinha sido nem um relacionamento de verdade.

Ela achava que, pelo menos, tinha sido uma amizade de verdade, até aqueles momentos horríveis na biblioteca em que teve de ouvir o que Johnny realmente pensava dela. Ele não havia defendido Verity quando Marissa disse que ela era insípida, entediante e comum, então provavelmente concordava com sua amada maldosa. Pior! Ele havia descrito Verity como um meio para chegar a um fim, o que significava que todas as semanas que tinham passado juntos, cada segredo que ela havia compartilhado com Johnny, mesmo levá-lo à sua casa para conhecer sua família, tudo tinha sido uma mentira. Apenas um meio de fazer o relacionamento parecer convincente o bastante para Marissa ficar com ciúme, perceber o que estava perdendo, deixar Harry e declarar seu amor eterno a Johnny.

Bem, tudo havia sido para nada, porque Marissa nunca deixaria Harry, e Johnny era uma causa perdida.

Verity até rezara a são Judas, o santo das causas perdidas, porque talvez Johnny ainda não estivesse tão perdido quanto ela imaginava. Ela se contentaria em serem apenas amigos outra vez, se ele a procurasse e se mostrasse arrependido. Só que, na verdade, Verity não tinha nenhum interesse em voltar a ser amiga de Johnny; ela o queria inteiro, mesmo tendo jurado que nunca mais se meteria nesse tipo de coisa. E tinha razão, porque, mesmo em sua imaginação mais louca, nunca havia sonhado que esse tipo de coisa poderia doer tanto.

O fato era que Verity mal reconhecia a garota chorona que havia se tornado, que agora atendia o telefone no primeiro toque, para o caso de ser Johnny. Que ficava ansiosa cada vez que ouvia o som do celular a alertando para uma nova mensagem ou e-mail, embora nunca fossem de Johnny, mas quase sempre de uma de suas irmãs oferecendo solidariedade e dizendo mais uma vez que Johnny era um imbecil. Para a consternação de Posy, que dizia que Verity parecia estar trabalhando em uma empresa chamada Infelizes para Sempre, ela se via até rodeando a sala principal da livraria, com a eterna esperança de que cada cliente que entrava pela porta pudesse ser ele, mas Johnny continuava sem dar as caras.

Depois do trabalho era mais difícil ainda, porque, pela primeira vez desde que se tem registro, Verity estava enjoada de sua própria companhia. Nina havia dado a Gervaise, o artista performático sexualmente fluido, mais uma chance, então estava fora todas as noites. Posy, sabe-se lá por que, só queria ficar com seu marido. Tom estava muito perto de terminar seu misterioso ph.D., então não era sempre que podia ir ao Midnight Bell, restando apenas Merry, que, Verity reconhecia, era uma visitante frequente ao apartamento sobre a livraria.

Não só porque isso era parte da função de irmã, mas porque Con as havia encarregado de fazer quantidades industriais de bandeirinhas para o casamento. "É mais pessoal se vocês fizerem", disse ela, quando as duas lhe imploraram para comprar a decoração pela internet, como qualquer pessoa normal. Verity ficava contente por não estar sozinha, mesmo tendo que proibir Merry de fazer a lista de todas as torturas que aplicaria em Johnny se seus caminhos se cruzassem, ainda que ele de fato merecesse ter as unhas dos pés arrancadas lentamente. Então Verity e Merry se sentavam no sofá e às vezes no pub, cortando, marcando com alfinetes, costurando e reclamando de Con até que, inevitavelmente, Verity levantava os olhos e via Merry a encarando com ar inconformado. Então Merry sacudia a cabeça:

— Três vezes? Três vezes! E, desde então, nenhum e-mail, nenhum telefonema, nenhuma mensagem para saber se você não se afogou tentando fugir. Que imbecil. Ahhh, como eu adoraria pôr as mãos nele. Quer saber o que eu vou fazer com ele?

— Não, por favor.

— Primeiro vou esfolar ele vivo com um descascador de batatas cego da loja de 1,99...

Ainda assim, era melhor do que as noites passadas com uma caixa de lenços de papel e seus próprios pensamentos de autopiedade como companhia. Nem *Orgulho e preconceito* era mais o conforto que costumava ser, porque, quando Verity perguntava a si mesma o que Elizabeth Bennet faria, a resposta não era nem um pouco útil.

Sentia-se humilhada e ferida. Tinha remorsos, sem saber bem de quê. Sentia ciúme da estima dele quando não tinha mais esperança de que essa estima a beneficiasse. Queria saber notícias suas e não tinha a menor esperança que ele lhe escrevesse. E, agora que não havia mais probabilidades de encontrá-lo, estava convencida de que poderia ter sido feliz com ele.

Não, não havia alívio nas páginas de seu livro favorito e Verity não obtinha muito prazer de saber que não estava sozinha em se sentir como a pilha de lenços de papel molhados que se acumulava à sua volta. Que a tristeza e a angústia transcendiam o tempo e o espaço. Eram universais. Longe de ser uma sofredora especial, Verity era apenas como qualquer outra boba que tivesse sido machucada por um caso de amor que deu errado.

Por que não tinha doído tanto assim depois de Adam? Verity começava a desconfiar de que, apesar de todas as vezes que havia lido *Orgulho e preconceito*, ela não sabia de verdade o que era o amor. Não o havia experimentado até agora. E era só agora que podia realmente avaliar como ela havia machucado Adam. Se ela o tivesse feito sentir até mesmo a metade da dor que sentia desde sua fuga ao luar na Cornualha, com certeza lhe devia um pedido de desculpas. Então, uma noite, quando estava enjoada de tanto pensar em Johnny e chorar e particularmente enjoada de cortar bandeirinhas, ela se conectou ao FaceUpp, a rede social de Sebastian Thorndyke de que o mundo inteiro e mais um pouco participavam.

Foi fácil encontrar Adam por meio dos amigos em comum da universidade. Ele ainda morava em Londres e trabalhava na Faculdade Goldsmiths, mas não tinha nenhuma informação de relacionamento registrada. Provavelmente porque Verity e seus modos distantes e emocionalmente atrofiados haviam marcado Adam pelo resto da vida. Ainda assim, só havia uma maneira de saber com certeza.

Verity esperava que sua mensagem fosse lida como um pedido de desculpas sincero, algo em que ela estivera pensando há meses, e não um texto escrito sob a influência de uma garrafa de chenin blanc.

Oi, Adam.

Faz muito tempo. Espero que a vida esteja sendo boa com você.

Eu estou bem. Ainda trabalhando na livraria, ainda de posse de quatro irmãs, ainda um pouco esquisita.

Falando em ser um pouco esquisita, tenho refletido muito sobre mim mesma nos últimos tempos e sinto que realmente preciso me desculpar pelo modo como agi com você quando estávamos juntos. Se eu às vezes parecia distante… Na verdade eu era muito distante. Eu precisava tanto de espaço que vivia te afastando. Quanto mais eu penso nisso, mais percebo que fui uma namorada horrível. Ainda me sinto mal quando penso em como fui péssima quando você me levou para Amsterdã no meu aniversário, porque você nunca mereceu aquilo. Você não merecia nada daquilo. Eu pensei muito em você e naquela manhã em Amsterdã ao longo dos anos e detesto imaginar que o que você disse pode ter se tornado verdade. Que eu arruinei a sua vida e que você nunca mais ia conseguir amar outra mulher. Isso não aconteceu, não é? Ah, Deus, por favor, diga que não.

Bom, era só isso que eu queria dizer.

Um abraço,

Verity

PS: Você ainda tem contato com o Banjo (Paul), o responsável pelo meu andar no dormitório da universidade? Minha irmã Merry agora trabalha em pesquisa médica no UCH e dizem as más línguas que o Banjo deu entrada na emergência do St. George's com uma laranja kinkan enfiada no prepúcio depois que perdeu uma aposta.

Na luz fraca das onze e meia da noite, a mensagem não pareceu tão ruim, mas, no brilho forte da manhã e de ressaca, pareceu absolutamente terrível. Tão pegajosa e carente quanto Verity havia acusado Adam de ser na época, e o que passou pela sua cabeça quando decidiu acrescentar o comentário sobre o prepúcio do Banjo?

Foi mais uma coisa para atormentar Verity enquanto ela se espremia no banco de trás do Nissan Micra da mãe de Dougie, ao lado de três caixas de bandeirinhas, dois vestidos de madrinha e inúmeros outros itens que não tinham cabido no porta-malas. Era véspera do Dia D. A sexta-feira antes do sábado em que Con e Alex selariam o compromisso, depois comemorariam com leitão assado e cava no terreno da casa paroquial. Infelizmente, eles haviam demorado demais para alugar uma tenda e a previsão do tempo era de chuva.

Quando seu celular soou indicando uma mensagem, Verity achou que devia ser Con e uma de suas atualizações meteorológicas que chegavam de meia em meia hora. Depois seu coração deu um pulo com a ideia de que poderia ser Johnny, só para checar se ela não tinha mesmo morrido afogada. Então seu coração passou de um pulo para uma bateria completa quando viu que havia recebido uma mensagem de Adam no WhatsUpp.

Verity gemeu como se estivesse sentindo dor, embora Dougie e Merry não pudessem ouvir, porque estavam cantando canções do musical *Hamilton*. Ainda que Verity fosse daquelas pessoas que preferem puxar o curativo devagarzinho, decidiu que era melhor tirar a resposta de Adam da cabeça o mais depressa possível. Fez uma oração rápida e sincera, desejando que ele não tivesse virado um monge ou um desses ativistas misóginos que defendiam os direitos dos homens, porque tudo isso teria sido culpa dela.

Oi, estranha!
Não vou mentir. Foi uma surpresa ver sua
mensagem, e não uma surpresa muito
agradável, porque eu também sempre me
senti muito mal quando pensava em você
nestes últimos anos.
Não por causa de alguma coisa que você
tenha feito, mas porque fico com vergonha
de pensar em como eu era pegajoso quando
a gente estava namorando. Se alguém
merece um pedido de desculpas é você, por
todo o discurso de culpa que eu tentei jogar
em cima de você sobre arruinar a minha vida
e que eu nunca mais ia amar outra mulher.
Pensei muitas vezes em entrar em contato
para pedir desculpa, mas estava constrangido.
Eu sinto muito mesmo, Very.
O jeito que eu vejo tudo aquilo é que foi o
primeiro relacionamento para nós dois e
ambos fomos meio ruins como namorados.
Eu acho que nenhum de nós tinha a menor
ideia de como era sentir amor de verdade.
Então, é, talvez você fosse mesmo um pouco
esquisita, mas eu também era, e a minha
namorada seguinte nunca tinha comido
verdura nenhuma na vida e só conseguia
dormir com todas as luzes acesas e o rádio

ligado na Talk FM, então eu acho que ser um
pouco esquisito é relativo.
Quer dizer, não, você não me fez desistir de
relacionamentos. Nem perto disso! (Embora
eu não tenha nenhuma vontade de voltar
para Amsterdã.)
Enfim, eu estou saindo com uma pessoa
muito especial no momento e espero que
você esteja também, porque detesto pensar
que eu tenha feito você querer se afastar dos
homens pelo resto da vida. Seria ótimo se a
gente pudesse se encontrar qualquer hora
para tomar um drinque e conversar sobre a
vida.
Um beijo,
Adam
(Eu nunca mais vi o Banjo, mas ouvi dizer que
não foi uma kinkan, e sim uma tangerina.
Hein? Como? Por quê?)

O tom leve da mensagem de Adam foi um lembrete súbito e bem-
-vindo de que seu relacionamento com ele não havia sido só Adam, o pegajoso, e Verity, a aversiva a toques. Quando não ficava perguntando em
que ela estava pensando e se ela o amava, Adam era uma companhia muito
legal. Ele era engraçado do tipo haha e não um engraçado estranho, e eles
riam muito. Ele também cozinhava muito bem e ambos compartilhavam
um amor por clássicos de Hollywood e muitas vezes passavam fins de semana vendo Katharine Hepburn sendo atrevida ou Cary Grant sendo
charmoso.

E ah! Havia também o puro e doce alívio por não ter arruinado a vida
de Adam e o deixado com cicatrizes psicológicas profundas! Ela estava
absolvida da culpa que sempre carregara consigo como uma mochila incômoda cirurgicamente pregada nas costas. Na verdade, Adam havia sido

maduro e filosófico sobre todo o lamentável episódio. Havia tratado aquele fim de semana em Amsterdã como um momento de aprendizagem e então pulara de volta ao mundo dos relacionamentos.

Seria possível que Verity tivesse lido mais naquele fim de semana em Amsterdã do que deveria? Que talvez não tivesse sido nada além do fim de um relacionamento mais ou menos entre duas pessoas inexperientes e impressionáveis? Certamente não algo tão sério que justificasse eliminar qualquer novo relacionamento e possibilidade de amor para sempre? Seria possível que todos, de sua mãe a suas irmãs, amigos e colegas, tinham razão quando insistiam que, quando Verity encontrasse o homem certo, tudo o mais se encaixaria como mágica?

Não. Verity se recusava a pensar na possibilidade de ter tido uma reação excessiva e levado toda a sua vida pós-Amsterdã, todo o seu futuro, por um caminho que ela não deveria ter seguido; de ter desperdiçado três anos preciosos de sua vida agarrando-se ao celibato como se fosse um bote salva-vidas. Não. Ela não poderia administrar relacionamentos e todas as outras exigências que tomavam seu tempo e ainda conseguir encontrar o espaço e o silêncio de que precisava para sua própria sanidade.

Ou poderia? Mas que importava isso se o único homem que ela desejava não a queria? Ele amava outra pessoa e, mesmo que não fosse esse o caso, ele havia dito a Verity que a odiava. Portanto, ela estava destinada a ter todo o espaço e silêncio de que precisava, o que era excelente. Só que agora não parecia excelente; parecia o fim do mundo.

Seu celular soou de novo, enquanto a cantoria e os raps nos bancos da frente aumentavam. Verity definitivamente não teria nenhum espaço e silêncio naquele fim de semana, mas estava preparada para isso. Era o casamento de Con e ela não faria nada que pudesse estragar um minuto sequer das próximas quarenta e oito horas — tinha até ido ao médico e lhe implorado uma receita de ansiolítico para afastar qualquer crise potencial.

— É a Con *outra vez?* — Merry se virou no banco.

Verity olhou para o telefone.

— É. Ela conferiu os aplicativos de previsão do tempo do Met Office, da BBC, do Google e do Yahoo e está arrasada porque todos preveem uma chance de trinta a cinquenta por cento de chuva amanhã e ela quer saber se nós achamos que isso significa apenas uma chuva leve.

— Eu estou cheio de falar sobre o tempo! — Dougie exclamou.

— Já ouvi — Verity falou, quando seu celular soou de novo. Seu coração nem teve tempo de pular na vá esperança de que pudesse ser Johnny. — É a Con de novo, *de novo*. Ela acha que não estamos usando a sua hashtag de casamento o suficiente nas redes sociais para ela começar a entrar nos trending topics. Ela quer que a gente tuíte pelo menos a cada meia hora com um conteúdo divertido sobre o casamento. — Verity deu uma cutucada nas costas do banco de Merry com o joelho. — Por que ela não está escrevendo para você?

— Porque eu bloqueei o número dela?

Verity nem pôde ficar brava.

— Eu gostaria de ter pensado nisso!

Era tarde demais para bloquear Con agora e, pelo restante da viagem, enquanto Dougie e Merry cantavam *Hamilton* animadamente várias outras vezes do começo ao fim, o celular de Verity continuava soando com previsões do tempo, exigências de hashtag e atualizações em pânico sobre tudo, do bolo às flores, e será que ela conseguiria perder dois quilos nas próximas doze horas ou teria tempo de ir até Lincoln comprar umas cintas redutoras e um sutiã para disfarçar o volume?

Verity permaneceu surpreendentemente calma diante de tudo isso. Havia enfrentado tantos altos e baixos emocionais nas últimas semanas que não lhe restava mais emoção. Estava vazia.

Por fim, estavam atravessando os campos, pequenas aldeias e vilarejos que conheciam tão bem, até que avistaram a torre da igreja de seu pai ao longe. Em seguida, apareceu a placa, com um desenho da igreja pintado nela:

Bem-vindo a Lambton

— Em casa — disse Merry, com alguma satisfação. — Ah, não, você acha que a Con fez ameaças para conseguir isto?

Todos os portões de todas as casas no vilarejo tinham uma fita azul-
-centáurea (a cor do casamento de Con), a ponta dos laços flutuando à
brisa.

— Provavelmente. — Verity fungou e piscou depressa para tentar conter o risco de lágrimas. — Mas está lindo.

— Very, você está chorando? Não chore! — Merry a repreendeu, mas
sua voz também falhou. — Você sabe que eu fico com vontade de chorar
se você estiver chorando. Eu virei um caco nessas últimas semanas!

— Não consigo evitar! — Verity soluçou, enquanto Dougie entrava
na casa paroquial.

A porta da frente se abriu antes mesmo que Dougie tivesse tempo de
desligar o motor. Um bando de gente se despejou lá de dentro, liderado
por Con, vestida com uma calça larga, a camiseta oficial do casamento
com a marca #casamentolovesimpson e o velho véu de casamento da Esposa do Nosso Vigário, que estava amarelado pelo tempo e deveria estar
agora de molho em um tira-manchas, de acordo com o cronograma detalhado que Con havia mandado por e-mail para todo mundo no começo
da semana.

— "Uma vez mais para a brecha, caros amigos, uma vez mais" — Dougie citou Shakespeare, enquanto Con se aproximava, apressada.

A porta do motorista foi aberta com força e Con enfiou a cabeça dentro do carro.

— Vocês deviam ter chegado dezessete minutos atrás — disse ela, como
cumprimento. — E acho bom não terem esquecido as malditas bandeirinhas!

Vou acabar como uma solteirona e ensinar seus dez filhos a bordar almofadas e tocar seus instrumentos muito mal.

Apesar dos alertas nefastos dos aplicativos de previsão do tempo, o sábado amanheceu radioso e ensolarado. A luz natural inundava a casa paroquial para as fotografias de making of: Con se preparando com a ajuda das irmãs, o rosto e o cabelo feitos por Chatty, porque ela era a mais artística de todas e havia passado as duas últimas semanas assistindo a tutoriais de maquiagem no YouTube.

Depois que a maior parte dos preparativos do casamento ficou pronta na noite anterior, houve um barulhento jantar na cozinha da casa paroquial regado a enormes quantidades de torradas com queijo e vinho tinto, de modo que, de manhã, todos estavam um pouco fragilizados e o nível de ruído era administrável. Além disso, Con havia passado o cronograma e a lista de coisas a fazer para Verity, que teve de ficar correndo de casa para a igreja e da igreja para casa para checar tantos detalhes de última hora que nem tinha como se preocupar se as pessoas estavam falando em um volume apropriado ou não.

Após receber os rapazes que iam assar o leitão e mostrar a eles onde montar o equipamento no jardim, Verity já estava quase sem tempo para se trocar e fazer o próprio cabelo e maquiagem. Enquanto corria para a casa, foi ultrapassada por uma van de uma loja de vinhos muito fina de

Lincoln, embora soubesse com certeza que nenhum vinho muito fino havia sido encomendado.

— Tenho um pedido de entrega — o motorista insistiu, mostrando um dispositivo móvel para Verity.

— É o casamento da minha irmã. Ela está no modo Noiva Neurótica Total, mas com um orçamento muito pequeno. O plano era ela acertar todas as compras com o noivo, a mãe do noivo e meus pais primeiro — Verity falou, com pânico na voz. — Não temos mais dinheiro. O cofre está vazio.

— Já está tudo pago, meu bem.

Duas caixas de champanhe foram descarregadas e Verity recebeu um envelope endereçado a Con e Alex. Ela o entregou a Con assim que entrou no quarto de seus pais, que havia sido transformado em salão de beleza e cabeleireiro.

— Very! Senta aqui que eu vou te deixar linda — Chatty mandou. — O bispo vai chegar daqui a dez minutos.

O bispo da diocese casaria Con e Alex, porque o sr. Love tinha dito que naquele dia só queria ser o pai orgulhoso que leva a filha até o altar. Então Con, que vinha protestando há semanas sobre como se recusava a ser entregue no altar como se fosse um bichinho indesejado ou um carro de segunda mão, chorou e disse que, na verdade, não achava ruim que seu pai a conduzisse.

— Todas nós temos que lembrar de não falar palavrão na frente do bispo — disse ela agora, recostada na cama em um macacão de gatinho, enquanto abria o envelope que Verity havia lhe entregado. — Não exagere no olho, Chatty. Nós vamos para a igreja, não para uma boate… Puta que pariu! Você disse duas caixas de champanhe, Very?

— É. Perrier-Jouët — Verity murmurou, porque Chatty estava cobrindo seu rosto de base. — De quem é?

— Vou ler em voz alta — disse Con, levantando-o para que Verity pudesse ver uma imagem de dois corações impressos no cartão marrom. — "Queridos Con e Alex. Parabéns neste dia tão especial. Que os anos que vocês passarem juntos sejam cheios de amor e felicidade. Meus melhores votos, Johnny True."

— Johnny! — Merry, Immy e Chatty gritaram em uníssono.

— Aquele imbecil! Nós odiamos ele! — disse Immy. — Por tudo de errado que ele fez com a nossa Very.

Era impossível chorar, porque Chatty estava agora atacando as pálpebras de Verity com pó cinza.

— Eu estive pensando nisso — disse ela, porque praticamente não havia feito outra coisa. Assumir a responsabilidade pelo resto da lista de tarefas de Con havia sido uma pausa bem-vinda para não pensar em Johnny. — Talvez o que ele fez não tenha sido tão errado assim, já que a gente só estava fingindo um relacionamento. Quer dizer, eu sempre soube que ele era apaixonado pela Marissa.

— Como assim, fingindo estar num relacionamento, minha querida? — a sra. Love perguntou mansamente, do canto onde se acomodara para sair do caminho, pregando um botão na melhor camisa do sr. Love. — Você está dizendo que ele estava apaixonado por outra mulher durante todo esse tempo?

Verity empurrou a mão de Chatty, que segurava um pincel de rímel.

— É muito complicado. Muito, muito complicado.

— Deixe isso pra lá — cortou Con, agitando o cartão para Verity. — Johnny True! True quer dizer Verdadeiro! O sobrenome dele é True?

— É — Verity confirmou. — Mas não sei o que isso tem a ver com a história.

— Johnny True! Que engraçado! — Chatty gritou, e agora Verity achou que talvez fosse hora de tomar um Valium, porque havia esquecido que, quando Chatty e Immy começavam com seus gritinhos agudos, elas chegavam a uma nota tão alta que poderia estilhaçar todos os copos sobre a mesa da cozinha, prontos para os brindes.

— Ainda bem que ele agiu errado com você — disse Immy, muito insensivelmente, considerando toda a situação. — Imagine se vocês se casassem e juntassem os sobrenomes. Vocês seriam o casal True Love, Amor Verdadeiro. Que hilário!

— É muito engraçado — Con concordou, rindo. — O casal True Love! Você não pode voltar com ele *só* para se casarem?

— Eu não vou voltar com ele — Verity respondeu, irritada. — Eu nunca estive *com* ele. Como eu já disse, é muito, muito, muito complicado.

— E ele continua sendo um imbecil, não importa o sobrenome — Merry declarou, em lealdade. Depois ficou pensativa por um nanossegundo. — Mas tudo bem a gente beber o champanhe mesmo ele sendo um imbecil, não é?

⤜⤴

Foi um casamento perfeito, cheio de momentos #nofilter.

Verity e suas irmãs entrando devagar pelo corredor central, segurando buquês de florzinhas silvestres brancas, colhidas naquela manhã na vizinhança. Elas usavam vestidos azul-centáurea estilo anos 50, comprados na liquidação de verão da ASOS por vinte e cinco libras cada e tênis Converse de cores diferentes, um toque de individualidade aprovado por Con.

Con vindo pelo corredor em um vestido longo simples de chiffon marfim com mangas largas e um aplique de pétalas, também da ASOS, os cabelos soltos entrelaçados com flores, Nosso Vigário a seu lado, ambos radiantes. Ela nunca estivera tão linda, suas irmãs lhe garantiram enquanto esperavam no vestíbulo da igreja que a sra. Reynolds, a organista, tocasse os primeiros acordes de "I Could Have Danced All Night", de *My Fair Lady*.

O bispo perguntando se alguém sabia de algum impedimento legal para que Con e Alex se casassem e Deus respondendo com uma enorme trovoada que fez todos os presentes soltarem um gritinho.

O Pobre Alan roubando totalmente o show como cachorro de honra e portador das alianças enquanto corria alegremente pelo corredor central em direção à salsicha que Nosso Vigário estava sacudindo.

Con e Alex enxugando as lágrimas um do outro e prometendo se amar na alegria e na tristeza, na saúde e na doença, na riqueza e na pobreza.

Depois, os dois saindo da igreja sob um dossel de guarda-chuvas para protegê-los da chuva torrencial enquanto as resolutas senhoras do Instituto Feminino de Lambton e Arredores desciam ao salão da igreja para montar mesas e cadeiras e pendurar as bandeirinhas e o sr. e a sra. Love e suas filhas começavam a árdua tarefa de transferir a festa da casa paroquial para o novo local. Nesse meio-tempo, Verity supervisionava os rapazes do leitão assado, que se instalavam sob um toldo no pátio da igreja. O bispo havia decretado que, dadas as circunstâncias, Deus não se importaria de eles assarem um porco em solo sagrado.

Os risos e lágrimas durante o discurso do pai da noiva, quando o Nosso Vigário descreveu: "Nenhum outro homem foi tão abençoado quanto eu por ter cinco filhas, embora nenhuma das outras quatro tenha autorização para casar agora. Não porque não podemos suportar ficar longe delas, mas porque eu e a Dora já envelhecemos alguns anos com este casamento".

Seguiram-se o corte do bolo feito com o mel das abelhas da casa paroquial e os brindes com champanhe de verdade, cava ou xarope caseiro de flor de sabugueiro. A primeira dança se deu ao som de "At Last", de Etta James, e, algum tempo mais tarde, as cinco irmãs Love se juntaram num abraço para dançar "We Are Family", todas elas gritando e cantando, cantando e chorando.

Foi o melhor dos dias. O mais especial. O mais feliz. E, para o observador casual, e mesmo para o observador mais atento, a irmã Love do meio parecia incomumente alegre, exceto pelo momento nervoso em que o salão da igreja ainda estava um caos e os convidados ameaçavam escapar da área de contenção no galpão.

Verity *estava* mesmo feliz por Con. Em lugar nenhum ela estaria mais contente do que vendo sua irmã mais velha se casar com o homem que amava, mas, desde que as duas caixas de champanhe haviam chegado com o cartão, ela se sentira atormentada. Agora Verity percebia que esperança, mesmo a mais tênue faísca de esperança, era muito pior do que a agonia que ela vivera desde que deixara Johnny dormindo em uma cama, exausto depois de terem feito amor.

Toda vez que o sininho tocava na porta da casa paroquial, ou um homem alto entrava na igreja, ou ela ouvia seu nome sendo chamado, seu coração acelerava e desacelerava novamente, porque nunca era ele. Nunca era Johnny.

Pior, estar em um casamento fazia Verity sentir a falta de Johnny ainda mais, porque haviam estado em tantos casamentos juntos naquele verão. Quando seus pensamentos deveriam estar apenas em Con, ela se distraía com lembranças de estar sentada ao lado de Johnny em bancos de igreja, em cartórios ou na mesa dos casais divertidos, debaixo de toldos e em restaurantes elegantes.

Inúmeras vezes ao longo do dia, Verity se virava para Johnny para compartilhar um sorriso, um comentário sussurrado ou mesmo uma expressão de descrença quando Marie apareceu com a pequena Kayleigh em um traje cor-de-rosa de princesa e mandou que a criança andasse pelo corredor espalhando pétalas. Mas, cada vez que Verity se virava, Johnny não estava lá, embora ela tivesse certeza de que o champanhe e o cartão tinham sido UM SINAL.

Conforme o dia se escoava, Verity se pegou murmurando consigo mesma: *Se ele não vier me procurar, vou desistir dele para sempre.* Era um lado de Elizabeth Bennet que Verity nunca desejara usar.

Por fim, havia chegado a hora de Con e Alex passarem sua noite de núpcias na suíte executiva do único hotel cinco estrelas de Lincoln. Eles seriam levados para lá pelo tio abstêmio de Alex em seu Ford Mondeo, com a obrigatória faixa "RECÉM-CASADOS" e latinhas amarradas ao para-lama traseiro.

Verity acenou para eles em despedida com tanta exuberância como os outros convidados, mas, quando todos voltaram ao salão da igreja para continuar a festa, ela foi para a casa paroquial. Alimentou os gatos e o Pobre Alan, mas abrir a geladeira e ver duas garrafas de champanhe ali, que tinham sido enviadas por Johnny porque ele havia lembrado a data, o que significava que, de alguma maneira, ele tinha pensado nela, liberou as lágrimas que haviam ameaçado cair o dia inteiro. Se ao menos ele tivesse acompanhado o champanhe com um telefonema, uma mensagem ou alguma coisa que lhe desse a entender que ele não tinha só pensado nela, mas pensado nela *com bons sentimentos...*

Verity se aninhou no sofá da cozinha, embora ele estivesse coberto por uma generosa camada de pelos, com o Pobre Alan apoiando a cabeça ansiosamente em seu joelho, e chorou. Algumas lágrimas eram por Johnny, porque ela o amava e ele desperdiçaria sua vida, *toda* a sua vida, amando uma mulher que não queria ficar com ele. Mas a maior parte das lágrimas era por si mesma, porque houve um momento durante a recepção em que ela teve uma epifania. Um conjunto de muitas lâmpadas de repente se acendeu em sua cabeça.

Suas irmãs estavam dançando com os respectivos namorados. Nosso Vigário e a Esposa do Nosso Vigário deslizavam pelo salão em um tango majestoso e até George, o chato pároco auxiliar de seu pai, fez uma dança lenta com a igualmente chata Marie, enquanto a pequena Kayleigh enfiava salsichas coquetel na boca como se fossem balas.

Verity ficara sentada consigo mesma. Sozinha. E, naquela hora, sozinha tinha muito a sensação de solitária. Por muito tempo, Verity esteve segura de que não poderia obrigar outra pessoa a aceitar suas esquisitices, sua quietude, mas agora percebia que essa era a pior ideia que já havia tido.

Suas irmãs seriam as primeiras a admitir que eram irritantes e falavam demais, mas elas nunca decidiram que isso era um obstáculo para encontrar o verdadeiro amor. E quais eram as chances de que Nosso Vigário e a Esposa do Nosso Vigário, com seu amor por musicais, jogos de uíste e acrescentar Tabasco a *tudo*, encontrassem um ao outro? No entanto, eles se encontraram.

Uma vez, como brincadeira, Nina prendeu um cartão na geladeira que mostrava pelo menos uma dúzia de gatos espiando por uma porta aberta com os dizeres: "Oi, soubemos que você tem quarenta anos e não é casada". Essa não era mais uma piada divertida sobre ser a mulher louca dos gatos, mas uma perspectiva assustadora de futuro.

Verity chorou com um pouco mais de força quando se imaginou com quarenta anos e a solteirona da paróquia. Suas irmãs estariam todas casadas com homens que as adoravam e teriam filhos e, quando Verity viesse no Natal, na Páscoa e em ocasiões especiais, porque não tinha sua própria família, suas irmãs todas diriam em tons sussurrados: "Lembrem-se de não incomodar a tia Very. Ela leva uma vida muito reservada e vocês sabem como ela se irrita quando vocês falam alto demais".

Johnny estava certo quando acusou Verity de ser covarde. O amor parecera difícil demais, então ela simplesmente desistira no primeiro obstáculo, enquanto Adam, sempre tão inseguro e carente, passara por cima desse mesmo obstáculo com facilidade. Ele aprendera enormes lições na sacudida que levara naquela manhã em Amsterdã, saíra para o mundo determinado a ser diferente, a ser feliz, a tentar amar novamente. E Verity? Verity não havia feito nenhuma dessas coisas admiráveis. Ela se recolhera por completo e fingira que estar satisfeita era a mesma coisa que estar feliz. Bem, não era.

Era uma vida pela metade, e não a que Verity queria viver. A vida que ela agora queria tão desesperadamente continha um homem que compreendia que ela precisava de espaço, no entanto, quando ficava ao lado dele, nunca se sentia sufocada. Um homem que era bom com as mãos, seja para construir casas a partir do nada ou para estimular um fogo em Verity que ainda queimava semanas depois. Um homem que era tão solitário quanto ela, mas não por sua própria vontade.

Era-lhe difícil supor que pudesse ser objeto de admiração de um homem tão importante.

— Ah, meu Deus, Elizabeth Bennet, quer calar a boca? — Verity disse em voz alta, porque, nos últimos tempos, em vez de ter a srta. Bennet como sua guru de confiança sobre todos os temas, ela se tornara a voz da dúvida na cabeça de Verity.

Em vez de perguntar "O que Elizabeth Bennet faria?", era hora de um modo diferente de olhar para o mundo. De uma pergunta diferente.

O que Verity Love faria? E quando ela o faria?

*E agora nada me resta senão lhe assegurar, na linguagem
mais apaixonada, a violência da minha afeição.*

Era fim de tarde de domingo quando Merry e Dougie deixaram Verity na esquina da Rochester Street.

Uma hora depois, após mais uma tentativa de tirar o cheiro de leitão assado do cabelo, Verity estava pronta. Bem, não exatamente pronta. Não achava que em algum momento estaria pronta, mas ia fazer isso. *Tinha que fazer isso.*

— Olha, Gervaise, se você precisa explorar sua sexualidade, tudo bem, mas não vejo por que eu tenho que ter uma relação a três com você e a sua amiga alemã Helga — Nina reclamava ao telefone quando Verity saiu. Ela lhe acenou e fez uma expressão de impaciência. — Agora, se fosse o seu amigo alemão Hans, poderia ser outra história.

Verity sacudiu a cabeça para ela e, enquanto atravessava a loja, passou a mão nos livros de uma das estantes de clássicos para dar sorte.

Não eram nem sete e meia, mas o céu já estava escurecendo. Havia algo de pungente no ar que prenunciava o outono: folhas secas rangendo sob os pés, cheiro de fogueiras, correr para casa para fechar as cortinas e se aconchegar junto de alguém no sofá. Não que Verity fosse do tipo de se aconchegar, mas havia muitas coisas que ela achava que não eram seu tipo e de repente percebeu que estava errada sobre elas. Quem poderia saber sobre o que mais ela estava errada?

As ruas do centro de Londres eram tranquilas a essa hora em uma noite de domingo e era fácil para Verity ver os segredos da cidade: os ornamentos de pedras angulares e pedras de datação, beirais e inscrições, placas e identificações em prédios, porque Johnny havia lhe ensinado a olhar para cima, a ver a beleza escondida em toda parte.

Quando chegou a Canonbury, porém, começou a olhar para baixo outra vez. Olhos fixos em seus pés enquanto seguia para o acerto de contas, embora hesitassem em completar o trabalho e subir os cinco degraus que levavam à porta da frente. Depois suas mãos não queriam de fato se envolver na tarefa de tocar a campainha, mas Verity era a chefe, então não havia mais nada a fazer a não ser esperar, com os ouvidos atentos para o som de passos.

Talvez ele tivesse saído. Certa vez ele havia dito a Verity como detestava as noites de domingo, porque elas sempre lhe davam uma sensação de "volta à escola". Então talvez ele estivesse no pub, ou com amigos, ou, que Deus o ajude, com Marissa.

Mas não era nada disso, porque a porta se abriu e lá estava ele. Johnny. Ele não pareceu especialmente contente por ver Verity e lhe lançou um olhar desconfiado e precavido, como se ela estivesse prestes a tentar lhe vender vidraças isolantes.

— Oi — disse ele, cansado, porque, cada vez que Verity reunia coragem para dar uma olhada rápida nele, ela se impressionava com seu ar de exaustão.

Ele ainda estava bonito, mas era um tipo de beleza terrível agora. De pé ali, de jeans e camiseta cinza desbotada, ele parecia ter emagrecido. Os ângulos de seu rosto, suas faces, destacavam-se nitidamente. Até seus olhos não tinham mais o mesmo brilho.

Johnny parecia do jeito como Verity se sentia. Como se, embora o mundo continuasse a girar, tivesse parado de girar para ele. Os dias se estendiam um atrás do outro, sem nada a esperar.

Harry deve ter permanecido firme em sua palavra quando deu aquele ultimato a Marissa. Ou ele ou Johnny. E ela deve ter feito sua escolha e por isso Johnny parecia tão arrasado.

— Você só vai ficar parada aí, de boca aberta? — Johnny perguntou friamente, e Verity percebeu que era exatamente isso que estava fazendo. Embora a expressão e o tom de voz dele não fossem acolhedores, ela tinha chegado longe demais para perder a coragem e retroceder agora.

— Oi — ela falou com timidez, esperando que Johnny a convidasse para entrar, mas ele cruzou os braços. — Eu vim te agradecer pelo champanhe. A Con vai te escrever uma mensagem, mas, conhecendo a minha irmã, ela só vai chegar depois do Natal. Eu até te trouxe duas garrafas, porque é um champanhe excelente, mas não tinha como a gente beber tudo, porque já tinha engradados de cava dentro do gelo na banheira. Eu também trouxe um pouco do bolo de casamento. — Verity levantou a sacola pesada que estivera carregando, mas Johnny continuou imóvel e não pegou a sacola da mão dela. — É um bolo de mel — ela persistiu, mesmo enquanto seu coração morria. — Minha mãe pegou a receita com a melhor amiga dela, Sylvia, que é esposa do rabino. A Con se casou no Rosh Hashaná, que é o Ano-Novo judeu, e é uma tradição judaica ter bolo de mel para simbolizar um ano doce, e com as abelhas do Nosso Vigário, enfim, um bolo de mel era a escolha perfeita.

Mesmo suas irmãs em seus momentos mais tagarelas não tagarelavam tanto assim. Não era por isso que Verity tinha vindo, para falar sobre costumes judaico-cristãos ou qualquer outra coisa aleatória que lhe viesse à cabeça.

Ela ergueu um olhar tímido para Johnny. Teve a certeza de ver algo nos olhos dele, algo que parecia um pouco com esperança, antes que ele piscasse e estivesse de novo ali, tão frio e distante como se fosse feito de pedra. Como derrubar o muro que ele havia construído em torno de si? Cada tijolo cimentado ali por Marissa? Sim, porque, se ela não podia tê-lo, nenhuma outra mulher o teria.

— Eu agradeço o gesto, mas não preciso de champanhe nem de bolo — Johnny respondeu bruscamente. — Era só isso que você queria dizer?

Verity sabia o que queria dizer, se ao menos conseguisse encontrar coragem — mesmo com todas as chances contra ela —, mas as palavras continuavam fora do seu alcance.

O que Elizabeth Bennet faria?

Ela não se sentia mais como Elizabeth Bennet. Na verdade, Verity sentia mais afinidade com Darcy naquele momento. Ele sabia o que era abrir seu coração, falar sua verdade, mesmo tendo certeza de que era causa perdida.

O que Darcy faria, então?

Assim que ela se fez essa pergunta, as palavras escorregadias a encontraram.

— Johnny — disse Verity, hesitante. — Johnny, eu tentei em vão resistir. Não consegui. Não posso reprimir meus sentimentos...

Embora agora soubesse o que dizer, Verity engoliu em seco, insegura de como terminar sua fala, porque, mesmo tendo lido essas palavras tantas vezes, pronunciá-las, dar voz a seu verdadeiro significado, era uma tarefa tão imensa, tão vida ou morte, que ela vacilou.

Ela o olhou nos olhos, que agora estavam totalmente fixos em seu rosto, mas ainda era impossível saber o que ele pensava. Estaria preparado para lhe dar uma chance de falar ou prestes a expulsá-la de sua frente de uma vez por todas, condenando-a a vagar pelo mundo sozinha e sem amor?

Se aqueles fossem seus últimos momentos com ele, então teria que fazê-los valer a pena.

— Não... não posso reprimir meus sentimentos — Verity repetiu, a voz mais aguda a cada palavra, até que não conseguiu mais nem formar sons.

Olhou para Johnny, suplicante. Os olhos dele nunca pareceram tão azuis, tão doces, tão... ternos? Poderia ousar ter esperança?

— Johnny... não posso reprimir... — Ah, droga, ela já tinha falado essa parte duas vezes. — Eu... Você... você...

— Verity, permita-me lhe dizer que eu a admiro e a amo ardentemente — disse Johnny, pegando as palavras da boca de Verity e as mãos dela nas suas.

— Você leu *Orgulho e preconceito*? — ela perguntou, incrédula, enquanto Johnny a puxava, sem nenhum protesto, para dentro da casa, para seus braços.

— Pedi ao meu pai para procurar o livro velho da minha mãe e li de ponta a ponta — ele contou, aliviando Verity de sua sacola pesada para poder abraçá-la sem obstáculos e enfiar o rosto em seus cabelos, de modo que as palavras seguintes soaram abafadas. — Era só o que me restava de você. Lembra que foi você quem me deixou?

— Como eu poderia ter ficado? Você disse que me odiava! — Verity o fez recordar, e a lembrança daquilo produziu uma dor aguda novamente. Ela se contorceu nos braços dele até ele acalmá-la, afastando o cabelo do rosto dela para lhe beijar a testa, as pálpebras que se fecharam, as faces. Se Johnny não a estivesse segurando, os joelhos de Verity teriam cedido. Então ele se afastou.

— Eu quis te procurar tantas vezes, cheguei a andar metade do caminho até Bloomsbury, mas então me lembrei de *você* dizendo que *me* odiava, o desprezo no seu rosto quando disse isso, e toda a esperança se foi — Johnny disse baixinho. Ele afagou o rosto de Verity com o dorso da mão. — Mas agora, de repente, estou cheio de esperança, mesmo depois de ter enfrentado tantos anos de rejeição e, Very, não tenho forças para aguentar nem mais cinco minutos disso.

E ali estava, de novo, Marissa entrando no meio deles, como sempre fazia.

— Marissa. — Só de dizer o nome dela, Verity estremeceu e começou a se afastar. — Isto, nós, é impossível.

— Não, não é — Johnny insistiu, suas mãos nela novamente, puxando-a para mais perto, acariciando seu cabelo, seu rosto, como se não suportasse ficar sem tocá-la. Ele deslizou as mãos pelos braços de Verity para enlaçar seus dedos nos dela e ela deixou que ele a conduzisse para a sala da frente. As persianas estavam fechadas e o aposento suavemente iluminado por abajures, mas ela nem prestou atenção, porque só tinha olhos para Johnny enquanto ele a puxava para o sofá ao seu lado, seus dedos ainda entrelaçados.

— E a Marissa? — Verity disse outra vez, um pouco desesperada, porque Marissa fazia tudo aquilo ser errado.

— Ela nunca me fez feliz. O objetivo dela nunca foi a minha felicidade — Johnny admitiu, cansado, como se tivesse passado longas noites sem dormir pensando naquilo. — Mesmo assim, eu era infeliz sem ela.

Até que conheci você, e você me fez feliz, e sem você, nestas últimas semanas, eu não me senti só infeliz. Eu me senti acabado. Arrasado. Totalmente abandonado. Dá para entender a ideia?

— Acho que sim — respondeu Verity, sem ousar acreditar que Johnny estivesse realmente falando sério. Talvez ele acreditasse que era verdade naquele momento, mas o feitiço que Marissa havia lançado sobre Johnny era inquebrável. — Mas você ama a Marissa. Você a amou durante metade da sua vida.

— Eu amei a ilusão do que achava que eu e a Marissa éramos. O que eu achava que podíamos ser. E aí você apareceu e eu comecei a desconfiar de que não queria uma mulher que eu pusesse num pedestal, mas alguém que pudesse estar ao meu lado, alguém com quem eu pudesse rir...

— Você não ria com a Marissa? — Verity perguntou, cética.

Johnny sacudiu a cabeça.

— Não havia tantas risadas com a Marissa. E também não houve quando do eu convidei o Harry e ela para jantar comigo na semana passada, para pedir desculpas ao Harry por toda a dor que eu o fiz passar e dizer à Marissa que ela tinha se casado com um homem que despertava o que havia de melhor nela, enquanto nós dois só trazíamos o pior do outro. Eu não vou mais ser o terceiro no casamento deles.

— Nossa — Verity murmurou, quase incapaz de processar o que Johnny estava dizendo. — Deve ter sido difícil.

— Na verdade, por estranho que pareça, não foi tão difícil assim. E quando acabou foi um alívio, mas ainda vai ficar marcado como uma das experiências mais terríveis da minha vida. Quando eu penso nisso agora, o que eu e a Marissa tivemos não passou de um desejo torturado e um bocado de drama. — Ele suspirou. — Não dá para construir um relacionamento real com base em drama. Ele acabaria se consumindo com o tempo.

— Então um relacionamento deve ser construído com base em quê? — Verity quis saber, com uma voz rouca que soou como se suas amídalas tivessem acabado de ser extraídas.

Johnny levou a mão de Verity aos lábios e beijou seus dedos tensos e apertados, e ela estava em um tormento para saber qual seria a resposta dele.

— A gente constrói um relacionamento rindo juntos, descobrindo coisas novas de que nem imaginava que fosse gostar, *Orgulho e preconceito*, por exemplo, e sendo bem acolhido na família do outro. E, digamos, a gente encontra uma mulher meio cheia de esquisitices que gosta de silêncio, não quer segurar sua mão e não acredita no amor... Bom, quando ela finalmente deixa a gente segurar a mão dela, a gente faz qualquer coisa, *qualquer coisa* para convencê-la de que o amor na verdade pode ser bem maravilhoso.

Verity poderia jurar que não tinha mais lágrimas para chorar, mas agora estava piscando para conter as lágrimas outra vez.

— Ah. Ah, meu Deus — ela disse baixinho e, além das lágrimas, seu nariz também estava escorrendo, porque ela não ficava bonita quando chorava. Então procurou um lenço de papel e assoou o nariz. — Já gastei três caixas de lenços de papel desde aquele fim de semana na Cornualha.

O rosto de Johnny se acendeu.

— Você chorou por minha causa?

— Chorei, e o meu nariz também não me deu trégua. Quando estou muito triste, meu nariz não para de escorrer — Verity confessou, mas Johnny não pareceu muito abalado. Em vez disso, ele baixou a cabeça e beijou a ponta do nariz dela. — Mas o que acontece é que eu sou péssima em relacionamentos. Não tenho a menor ideia do que fazer.

— Eu ia dizer a mesma coisa. — Johnny encolheu os ombros. — Nós podemos descobrir juntos. Veja a Elizabeth Bennet e o Darcy. Se esses dois malucos podem fazer dar certo, tenho certeza de que nós também podemos.

— Era para ser só por um verão — disse Verity, e Johnny sorriu. Ah, seus lábios. Agora Verity estava se lembrando da sensação de tê-los sobre os seus.

— Eu fiquei tão ocupado em te alertar a não se apaixonar por mim...

— É, eu notei — Verity falou, muito seca para alguém que ainda tinha lágrimas correndo pelo rosto.

— E esqueci de dizer a mim mesmo para não me apaixonar por você. Agora que aconteceu, eu sinto muito, mas você não tem mais como se livrar de mim. Eu não amo pela metade. Comigo é tudo ou nada — Johnny falou, e Verity sentiu um arrepio percorrer o corpo ao ouvir essas palavras.

— Na verdade, eu ainda não falei que estou apaixonada por você — ela o lembrou, com a voz rouca. — Mas fico muito feliz por você me amar. Ardentemente.

— Pareceu adequado citar do texto original. — Ele suspirou. — Mas tem uma coisa que está me atormentando — Johnny admitiu, e agora parecia bastante perturbado outra vez, e o coração de Verity doeu um pouquinho por ele também. — E que me faz perder o sono.

— O quê? — Verity perguntou, com alguma ansiedade, porque, se ele mencionasse o nome daquela mulher outra vez, ou como não conseguia abdicar dela completamente, ela teria que encontrar forças para ir embora, porque o queria inteiro, não só uma parte dele.

— Se nós conseguimos fazer aquilo, transar de um jeito maravilhoso, incrível, do tipo que eu vou lembrar até o leito de morte, três vezes numa noite só, depois de termos dito que nos odiávamos, dá para imaginar como vai ser ainda mais maravilhoso e incrível agora que dissemos que nos amamos? — Johnny perguntou, com ar um pouco sonhador.

— Eu ainda não disse que te amo — Verity o lembrou de novo, em sua voz mais recatada. Mas não demorou a ceder, porque, ah, Deus, como queria a boca de Johnny de novo na sua e todas as outras partes dele também. — Mas talvez seja melhor dizer logo, para podermos testar se o sexo vai ser muito melhor mesmo. Talvez a gente até consiga quatro vezes, se bem que amanhã é dia de trabalho.

— Que tal a gente falar que está doente e faltar amanhã? — Johnny sugeriu, tão perto de Verity agora que ela estava praticamente sentada em seu colo e não podia imaginar nenhum lugar melhor para estar. — Se você quiser mesmo dizer.

— Eu quero. Quero mesmo. — Verity fechou os olhos, juntou toda a sua coragem e deu um grande salto para o desconhecido. Ela podia fazer isso. Não era tão difícil. Não tinha nada a perder e tinha tudo a ganhar. — Eu percebi que nunca estive realmente apaixonada antes. Nunca senti por ninguém o que sinto por você. — Abriu os olhos e viu Johnny a encarando com expectativa, com amor. — Então, sim, eu te amo. Eu te amo muito. — Verity soltou uma respiração trêmula. — Tudo bem, chega de falar agora. Você sabe que eu não sou muito fã de falar demais. Eu prefiro te beijar.

Então os lábios dele estavam nos dela, seus braços em volta dela, e Verity estava beijando Johnny com tanta paixão e, sim, tanto ardor que não conseguia lembrar nem seu próprio nome, quanto mais por que ela havia imaginado que seria uma boa ideia eliminar de sua vida todos os envolvimentos românticos.

Na verdade, mal podia esperar para ficar romanticamente envolvida com Johnny outra vez. E de novo. E de novo.

EPÍLOGO

Eu sou a criatura mais feliz do mundo.

Mais tarde, muito mais tarde, semanas, meses, mesmo anos mais tarde, quando as pessoas lhes perguntavam como haviam se conhecido, Johnny e Verity diziam que deviam toda a sua gratidão a um oceanógrafo chamado Peter Hardy, que tinha sido o responsável por eles se encontrarem.

AGRADECIMENTOS

Agradeço à minha agente, Rebecca Ritchie, pelo trabalho e torcida impecáveis, a Melissa Pimental e a todos da Curtis Brown.

Devo um enorme agradecimento a Martha Ashby pela revisão incisiva e bem-humorada e pelas conversas sobre Georgette Heyer, além de Kimberley Young, Charlotte Brabbin e a equipe da Harper Collins.

Agradeço também a todos os leitores, blogueiros, resenhistas e amantes de livros românticos que fizeram a viagem a Felizes para Sempre comigo.

AS IRMÃS FAVORITAS DE ANNIE NA FICÇÃO

1. **As irmãs Bennet, de *Orgulho e preconceito*, de Jane Austen**
Jane, Elizabeth, Mary, Kitty e Lydia. Nunca houve cinco irmãs melhores em nenhum livro.

2. **As Fossil, de *Sapatos de ballet*, de Noel Streatfeild**
Não é necessário ser parente de sangue para ser irmãs devotadas como Pauline, Petrova e Posy Fossil provam. (Quando eu era pequena, desejava ser Posy, mas agora Petrova é a menina Fossil que eu mais quero ser.)

3. **As Vogel, de *Man at the Helm*, de Nina Stibbe**
Lizzie, a filha do meio, e sua irmã mais velha (cujo nome não é mencionado) se unem para encontrar um novo marido para sua triste mãe divorciada. Elas são a prova de que é possível amar sua irmã mesmo que, às vezes, você não goste muito dela.

4. **As Walsh, dos romances de Marian Keyes**
Eu adoro os romances de Marian Keyes e, no centro da maioria deles, está a maravilhosa família Walsh de cinco irmãs peculiares e a temível mamãe Walsh, que tenta mantê-las na linha. Para os novatos em Marian e Walsh, *Férias!* é um bom começo.

5. As Mitford

As seis irmãs Mitford (Diana, Nancy, Unity, Pam, Jessica e Deborah) realmente existiram, porque não haveria como alguém tê-las inventado. A mais conhecida é Nancy, que escreveu *Amor num clima frio*, as de pior fama foram Unity e Diana, ambas fascistinhas odiosas, mas minha favorita era Jessica, que fugiu para a Espanha em 1936 para lutar ao lado dos comunistas quando tinha dezenove anos.

OS LIVROS FAVORITOS DE STRUMPET

1. *Ratos e homens* de John Steinbeck
   Strumpet diz: "Uma decepcionante falta de ratos".

2. *Uma lagarta muito comilona*, de Eric Carle
   Strumpet diz: "Minha gêmea espiritual".

3. *Delícias divinas*, de Nigella Lawson
   Strumpet diz: "Na minha próxima vida, eu queria voltar como o gato da Nigella Lawson. Ou como a Nigella Lawson".

4. *Pássaros feridos*, de Colleen McCullough
   Strumpet diz: "Eu queria que tivesse mais passarinhos mortos".

5. *O gato da cartola*, de Dr. Seuss
   Strumpet diz: "Infelizmente, eu não combino muito com cartolas. Mas fico bonito com um arranjo de penas na cabeça".

Se você gostou deste livro, procure a história de Posy em
A pequena livraria dos corações solitários!

Impresso no Brasil pelo Sistema Cameron da Divisão Gráfica da
DISTRIBUIDORA RECORD DE SERVIÇOS DE IMPRENSA S.A.